TASCABILI GIUNTI

Nikola Scott

Le rose di Elizabeth

Traduzione di
Tania Spagnoli

GIUNTI

Titolo originale:
My Mother's Shadow

First published in 2017
by HEADLINE REVIEW
An imprint of HEADLINE PUBLISHING GROUP

Traduzione di Tania Spagnoli

www.giunti.it

Via Bolognese 165 – 50139 Firenze – Italia
Via G. B. Pirelli 30 – 20124 Milano – Italia

Prima edizione tascabile: luglio 2019

Per Paul

1958

Sono molte le cose che questa casa ha visto e i segreti che ha custodito, sussurri nella notte che hanno vagato nel vento e vorticato intorno a comignoli e tetti di ardesia, a finestre e bianchi sentieri di ciottoli, insinuandosi tra le rose e i rododendri e gli alberi del vecchio frutteto di Hartland. Sono amori trovati e perduti, il dolore di una morte improvvisa e la delizia di incontri proibiti. E ancora lacrime a notte fonda e risate nelle serate estive, e tutti i sogni da sognare e tutti i mondi da esplorare. La casa ha custodito ogni cosa, senza domande, senza giudizi, preservandola all'ombra delle sue mura.

E oggi la vita a Hartland è piena di ricordi. La guerra, con le morti che ha causato, è ancora fresca nella memoria delle persone. Non da molto, infatti, l'Inghilterra è uscita dai cupi anni del razionamento, delle case bombardate e delle baracche prefabbricate, colta di sorpresa dall'inaspettata ondata di nuovi lussi, dai negozi di dolciumi e dalla nuova musica pop che dilaga dappertutto. Adesso il futuro è radioso e non c'è da stupirsi se questi giovani del 1958 si aggrappano alla vita con entrambe le mani, se questa residenza estiva di campagna li esalta con la promessa di poter avere tutto.

O forse stanotte è la luna piena a rendere euforiche le persone, il modo in cui se ne sta appesa in cielo come se fosse attaccata con uno spillo, bassa sopra le stalle, mentre diffonde una strana luce arancione. Basta guardarla, basta assaporare le bollicine dello champagne contro il palato e annusare il profumo inebriante del roseto per sentire qualcosa in fondo allo stomaco, un'incauta follia lunare che parla di infinite possibilità, di avere il mondo ai propri piedi. Le lanterne sono appese ovunque nella brezza serale; oscillano e splendono come tante lucciole colorate. *Magic Moments* risuona tra le coppie che ondeggiano, ridono e fumano, appoggiate ai muretti della terrazza con in mano un bicchiere di gimlet o una limonata che rinfresca le guance arrossate. Una delle ragazze assunte per l'occasione si ferma a guardare, mentre riempie la brocca di limonata e la zuppiera di punch, sistema un altro vassoio di quadratini di pasta sfoglia, meravigliandosi di questi ragazzi e di queste ragazze perfette, che sembrano disinteressarsi del mondo, intenti a festeggiare un diciassettesimo compleanno che celebra l'ingresso di una di loro nell'età adulta.

Tuttavia all'appello mancano due persone, che si sono allontanate dalla terrazza: hanno oltrepassato una mazza da croquet dimenticata tra i rododendri, si sono addentrate tra i sentieri e gli alberi, tappandosi la bocca per trattenere una risata o un occasionale sussulto quando un ramo vagabondo colpisce le loro gambe nude. Una è la festeggiata: diciassette anni oggi, che nella sua breve vita ha già sofferto molto, e il peggio deve ancora arrivare. Ma per stanotte la ragazza si è scrollata di dosso preoccupazioni e paure, e lei sa, nel suo intimo, che la vita non sarà mai più così deliziosamente proibita, così magnificamente nuova, come in questa notte d'estate. Quindi sì, anche lei si aggrappa alla vita, e chi può biasimarla, mentre stringe la mano di un uomo che le sorride da giorni. Sono stati languidi, ambigui sorrisi e gocce di acqua salata tra le ciglia, grandi sorrisi innocenti quando erano in mezzo agli altri, e sguardi segreti e promettenti nei brevi momenti in cui restavano soli nel roseto di Hartland. Stanotte, lei non riesce a vedere il sorriso nei suoi occhi, solo il chiaro di luna e le lanterne luccicanti, ma lo sente vicino, così vicino da percepire il calore della sua pelle che preme sul braccio e il suo odore confondersi con quello dell'erba appena tagliata e con i più oscuri, misteriosi aromi notturni di un giardino che non vuole essere disturbato, neanche per un primo amore così urgente. Qui, tra gli alberi del frutteto, l'aria è più fredda e la ragazza ha un brivido involontario. Così lui le cinge le spalle e la stringe a sé, le solleva il viso con l'altra mano, e in quel preciso istante la vita è perfetta.

Ma la casa lo sa, i guai sono già in vista, e la facciata dorata di quest'estate perfetta, il bagliore della notte inebriante e profumata, sta per essere contaminata. La casa è sempre stata una fedele custode di tutti i suoi segreti, quindi non rivelerà adesso cosa ci aspetta. Al contrario, conserverà i ricordi fugaci del primo amore di una ragazza, salvandoli per sempre.

1

La morte è una cosa buffa. Non davvero *buffa*, certo. Anzi, nient'affatto buffa, ma strana. Tutto sommato, dovrebbe arrivare con il fragore di un'esplosione che annuncia la sua portata catastrofica; invece si avvicina di soppiatto come un ladro, in attesa che un piede troppo impaziente attraversi al momento sbagliato o che una cellula ribelle inizi la sua devastante moltiplicazione nei nostri corpi. La morte osserva sempre, aspetta il momento per colpire, e quando agisce niente sarà più come prima.

Considerato lo sproporzionato orrore che desta la morte, non ricordo praticamente niente del giorno in cui mia madre fu investita da un camion. Piccoli frammenti sconnessi, come l'assurda quantità di vetro che il camion aveva riversato su Gower Street, l'espressione afflitta di mio padre mentre aspettavamo il taxi che ci avrebbe portati di fronte al suo corpo e mia sorella Venetia che discuteva col poliziotto perché sicuramente c'era stato un errore: possibile che più nessuno sapesse fare bene il suo mestiere?

L'unica cosa che ricordavo con grande chiarezza era il momento in cui me lo avevano detto, perché era stato in quell'istante – ero in piedi di fronte al frigorifero dei latticini con in mano sessantacinque uova per le meringhe del giorno – che tutte le lacrime che avrei dovuto versare erano scomparse e d'improvviso i miei occhi si erano inspiegabilmente prosciugati. E così erano rimasti per settimane, davanti ai rapporti del medico legale, alla bara coperta di rose "contessa", le preferite di mia madre, mentre mi assicuravo che mio padre si alzasse ogni mattina nella grande e ormai vuota casa di Rose Hill Road. Nonostante tutto questo, non avevo versato una lacrima.

Alcune persone semplicemente non piangono molto, quindi questo non costituisce di per sé un indice del dolore patito. Ma io non sono mai stata così. Al contrario, ero particolarmente brava a piangere; in effetti, era una delle cose in cui eccellevo. Da piccola, piangevo così spesso e tanto facilmente che, secondo la mamma, il mio corpo doveva essere composto per due terzi di acqua salata. La mia personale valle di lacrime, mi chiamava. Piangevo per i molari accidentalmente finiti nello scarico del lavandino e per le placche bianche in fondo alla gola, mi spaventavo per ciò che potevo nascondere nel mio armadio, sotto il mio letto o in fondo alla piscina. Seguivo i gatti randagi e raccoglievo gli uccellini caduti dal nido, tentando per giorni di strapparli al loro inevitabile destino.

Per amor del Cielo, Addie, diceva mia madre impaziente passandomi un fazzoletto, mentre i miei occhi diventavano gonfi e lucidi e la gola cercava di reprimere singhiozzi deboli e futili, quando invece avrei dovuto essere forte e andare avanti. *Su con la vita, cara. Guarda Venetia: è più piccola di te di quattro anni e non piange mai.* Devo essere stata una bambina davvero esasperante, perché spesso il mio comportamento faceva contrarre il volto di mia madre, che stirava le labbra in una sottile e pallida piega. Per questo avevo iniziato a nascondermi non appena ne avvertivo i sintomi, preferendo soprattutto il bagno del seminterrato, che quasi nessuno usava ma era sempre caldo e profumava del detergente alla lavanda della signora Baxter. Anni dopo, quando avevo traslocato perché avevo comprato il mio appartamento, una delle cose che avevo apprezzato di più era stata l'assenza di un bagno nel seminterrato.

Eppure, nel momento in cui la mia vecchia nemesi, la mia personale valle di lacrime, avrebbe avuto la possibilità di risplendere, per un perverso gioco del destino era scomparsa. Il massimo che sarei riuscita poi a ottenere fu un singhiozzo soffocato. Eppure sentivo, in fondo alla gola, uno strano groppo che forse sarebbe rimasto lì per sempre, come un piccolo e grasso troll. Mia madre mi mancava. Certo che mi mancava. Chi in questo triste mondo non rimpiangerebbe la madre appena morta? Ma più Venetia piangeva, come fanno i figli perfetti, diventando sempre più magra, pallida e ombrosa, più io mi ostinavo nella mia aridità. Questo mi aveva preoccupato molto, finché non avevo pensato che forse stavo facendo esattamente quello che mia madre aveva sempre preteso da me: adesso ero forte e con le spalle larghe. Dunque i miei occhi restavano stoicamente asciutti nello strenuo tentativo di evitare quella smorfia tesa sulle sue labbra, un desiderio che avevo coltivato per quaranta difficili anni trascorsi accanto a lei? C'era forse nascosta in me una ragazzina sorridente, di cui la madre dall'oltretomba avrebbe dovuto essere orgogliosa?

Venetia, che si era aspettata da parte mia un omaggio appropriato a nostra madre, era rimasta inevitabilmente delusa. Da poco incinta e pericolosamente instabile, andava e veniva da Rose Hill Road con rimedi omeopatici, zuppe di pollo liofilizzate e tanti inutili consigli. Cercavo di starle alla larga il più possibile, perché mentre lei conquistava la scena con la sua gravidanza e il suo terapeuta che l'aiutava a elaborare il lutto, mio padre tacitamente si defilava dietro le quinte.

Il suo crollo, circa due settimane dopo il funerale, era avvenuto in modo assolutamente banale: si era limitato a non alzarsi dal letto. Al quarto giorno, quando la sua camera era ancora chiusa alle cinque di pomeriggio, mio fratello Jas e io l'avevamo portato dal medico e poi in ospedale, da dove era riemerso, una settimana dopo, con una serenità quasi sinistra. Con un certo sollievo, i miei fratelli erano tornati al loro dolore, agli impegni di lavoro e alle famiglie incalzanti, ma io ero turbata, spaventata dallo sguardo di mio padre. Era difficile credere che quello fosse lo stesso uomo che mi aveva insegnato a giocare a scacchi quando avevo dieci anni, che aveva simulato lo sbarco degli Alleati con una spillatrice, due matite e una perforatrice per aiutarmi con i compiti di storia, e che era sempre pronto a prendere una torcia e a controllarmi le placche bianche in fondo alla gola. *Non è un tumore, Adele, ne sono sicuro. Sono germi che stanno lottando contro il tuo corpo e... Apri di più, solo un po' di più. Sì, credo che adesso i tuoi anticorpi stiano avendo la meglio. Ecco, forse una caramellina alla menta ti aiuterà.*

Ormai, con una certa frequenza, ci scambiavamo notizie sulla nostra settimana davanti a una tazza di tè, oppure fissavamo in silenzio il giardino di mia madre che appassiva sul retro. Ma era tanto tempo che la scacchiera non vedeva la luce del giorno. A volte dovevo resistere alla tentazione di pizzicarlo con forza, giusto per assicurarmi che la sua anima non fosse passata all'oltretomba lasciando tra noi solo il corpo, che si alzava, andava al lavoro e poi tornava per bersi un tè, come testimoniavano le tazze vuote che la signora Baxter raccoglieva in giro per la casa, nelle quattro mattine a settimana in cui veniva a sistemare un po'. Eppure continuavo a sperare che arrivasse presto il giorno in cui mi avrebbe aspettato con in mano due tazze di tè, ustionanti, proprio come facevamo un tempo, accogliendomi con un sorriso. *Addie! Eccoti. Che ne dici di una partita a scacchi col tuo vecchio?* Così continuavo ad andare a trovarlo, attraversando il nord di Londra dopo il lavoro, dapprima negli accecanti crepuscoli estivi, poi nelle serate autunnali, e infine nelle notti gelide dell'inverno cui seguiva una bella primavera londinese. Mi ero resa conto che erano trascorsi dodici mesi dalla morte di mia madre da come era cambiata la corteccia sugli alberi in Hampstead Heath e da quanto si allungavano le ombre del piccolo supermercato fuori dalla metropolitana quando voltavo l'angolo per andare verso casa dei miei genitori.

Molto prima che Venetia buttasse lì qualche idea su come commemorare il Giorno della sua Morte, io avevo iniziato a temerlo. Ma il calendario appeso nella cucina della pasticceria aveva una grossa macchia rossa sull'angolo del 15 maggio – salsa di lampone credo – che sembrava ingrandirsi ogni volta che sollevavo lo sguardo dalla torta di compleanno della signora Saunders. La stavo decorando con settantacinque pallide roselline di zucchero, deglutendo a fatica ciò che risaliva dall'esofago, come pigre bolle d'aria in uno stagno.

Venetia aveva voluto riunire una parte della famiglia: Jas e la signora Baxter, il fratello di mio padre Fred, e una serie di cariatidi familiari che vivevano nelle vicinanze. Voleva «trovare conforto nella compagnia reciproca» e «trascorrere questa giornata tra i familiari più stretti», cosa che, secondo il suo consulente del lutto, avrebbe rappresentato un passo importante verso lo Stadio Cinque del processo di rielaborazione. Piuttosto ottimista, direi, visto che mio padre aveva a malapena superato la fase di "Negazione". Sebbene di solito tendessi ad accontentare Venetia, soprattutto quando la vedevo dedita a qualcosa, questa volta avevo cercato di oppormi. Stare nella nostra grande e luminosa cucina dove mia madre era così palesemente assente non era neanche lontanamente il modo in cui volevo trascorrere la giornata, ed ero alquanto sicura che per mio padre fosse lo stesso. Tuttavia lei aveva ignorato ogni mia obiezione, aveva fatto cambiare il mio turno e ordinato alla pasticceria una mastodontica scatola di dolci, assicurandosi che uscissi in tempo per portarli a Rose Hill Road.

E così ora mi ritrovavo lì. Il portoncino emise il suo solito lieve lamento mentre varcavo l'ingresso con il fiato involontariamente trattenuto. Ma era tutto molto calmo, l'orologio a pendolo ticchettava nell'angolo come aveva sempre fatto e c'era il solito odore, di libri, polvere e del detergente alla lavanda della signora Baxter, sebbene alla stessa ora dell'anno precedente mia madre fosse morta. Alla mia destra, le giacche erano appese al vecchio attaccapanni nell'angolo e vari ombrelli sgocciolavano sulle mattonelle del pavimento, segno che la famiglia si era riunita da poco.

In silenzio attraversai l'ingresso, guardando la luce che filtrava dalla porta delle scale che conducevano alla cucina nel seminterrato. Giungeva un borbottio smorzato, poi udii una risata, subito soffocata in un discreto colpo di tosse: era dello zio Fred, che viveva a Cambridge con i suoi tre cani e una collezione di macchine arrugginite che riparava in continuazione. Tesi l'orecchio nella speranza di sentire un qualche suono di risposta da parte di mio padre, ma la sua voce profonda e leggermente rauca non poteva spiccare in quel lieve chiacchiericcio. Ultimamente aveva lavorato senza sosta e sospettavo che la sua acidità di stomaco fosse peggiorata. Speravo fosse andato dal medico il giorno prima, come previsto. Qualcuno biascicò un'altra domanda: Jas, probabilmente, che doveva essersi precipitato direttamente dall'ospedale per aderire all'invito di Venetia.

I miei piedi si bloccarono sulla moquette di sisal al pensiero di tutte quelle persone disposte intorno al grande tavolo della cucina. Il consulente del lutto di Venetia aveva suggerito di lasciare la sedia di nostra madre vuota, in segno di rispetto. Odiavo il consulente del lutto, un uomo dall'aspetto cadaverico di nome Hamish McGree, e odiavo l'idea di quella sedia visibilmente vuota, con i braccioli ricurvi, lo schienale dritto e il cuscino a scacchi colorati che mia madre usava per la sua schiena malandata. Cercai di ricordare l'ultima volta che l'avevo vista seduta lì, mentre guardava il giardino con espressione distante e concentrata sulle faccende da sbrigare, oppure corrucciata se scorreva i titoli dei giornali. Ma non ci riuscivo. Il suo viso restava confuso e sfocato. L'unica cosa che distinguevo di lei erano piccoli frammenti: le sue mani, dalle dita lunghe e leggermente affusolate come le mie, o le ciocche di capelli che si curvavano in avanti quando si chinava per soffiare nel suo caffè, che amava tiepido e con tanto latte. Era stato così durante l'intero anno: mentre la gente intorno a me ricordava momenti divertenti, intere conversazioni e pomeriggi trascorsi in sua compagnia, io avevo ancora difficoltà a ricordare la sua faccia, il modo in cui si metteva il rossetto la mattina, il contrarsi impaziente della sua bocca, e quando di notte si stringeva le spalle per il freddo, mentre cercava in giro la sua sciarpa. Era una pioggia di ricordi frammentati e la mente sembrava pretendere da me che li ricomponessi. Ma la mia capacità di ricordare era impantanata nello stesso sterile luogo in cui erano scomparse anche le mie lacrime, un alveo prosciugato di inutile dolore, dove i ricordi precipitavano rotolando, mai connessi, mai integri e, in un modo o nell'altro, mai belli.

Altre risate soffocate, convertite discretamente in colpi di tosse, e proprio in quel momento realizzai che per niente al mondo avrei sceso quelle scale, fino alla sedia vuota e al ricordo sfocato del suo viso. Lasciati alle spalle i gradini della cucina, con un tonfo sordo abbandonai la scatola di dolci sul tavolino dell'ingresso. Poi, con la giacca fradicia, la borsa e tutto il resto, varcai d'un fiato la porta sulla destra e mi accasciai lungo la parete. Per un lungo istante rimasi semplicemente lì, a godermi la piacevole oscurità degli occhi chiusi dopo una lunga giornata trascorsa a fissare la macchia di lampone sopra il 15 maggio. Il ticchettio dell'orologio appeso alla parete si sentiva più forte, ma il suono era in un certo senso confortante, come un battito cardiaco. Alla fine espirai e aprii gli occhi, respingendo una fitta di paura per il coraggio che stavo dimostrando. Venetia si sarebbe infuriata.

Lo studio di mia madre. Non ci entravo da molto tempo, da quando ero stata lì con Venetia per i biglietti funebri. Avevamo ispezionato con cautela la scrivania in cerca della sua rubrica e ne eravamo uscite praticamente di corsa. Ogni tanto la signora Baxter suggeriva di dare una ripulita, ma ogni volta Venetia liquidava l'idea con un cenno della mano, così la stanza era rimasta esattamente com'era la mattina in cui mia madre era uscita per tenere un'ultima volta il suo famoso seminario "Nuovi sbocchi creativi per scrittrici". I libri, i raccoglitori e i fogli erano ordinati con cura sugli scaffali, i post-it che si era permessa di attaccare erano sparsi qua e là, le penne dritte come scovolini, in una vecchia tazza troppo buona per essere buttata via, sembrava stessero aspettando mia madre, che amava le matite dritte, appuntite e pronte all'uso. C'era il suo telefono, un vecchio modello a rotella, color senape, e il suo secretaire che troneggiava contro la parete con i cassetti, gli scomparti e i gingilli che le avevamo regalato per Natale o per il compleanno, perché sapevamo che le piacevano le cose ordinate e messe a posto.

Si era fermata qui ogni sera, una scheggia di lei visibile dalla porta socchiusa mentre lavorava agli appunti, ai saggi degli studenti o ai manoscritti, o, più banalmente, leggeva il giornale. Lo leggeva con un fervore quasi religioso, ogni notte, che fossimo addormentate o sveglie, a letto con la varicella o fuori in città. A volte, la osservavo aprire il giornale, che ricopriva l'intera scrivania, e speravo che guardasse me, o almeno il ladro che si nascondeva nel mio armadio, con anche solo metà della concentrata attenzione che riservava a ogni minimo annuncio sul retro, ai necrologi e al rapinatore arrestato a Leeds. Ma le cose tra me e mia madre erano complicate. Era soprattutto colpa mia, davvero, perché ero troppo fragile, lo ero sempre stata. Non prendevo in mano le redini della mia vita, non avevo le spalle larghe. Mia madre non era fragile e non era debole. Era come una gemma dura e splendente. Per quanto ci sforzassimo, la mia personalità ansiosa di piacere e la sua invece così brillante non potevano fare altro che cozzare, ogni volta, inevitabilmente. Era come accarezzare un gatto con una spiga, o come una perfetta crema alla vaniglia che si smonta. È così che erano andate le cose tra me e lei.

Non so quanto rimasi in piedi lì dentro, sulla soglia del suo spazio, respirando il vago ricordo dei suoi libri e la determinazione che aveva costituito la vera essenza di mia madre. Attendevo le lacrime sperando mi sovvenisse almeno un ricordo bello di lei, anche piccolo, perché oggi, tra tutti i giorni, avrei dovuto ricordare il suo viso, avrei dovuto ricordarla in modo chiaro e completo.

Era ovvio che qualcosa dovesse accadere, e così fu.

Squillò il telefono.

2

Nell'oscurità dello studio, quel suono era strano, come sentire una sirena sott'acqua. Per un attimo rimasi pietrificata. Il secondo squillo giunse troppo presto e, non appena udii l'eco del telefono nel corridoio, mi lanciai sulla scrivania e sollevai il ricevitore.

«Sì?» sussurrai, lanciando un'occhiata nervosa alla porta. Non desideravo che mi trovassero appostata nello studio buio di mia madre, mentre avrei dovuto osservare il lutto al piano di sotto.

«Signora Harington?»

Premevo così forte la cornetta che la voce all'altro capo del filo penetrò come un coltello nell'orecchio. Soffocando un urlo, allontanai di scatto il ricevitore color senape, che urtò la superficie della scrivania.

«Signora Harington? Mi sente?» gracchiò il telefono. Era un uomo: parlava lentamente e con voce roca. Ma la signora Harington, be', non poteva esattamente sentirlo.

«Mi scusi, sì, mi dica» risposi esitante alla cornetta, lanciando un'altra occhiata alla porta e schiarendomi la gola.

«So che preferisce non essere contattata a questo numero,» disse la voce «ma da qualche settimana non risponde al cellulare. Mi domandavo se fosse spento… Per tanto tempo non è arrivato nulla, quindi come da lei richiesto non l'ho contattata. Ma poi, di punto in bianco, ho ricevuto una lettera alquanto interessante, che vorrei farle avere al più presto, e dato che mi aveva chiesto di non inviarle niente senza preavviso...»

La signora Harington non c'è. Diglielo, Addie.

«Una lettera?» chiesi all'estraneo che aveva telefonato alla mia defunta madre.

«Non ne sono sicuro, perché potrebbe rivelarsi un altro buco nell'acqua, però...» S'interruppe per un attimo, ma ormai pendevo dalle sue labbra. «La linea è disturbata, temo, quindi scusi la concisione, ma riceverà presto una lettera. In ogni caso, il 14 febbraio» si sentì un crepitio «sembra ci sia stato...»

Il 14 febbraio? Corrugai la fronte e aprii la bocca per fare la domanda più ovvia, ma proprio allora udii un altro rumore. Era l'allarmante cigolio della porta della cucina, seguito da passi sulle scale.

«Mi scusi» sussurrai al telefono. «Devo andare. Mi dispiace tanto. La richiamo io» aggiunsi per sicurezza.

Dopo aver riagganciato, realizzai che in realtà non conoscevo né il nome né il numero dell'uomo. Né avevo la minima idea di cosa volesse. E aveva detto davvero «il 14 febbraio»? Strano perché... ma cosa sapeva del 14 febbraio? E, ora che ci penso, chi era? Guardai accigliata il telefono, dimenticando i miei occhi asciutti e il groppo a forma di troll che avevo in gola. La signora Baxter potrebbe saperlo. Devo chiederglielo.

Voci nel corridoio. Scalpiccio sulle mattonelle, ticchettio di tacchi che entravano e uscivano dal bagno, cigolii del portone.

«Allora a presto.» Oltre la parete si distingueva la voce di Jas. «Zio Fred, posso darti un passaggio alla stazione? Devo schizzare di nuovo in ospedale.»

«Non ho idea di *dove* sia Addie. Aveva *detto* che sarebbe venuta.»

La raucedine smussava il tono irritato di Venetia; si distingueva una punta di fastidio. Nel mio nascondiglio, con la mano ancora posata sul telefono color senape, mi facevo piccola piccola al pensiero dell'inevitabile momento in cui mi avrebbe scovata.

Dopo un altro rumore di passi, finalmente tornò il silenzio. Aguzzai le orecchie. Magari se n'era andata anche Venetia, lasciando a qualcun altro la cucina da pulire. Potevo sgattaiolare fuori e ritrovare la scatola dei dolci, la signora Baxter e mio padre. La specialità di oggi era il *biscuit roulé*, per il quale avevo utilizzato cinque rotoli di soffice pan di spagna, aromatizzati alla vaniglia e tempestati di saporiti lamponi rosso rubino. Ne avevo aggiunti alcuni alla scatola dei dolci perché, alla fine di una giornata lunga e impegnativa, non c'era niente di meglio che una tazza di tè Golden Oolong della signora Baxter con una fetta del paradisiaco *biscuit roulé* ripieno di crema.

La mia borsa di Whistles era per terra, e la mia giacca, che avevo lanciato sulla poltroncina quando era squillato il telefono, era scivolata sul pavimento, spargendo qualche monetina sul tappeto, unico elemento di disordine in quella stanza impeccabile. M'inginocchiai velocemente per raccoglierle e, mentre stavo per rialzarmi, qualcosa sotto la scrivania catturò la mia attenzione. In fondo, nascosta con cura tra le gambe del mobile, c'era la borsa di mia madre. La fibbia casualmente rifletteva un raggio di luce.

La guardai per un attimo, poi, prima di cambiare idea, allungai il braccio. Era una borsa vintage di Hermès grigio antracite ed elegantemente robusta; insomma, era vintage adesso, ma non quando la mamma l'aveva comprata negli anni Settanta. L'aveva acquistata con i soldi del primo premio che le era stato assegnato, per una cosa sui contemporanei di Jane Austen, all'epoca molto più celebri, ma attualmente per lo più ignorati. Carezzai il fianco della borsa, sentendo la pelle incresparsi sotto le dita. Non avevo idea di cosa ci facesse lì, ma, del resto, dove avrebbe dovuto essere? Mio padre dormiva ancora sul lato destro del letto accanto al cuscino e alla coperta di sua moglie, e persino il libro che mia madre stava leggendo era rimasto aperto alla base della sua lampada. Venetia, nonostante fosse sbrigativa in generale e riguardo ai miei molteplici difetti in particolare, su nostra madre era talmente imprevedibile che avrebbe potuto impacchettare con la pellicola l'intero studio così da conservarlo intatto per l'eternità. Per questo avevamo lasciato i guanti da giardinaggio di mia madre posati sul bordo del secchio, con la forma indelebile delle sue mani, *Gli anni fulgenti di Miss Brodie*, gonfio di umidità, dietro l'ansa del lavandino nel bagno al piano di sotto, la sua giacca sull'attaccapanni all'ingresso e il suo shampoo nella doccia. Qualcuno avrebbe dovuto scrivere una lettera di reclamo a Hamish McGree.

Posai la borsa sulla scrivania. Se mai ci fossimo decise a riordinare le sue cose, probabilmente Venetia si terrebbe la borsa di Hermès. Lei e mia madre erano accomunate dalla stessa eleganza semplice e discreta, amavano apparire belle e ogni piccolo lusso che possa rallegrare una giornata. Venetia sapeva puntualmente cosa regalarle per il compleanno, e puntualmente quel dono mandava in estasi mia madre. Mentre la guardavo scartare il premuroso regalo di mio padre o quello stiloso di Venetia, dovevo trattenere le mani dall'impulso di nascondere il mio, scelto con faticosa agonia, perché sapevo che non sarebbe stato neanche lontanamente perfetto o bello quanto lo scialle di cachemire che Venetia le aveva regalato per le serate più fredde.

Stranamente però, mia madre somigliava molto più a me che a mia sorella. Eravamo entrambe piccole di statura, minute, con una nuvola di indomabili ricci scuri, occhi grigi leggermente a mandorla e distanziati sopra un naso piccolo. Ma essere una pasticciera significava grossi grembiuli e retine per i capelli, mani rovinate e vestiti sempre appiccicosi di zucchero e di mirtillo per i ripieni. Al contrario, mia madre aveva una meticolosa cura per i suoi vestiti, perché da giovane non aveva avuto molti soldi. Per quanto cercassi di darmi una sistemata prima di tornare a casa da scuola, e in seguito quando passavo per il pranzo domenicale, inevitabilmente scovava uno strappo nella mia manica o un pizzico di farina sulla schiena e si accigliava per la mia trascuratezza.

La borsa di Hèrmes rappresentava una singolare eccezione. Quando eravamo andate a comprarla, lungo la strada Venetia si era addormentata nel passeggino, ed ero stata io ad aiutare nostra madre ad allineare le candidate sul bancone, a indicare gli scomparti dentro cui avrebbe potuto tenere le cose in ordine, ad avere il guizzo di pensare che il grigio sarebbe stato più pratico del beige chiaro. Ma ben presto Venetia aveva iniziato a camminare e a parlare, e a fare ogni genere di cosa fantastica. Avevo dieci anni e lei sei quando, in modo fermo e senza sforzo, aveva rivendicato la mamma tutta per sé. E nostra madre, che con me era sempre impaziente, affaticata dai tentativi di farmi tenere la schiena dritta per rendermi meno insicura, aveva gravitato volentieri intorno a Venetia, che era sveglia, fidata e decisa. Ci avevo messo un po' a capirlo e ad accettarlo, e in breve avevo rinunciato a competere con la mia brillante sorella, destinata a diventare un architetto con un piccolo ma rinomato studio a nord di Regent's Park. E quando Jas, che era nato con uno stetoscopio in mano e vagonate di determinazione, si era rivelato il più giovane chirurgo per le mani nell'area metropolitana di Londra, avevo smesso del tutto di competere con i miei fratelli e mi ero adagiata nella mia modesta vita da pasticciera in un negozietto appena avviato di Kensington. *Ha tutto il mondo a disposizione e cosa decide di fare? La fornaia*, avevo sentito borbottare più di una volta mia madre mentre ne parlava a mio padre. Alla fine avevo smesso anche di portare torte, dolci e pane a casa per i pranzi della domenica, ritenendo che ai miei genitori ricordassero troppo la mia carriera mediocre e così lontana dalle loro aspettative.

Esitai un attimo prima di sollevare la borsa di Hermès, sentendo lo spessore della pelle sulla mia spalla, la tracolla che mi stringeva il braccio. Mia madre aveva comprato altre borse dopo quella, ma tornava sempre alla sua Hermès. *Mi ricorda quanta strada ho fatto*, mi aveva detto una volta, così che, quando la vedevo appesa al suo braccio, avvertivo una ridicola fitta di piacere, convinta irrazionalmente che il pomeriggio trascorso con lei a sceglierla mi rendeva complice del suo vestiario e di quanta strada lei avesse fatto. Per qualche motivo, ero restia a lasciarla a Venetia. Ma avrei dovuto chiederglielo…

Passi improvvisi e un rumoroso sbuffo di fastidio annunciarono l'imminente arrivo di mia sorella. Fu in quel preciso istante, un attimo prima che si aprisse la porta dello studio, che decisi per qualche misteriosa ragione di non parlarle della borsa di mia madre. Dopo averla messa dietro la schiena, afferrai la giacca per nasconderla.

«Adele.»

Venetia mi stava osservando attraverso i suoi occhiali neri con la montatura di corno. Aveva i capelli raccolti in una coda e, fatta eccezione per una protuberanza perfettamente tonda, come se si fosse infilata una grande palla da basket sotto il costoso vestito da gravidanza, era così magra e aveva gli occhi tanto gonfi che mi sentii in colpa per averla piantata in asso. Spostai la Hermès per nasconderla meglio dietro la schiena e rovistai in maniera impacciata nella mia grande sacca di Whistles prima di appenderla all'altro braccio.

«Mi dispiace, Vee, davvero, non so cosa mi sia preso, ero così…» Vidi la sua bocca contrarsi dall'impazienza e istintivamente mi sforzai di smettere di blaterare. «Come sta papà?»

«Gli avrebbe fatto bene la tua compagnia oggi, e a me avrebbe fatto piacere ricevere aiuto. Senza parlare delle torte, che mi sono costate una fortuna» rispose stizzita.

«Vee, mi dispiace...» Allungai la mano per toccarle la spalla, ma lei si voltò e si guardò intorno, accigliata.

«Continuo a sperare che tutto diventi più facile... Ma che diavolo ci fai qui? Non eravamo d'accordo di lasciare le cose come stanno, per il momento?»

Invece di annuire, replicai: «Magari, non sarebbe una cattiva idea cominciare a gettare qualcuna delle sue cose... Forse a papà non fa bene sentire costantemente la sua presenza».

Venetia rispose imbronciata: «Addie, te lo ripeto, non siamo pronte. E tu sai benissimo che papà non lo è affatto».

Come poteva sapere chi fosse pronto o meno se si faceva vedere poco e solo per dispensare la dubbia saggezza di Hamish McGree e la sua ancor più dubbia zuppa di pollo?

«Dai, su, mangiamoci un pezzo della tua torta» propose quando distolsi lo sguardo. Mi precedette a lunghi passi, l'unica donna nel terzo trimestre di gravidanza ancora in grado di camminare su tacchi di dieci centimetri.

Esitai, ormai conscia del fatto che avevo rubato la borsa di Hermès. Non c'era più modo di rimetterla a posto senza essere scoperta. Non che non potessi avanzare delle pretese, ma su certe cose Venetia aveva delle idee tutte sue. Si voltò e sussultai, ma era solo per dire: «Mi pareva di aver sentito squillare il telefono, prima».

«Sì, be', sai, era...» cominciai, ma poi tacqui, perché, in fondo, che cosa era stato veramente? Uno sconosciuto che chiamava mia madre? Io che facevo finta di essere lei?

«No, nulla, solo una chiamata promozionale.»

Innervosita dalla menzogna che mi era così facilmente uscita dalla bocca, la seguii in soggiorno, approfittandone per nascondere bene la Hermès in fondo alla mia sacca. «Sai se papà è andato dal medico ieri?»

«Dal medico? Perché? Chiudi la porta, per favore.» Mi aspettava all'ingresso, tenendosi goffamente il pancione per dare sollievo alla pelle tesa, mentre sotto il suo abito trapelavano le scapole.

«Ha avuto ancora quello strano bruciore di stomaco.»

«No, non ne so nulla. Non me l'ha detto.»

«Glielo hai chiesto? Devi chiedere. Di sua spontanea volontà non dice nulla.»

«Adele, se non sapevo che doveva andare dal medico, come potevo sapere di dovergli chiedere qualcosa?»

Prima che potessimo continuare questa conversazione altamente costruttiva, la porta sugli scalini della cucina si aprì e apparve la signora Baxter, seguita a ruota da mio padre, che aveva in mano una tazza di tè.

«Addie!» La faccia della signora Baxter si illuminò, mentre avanzava per darmi un rapido abbraccio con un braccio solo, poiché con l'altro teneva la borsa e un pacchetto di sigarette. «Pensavamo di averti persa. Come stai, tesoro? Signor H, guardi chi spunta come il prezzemolo!»

Continuando a tenere il braccio intorno alle mie spalle, mi girò verso mio padre che esclamò cortesemente: «Addie,» e aggiunse «ci stavamo chiedendo dove fossi finita».

La signora Baxter mi diede un'altra calorosa stretta. «È così bello vederti, Addie, tesoro. Me ne stavo giusto andando, per servire la cena al signor B. Ma posso restare: chi vuole un'altra tazza di tè?»

Mio padre guardava con desiderio la sua tazza, che chiaramente intendeva godersi in privato. Risposi velocemente: «Per me no, signora Baxter, arrivo dritta da Grace. Mi dispiace di essere in ritardo e… ma come stai, papà?»

Non lo abbracciai, non eravamo il tipo di famiglia che si abbracciava, si baciava o si scambiava effusioni, però diedi un'occhiata furtiva per verificare se stesse deglutendo, una manifestazione del bruciore di stomaco, o se le sue occhiaie fossero diventate più profonde per la mancanza di sonno. Da giovane giocava a cricket, «una promessa di gloria nazionale per il suo paesino» diceva sempre sua madre, perciò né il lutto, né il digiuno, né tanto meno il duro lavoro potevano ridurre la larghezza delle sue spalle o la lunghezza del suo passo. Eppure, se lo osservavi da vicino, sembrava che in quegli ultimi dodici mesi si fosse in qualche modo ristretto; il viso appariva logoro, quasi consunto, con la pelle che si ripiegava su se stessa creando solchi profondi sulla fronte e intorno alla bocca.

«Vado di sopra» disse, cullando la tazza di tè. «Devo controllare dei documenti.»

«Non vorrai mica lavorare anche oggi?» risposi preoccupata.

«Lascialo stare, Addie» s'interpose Venetia, esitando di fronte all'ombrello bagnato che qualcuno aveva lasciato sul tavolino all'ingresso. «Ognuno ha il diritto di fare quel che vuole, sai.»

Ignorando quella sfacciata dimostrazione di ipocrisia che proveniva da una che aveva sempre consigli da dispensare, continuavo a guardare mio padre, cercando qualcosa da dire che non riguardasse mia madre. «Uhm, com'è andato l'appuntamento dal medico ieri?»

Per un attimo parve assente. «Oh, alla fine ho dovuto cancellarlo, ho così tanto da fare in ufficio. Walker era a casa malato e ho dovuto sostituirlo in una riunione. Ma è la solita fitta occasionale, niente di cui preoccuparsi.»

«Papà,» dissi esasperata «ci sono volute settimane per prendere un appuntamento con quello specialista, Jas ha dovuto insistere molto».

«Addie, sto bene.» Il tono era irritato; sentii la signora Baxter accanto a me sospirare leggermente, perché mio padre stava sempre "bene", in ogni circostanza. Qualche volta elaborava e sosteneva di stare «veramente bene», altre volte «bene, davvero»; occasionalmente «le cose andavano bene» o, se voleva sembrare particolarmente gioviale, «andava tutto bene».

«Me ne vado, allora» disse la signora Baxter, rassegnata, «visto che è sicuro di stare *bene*, signor H.» Sollevò la sigaretta in un saluto sarcastico. «Ci vediamo domani, allora, giusto?»

«Certamente. Grazie di tutto, signora Baxter. Mi saluti suo marito.» Mio padre non vedeva l'ora di ritirarsi. Aveva un piede già sul primo scalino quando si fermò, si voltò verso di me e disse, sottovoce, in modo che nessun altro potesse sentire: «Tu stai bene, invece, Addie? Oggi, intendo».

Mi guardava dritto negli occhi con un'espressione così piena di un'improvvisa angoscia, di amore e solitudine, che d'impulso avanzai per gettarmi tra le sue braccia come facevo da bambina. Ma proprio in quel momento ci fu un po' di trambusto e uno strillo: Venetia aveva appena evitato che il suo pancione fosse infilzato dall'ombrello dimenticato, che si era aperto perché la signora Baxter aveva cercato di scuoterlo. Mio padre, realizzando che ogni tipo di contatto umano poteva costringerlo a essere di nuovo parte del mondo, si ritrasse di colpo e si schiarì la gola in modo impacciato.

Mi fermai davanti a lui. «Sto bene, papà, sto bene.»

Oh, per l'amor del cielo. Quando la smetteremo tutti quanti di stare *bene*?

«Be', a ogni modo sono contento che tu sia venuta» disse con aria un po' vaga. «Ci vediamo domani, okay?»

«Sì, papà. Ti auguro una buona serata.»

Continuando a stringere la tazza di tè, salì le scale. Sentii la porta aprirsi, poi chiudersi, e lui svanì.

La signora Baxter si era avvicinata per guardarlo andarsene; teneva le mani strette intorno alle pieghe umide dell'ombrello.

Quando si accorse che la fissavo, strinse le labbra e scosse la testa.

Venetia, che si stava ispezionando il pancione con espressione preoccupata, non si era accorta di nulla. «Signora Baxter, come ha potuto? Saremo sommersi da una montagna di sfortuna, e per di più accanto al bambino. Cosa sarebbe successo se...?»

Ma non sapremo mai esattamente cosa l'ombrello della sfortuna avrebbe potuto fare al nascituro, perché all'improvviso giunse un rumore dal portoncino. Qualcuno stava salendo le scale. Ci girammo come se aspettassimo che suonasse il campanello, ma i passi scesero i gradini. Poi tornarono su ancora.

Guardai Venetia.

«Scommetto che è zio Fred e questo aggeggio infernale dev'essere suo» disse lei cupa. «Svelta, rendiamoglielo, forse la sfortuna passerà a lui.» Spalancò la porta. «Tieni...»

Stava quasi gettando l'ombrello fuori dalla porta, ma si bloccò perché in effetti il visitatore non era grasso, barbuto e allegro come lo zio Fred.

Si trattava di una donna.

La sua sagoma si stagliava contro le ultime luci del pomeriggio, ed era piegata leggermente in avanti per evitare le gocce di pioggia che cadevano dal glicine sopra la porta. Era alta e magra, e il suo viso sembrava consistere principalmente in angoli e zigomi sporgenti che salivano e scendevano intorno agli occhi grigi. Il volto pallido era incorniciato dai capelli ben tirati indietro. Non l'avevo mai vista prima.

In silenzio attendevo che Venetia salutasse la donna, pensando che l'avesse invitata per l'incontro pomeridiano. Mi girai a prendere la scatola dei pasticcini, che avrei dovuto portare giù, quando sentii Venetia chiedere con una certa impazienza: «Mi dica, posso aiutarla?» Dondolava da un piede all'altro, morendo chiaramente dalla voglia di sedersi.

La donna guardò Venetia, che reggeva il suo pancione e l'ombrello, e me, carica della mia borsa strapiena e della scatola di dolci, con le eleganti strisce rosse e bianche e la scritta "Grace's Patisserie" stampata di lato.

«Sì» rispose la donna, e la sua voce era inaspettatamente melodiosa a dispetto delle linee spigolose e simmetriche del viso. «Veramente non ne sono sicura, ma spero di sì.» Fece un'altra pausa, osservando me e Venetia. Infine si decise.

«Scusatemi per l'interruzione, ma sto cercando la signora Harington. Elizabeth Sophie Harington. Da nubile si chiamava Elizabeth Sophie Holloway. È possibile parlare con lei?»

Di scatto sollevai la testa e mi girai verso la porta. Era la seconda volta che qualcuno chiedeva di mia madre quel giorno, proprio mentre ne commemoravamo la morte.

Di fronte alle nostre facce pietrificate, la donna esitò un istante, poi parlò velocemente, tirando fuori le frasi successive in modo così rapido che le parole si confusero le une con le altre. «Penso che lei… insomma, ho appena scoperto che… Elizabeth… vedete, lei è mia madre.»

Limpsfield, 17 luglio 1958

Oggi ho comprato un diario nuovo, dal gentile signor Clark sulla via principale. Gli era arrivato in un nuovo colore, rosa satinato, e mi ha mostrato il piccolo fermaglio in copertina e i fiori su alcune delle pagine. Perfetto per una ragazza carina come te, mi ha detto facendomi l'occhiolino. Le sue intenzioni erano buone, ne sono sicura, ma io non lo volevo. Ho invece preso quello grigio scuro, quasi nero, perché sapevo benissimo che non sarebbe stato un anno rosa satinato. Ho scelto quello con la carta un po' più spessa, anche se era più costoso, perché avevo la sensazione che quest'anno avrei avuto bisogno di una carta più spessa. Una carta spessa e assetata, che possa assorbire tutti i miei pensieri, le lacrime e le vicende terribili che stanno succedendo nella mia casa.

Sull'autobus ho scritto il mio nome sul frontespizio, come faccio sempre, Elizabeth Holloway, e l'anno: 1958. Poi mi sono resa conto che quando avrò ricoperto tutte le pagine assetate con i miei pensieri e le cose che dovrò fare (e che non mi sarà concesso fare), quando tutte le cose terribili che so che stanno per succedere accadranno, quando avrò finito il diario, insomma, vorrà dire che mia madre sarà morta. Scomparsa, deceduta. Sepolta, che se ne sarà andata per sempre.

Stupida signora Farnham, quando l'altro giorno l'ho incontrata dal macellaio, l'ha chiamata consunzione e mi ha detto di non avvicinarmi troppo a lei o saremmo stati tutti rasi al suolo nel giro di qualche giorno. L'ho piantata lì mentre faceva la fila, anche se mi ero offerta di correre a prendere le ossa e le zampe di gallina per il brodo della mamma. Non sopporto le persone stupide come lei. Non capisco come si permetta di farsi gli affari di mia madre e, in ogni caso, non si tratta di consunzione. Ho origliato alla porta mentre c'era l'infermiera, ho controllato tutti i libri della biblioteca della scuola e so esattamente cos'è. È un ammasso nei suoi polmoni. Credo dipenda dall'inverno, quando la nebbia si infittisce e tutti tossiscono fino a primavera. Solo che la mamma ha continuato a tossire l'estate, e per un altro autunno nebbioso, e poi ancora un altro inverno, finché non è diventato quello che è adesso. Un male incurabile. Cancro, lo hanno chiamato quando finalmente è andata in ospedale. Incurabile, semplice e chiaro; così semplice e chiaro come morire, essere sepolti e scomparire.

Mio padre non ne parla mai, non parla nemmeno del presente o di quello che sarà. Forse crede che una sedicenne non debba sapere nulla di cose come mali incurabili, padelle e iniezioni di morfina, ma come diavolo può pensare che non senta mia madre tossire fino alla morte? Tossisce con rantoli secchi, che devono essere dolorosi. Di sicuro comportano molto sforzo e ogni giorno aumentano in maniera graduale e con fatica. All'inizio ero terrorizzata quando la sentivo tossire, aspettavo che passasse ed ero sollevata quando trascorreva una buona notte, quando tutto era silenzioso. Ora quello che mi spaventa di più è non sentirla tossire. È diventata una misura della mia vita, un fragile barometro di speranza e disperazione, e riesco a percepirlo intorno a me, strisciare in ogni camera, seguire i miei passi quando salgo le scale per andare nella stanza di mia madre. È filtrato attraverso le tende del salotto e gli schienali scolpiti delle sedie della sala da pranzo che ora non usiamo più. È annidato nelle piastrelle del pavimento della cucina dove ultimamente si agita solo Dora. È sospeso nell'aria umida durante i giorni del bucato e crepita nel fuoco quando mia madre mi spazzola i capelli il venerdì sera. Non sono più una bambina ma glielo permetto lo stesso perché so che presto non sarà più qui a farlo. La tosse è l'ultima cosa che sento quando esco per andare a scuola la mattina e la prima quando apro la porta sul retro il pomeriggio, dopo essere saltata giù dall'autobus e aver percorso la discesa correndo per godere quanto più possibile del tempo prezioso che posso trascorrere con lei. Prima che papà torni dal lavoro in banca e mi spedisca in camera, prima che l'infermiera di quartiere arrivi per la puntura della sera e la mente di mia madre si annebbi per il dolore e la morfina.

Ora me ne sto seduta qui, aspettando che suor Hammond esca. Ho preso in prestito un nuovo libro dalla biblioteca, intitolato *Mi piace qui*, abbastanza divertente da occuparmi la mente. Probabilmente dovrei studiare i verbi latini per iniziare la scuola con il piede giusto dopo le vacanze estive, così che dopo possa proseguire all'università come abbiamo deciso insieme alla mamma. Ma non riesco a concentrarmi sui libri o sui verbi, mentre ascolto la voce di suor Hammond in fondo alla sala, e non riesco nemmeno a pensare al mio futuro, con tutte le preoccupazioni e le paure che mi affollano la mente. Scriverle e rinchiuderle tra queste pagine assetate è l'unico modo per evitare che riaffiorino e che prendano il sopravvento, così ho deciso che i verbi possono aspettare. Preferisco scrivere delle strade qui sotto, ancora calde e polverose nel sole del tardo pomeriggio. O del rappresentante quattro isolati più in giù, che suda nel suo completo mentre si sposta di casa in casa. O dei bambini al numero quattro che fanno a gara per strada e mentre corrono chiamano gli amici.

Tutti a scuola sono eccitati per le vacanze estive, che trascorreranno in posti come Brighton, Blackpool e Torquay. Torquay è dove andrà Judy. Un po' di tempo fa, sua madre gentilmente mi ha chiesto di andare con loro. Ma io ho risposto subito di no e non l'ho neanche accennato alla mamma perché non esiste che me ne vada adesso. La mamma di Judy non ha insistito. Ha perso due fratelli durante la guerra e penso capisca che quando qualcuno sta morendo il tempo scivola via veloce, come il mercurio, come l'acqua attraverso una forchetta, e che ho bisogno di più tempo con mia madre se voglio sopravvivere il resto della mia vita senza di lei.

Ho fatto una lista dei libri che so che vorrebbe leggere, come *Il lungo sguardo*, che è un po' triste, e *L'erba canta*, che papà non vuole che leggiamo perché dice che sono solo stupidaggini comuniste. Ho evidenziato nel *Radio Times* i programmi che ascolteremo, e così trascorrerò l'estate del 1958 accumulando letture, programmi radio e chiacchierate che dovranno bastarci per la vita.

Si chiude il portone e suor Hammond si avvia pedalando. Solleva un attimo la testa e la saluto, ma non sono sicura che riesca a vedermi, seduta sul davanzale, seminascosta dalle tende. Supera la signora Peckitt e la signora Smith che vivono dall'altra parte della strada, sedute sugli scalini di casa a chiacchierare, e si ferma a fare una domanda e a dare un'occhiata alla gola del bimbo aggrappato alla gonna della signora Peckitt. Mi piace suor Hammond, è sempre sincera e schietta, e tiene testa a mio padre quando dice a tutti quello che devono fare. E sono sicura che, dopo tutto il silenzio e la morte qui dentro, si senta sollevata nel guardare la vita, anche sotto forma di un bambino sporco dalla faccia rossa, che si agita di continuo nella strada afosa. Eppure mi meraviglio che, solo pochi minuti dopo aver visto mia madre, adesso possa ridere così facilmente con la signora Peckitt, i cui capelli ricci ondeggiano nella brezza della sera, e con la signora Smith che regge una scopa. Sembrano così a loro agio, quelle tre insieme, sprigionano vita e scoppiano di salute, così in forma e piene di gioia e con le gote rosa, con la loro interminabile scorta di tè per il mal di gola e tintura di iodio per le ginocchia sbucciate, rimedi semplici per mali semplici. Così diverse dalla mia mamma, che giace solo pochi portoni più giù, pallida e scossa dalla tosse, trascinata alla deriva lontano da me da un'ondata di morfina.

Le invidio, tutte quelle famiglie con i loro bambini allegri. Ci hanno sempre salutato educatamente e la mamma ha fatto qualche conoscenza nella via. Ma il vicinato è uno strano miscuglio di vecchie case che sono sempre state lì, come la nostra, e villette a schiera e nuove costruzioni, e in qualche modo c'è sempre stata una lieve diffidenza tra noi e i nostri vicini. È per via di mia mamma, che è più intelligente, brillante e divertente di tutte le casalinghe nei paraggi. Che si fa aiutare a pulire le finestre e fa il bucato di lunedì, che si fa portare la spesa a casa quando la maggior parte delle altre mamme si inginocchia per lavare le piastrelle da sole o va faticosamente in su e giù per la strada con la borsa della spesa più volte al giorno. È per via di me, che sono figlia unica, una liceale che prende l'autobus ogni mattina, che si distingue dalle grosse nidiate che si riversano dentro e fuori dalle case in un caos festoso, i cui figli escono in fila ordinata dalle scuole elementari e medie di zona. Ed è per via di mio padre, che rifiuta ogni progresso sociale, che detesta questi radiosi anni di abbondanza, che sembra disprezzare l'allegria, la leggerezza e le frivolezze, alimentando i suoi ricordi di guerra e morte con la devozione giustificata dalla propria superiorità morale.

Ma, soprattutto, è per via della Morte, che ha cominciato la sua lenta, inevitabile discesa in questa casa, che aleggia sopra il nostro tetto e dice a tutti che non siamo una buona compagnia.

Suor Hammond pedala e si allontana lungo la via. Riesco a scorgere la signora Peckitt e la signora Smith che si salutano, radunando i figli in casa per il tè. Presto nella via calerà il silenzio. Nelle case così fortunate da possederlo, le famiglie si appollaieranno intorno a un televisore, anche se da quassù non riesco a vederlo. Li immagino mentre guardano *Hancock's Half Hour* e il programma di cucina di Marguerite Patten o forse dello sport. Le ragazze a scuola parlano di programmi musicali, *Six-Five Special* e qualcosa che si chiama *Cool for Cats*, che sembra divertente. Ma io non li seguo. Mio padre non approva il televisore, non approva neanche molto di quello che passano alla radio, e di sicuro non ama il rock'n'roll. Neanche a me interessa molto, ma mi piacerebbe guardare *The Sky at Night*. Me ne ha parlato la signorina Steele a scuola e mi piace il titolo, considerato che spesso siedo sul davanzale della finestra a guardare il cielo.

Ora sto aspettando che sia notte e che mio padre vada a letto, per poter sgattaiolare nel corridoio e sedermi sulla sedia accanto al letto della mamma, a parlare o a leggerle qualcosa se lo desidera. Ma lui è ancora nella sua stanza, anche se sono quasi le nove. Li sento parlare, la voce rauca di mia madre punteggiata dalla tosse, e il latrato impaziente e discontinuo di mio padre. Mi chiedo di cosa stiano parlando. Mi domando spesso che cosa li abbia uniti all'inizio, perché nessuno in questo vasto, immenso mondo potrebbe essere più diverso di George e Constance Holloway, rispettabili abitanti di Bough Road, a Limpsfield. Mio padre è nato in questa casa, dove già avevano vissuto i suoi genitori. Anche lui alla fine morirà in questa casa, nello stesso rispettabile modo in cui ha vissuto, andando ogni mattina col suo completo scuro e la bombetta a lavorare in banca, e tornando la sera per cenare con la moglie e la figlia. Non ha bisogno di cambiare, mai e poi mai. Non vuole la luna, non è come mia madre: lei ripete sempre che, in quanto esseri umani sopravvissuti a due diverse versioni dell'inferno, abbiamo l'obbligo morale di rendere migliore questo nuovo mondo. "Va' e conquista la luna, Lizzie", mi ha detto il giorno in cui ho sostenuto gli esami a undici anni, o quando ho preso l'autobus per il primo giorno di liceo.

Non credo neanche che mio padre sappia cosa sia la luna, perché, al numero sette di Bough Road, le tende di velluto (appese lì da quando le ha messe la mia bisnonna Alice prima della Grande Guerra) vengono tirate alle otto in punto e lui si ritira alle undici e mezza, per alzarsi immancabilmente alle sei e un quarto la mattina, ogni giorno. Cosa ha fatto svolazzare mia madre nella sua vita, come un grazioso uccellino felice, cosa l'ha fatta posare su questa casa, che è così piena di lui da farlo trasudare dalle pareti silenziose, dai pavimenti lucidi e dagli angoli più bui? Mia madre e io amiamo le esposizioni di fiori e il circo, siamo andate agli spettacoli natalizi e al negozio di dolciumi, servendoci direttamente dai barattoli. Nei giorni di apertura dei palazzi signorili abbiamo fatto finta di essere ricche signore che prendevano il *cream tea*. In libreria mia madre impazziva e spendeva i suoi piccoli risparmi comprando libri che poi doveva nascondere a papà per evitare una predica sui lussi superflui. A volte mi sento come se mia madre e io fossimo solo delle ospiti in questa casa, degli inquieti uccellini in una casa di mattoni rossi, fredda e buia, che guardano la luna attraverso una fessura tra le tende di velluto della bisnonna Alice.

Sta scendendo la notte. Tra poco accenderò la luce e nasconderò il diario in un posto sicuro, sotto il bordo del tappetino accanto al letto, dove mio padre non potrà mai trovarlo. Ma fino alla fine voglio rimanere seduta accanto alla finestra perché fa troppo caldo qui dentro. Le rose in giardino emanano leggeri effluvi, la brezza mi solleva i capelli e mi fa sorridere. L'ultima luce aleggia sugli scalini dell'ingresso, sui bovindo e sui tetti ricoperti di muschio, mentre la strada si prepara alla notte. È il tipo di notte che spero non finisca mai, perché appena scende l'oscurità e tutto diventa silenzioso ricomincia la tosse.

Limpsfield, 18 luglio 1958

Ora so di cosa stavano parlando l'altra notte. E pensare che stamattina sono andata a scuola molto più allegra del solito perché era l'ultimo giorno prima delle vacanze estive, e sono tornata a casa molto più contenta del solito perché per l'estate ero a posto. Ma poi ho visto che papà era rientrato prima dal lavoro e stava esaminando la macchina. Ho avuto un presentimento, un brutto presentimento che stava per succedere qualcosa. Lui non torna mai a casa in anticipo, perché deve dare il buon esempio a tutti gli altri in banca.

Dopo, infatti, mi ha chiamata in soggiorno mentre stavo passando e mi ha detto che dovevo fare le valigie perché l'indomani sarei partita per trascorrere le vacanze in campagna. Sarei stata via almeno un mese, ha detto, forse sei settimane, poi ha continuato per un po' parlando dei benefici dell'aria di campagna e che si augurava facessi buon uso del mio tempo. In qualche modo sembrava convinto di fare qualcosa di buono per me e si aspettava che io dicessi le cose giuste, che fossi grata e gentile. Invece ero semplicemente scioccata. Sono rimasta in piedi sulla soglia senza replicare, avendo cura di nascondere l'ultimo *Radio Times* dietro la schiena, perché non volevo che vedesse tutte le cose che intendevo ascoltare con la mamma. Ad ogni modo non è abituato a discutere, né con me né con lei, quindi dopo aver pronunciato il suo discorso si è girato verso il giornale e mi ha lasciata lì impalata. Sono rimasta a guardarlo, cercando di trovare le parole per dire di no.

Ora che sono tornata in camera mi vengono in mente tutte le

parole che avrei dovuto dire. Non intendo fare quello che ha detto, semplicemente non lo farò. Giuro in queste pagine, qui e adesso, che andrò dritta in camera di mia mamma per dirglielo, per chiederle di difenderci e convincerlo che ha torto.

Più tardi

Mamma era seduta quando sono entrata. Pensavo che oggi stesse meglio. Mi sembrava più colorita del solito e il suo viso non era così devastato. Mi sono sentita molto felice, succede sempre così, perché la Speranza è stupidamente indistruttibile. Mi sono seduta accanto a lei, mostrandole il *Radio Times*, e le ho chiesto se era pronta per il *Mrs Dale's Diary* o se preferiva che scendessi in giardino. Qualche mese fa, quando finalmente è arrivata la primavera, ha cominciato a parlare del suo giardino, a dire che doveva controllare le piante e l'orto, e a chiedere se l'albero di mele rampicante avesse attecchito o meno. Da sola non poteva farlo, perché gli sforzi peggiorano di molto il suo respiro tanto da costringerla a restare dentro casa. Così, quando è troppo inquieta, sposto la sua poltrona vicino alla finestra, da dove può guardare giù e annotare sul suo taccuino cosa sta sbocciando e cosa bisogna fare, e mi manda giù con la lista. Qualche volta mi dà istruzioni dalla finestra e io sto sotto, pronta con le cesoie. Abbiamo un giardiniere che viene per i lavori più grossi e a papà non piace quando la mamma urla dalla finestra, perché pensa che non sia appropriato per una donna, per non parlare di una donna che sta morendo. Ma lei è contenta così e adora i suoi fiori, quindi qualunque cosa dica papà io raccolgo grandi mazzi di fiori per portarglieli, qualche volta anche due o tre vasi pieni che dispongo nella stanza.

Ma oggi non era uno di quei giorni di felicità da giardino, perché in realtà volevano mandarmi via tutta l'estate per farmi stare da una famiglia di conoscenti, gli Shaw, che vivono in un posto nel Sussex che si chiama Hartland. Non appena sono entrata, mamma ha messo da parte i libri e da come mi ha guardata ho capito che era già tutto deciso. Non ho fatto in tempo ad aprire bocca che mi ha detto, con la terribile voce che ha adesso, roca e aspra: "Voglio che tu vada". Respirava a fatica, e in modo automatico mi sono alzata per controllare il bollitore, che teniamo sempre sul fuoco per rendere l'aria più respirabile. Poi ha ribattuto: "Voglio che tu vada, Lizzie cara, voglio che tu trascorra una splendida estate via da qui. Sei stata una ragazza così brava, una tale gioia. Te lo meriti".

"Ma io voglio stare con te" le ho risposto, trattenendo a fatica le lacrime. Non le piace quando piango, preferisce che non sprechiamo il nostro tempo insieme piangendo o lamentandoci dell'inevitabile. So che sta cercando di insegnarmi a essere forte per quando se ne sarà andata. Ma io non sono forte, non sempre, certamente non adesso. Ho cercato di dirle che non volevo lasciarla, ma mi ha stretto la mano in modo deciso e mi ha detto che sapeva, che sapeva che sarebbe stata dura, però gli Shaw mi sarebbero piaciuti. Anche lei era stata a Hartland anni prima ed era un posto splendido, vicino alla Manica, e nei giorni ventosi si sentiva l'odore del mare. "È un bel posto, Lizzie, una vera casa di campagna, grande e molto bella, circondata da alberi, prati e magnifici giardini. Potrai passeggiare, c'è un roseto come quello della poesia della Rossetti. Questa non è semplicemente una cosa che tuo padre ti dice di fare. Sono io a volere che tu vada. Voglio che tu sia felice. Ti farà bene stare con persone della tua età e non rinchiusa sempre in casa con la tua vecchia madre."

Ma cosa farà con lui fuori casa tutto il tempo? È sempre stanca e ormai anche inquieta, non fa altro che tossire e rigirarsi nel letto. Io so come parlarle, come confortarla. Lui non si prende cura di lei come faccio io, portandole il tè e tenendole la mano mentre si riposa. E le leggo dei libri, ma bisogna farlo lentamente e sottovoce altrimenti le viene il mal di testa, con molte pause per farla tossire. Lui non le leggerà mai i romanzi che le piacciono, come quelli di Graham Greene, Doris Lessing e Agatha Christie. E potrebbe non sapere quanto ama la poesia. Potrebbe imbarazzarsi per l'amore e il desiderio, rifiutarsi di accontentarla, anche se la Rossetti è decorosa e solenne. Le leggo pure i giornali, non le brutte notizie sulla Guerra Fredda e l'influenza asiatica, ma i pezzi piacevoli, come Teds che danza nei corridoi del cinema e viene sbattuto fuori dalla polizia, come Hillary che raggiunge il Polo Sud, e che le donne hanno finalmente acquisito il diritto di sedere alla Camera dei Lord. Potrebbe sintonizzarsi sull'Orchestra Sinfonica della BBC e il *Gardeners's Question Time*, ma non sul teatro del sabato sera o sulle letture di poesia sul terzo canale perché le considera permissive e sciocche.

Il pensiero di mia madre sola con lui, con la compagnia di suor Hammond e le punture di morfina, è più di quanto possa sopportare.

"Mi mancherai molto" mi ha detto allora, come se sapesse a cosa stavo pensando. "Ma voglio che ti comporti bene e che ti diverta, capito? Capito, Lizzie? Voglio che tu sia felice."

Ha pronunciato quell'ultima frase con grande sincerità, ma questo non rende le cose più semplici. Lo so che lui non vuole che io stia qui a Bough Road. Mi piacerebbe pensare che voglia risparmiarmi la morte di mia madre, invece non ha idea di cosa fare con me mentre vago per casa ora che la scuola è finita. O forse si rifiuta di guardare in faccia la realtà, il fatto che mia madre peggiora. Forse questo gli riporta alla mente terribili ricordi del fronte, di uomini che morivano in trincea, e dovrei provare compassione per lui. Ma dal profondo del mio cuore non riesco a compatirlo, perché entrambi dobbiamo affrontare questa situazione in qualche modo, entrambi dobbiamo essere forti e imparare presto a conviverci. Detesto che sia lui a decidere il modo in cui io debba superarla, il fatto di non avere scelta e di dover fare come dice lui. E odio non poter ignorare il desiderio della mamma, non se lo dice in modo così insistente, stringendomi le mani e posando la fronte contro la mia, così da poter sentire la sua pelle, un tempo liscia e ora fragile e sottile come la carta. Quando siamo così vicine, e vedo solo i suoi occhi e non il suo corpo esile e malato, a volte riesco a dimenticare, almeno per un istante, cosa le sta succedendo. Siamo soltanto lei e io, come siamo sempre state.

Ma quando si è scostata e ha guardato fuori dalla finestra, ho capito subito. Ho visto, o per lo meno credo di aver visto, il suo desiderio di evitarmi tutto questo: la casa buia e avvolta nella polvere, che fra non molto diventerà ancora più buia, il giardino che non è più in grado di curare, i vicini che non si avvicinano a noi perché hanno paura del modo in cui la Morte tiene d'occhio casa nostra. Lei vuole che io sia libera, almeno per un po'.

Allora non ho aggiunto altro e abbiamo letto insieme per l'ultima volta. Mi sono sforzata di farlo bene per lei e di non piangere, perché lei odia vedermi piangere. Ma sfido chiunque a leggere Christina Rossetti senza piangere quando tua madre sta morendo.

3

Elizabeth Holloway è mia madre. Le parole della donna varcarono la soglia, entrarono nell'ingresso e riecheggiarono tra le pareti fino a raggiungere anche gli angoli più bui.

«Mi dispiace» disse avvicinandosi un altro po'. Quando mise avanti le mani in una sorta di gesto conciliante, mi accorsi che le sue dita tremavano leggermente. «Lo so che è un colpo. Mi dispiace di... essermi presentata in questo modo. Ho fatto tutta la strada da Solihull e poi, improvvisamente, ho avuto paura di suonare il campanello. Non è proprio come l'avevo...» La sua voce si fece meno melodiosa, divenne più sottile e stridula, poi del tutto strascicata.

Ci sono milioni di cose da dire in occasioni come questa, ma lo choc ha uno strano effetto sulle persone, come una sorta di contraccolpo da rifiuto, che va a braccetto con una fluttuante sensazione di sbalordimento. Guardavo la sua bocca aprirsi e parlare di nuovo, prima esitante poi più decisa. Tirò fuori una cartellina sottile, indicò un foglio al suo interno e ce lo mostrò. Ma l'impulso neurologico dei suoni non fu tradotto in un significato concreto fino a che non sentii parlare la signora Baxter.

«Questo è il suo certificato di nascita?» chiese accigliandosi mentre lo avvicinava agli occhi, tastandosi la fronte in cerca degli occhiali.

«Lo so che non compare il suo nome, non ho i documenti dell'adozione. Non ancora.» La donna si schiarì la voce. «Ho contattato le autorità locali ma è un processo un po' complicato perché ho bisogno di un consulente legale. Però ora ce l'ho, finalmente.»

Infilò le mani nella borsa e tirò fuori un mucchio di stracci. No, non degli stracci. Una borsa di lino, tenuta insieme da punti irregolari e grezzi, come se la sarta non fosse stata sicura di cosa stesse facendo. Ingiallita dal tempo, odorava un po' di muffa e il ricamo in alto, un motivo semplice a punto croce, era sbiadito in un colore indeterminato. Da questa la donna estrasse un maglioncino verde, un piccolo cappello di lana con un pon pon e un paio di calzoncini a palloncino fatti con la stessa lana ruvida. E infine un taccuino sottile, più un libretto in realtà, logorato dall'uso e floscio, come se fosse stato tenuto in mano e letto molte volte. Di riflesso, tentai di afferrarlo, ma la signora Baxter fu più veloce. Premendosi gli occhiali sul naso lo prese e ne sfogliò le pagine con rapidità. Avvertendo uno strano sibilo nelle orecchie, mi resi conto che era visibilmente impallidita.

«Dove l'ha preso?» domandò, scandendo con cura ogni parola. La voce aveva un tono distinto; notai che stringeva il libretto così forte da piegarlo agli angoli.

«Da mia madre. La mia madre adottiva, in realtà.» La donna aveva ancora in mano i vestiti da bambino e guardò la signora Baxter che stringeva il libretto con comprensibile apprensione, Dopo un attimo, porse la mano per farselo restituire. Ma la signora Baxter lo tratteneva, e la donna strinse il maglioncino. «Scusatemi» disse. «*Vorrei* veramente parlare con lei se, voglio dire, se è possibile. So che non è proprio ortodosso, e non intendevo presentarmi qui in questo modo. Di solito non mi comporto così. Ma non ce la facevo più a starmene a casa, aspettando che succedesse qualcosa. È un inferno starsene senza fare nulla. L'unica cosa a cui pensavo era riuscire a parlare con lei. Dio mio, sto facendo una figura ridicola ora» aggiunse con un sorriso modesto. «Scusatemi. Mi chiamo Phoebe.

Phoebe Roberts. Siete, voglio dire, siete le sue figlie, la sua famiglia?»

Offrì la mano, ma proprio in quel preciso istante si sentì il rumore di una porta che si apriva al piano di sopra. A quel punto, la signora Baxter tornò in sé. Ignorando la mano tesa della donna, indietreggiò, poi spinse me e Venetia fuori dal portoncino, giù sul marciapiede. Dopo aver piovuto quasi tutta la mattina, finalmente aveva smesso e il signor Field dall'altra parte della strada stava potando la siepe, come sempre, e il familiare cigolio delle sue cesoie arrugginite si diffondeva nella via.

«Mi dispiace, signorina... Roberts?» disse, controllando di nuovo il certificato di nascita. «Oggi non è affatto una buona giornata. Ci dia solo un minuto. Venetia, tesoro. Addie. Date un'occhiata.»

Ci porse il libretto, tenendo il foglio in mano. Venetia scosse la testa, ma involontariamente alzai la mano per prenderlo, aprirlo, girare le pagine. Mi si mozzò il respiro.

Inchiostro blu iridescente, incredibilmente blu, riccioli e svolazzi che in ogni pagina salivano e scendevano vergati da una calligrafia femminile e ancora adolescente, alcune linee dritte premute sulla carta soffice, ma abbastanza dura da creare piccole scanalature. *Peso: 53 kg e mezzo ... Si muove un sacco... Mi sento svenire, 36 settimane...*

Sembrava molto meno sicura di quanto mia madre fosse stata, le lettere erano più rotonde, scritte in maniera più accurata delle ultime che le avevo visto scrivere, ma non poteva che essere la sua calligrafia, come se mia madre fosse spuntata dal retro della casa in quel momento, con il giornale sotto braccio, fermando gli occhiali tra i capelli prima di firmare la ricevuta e sorridere al postino. Questo mi fece finalmente aprire la bocca, incrociare lo sguardo della donna e dire quello che non le era ancora stato detto.

«Mia madre è morta, un anno fa. A causa di un improvviso incidente.»

Per un attimo la donna rimase immobile a fissarmi negli occhi come se stesse scrutando il mio cuore e potesse vederci mia madre col giornale e le lenti degli occhiali scintillanti in mezzo ai riccioli. Poi chiuse gli occhi, con gli zigomi tesi.

«No» sussurrò. «Oh, no. Non lo sapevo.»

La sua voce parve così triste che involontariamente indietreggiai. La signora Baxter, invece, si fece avanti, le cinse le spalle con un braccio e la guidò in cima agli scalini dell'ingresso, dove si accasciò piegandosi sulla borsa. Dall'altra parte della strada, il signor Field continuava a potare la siepe, con il solito cigolio, come faceva da decenni. Una volta mia madre gli aveva lasciato in forma anonima una confezione di olio lubrificante sulla soglia di casa.

Poi si udì forte e chiaro: «Non le credo». Venetia si era ripresa, cambiando espressione. «Nostra madre è morta. Scomparsa. Ci lasci in pace col nostro dolore e vada a raccontare la sua storia a qualcun altro.»

La donna sollevò la testa e, di fronte a Venetia che troneggiava sopra di lei, si alzò con cautela ma per niente impaurita. Per un attimo una piccola parte di me la ammirò molto.

«Ah sì? Allora dia un'occhiata qui.»

Era molto pallida e le sue guance apparivano incavate, come se qualcuno le avesse estratto con cura tutta la carne da sotto la pelle, lasciando il viso tirato sugli zigomi. Aprì la cerniera della borsa di lino, carezzandola col pollice, finché trovò quello che stava cercando: le iniziali ESH, *Elizabeth Sophie Harington,* scrupolosamente cucite. Venetia emise uno strano rumore gutturale, qualcosa di simile a un "bah", ma la donna con calma afferrò il libretto e lo aprì, di fronte a noi, girando le pagine fino ad arrivare alla fine. Una colonna di parole scritte a chiare lettere, una sotto l'altra, con la calligrafia di mia madre.

Flora, Beatrice, Hester, Dona. Nomi di bambine. E poi, alla fine, *Venetia.*

Venetia doveva chiamarsi "Flora", come Flora Poste della *Fattoria delle magre consolazioni*, ma papà era intervenuto, così come Jas era diventato Jasper, invece di "Fitzwilliam", preferito da mia madre ma su cui papà aveva posto un veto. Aveva messo al bando anche altri nomi, come "Winifred", "Galadriel" e "Sylvester", a supporto della tesi che ai professori di inglese, specialmente quelli con un debole per Georgette Heyer, non dovrebbe mai essere permesso di scegliere i nomi dei propri figli. Mi accigliai di fronte al cauto svolazzo della V, come un grosso segno di spunta che aveva anticipato l'arrivo di Venetia, e resistetti alla tentazione di voltare pagina. Sicuramente la lista doveva continuare nella pagina successiva. Dovevano esserci altri nomi, come Adele. O Adelaide. Adeline?

«Venetia è lei, vero?» La donna sottolineò con cura ogni sillaba. «E, se ancora non ci crede, allora rimarrà scioccata quando vedrà che non ci sono solo io. Sono piuttosto sicura che ci sia anche qualcun altro...»

«Come *si* permette?» sibilò Venetia con uno sguardo inceneritore. «Come si permette di venire qui, proprio oggi! E dove diavolo ha preso tutto questo? L'ha rubato?»

La donna la guardò con disprezzo. «Un'infermiera lo diede a mia madre la notte in cui fui adottata. Ho letto che le madri venivano incoraggiate a preparare per i loro bambini un corredino da portare presso le famiglie adottive.» Sospirò e incurvò le spalle. Tutta la voglia di lottare sembrava essersene andata, ora che ripiegava i pantaloncini e il cappello e riponeva il tutto con cura nella borsa. «I miei genitori hanno conservato tutte queste cose a casa. Le ho trovate per caso la settimana scorsa, mentre cercavo un vecchio cappotto.»

La osservai richiudere il libretto e, in quell'istante, quando la calligrafia blu di mia madre scomparve, provai una fitta di dolore, inattesa ma affilata come un rasoio, che mi fece quasi cadere all'indietro. Spuntò un braccio a sorreggermi e mi chinai verso la signora Baxter, con il suo familiare profumo di lavanda e di fumo stantio.

«Come ci ha trovato?» domandò lei, e sentii il suo alito tra i capelli. Teneva ancora in mano uno dei fogli e notai che l'aveva girato perché non potessi leggere.

«Conoscevo il suo nome: l'ho trovato nel registro dell'anagrafe. Ci ho messo un po', prima di essere sicura, ma una volta saputo il suo nome da sposata non è stato difficile rintracciare l'indirizzo. Era così giovane, non ho proprio pensato di controllare anche il registro dei decessi. E poi...» proseguì indicando la casa «è ancora sull'elenco telefonico... dappertutto».

Guardai in alto dove mio padre doveva essere seduto con la sua fredda tazza di tè e, involontariamente, annuii. Aveva ragione.

«Mia madre voleva che aspettassi» continuò la donna. «Mi ha suggerito di parlare prima con un avvocato, di affrontare la questione nel modo giusto. Ma io non volevo. Non potevo aspettare, non ora che avevo il suo nome e tutto il resto. Ma a quanto pare, non importava...»

Si zittì bruscamente e restammo in silenzio. Persino le cesoie del signor Field non si sentivano.

«Qual è la sua data di nascita?» Ci misi un attimo a rendermi conto che ero stata io a parlare. La signora Baxter serrò il braccio intorno alle mie spalle.

«No, ne ho abbastanza di questa storia» disse Venetia con fare sprezzante. «Suvvia, Addie, torniamo dentro. Ho veramente bisogno di sedermi.»

Cercò di spingermi in casa, ma io non mi mossi e la donna guardò in alto, stringendo la borsa. La sua voce, quando parlò, era ancora più roca; respirava a fatica.

«La mia data di nascita è il 14 febbraio» rispose.

Venetia ebbe un sussulto, ma la donna la ignorò perché qualcosa nella mia espressione doveva aver catturato la sua attenzione. I suoi occhi vagarono sul mio viso, esaminarono i capelli e si bloccarono infine sui miei occhi.

«Il 14 febbraio 1960» ripeté lentamente. «Perché?... Conoscete per caso l'altra?»

«L'altra?»

Il ronzio nelle mie orecchie divenne assordante. Il mio borsone scivolò giù, atterrando con un tonfo, e senza il suo peso vacillai. Sgranai gli occhi nel tentativo di capire cosa avesse detto e quanto fosse incredibile ciò che affermava, finché la pressione sulla fronte e in fondo alla gola si trasformarono in bruciore; sembrava che stessi allo stesso tempo soffocando e annegando. Si udì un frenetico cigolio. Venetia si lanciò verso la donna così velocemente che questa fu costretta a indietreggiare sulla carreggiata, continuando comunque a fissarmi. Vidi la sua bocca muoversi e la signora Baxter che tratteneva Venetia, mentre quest'ultima inveiva contro la donna che, incastrata tra due macchine parcheggiate, fissava me, perché solo lei aveva capito immediatamente ciò di cui nessuna di noi si era resa conto.

E cioè che il 14 febbraio 1960 era anche la mia data di nascita.

4

Mia madre adorava i parchi divertimenti. Quando eravamo piccole, rappresentavano per lei il più grande divertimento, e niente era più eccitante che trascorrere una giornata all'aperto nello spaventoso parco tematico dei Fratelli Bembom a Margate. Sembrava inappropriato per lei, ora che ci ripenso, perché era così frugale, ordinata e razionale, e odiava il caos e la roba da due soldi. Ma amava il coraggio, il rischio e andare veloce come il vento. Forse cercava uno sfogo e quello sfogo era urlare giù per il triplo salto mortale del Ciclone Celestiale.

Temendo sempre dei guasti, non ero, forse prevedibilmente, una che saliva con tranquillità sulle montagne russe. Mentre Venetia spuntava i giorni con la sua penna rosa preferita su un pezzo di carta appeso al muro, da parte mia non immaginavo altro che corpi stritolati cadere dal cielo. Non c'era nulla che mi terrorizzasse di più del momento in cui uscivamo da dietro la cassa, mia madre con i biglietti in tasca che applaudiva eccitata e io che indietreggiavo, sperando in un'improvvisa malattia fatale. *Bene, partiamo dal Ciclone Celestiale. È il migliore. E poi il Tuono Lungo se non c'è troppa coda. Dài, Addie, mica devi tornare in bagno? Andiamo!*

Mio padre, incaricato sempre di tenere le borse, di fare da balia a Jas, di andare a prendere da bere e di fare la fila, cercava di sostenermi quando notava la mia angoscia. Ma il divertimento di mia madre veniva sempre per primo e lei voleva che salissimo sulle montagne russe tutti insieme. Per assurdo, più tergiversavo, più s'intestardiva, fino a fissarsi che le montagne russe fossero una cura per l'ansia straziante della sua ansiosa primogenita. *Coraggio! Tesoro, per l'amor del cielo. Non siamo ancora in cima. Apri gli occhi!* Anche se avessi tergiversato meno, anche se mi fossi fatta forza, non avrei mai avuto nessuna possibilità di fronte all'alleanza di Venetia e mia madre all'ingresso del Ciclone Celestiale. Desiderosa, soprattutto, di non rovinare la giornata speciale che mia madre si era ritagliata per divertirsi con noi, mi lasciavo trascinare di continuo attraverso i tornelli, al Bella Vista e alla Spiaggia della Felicità di Blackpool e al Tucktonia. Seduta tra mia madre e Venetia, sentivo le loro mani stringermi come se volessero evitare che scappassi all'ultimo momento, poi la salita e l'improvviso balzo nel vuoto della carrozza pericolante, il tuffo inevitabile, la sensazione terrificante di caduta libera. E poi, proprio quando pensavo che il mio cuore di tredicenne si sarebbe frantumato in mille pezzi per l'adrenalina e il terrore, arrivava quel breve ed eccitante momento in cui il mondo si raddrizzava alla fine di ogni giro, per una frazione di secondo, mezzo respiro (di sollievo) solo per ricadere in quel percorso mortale, sbandando in modo pazzesco.

Passai dall'essere una bambina paurosa che saliva sul Ciclone Celestiale per far contenta la madre urlante di gioia, all'essere un'adulta paurosa, una persona comune che non piangeva più, che rimaneva bloccata a Londra anziché partire in vacanza con lo zaino in spalla per la Thailandia, che aveva una piccola casa di proprietà nella parte meno angelica di Angel e uno stuolo di fidanzati ordinari, e che, con grande sgomento di sua madre, usava il forno non solo per lavoro, ma anche in tutte le altre sacrosante ore del giorno.

Non sono più salita sulle montagne russe ma, la notte dopo la visita di Phoebe Roberts a Rose Hill Road, le ho inaspettatamente sognate. Era un sogno privo di trama, un terrore immaginario di infiniti giri e salite, di discese a caduta libera in un nulla di velluto nero senza fondo, il viso di mia madre come un flash bianco al mio fianco, le sue unghie conficcate nei miei palmi, i suoi capelli fluenti come un'aureola intorno alla testa mentre ci tuffavamo giù per i binari, la sua bocca che formava una "o" di incanto, quel momento per cui valeva la pena provare terrore. Mi svegliai la mattina presto nella penombra, aggrovigliata tra le lenzuola e le coperte, con le braccia serrate intorno al cuscino. Con un dolore diffuso che si propagava ai miei organi interni, tutto quello che era successo il giorno prima riaffiorò nella mente. Mi lasciai cadere di nuovo sul cuscino, chiudendo gli occhi al ricordo della donna che mi guardava dalla strada bagnata di fronte alla casa dei miei genitori.

Conoscete l'altra?

Mi ci volle quasi un'intera caraffa di caffè scuro, caldo e molto forte, e tutte le luci accese, per far svanire l'immagine del Ciclone e cominciare a pensare, almeno in via preliminare, alla comparsa di una donna di nome Phoebe Roberts. Quando infine, il giorno precedente, ero riuscita a controllare il suo certificato di nascita, avevo notato solo la data: "14 febbraio 1960. Phoebe Charlotte". Il nome di mia madre non era presente; compariva invece una certa "Roberts". E un altro "Roberts". Il mio certificato di nascita, che avevo scovato dopo lunghe ricerche, d'altra parte era completamente diverso, e affermava in maniera chiara e assolutamente inequivocabile che ero figlia di Elizabeth Sophie Harington, nata Holloway, e Graham Alexander Harington. Non c'era niente, niente di niente, che mi legasse a Phoebe Roberts, che mi rendesse l'*altra*. Eccetto la nostra data di nascita, ovviamente. E il posto. Eravamo entrambe nate a Brighton.

In piedi davanti al ripiano della cucina, mentre ascoltavo la pioggia che cadeva, scelsi la ricetta di una torta al cioccolato bianco che stavo sperimentando da alcuni giorni e mi misi a studiare il foglio sperando che mi desse qualche informazione, qualsiasi cosa, su come una donna di quarant'anni, che si era presentata a casa dei miei genitori, potesse essere sul serio quello che diceva di essere. E come questa donna fosse potuta sparire il giorno che eravamo nate. E come i miei genitori, mia madre soprattutto, che era sempre così forte, che urlava in cima al Ciclone Celestiale, potesse aver preso parte a tutto questo, potesse essere il centro di tutto questo, dando via una bambina, la mia altra metà, senza avermi mai detto nulla.

I miei genitori si erano sposati nel 1959. C'era una loro fotografia in Rose Hill Road: mia madre snella e pallida in un abito chiaro alla moda, con i capelli molto più corti, morbidi e ricci, che apparivano sotto un cappellino; mio padre giovane e nervosamente felice nel suo completo nero con un fiore sbiadito all'occhiello, la mano infilata nella curva del gomito di mia madre. All'epoca i nonni materni erano già morti e mio padre, la cui famiglia numerosissima e difficile da gestire proveniva dalle Midlands, diceva sempre che non aveva voluto sopraffare la sua giovane sposa con una cerimonia dominata da centinaia di chiassosi Harington, a cui non sarebbero comunque riusciti a pagare il rinfresco. Quindi il matrimonio era avvenuto in modo discreto all'ufficio di Stato Civile di Southwark in una soleggiata giornata di maggio del 1959, e neanche un anno dopo ero arrivata io.

Forse per rimediare alla modestia di quel giorno, da allora mio padre aveva sempre organizzato con cura i loro anniversari, spesso chiedendo consiglio a Venetia sul regalo da scegliere. Alla mamma sarebbe piaciuto ricevere il biglietto per un concerto o per una serata blues? O forse per il balletto? O per lo spettacolo speciale del circo volante che era in città? Aveva sempre un regalo già pronto per lei: una stampa incorniciata che pensava le potesse piacere per il suo studio, un mazzo di rose, qualche volta un gioiello, impacchettato scrupolosamente in una scatolina. Mio padre incartava i regali con sorprendente accuratezza, con perfetti angoli affilati e lo scotch allineato con cura parallelo ai bordi. Batteva i piedi all'ingresso di casa, col suo miglior completo e scarpe scure di cuoio, fermandosi a controllare il suo riflesso allo specchio e facendo sciocche smorfie che non erano da lui se mi sorprendeva a spiarlo dal piano di sopra. E quando lei finalmente scendeva le scale, il suo viso si illuminava e le porgeva il braccio, forse facendole fare una piroetta in maniera teatrale, giusto per me. Poi uscivano insieme, lui con una piccola rosa bianca all'occhiello, ridendo e ricordando i giorni più felici della loro vita. Ho sempre amato, in segreto, quel giorno di maggio, il perdurare della loro felicità e l'immutata fiducia, e divenne una piccola pietra miliare negli anni della mia infanzia, come il carnevale e le vacanze primaverili, il mio compleanno e l'inizio della scuola, il 5 novembre e i panini al prosciutto il giorno di Santo Stefano.

Un sorriso involontario addolcì le mie labbra al ricordo della rosa all'occhiello, ma svanì quasi all'istante ripensando a quel completo e quelle scarpe di cuoio nere indossate dallo stesso uomo, ma completamente diverso, vicino alla tomba, con il piccolo mazzo di fiori che aveva comprato, che alla fine io stessa gli avevo tolto dalle mani e posato con delicatezza sulla bara. Per un triste scherzo del destino, mia madre era morta una settimana dopo il loro quarantesimo anniversario, che avevamo festeggiato in grande stile. Nozze di rubino celebrate al Red Velvet Club sulla Marylebone High Street, organizzate a tema rosso rubino da Venetia, che aveva insistito affinché preparassi un buffet rosso: insalata di barbabietola con granella di mandorle e semi di melograno, spiedini di salmone con pomodorini secchi, torta Red Velvet e coppe di fragole con panna. Martini al melograno per dare il benvenuto agli invitati. Litri di vino rosso per stenderli. Venetia era completamente impazzita. In seguito, molti biglietti di condoglianze, specialmente quelli degli invitati alla festa, avevano accennato al fatto che i miei genitori erano stati sposati per quarant'anni, nel caso mio padre avesse dimenticato quanto fosse grave la sua perdita dopo *quattro magnifici decenni passati insieme*. Non gli avevo mai mostrato nessuno di quei biglietti.

Posai la tazza di caffè con più impeto di quanto volessi, e guardai ancora una volta il certificato di nascita. Tutto molto chiaro, tutto molto ordinario. Non era possibile che mio padre avesse dato via la mia sorella gemella. Non poteva essere vero. Sarebbe stato elettrizzato all'idea di avere due gemelli, il doppio di quello che stava condividendo con la donna che più amava al mondo, la donna con cui era uscito ogni maggio per quarant'anni col suo abito buono e la rosa all'occhiello.

Eppure, piccoli dubbi cominciarono a insinuarsi dentro di me: d'altronde, non c'era nulla che affermasse in maniera *definitiva e inequivocabile* il contrario. Almeno non dai dettagli che conoscevo del 14 febbraio 1960. Non c'erano aneddoti di famiglia sulla mia nascita, come quelli che raccontava la mamma del mio amico Andrew, innamorata del suo figlio unico, imbarazzandolo moltissimo. *Il sangue, Adele, sentivo la pelle che si lacerava. È stato un massacro, un vero e proprio massacro. Il dottore ci ha messo un quarto d'ora a ricucirmi. Per non dire che le cose* là sotto *non sono mai più tornate come prima. Scusa, Andrew, ma le donne di tutto il mondo* devono *essere avvisate.*

Infilai il certificato sotto la giacca, che giaceva alla rinfusa insieme alla mia borsa e al vassoio di pasticcini sul ripiano della cucina, dove li avevo appoggiati rientrando la sera prima.

Mio padre non aveva mai parlato molto della mia nascita o dei miei primi anni di vita, e nemmeno mia madre. Questo però non implicava necessariamente qualcosa di strano, perché mia madre non si lasciava andare alle confidenze, almeno non con me. Semplicemente non era quel tipo di persona, il tipo di madre con cui si parla dei primi baci davanti a un caffè. Da un lato era orgogliosamente riservata, dall'altro aveva troppo da fare, troppi posti in cui andare. Ricordo quando partiva per uno dei suoi numerosi viaggi di lavoro, per tenere una lezione all'università o fare ricerche in una remota biblioteca. Prendeva la valigia e si voltava un attimo sulla soglia di casa, con un rapido sorriso, entusiasta. *Fai la brava con tuo padre e la signora B, capito?* E la sua espressione, nell'attimo prima di uscire dalla porta, era di… sollievo. Sollievo perché si sentiva libera. Forse mia madre, che aspettava due gemelli, si era sentita sopraffatta e desiderava essere libera? Ma non sarebbe comunque stata libera: avevano pur sempre una bambina, avevano pur sempre me.

D'un tratto avvertii il forte ronzio che proveniva da sotto la mia giacca. Mi precipitai, ma rovesciai il caffè sul ripiano prima di riuscire a tirare fuori il telefono dalla tasca. C'era un'unica persona che poteva chiamarmi alle 6.30 del mattino, insistendo finché non avessi risposto.

«Addie!» La voce di Venetia irruppe come un'ondata di alta marea. «Sei sveglia? Volevo solo sapere come stavi. Tutto bene?»

«Un po' stanca.» Mi avvicinai al lavello in cerca di qualcosa per pulire il caffè versato. «E, be'…»

«È assurdo. Lo sai pure tu.» Venetia andò bruscamente dritta al punto. «Ogni giorno nasce un'infinità di bambini a Brighton. Questa donna potrebbe essere la figlia di chiunque. E se qualcuno in ospedale, un'altra mamma, avesse dato via la sua bambina mentre mamma era lì e, in qualche modo, le cose di mamma fossero finite all'altra bambina invece che a te? Pensaci un attimo, questa donna ha tenuto la *tua* borsa tutti questi anni» ansimò con fare indignato al telefono. «È oltraggioso, dovremmo far causa all'ospedale.»

«Ma il suo sguardo...» Muovevo la spugna disegnando piccoli cerchi concentrici sul ripiano di acciaio. «Sembrava così sicura.»

«Conosci la mamma. La *conosci.*» La voce era così acuta che allontanai il telefono dall'orecchio. Era sempre meglio avere una conversazione con Venetia di persona che al telefono, perché al telefono la sua voce risultava un po' più stridula di quanto una persona sana di mente potesse digerire alle 6.30 di mattina. «Non l'avrebbe mai fatto. Pensa a com'era cresciuta, da figlia unica. Mamma voleva una famiglia numerosa.»

Questo era vero. Non aveva fratelli, e dopo la morte dei suoi genitori era riuscita a stento a mantenersi, lavorando come segretaria per un breve periodo, accettando tutti i lavori che trovava, persino come dattilografa la notte, prima di iscriversi all'università. In seguito, ci avrebbe fatto lavorare perché ci pagassimo i nostri sfizi, non risparmiandoci paternali sulla mollezza della nostra generazione, che aveva così tanti stivali, salsicce e possibilità da non volere mai niente.

«Eravamo *tutto* per lei. Avrebbe fatto *qualsiasi cosa* per noi.» La voce di Venetia trillò all'ultima parola, soffocando un piccolo e triste singhiozzo, aspettando che io parlassi. Battei le palpebre sui miei occhi cocciutamente asciutti e desiderai provare almeno metà della sua fiducia, naturale e coerente, nella devozione di nostra madre.

Rispose al mio silenzio soffiandosi rumorosamente il naso. «Be', non capisco proprio perché tu sia pronta a credere a una perfetta sconosciuta invece che a nostra madre, che, ti ricordo, è morta e sepolta e non può certo difendersi da queste accuse infondate, ma...»

«Senti, Venetia, devo andare al lavoro.» Gettai lo straccio nel lavandino e frugai nella mia borsa per cercare l'agenda. Ero di turno in pasticceria quella mattina e anche se avevo ancora un'altra ora, non intendevo dirlo a Venetia. In realtà il mio capo, Grace, si era gentilmente offerto di darmi qualche giorno libero ma io avevo rifiutato, scelta che adesso si rivelava saggia, perché, come volevasi dimostrare, tutto era meglio che starsene qui, a pulire il tavolo della cucina, ascoltando Venetia e cercando di trovare un senso a qualcosa che non ne aveva affatto.

«...Per quanto mi riguarda, non voglio che infanghi il nome di mia madre, né che scateni tutto questo caos emotivo, quando ne affrontiamo già abbastanza. Dobbiamo solo assicurarci che non parli con papà.»

«Cosa?! Perché dovrebbe?» Mi fermai, con la mano nella borsa. «Non l'ha vista, vero, dopo che me ne sono andata?»

Immaginai mio padre che scendeva le scale e ci vedeva lì, in strada con una donna che sosteneva di essere sua figlia, perduta tanti anni prima. Fui scossa da un brivido. Le cose erano appese a un filo, tra il suo lavoro, me e la signora Baxter. Non sarebbe durato.

«No, sono riuscita a cacciarla. E le *ho detto* di non tornare, molto chiaramente, ma, sai, non sono sicura che lo farà.» Venetia sembrava meravigliarsi che ci fossero ancora persone che non facevano quello che gli veniva chiesto di fare. «Aveva uno *sguardo*... Che ne pensi, dovremmo chiamare la polizia?»

«Non esagerare» risposi esasperata.

«Ma ti ricordi quando papà finì in ospedale l'anno scorso e dopo ci dovemmo praticamente trasferire da lui? Il mio bambino nasce tra meno di un mese, devo prepararmi, mentalmente ed emotivamente. Non posso andare di continuo a Rose Hill Road, passarci le notti e via discorrendo.»

«Venetia, posso ricordarti che non ti sei mai "trasferita da lui"?» Finalmente trovai la cerniera della mia borsa e la tirai con un gesto brusco e arrabbiato. «Sono d'accordo con te che non dobbiamo coinvolgerlo, a meno che non sia necessario, ma per cortesia non tirare in ballo *te* e il tuo *bambino*. Non puoi arrivare e vomitarmi tutto addosso perché questo minaccia la tua tranquillità.»

Mi ero resa conto di aver alzato la voce e tacqui. Venetia, anziché darmi una delle sue solite risposte gelide e piccate, se ne stava zitta.

«È così sottotono» disse infine. «Faccio fatica a riconoscerlo. Solo un anno fa, aprirono le danze alla loro festa, col cappello e la corona coordinata con su scritto "Magnifici Quaranta", ricordi? Papà ha tenuto indosso il cappello per tutto il primo ballo, quando ero sicura che non l'avrebbe nemmeno indossato. E ora, non so, è come se stesse aspettando di morire anche lui.»

«Ha bisogno di tempo» dissi cercando di non pensare al sorriso felice di mio padre sotto il cappello dei "Magnifici Quaranta", e all'orgoglio sul suo viso mentre faceva piroettare la donna della sua vita sulla pista da ballo. «È ancora lì da qualche parte...»

Poi mi accigliai, perché guardando nel borsone di Whistles aperto mi ricordai improvvisamente di qualcosa che nel mio incubo sul Ciclone Celestiale e nella fitta nebbia di incomprensioni avevo completamente rimosso, qualcosa di molto strano e non del tutto chiaro. La telefonata dell'uomo dalla voce roca. E poi la donna alla porta. Ed entrambi che cercavano mia madre lo stesso giorno, entrambi che dicevano parole che la collegavano a me. 14 febbraio 1960.

5

Frammenti del pomeriggio precedente scorrevano nella mia mente annebbiata, in cerca di una collocazione. Certo. L'uomo aveva parlato di volersi mettersi in contatto con lei, di avere delle informazioni. Riguardanti il 14 febbraio. E cos'altro aveva detto? *Il suo cellulare non era raggiungibile.* Ma mia madre, che era tecnofobica, non possedeva un cellulare. Aveva una paziente segretaria, di nome Jessica, e un telefono a rotella color senape che funzionava ancora perfettamente, grazie a Dio.

O forse lo aveva? E se così fosse stato, dove poteva essere ora, se non nella borsa di Hermès che era ancora infilata nella mia sacca. Ci pensai sopra un attimo, poi di corsa, perché la rapidità funziona sempre bene in questo genere di situazioni, sollevai la borsa e la aprii. Al suo interno, il contenuto giaceva in pace e indisturbato da dodici mesi, riposto in maniera ordinata, esattamente come era sempre stato: una trousse con i trucchi, una piccola agenda nera, della stessa marca che aveva usato per decenni, una sciarpa piegata con cura, un pacchetto di fazzoletti. In una tasca laterale c'era un rossetto, con la custodia di madreperla rovinata, e sapevo che la trousse dei trucchi conteneva uno specchietto e una piccola boccetta di profumo, entrambi di madreperla, che facevano parte di un set che la nonna Harington aveva regalato alla mamma per il compleanno. Una penna stilografica faceva capolino dal bordo, ordinatamente agganciata alla tasca laterale, e anche se non si vedevano, le sue iniziali erano incise in oro sul cappuccio. Venetia aveva perso un sacco di tempo a scegliere quella penna per il suo cinquantesimo compleanno e mia madre non permetteva a nessuno di usarla.

Guardai a lungo la fodera di seta della borsa, i piccoli scompartimenti, gli oggetti un tempo così familiari. Eccola, Elizabeth Sophie Harington, nata Holloway, la sua vita ridotta a una manciata di cose essenziali, pulite e ordinate, e ormai allo scoperto, cosicché tutti potevano vederla per com'era sempre stata, per come l'avevo conosciuta per quarant'anni. Deglutii, mi feci forza e cominciai a disporre gli oggetti sul ripiano della cucina fino a che la borsa non fu completamente vuota.

Niente.

Esaminai la liscia stoffa un'ultima volta e poi rovesciai la borsa. Sentii qualcosa muoversi all'interno della fodera. Tirai la cerniera nascosta sotto lo scompartimento del rossetto, imprecando quando rimase bloccata a metà, poi infilai due dita dentro e frugai finché un robusto oggetto rettangolare finì tra le mie mani. Era un solido Nokia color verde bottiglia, identico al mio, ma senza tutti i graffi, le impronte di burro sullo schermo e l'ammaccatura su un lato fatta quando era caduto mentre correvo sulle scale mobili per prendere la metro. Questo era nuovo di zecca, usato pochissimo.

Restai in piedi, scrutandolo finché la sua immagine non si offuscò. Per quale motivo mia madre aveva avuto bisogno di un cellulare e, soprattutto, funzionava ancora? Jessica e io avevamo passato in rassegna tutti i suoi contatti: gli abbonamenti a giornali e musei, ai mezzi pubblici e i biglietti del teatro, fino alla vecchia tessera della biblioteca, e insieme avevamo annullato tutto. Quindi se questo telefono funzionava ancora, significava che nessuno, eccetto mia madre (e un estraneo dalla voce roca), sapeva della sua esistenza.

C'era solo un modo per scoprirlo.

Mezz'ora dopo, ero in piedi davanti al ripiano della cucina dove il piccolo cellulare era collegato a una presa tramite il mio caricabatterie. Chissà se era disposto a tornare in vita. Se si fosse ricaricato, niente sarebbe stato più lo stesso.

Dal telefono giunse un piccolo ronzio e lo schermo si illuminò. Per un istante apparve un logo, segno della sua volontà di cooperare. Apparvero delle parole. *Menù. Rubrica.* Le tacche sul lato sinistro dello schermo iniziarono a salire, indicando che c'era segnale. Il telefono era sicuramente connesso.

Seguì una vibrazione, poi un'altra ancora, poi dopo alcuni secondi il display indicò otto chiamate perse e sei messaggi. Quando feci scorrere la lista, compariva sempre lo stesso numero, con il prefisso 0208 che non mi era familiare. Le chiamate perse risalivano a circa otto settimane prima e mi chiesi per un istante, nel caso in cui il gestore cancellasse in automatico tutti i messaggi più vecchi, se fossero stati conservati o meno. Cercai tra le voci del menù fino ad arrivare alla rubrica. In memoria c'erano solo due numeri, i cui nominativi erano scritti in modo scorretto, come se chi li aveva salvati fosse ancora maldestro nell'usare una tastiera piccola. "Jessicaoffice". "VOicemail". Selezionai quest'ultima, rimanendo in attesa col fiato sospeso, poi partirono i messaggi, a cominciare dal più vecchio.

"Signora Harington, sono James Merck. È passato un po' di tempo dall'ultima volta che ci siamo sentiti e la chiamo per aggiornarla su alcune cose."

L'uomo di ieri. Di una certa età, pensai. Gentile, professionale.

Una settimana dopo: "Signora Harington, sono James Merck. Le sarei grato se mi richiamasse".

Poi, a inizio maggio, un velo di impazienza si insinuò nei suoi messaggi.

"Sono sempre James Merck. Mi chiami appena possibile, signora Harington. Ho ricevuto una lettera che vorrei farle vedere. Lo so che non vuole ricevere niente a casa senza essere avvisata, quindi dove vuole che gliela spedisca? Mi faccia sapere. Inoltre sembra ci sia un problema col pagamento e vorrei discuterne con lei."

Dopo un po', l'irritazione trapelava dalla voce.

"Signora Harington, non sono sicuro che abbia ricevuto i miei messaggi. Sto cercando di contattarla. Per favore mi chiami non appena sente questo messaggio."

Quest'ultimo risaliva a due giorni prima, il 14 maggio. Poi il signor Merck aveva esaurito completamente la pazienza e aveva deciso di chiamare al numero di casa, che mia madre gli aveva dato in caso di emergenza, e a cui io, per una bizzarra coincidenza cosmica, mi ero trovata a rispondere.

James Merck. Sembrava molto serio col suo tono rauco e ponderato. Non particolarmente caloroso o confuso, tanto meno amichevole. Forse un po' puntiglioso, pedante per formalità, con i suoi *Buongiorno* e *anche se* e *Signora Harington.* Un ricercatore? Un dottore? Un collega? Sembrava uno di quei professori ammuffiti che avevo conosciuto nell'arco della carriera accademica di mia madre. Ma che connessione poteva mai avere con il 14 febbraio, e con me?

Diventai strabica a furia di fissare il piccolo schermo. Gli *avevo promesso* che l'avrei richiamato, giusto? Erano solo le 7.45 ma dovevo assolutamente dirgli che mia madre era scomparsa, che ieri mi ero confusa e che… schiacciai il pulsante per richiamare.

«James Merck. Agenzia investigativa.» Alla voce gioiosa della giovane segretaria che rispondeva all'altro capo del filo urtai l'angolo di acciaio del mio ripiano con la parte bassa della schiena. *Agenzia investigativa?*

«Ehm,» dissi con cautela, premendo il pugno contro la parte dolorante «potrei parlare col dottor Merck?»

«È fuori per alcuni gioo-orni» cantò la voce all'altro capo del filo. «Torna mar-te-dì. Vuole lasciare un messaggio?»

«Oh, allora richiamerò» tagliai corto. «Volevo solo…»

«Prendere un appuntamento?» sollecitò la voce festosa.

«Be', perché no?» dissi con cautela. «Il punto è che non sono sicura…»

«Offriamo tutti i tipi di servizi, dall'adulterio alla storia di famiglia, ma il signor Merck è specializzato in persone scomparse» ripeté la donna con fare allegro. «E la sua agenda è sempre piena, quindi…»

«Lo richiamerò» dissi, e riattaccai.

6

Quindi mia madre *aveva* un segreto, anzi molti. Un cellulare, un investigatore privato. E... una persona scomparsa? Ciò sembrava suggerire (sempre che fosse vero) che stava cercando Phoebe Roberts, mentre nel frattempo Phoebe Roberts, per uno strano scherzo del destino, trovava il corredino e il quaderno e cercava di ristabilire un contatto con lei.

Entrai nel retrobottega che fungeva da ufficio del mio capo nella Grace's Patisserie, presi da uno scaffale dietro la porta un grembiule pulito e andai in cucina per cominciare la mia giornata di lavoro, come avevo sempre fatto negli ultimi quindici anni. Ma tutto ciò a cui riuscivo a pensare erano i miei genitori, quarant'anni prima: mia madre in un letto di ospedale, mio padre seduto al suo fianco, due fagotti bianchi che giacevano in una culla, guancia a guancia, con i nasini che si toccavano, con piccole nuvolette di alito che si arricciavano intorno ai loro visi. Mia madre che ci guardava e indicava chi tenere e chi dare via.

Scossi la testa e spinsi la porta della cucina. Non potevo crederci, non *volevo* crederci, perché se mia madre aveva dato una figlia in adozione, lo stesso aveva fatto mio padre. E tuttavia una cosa era certa. Se aveva nascosto così accuratamente il cellulare, se aveva chiesto a James Merck di non spedire niente a casa senza prima avvisarla, allora mio padre non c'entrava nulla con questa sua ricerca segreta. Perché non avrebbe dovuto cercare anche lui Phoebe Roberts? E soprattutto, perché diavolo avrebbe permesso a mia madre di farlo? Come aveva potuto?

«Stai bene, Addie?» Claire, l'assistente pasticciera, mi guardò spuntando da dietro un largo cesto pieno di panini al rosmarino e miniflauti ai cereali.

«Sì, sto bene» risposi, battendo le palpebre per la forte luce del neon, il bianco accecante dell'uniforme di Claire e il suo lindo cappello. Poi diedi un'occhiata al ripiano dove baguette, panini e *pane artigianale* aspettavano nei loro cesti di essere trasferiti in negozio e dove cinque grandi vassoi di palline di impasto provenienti dalla cucina centrale erano pronti per essere infornati. Annusai profondamente il profumo dei friabili croissant e delle brioche al burro e mi sentii travolta da un'onda di sollievo, perché almeno qui tutto era rimasto come prima, niente era cambiato. Farina, zucchero e burro si amalgamavano ancora insieme per fare una perfetta pasta brisée e sapevo il posto di ogni cucchiaio e frusta.

«Sembra che tu abbia tutto sotto controllo.» Scrutai le sue ceste. «A che punto siamo con i panini?»

«Devo solo metterli sul bancone.» Decorò una montagna di panini nodosi con un ramoscello di rosmarino. «Ho già sistemato le consegne dalla cucina centrale. Non ci hanno consegnato abbastanza crostatine alla crema, proprio oggi che avremmo dovuto metterle in offerta. È una mia impressione o ogni giorno diventano sempre più stupidi? Ci hanno consegnato le quattro torte alla carota da decorare per la signora Jenkins-Smythe e abbiamo degli ordini per dei vassoi. Ma per il resto la situazione è abbastanza tranquilla. Ah, e più tardi passerà Grace...»

Esitava, osservando le mie occhiaie scure e il grembiule bianco abbottonato in modo sghembo. Con un gesto l'incoraggiai a proseguire e mi aggiustai il grembiule, raccogliendo i capelli in una retina.

«Sto bene. Dài una mano con i clienti stamattina. Io mi occuperò delle crostatine alla crema. Mi fa piacere, sul serio. Così mi risparmio di registrare le fatture.»

Claire sparì attraverso le porte scorrevoli. Si sentivano le risate e le chiacchiere delle commesse, e non appena cominciai a preparare la crema, il movimento rapido, automatico per montare la panna con lo zucchero nella terrina scacciò via un po' di quell'ansia sconosciuta che mi stava invadendo da quando avevo trovato il Nokia verde bottiglia nella borsa di mia madre. Separai le uova e grattai i semi di vaniglia nella crema che si stava lentamente scaldando, finché non sbandarono sulla superficie come piccole barchette a motore. Poi cominciai a tagliare il burro freddo a quadretti, aggiunsi la farina e presi il mio miscelatore da dolci.

Non riesce a lasciarti andare via. Questo mi disse mio padre il giorno in cui decisi di andarmene da Rose Hill Road, dopo aver trascorso i peggiori mesi che mia madre e io avessimo mai passato insieme. Eravamo sopravvissute ai miei deludenti risultati accademici e al mio progetto, scioccante quanto definitivo, di iscrivermi alla Scuola di panetteria; ma le cose erano precipitate durante l'ultima estate che passai a casa, poco prima che mi trasferissi il primo di settembre. Mia madre era rimasta profondamente turbata dalla mia scelta lavorativa; in realtà, all'inizio aveva pensato che stessi scherzando. Si era rifiutata di contemplare anche minimamente questa possibilità, poi aveva cercato di spronarmi a pensare in grande e a lasciare Londra. *Per l'amor del cielo, Addie, sfornare non è una carriera, non per una come te. Guarda Andrew, lui ha un progetto, sta rischiando, anche se sua mamma preferirebbe che vivesse a casa con lei fino a cinquant'anni. Hai tutto il mondo davanti a te, vai a conquistarlo. Va' e conquista la luna.*

Mia madre amava il mio amico Andrew, il suo entusiasmo e la sua intraprendenza, la sua determinazione nel cercare di ottenere quello che voleva e nell'ottenerlo. Se non ero pronta a fare da guida, allora la miglior cosa da fare era seguire la sua scia.

Quando infine fu chiaro che non avrei conquistato la luna, ma la Scuola Nazionale di panetteria dell'Università di South Bank, condividendo la casa con un amico di Andrew, mi ero preparata spiritualmente a un altro inno di conquista della luna e alle ondate di delusione di mia madre. Invece, dopo mesi di discussioni, lei si era arresa e, con la scusa di una scadenza per un nuovo libro, si era rinchiusa nello studio per molte notti.

Abbandonata ai miei pensieri confusi e spiazzati, avevo cominciato sconsolata a raccogliere le mie cose. Avevo riempito alcune borse con i miei vestiti, avevo tolto dagli scaffali i libri di cucina, preparato la borsa dei coltelli e sistemato altri utensili. Intanto cercavo di capire perché mia madre, che di solito in estate trafficava in giardino o vagava per la città insieme a una di noi, fosse praticamente scomparsa. Non ho mai vissuto bene i cambiamenti e ho sempre lottato contro svariate ansie da fine del mondo, ma quelle silenziose e terribili settimane estive avrebbero mandato nel pallone chiunque avesse dovuto affrontare un cambiamento epocale.

Alla fine era arrivato il mio ultimo giorno a Rose Hill Road. La casa era silenziosa mentre scendevo dalla mia stanza per portare all'ingresso le ultime cose da trasportare nell'appartamento la mattina dopo. D'un tratto, avevo udito un rumore. Era strano, come un sommesso lamento così pieno di desolazione, nostalgia e tristezza, che mi ero fermata in mezzo all'ingresso, stringendo forte uno scatolone pieno di grembiuli. Il mio cuore aveva cominciato a battere all'impazzata perché, per qualche motivo, anche se non poteva essere vero, mi sembrava che lo strano rumore alieno provenisse dalla porta chiusa dello studio di mia madre. Non sapevo perché allora non ero andata da lei, perché non avevo spalancato la porta per chiederle cosa non andava, trascinandola in cucina per trascorrere il nostro ultimo pomeriggio insieme con una malinconica tazza di tè, come fanno tutte le madri e le figlie quando si chiude un'epoca. Al contrario, avevo posato lo scatolone in silenzio ed ero risalita in punta di piedi, restando in camera fino a quando mio padre non era tornato dall'ufficio e mi aveva cercato per cenare insieme.

La cena era stata molto silenziosa. Venetia era a un campo estivo e Jas era andato a trovare la nonna Harington. Eravamo solo mio padre e io, seduti di fronte allo sformato di carne e patate e agli scones di mirtilli, che non erano proprio adatti per un pasto serale ma che avevo preparato perché erano i suoi preferiti.

«Mi mancheranno i tuoi scones» aveva detto, prendendone un secondo e spalmandoci sopra un bel po' di panna montata. «Sul serio, Addie. Come farò senza di loro? E la tua marmellata di mirtilli? E la marmellata di lamponi? E la panna montata?» Mi aveva fatto un sorriso e l'occhiolino, prima di prenderne un altro pezzo.

«Oh, papà, non vado a vivere su un altro pianeta. Tornerò a trovarvi. Finché non rimpiangerai che mi sia tenuta le chiavi.» Ma avevo distolto lo sguardo, con il boccone di scone e panna montata che si gonfiava contro il mio palato, perché da quel pomeriggio avevo un groppo in gola che non voleva sciogliersi.

«Non sarà lo stesso» aveva replicato con un sospiro. «Non è mai la stessa cosa. Il tempo passa troppo velocemente. Devi tenerlo ben stretto tra le mani, proprio come devi tenerti strette le stupende primogenite che partono per eccitanti avventure a sfornare scones, e che se tutto va bene torneranno regolarmente a giocare una partita di scacchi, portando un mucchio di avanzi dal loro lavoro.» Tuttavia il suo sorriso sembrava forzato e si era schiarito la gola a fatica.

«Sono fiero di te» aveva inaspettatamente aggiunto.

«Davvero?» Ero sorpresa e molto commossa. «O Dio, grazie, papà.» Mio padre non era tipo da effusioni ma ora annuiva, come per essere sicuro che l'avessi capito.

«Sì, molto fiero. Andrai alla grande, so che sarà così. Adesso va' e...»

«Conquista la luna» avevo concluso amaramente, resistendo alla tentazione di guardare verso il piano di sopra, dove forse mia madre era seduta, china sul suo manoscritto.

«Va' e divertiti» aveva detto invece, convinto. «Insegui i tuoi sogni e tutte quelle frasi sciocche da cartolina. Vivi la vita fino in fondo, *carpe diem* e via discorrendo.»

«Sì, be'...» Esitavo. «Mamma... voglio dire, non è neanche qui.»

Poi avevo taciuto, perché in tutti quei gelidi anni passati insieme a mia madre non ero mai riuscita a lamentarmi con mio padre di come andassero le cose tra noi. Lui prendeva sempre e inevitabilmente le sue difese, rifiutava persino di sentire una brutta parola su di lei, al massimo mi chiedeva di "essere più gentile". Ero sicura che in quel momento avrebbe portato la conversazione verso acque più tranquille, ma con mia grande sorpresa aveva detto: «È stato così duro per lei. So che non sembra: pare che sia arrabbiata e che non le interessi. Ma credimi, Addie, per favore, credimi se ti dico che non è così. Per lei è semplicemente difficile.»

«Il fatto che non mi adegui ai suoi impegnativi canoni, vuoi dire?» avevo interpretato con una punta di asprezza. «Deve essere davvero delusa dalla scuola di panetteria, se non passa con noi nemmeno la mia ultima cena. Non si è quasi vista per tutta l'estate.»

«Il fatto che te ne vada è gravoso per lei» aveva replicato. «Sei stata la sua prima figlia, così speciale da tanti punti di vista, e ora te ne vai per sempre. Non sarà più la stessa cosa.»

«Ma lei mi *vuole* fuori, vuole che me ne vada a fare grandi cose. È delusa perché non vado a New York, come Andrew, a lavorare in qualche grosso ristorante sfarzoso, e me ne rimango invece tranquilla a Londra. Allora come fa a essere così triste perché non sono a casa?»

«Tutto questo lo vuole per te, ma ciò non esclude che le si spezzi il cuore a vederti andare via. Non riesce a lasciarti andare, Addie. Credo che sia il suo modo di provare a capire come fare. Come fare a lasciarti andare. A dirti addio.»

«Ma non è un addio» avevo ribattuto, sbalordita. «Sono ancora qui.»

«Lo so. Sii gentile. Ha bisogno di questo, ora più che mai, anche se non sembra.»

Si era seduto, scuotendo la testa, facendo un'altra innocua risata, a dimostrazione che quella parte della conversazione era definitivamente chiusa. «Ma la cosa più importante è che tu non dimentichi di tornare presto per una rivincita. Scacchi e scones ai mirtilli, Addie, meglio se insieme, e sarò un padre felice.»

La mattina seguente mi aveva aiutato a caricare la macchina, ignorando in maniera spensierata la porta chiusa dello studio e parlando come se non ci fosse niente di strano nel fatto che una madre non fosse lì a salutare la figlia che partiva a esplorare il mondo. Stavamo giusto andando via quando lei era apparsa.

Aveva gli occhi un po' gonfi, ma per il resto era tranquilla. Mi aveva abbracciato, augurandomi buona fortuna e dicendo che sperava di vedermi presto. Quando ero salita in macchina e mi ero girata a salutare la casa un'ultima volta, l'avevo vista lì in piedi, che si limitava a guardarci dagli scalini del numero 42 di Rose Hill Road. Mi ero domandata se non avessi immaginato sia la conversazione con mio padre sia il lamento dietro la porta chiusa di mia madre.

Non riesce a lasciarti andare via. Ma c'era forse un'altra persona che *aveva* lasciato andare via? Affondai il miscelatore nell'impasto.

Forse non riusciva a lasciar andare via me perché aveva lasciato andare via l'altra quando eravamo nate.

Raggruppai l'impasto per formare una palla tonda e lo avvolsi in un panno per farlo riposare. Poi avviai il miscelatore. Quando i tuorli con lo zucchero presero la consistenza del burro, pallida e leggera, ripensai a mio padre e al suo amore per gli scones, il suo amore per mia madre, il suo amore per me. Più di ogni altra cosa al mondo, desideravo parlare con lui, volevo sentirgli dire che era stato tutto uno strano errore, e che era ancora tutto come era sempre stato. Ma non era più la stessa persona che giocava a scacchi e mangiava scones, e che trovava sempre una spiegazione a tutto. Sapevo che non potevo addossargli questo fardello, certo non il giorno dopo l'anniversario della morte della moglie, non fino al momento in cui non fossi stata assolutamente certa di cosa si trattasse.

Lentamente, con fare metodico, versai una sottile, ferma linea di crema sopra la miscela di tuorli e zucchero, mescolando secondo un preciso movimento a otto, come mi era stato insegnato a scuola, finché l'impasto non risultò liscio come seta dorata, fluttuando e mulinando contro i bordi della terrina. Facendomi forza al freddo tavolo di lavoro, mi lasciai cullare dalla confortante, familiare normalità di tutto ciò, e alla fine mi convinsi quasi che, da qualche parte, qualcuno doveva aver fatto un errore.

Hartland, 20 luglio 1958

Dire addio a qualcuno che ami è come una piccola morte, un orribile, duro seme di oscurità che ti si conficca in gola, insieme al dolore, alla desolazione e al senso di abbandono che sono impossibili da scacciare via.

Salutare la mamma è stata probabilmente una delle esperienze più difficili della mia vita, perché so che quando tornerò le cose saranno diverse. E dopo essere salita in macchina, mentre percorrevo Bough Road e, uscendo dalla città, entravo nella campagna, mi sentivo intorpidita, ridotta a un guscio, come se avessi lasciato il mio io interiore a casa, accanto al letto di mia madre, e che seduto a guardare gli scorci di verde che scorrevano dal finestrino ci fosse solo il mio corpo. In qualsiasi altra occasione sarei stata felice di uscire in macchina. La usavamo così di rado, solo il fine settimana o per andare in vacanza sui laghi. Ma in quei casi la mamma sarebbe stata insieme a noi, elettrizzata e felice, mentre indicava ogni cosa ai bordi della strada, disponeva sui piatti i panini tirati fuori dal cesto del picnic e s'inventava giochi per non farmi annoiare.

Invece, ero sola con mio padre, e non del tutto in me. Solo un guscio riverso contro il finestrino, che osservava il padre guidare, con lo sguardo concentrato mentre serpeggiavamo fuori Londra diretti verso la costa. Saremmo potuti andare in treno, ma penso che papà non volesse passare per un pezzente. Preferiva arrivare a bordo della sua Morris Minor.

Il viaggio è stato lungo, perché le strade erano accidentate, strette e segnalate male. Papà era un po' nervoso e guidava nel dedalo di stradine con eccessiva cautela, mentre la mappa ci conduceva in quello che sembrava un cerchio senza fine.

Poi una piccola stradina di campagna ci ha portato davanti a un enorme cancello a battenti di ferro battuto. Eravamo arrivati a Hartland. Mio padre ha fermato la macchina, è sceso ed è avanzato lungo la cancellata, non sapendo bene come un direttore di banca dovesse districarsi in un posto che si stava rivelando molto più maestoso di quello che aveva immaginato. Non sono abituata a vederlo spaesato ed ero turbata dallo stupore. Così sono scesa anch'io e siamo rimasti lì in piedi, entrambi a guardare, attraverso il cancello, la strada che da lì si estendeva sotto enormi alberi fino alla casa.

Ho infilato il viso tra le inferriate per vedere meglio, accecata dal sole del tardo pomeriggio, ma lui mi ha spinto indietro, dicendo di comportarmi bene e facendomi la predica su come essere una brava ospite. Io l'ho ascoltato appena, completamente rapita dalla casa. Mi aspettavo una versione più grande di quella al numero sette di Bough Road, una casa indipendente di mattoni rossi in stile georgiano, compatta e con la facciata cupa annerita dalla fuliggine. Questa casa era molto più grande, sebbene non si estendesse come alcune delle tenute di campagna che avevamo visitato la mamma e io, e non era affatto cupa e dismessa. C'era un ampio spiazzo sul davanti, dove le macchine potevano girare, coperto da sassolini bianchi e iridescenti che nel sole pomeridiano proiettavano un bagliore quasi lunare. La casa si affacciava luminosa e accogliente, con i suoi muri color miele e le finestre di pietre più chiare, e in cima tegole di diversi colori, timpani sghembi e comignoli. Di lato c'erano alcuni edifici più piccoli, immersi tra gli alberi. Dietro a tutto questo, mi sembrava di scorgere l'inizio di terrazzamenti erbosi, che svanivano verso altri alberi. Dovevano essere i giardini di cui la mamma mi aveva parlato.

Non ricordo esattamente a cosa stessi pensando, mentre stavo lì di fronte al cancello, al fianco di mio padre che continuava a fissare la proprietà. Solo che la casa sembrava in qualche modo amichevole, quasi gioiosa, con le sue piccole finestre che nel sole del pomeriggio, come per dispetto, facevano l'occhiolino. E che profumava d'erba e pietre scaldate dal sole. Si sentivano anche le colombe nella piccionaia e qualche gabbiano, almeno credo. E il rumore degli zoccoli di un cavallo portato fuori dalle stalle da qualcuno.

Volevo che il mio io-guscio restasse triste, perché non volevo rimanere lì, ma mentre osservavo la casa sentivo il mio corpo riempirsi di qualcosa, mi sembrava di tornare di nuovo me stessa. Non si poteva fare diversamente, davvero, davanti a quella casa stupenda, respirando l'aria fresca e godendosi il tepore del sole sulla schiena. E poi la persona con il cavallo, un ragazzo giovane, all'improvviso si è accorto di noi e – questa è stata la cosa più meravigliosa – ha fatto un balzo, è montato in groppa e ha galoppato giù per la strada verso di noi. Accanto a me, ho sentito mio padre indietreggiare, e così ho fatto anch'io, appena un po', perché dopo Limpsfield e il viaggio in auto, teso e silenzioso, il cavaliere che veniva verso di noi, molleggiandosi sulla sella, era talmente aggraziato, fluido e pieno di vita, che non serviva indietreggiare per fargli spazio.

Non ho capito il suo nome ma ha aperto il cancello, scusandosi, parlando e agitando le mani. Papà alla fine è risalito in macchina. Voleva che anch'io facessi lo stesso, ma il giovane mi stava già scortando oltre il cancello, chiedendomi di tenere il cavallo fuori dalla strada, mentre mio padre percorreva il viale verso la casa. Poi ha richiuso il cancello, aggiungendo qualcosa sui cani che scappavano. Io guardavo i grandi battenti che si chiudevano dietro la macchina di mio padre, mentre il cavallo, fermo alle mie spalle, soffiava sui miei capelli aria calda, profumata di fieno. Era una sensazione molto strana: forse era il posto, il viaggio terribile o il sole, o tutto l'insieme, ma quando ho cominciato a camminare verso la casa e ho sentito lo scricchiolio degli zoccoli sui sassolini dietro di me, l'uomo che parlava e mi rideva accanto, il mio cuore, involontariamente, si è sollevato e contratto, perché per la seconda volta quel giorno ho sentito che le cose non sarebbero mai più state le stesse.

Papà ci stava aspettando di fronte alla casa e si vedeva che non era a suo agio; lo si capiva dal modo in cui agitava le mani, girandosi i polsini. Non sapeva come comportarsi al cospetto di una famiglia così importante e agiata come gli Shaw. Non come la mamma, che era andata a scuola con ragazze provenienti da famiglie come questa e sapeva esattamente cosa dire e fare, come sorridere ed essere aggraziata. La mamma aveva conosciuto gli Shaw tramite una vecchia compagna di scuola i cui figli, Harry e Beatrice, avrebbero trascorso qui l'estate, ed era stata la mamma a organizzare questa mia vacanza. Mio padre, invece, era rigido e curvo dopo il lungo viaggio. Sembrava seccato quando ho restituito le redini al proprietario, mentre Janet Shaw arrivava di corsa per accoglierci, portandosi dietro altra gente chiassosa, che rideva e parlava. Un uomo mi ha preso la valigia e un'altra ragazza è venuta a salutarmi. Ero colpita da questa piccola folla, che stringeva le mani, annuiva e sorrideva. Quando si sono resi conto che papà voleva ripartire immediatamente invece di entrare a prendere un tè (suppongo fosse piuttosto scortese da parte sua), qualcuno è corso subito ad aprirgli il cancello.

Alla vista di mio padre che si avviava dimesso verso l'auto, mi sono sentita di nuovo come un guscio e ho avvertito quella profonda, pungente nostalgia di casa. A quel punto, per assurdo, volevo che non se ne andasse, perché era l'ultima cosa che mi teneva legata alla casa, alla mamma. Il pensiero di lei a letto, in attesa che mio padre rientrasse a casa quella sera e le raccontasse come era andato il viaggio e come è accogliente il posto, pieno di persone stupende e chiassose, mi era insopportabile. Sono indietreggiata, sebbene sapessi che doveva sembrare scortese, e ho cercato di mantenere la calma, ma alla fine sono corsa verso mio padre e gli ho afferrato il braccio. Lui si è innervosito ancora di più, perché non approva le ragazze che si comportano così in pubblico. Non succede spesso che mi ribelli, come ieri sera. Gli ho fatto promettere di avvertirmi se a casa la situazione fosse cambiata. Volevo essere presente: ho pronunciato quest'ultima frase molto lentamente, ma forse troppo forte perché Janet Shaw si è avvicinata e l'ho vista corrugare la fronte. Ma ho guardato mio padre dritto in faccia, per essere sicura che avesse capito cosa intendessi. Deve capire che voglio tornare a casa per darle un ultimo saluto. Deve.

Si è accomiatato e l'ho guardato allontanarsi. Janet doveva aver cacciato tutti in casa, perché alla fine eravamo solo lei e io a salutare la macchina finché non ha girato l'angolo. Poi mi ha accompagnato in casa. Mi cingeva col braccio e questo mi metteva a disagio perché mi conosceva a malapena. Quando ha dovuto aprire una porta interna e mi ha lasciato andare mi sono sentita meglio. C'era una ragazza che ci seguiva perché voleva mostrarmi la mia camera, ma Janet l'ha congedata e ha voluto accompagnarmi di persona. Era riluttante ad andarsene, continuava a chiedermi se stavo bene. Dovevo dirle se avevo bisogno di qualcosa, di qualsiasi cosa, giorno e notte. Ho annuito come se fossi intenzionata a farlo, ma ovviamente non l'avrei svegliata nel cuore della notte perché mia madre era da sola a casa.

Mi sentii sollevata quando se ne andò, chiudendo la porta; questa per me era una novità, perché a casa devo tenere sempre la porta aperta. Ho aspettato che ci fosse silenzio e ho sbirciato fuori, per vedere se Janet stesse aspettando lì, se forse avevo capito male e dovevo tenere invece la porta aperta. Ma non c'era nessuno.

Hartland, 24 luglio 1958

Sono stata negligente e non ho più scritto, perché all'inizio non sapevo proprio se mi era permesso. Dopo che Janet mi ha lasciato nella mia stanza, ho nascosto il diario nella fessura tra il materasso e il muro. Non è un nascondiglio buono come quelli che ho a casa: sotto il tappeto o legato dietro alla scrivania con un cordino recuperato da vecchi pacchetti, o dentro un vaso di fiori secchi, ma andrà bene finché non mi sarò ambientata. A mio padre non piace la gente che fa le cose di nascosto, e non ama i diari (eccentrici eccessi di emozioni, li chiama) quindi mi sono impegnata a nasconderlo, scrivendo sempre quando non era in casa o era con la mamma, o spargendo un po' di sabbia fuori dalla porta della mia stanza per sentire quando si avvicinava.

Ma dopo aver trascorso qui un paio di giorni, sono abbastanza sicura di non aver bisogno della sabbia e dei nascondigli, e questa è una cosa buona perché devo scrivere quasi continuamente per fissare tutte le cose incredibili che stanno succedendo. In modo da poterle raccontare alla mamma quando tornerò a casa tra qualche settimana. Tutti sono sempre fuori a fare qualcosa, per lo più qualcosa di eccitante, e a nessuno importa cosa stiano facendo gli altri, a meno che uno non lasci il cancello aperto, perché i cuccioli potrebbero fuggire per strada. A nessuno importa nemmeno cosa faccia io e di sicuro nessuno pensa che stia facendo qualcosa di sbagliato. Al contrario, continuano a chiedermi se sto bene. Se ho fame o sete, se sono stanca, se ho dormito bene. Mi agito un po' ogni volta che mi chiedono qualcosa, perché immediatamente tutti si fermano per sentire la risposta e poi si affrettano per assicurarsi che abbia da mangiare e da bere, che sia felice e riposata. Forse dovrei cercare di passare inosservata, forse dovrei sforzarmi di apparire più contenta e vivace, così la smetterebbero di controllare come sto.

La casa scoppia di gente e io vivo in una stanza al secondo piano. Continuano a scusarsi per le dimensioni e la posizione della camera, che a quanto pare in precedenza era una stanza della servitù. Ma quando ho risposto che la trovavo estremamente carina e molto accogliente, con il letto di ottone e i mobili di legno grezzo, e che amo la luce della sera, la luminosità delle pietre e degli alberi fuori dalla mia finestra, loro hanno annuito un po' dubbiosi. Non ho detto loro che stare in questa cameretta luminosa e chiudere la porta al mondo esterno è un lusso che sto iniziando ad apprezzare piano piano; che rimanere liberamente nel tepore del mio letto al mattino, pronta per la colazione, scrivere sul mio diario e ascoltare questa stupenda casa che si sveglia intorno a me, è tutto strano, meraviglioso e diverso. Ho notato che qui la mattina c'è un odore particolare: di cose rigogliose cresciute di notte, di rugiada che si forma sul campo da croquet, di fumo che fuoriesce dai comignoli, e poi il fantastico odore di caffè, pancetta e pane tostato. Vorrei imbottigliare questi inizi di giornata e spedirli alla mamma: danno la sensazione di quello che riserva il giorno, come un bocciolo completamente chiuso in attesa di sbocciare, pronto a scoppiare con tutte le sue promesse e il festoso viavai di persone in vacanza. Non come Limpsfield, dove mamma starà guardando dalla finestra il suo bel giardino che non può più curare, ascoltando le storie di un mondo a cui non appartiene più.

Ma non devo rimuginare su di lei perché mi è stato espressamente vietato. Ieri mi è arrivata una sua lettera, così bella, dove mi raccontava quello che aveva scoperto su *Radio Times* e mi diceva che mi pensava sempre quando ascoltava *Mrs Dale's Diary*. Dora le ha portato tanti mazzi di fiori nuovi, aggiunge, e un vicino è venuto a leggere per lei. Sto cercando di immaginare la signora Peckitt o la signora Smith che salgono le scale e, superato il corridoio, entrano nella sua stanza, strofinandosi le mani sui grembiuli, e la salutano con i loro sorrisi sani e rassicuranti, e, sebbene non riesca a immaginarli, sono contenta di saperlo. Vuole che non pensi per niente a lei, perché va tutto bene. Vuole solo sincerarsi che stia annotando tutte le cose che mi stanno accadendo, in modo da poterle raccontare quando ci rivedremo.

Di sicuro qui accade abbastanza da riempire interi diari o da scrivere una lettera all'ora, ne sono certa. Quindi faccio solo questo: scrivo, scrivo e scrivo; perché posso, perché voglio e perché a nessuno importa che lo faccia.

Ci sono molte più persone che abitano e lavorano qui di quante ne abbia mai viste in una casa. Da noi c'è solamente Dora, che viene per cucinare, lavare e riordinare; e Bridget quando ci serve una mano in più. Abbiamo tre camere da letto, un salotto, un soggiorno e una cucina al piano di sotto. Di sicuro molte più stanze delle case dei nostri vicini, ma non è niente, proprio niente, in confronto a qui che, a quanto dicono, è solamente una confortevole casa di campagna di media grandezza. Una semplice casa di famiglia, mi ha detto Janet con uno dei suoi grandi sorrisi, e ha cominciato a descrivere il loro appartamento di Londra, che a quanto pare è molto grande e pratico. Le ho sorriso a mia volta e me ne sono andata, ma di sicuro so che non c'è niente di semplice a Hartland o in un qualunque appartamento di Londra "piuttosto grande". Non devono avere nessuna idea di come vivono le altre famiglie. Che lo spazio vitale per molte persone è raro e prezioso, che a

Londra interi quartieri non sono ancora stati ricostruiti dopo i bombardamenti aerei, che le persone vivono accalcate in terribili tuguri, o in dieci in una casa, con dentro chiunque, dalla nonna ad altri inquilini, stipati in camere da letto come sardine. Che i più fortunati si trasferiscono nelle nuove aree di prefabbricati dove spuntano palazzoni come brutti tumori di cemento. Che nessuno che conosco vive in una casa così grande, aperta e dorata come questa; così bella, come ha detto la mamma, immersa nelle verdi colline che scendono verso la costa, con una grande terrazza di pietra che dà sui giardini, alberi e boschi cedui tutti intorno. Dalla mappa appesa nello studio di Abel Shaw è possibile vedere quanto Harland sia vicina al mare, così vicina che in certi giorni riesci persino a sentirne l'odore: un profumo forte, pungente e salato nell'aria. Quando arriva, non mi stanco mai di questa brezza salata, e ogni volta desidero disperatamente che mia madre sia qui con me, perché l'aria fresca gioverebbe così tanto ai suoi poveri polmoni e la brezza salata le placherebbe la tosse.

Il primo giorno, prima di cena, ho conosciuto Beatrice, che è molto carina e mi ha preso sotto la sua ala, il che è una buona cosa perché senza di lei mi sarei persa a ogni angolo. Ci sono stanze ovunque, per ogni attività concepibile: un ripostiglio per le scarpe, una sala da biliardo, una dispensa, una serra, camere da letto, salotti, soggiorni e una biblioteca. Mi ci è voluto un po' per capire che la casa non era poi così enorme. Ha solo un sacco di ventosi corridoi a zig zag e scale, per cui ti serve una mappa se non vuoi arrivare tardi a colazione. E solo più tardi ho capito che comunque non importa a nessuno se arrivi tardi a colazione. Le uova, le salsicce e tutto il resto sono pronte in tavola, tenute in caldo; ci sono quintali di toast, marmellata e confettura, e se qualcosa finisce, spunta qualcuno con quello che vuoi. Ho mangiato tantissimo il primo giorno, quasi da star male. Non come il porridge che serviamo sempre a casa, che spero Dora faccia cuocere abbastanza, senza zuccherarlo troppo, perché la mamma dice che altrimenti le fa male la gola.

Gli Shaw ospitano un sacco di giovani. Ci sono John, Harry, Felicity e Will. Sono tutti più grandi di me, dai vent'anni in su. Solo Beatrice, la sorella di Harry, ha la mia età; e il cugino di John, un ragazzo di nome Bert, che ha sempre le mani sudate e che tutti detestano. Ogni giorno, propongono delle cose da fare all'aperto: una cavalcata con un picnic, un giro in macchina fino a una vecchia abbazia o delle camminate; mangiare a non finire e prendere il tè o il caffè in terrazza, giocando a croquet sul prato nel pomeriggio. Tutta questa allegria mi fa girare la testa e sono preoccupata di non aver messo in valigia abbastanza vestiti per tutte le cose che faremo. Sono rimasti stupiti quando hanno scoperto che non sapevo cavalcare, che invece è la grande passione di Abel (e forse il suo lavoro?) e presto mi insegneranno, così potrò unirmi a loro.

Tra un paio di giorni, andremo sulla costa a fare un giro in barca. Sono rimasti ancora più sconcertati quando hanno scoperto che non sapevo nuotare bene. Sono trasaliti tutti quando l'ho detto. Presumo sia qualcosa di inconcepibile nel loro mondo di scuole prestigiose, partite di hockey e cricket, e sci invernale, ma io sono la figlia di un direttore di banca che vive a Limpsfield e ho "imparato" a nuotare con altri trenta ragazzini tremanti, dalle labbra blu, nella piscina comunale, quando l'insegnante riusciva a portarci. Mi sto rivelando, comunque, una buona giocatrice di croquet, anche se è difficile rimanere concentrati quando i pomeriggi sono così belli e tiepidi, e il giardino degli Shaw profuma come un angolo di paradiso. Il roseto mi implora di andare a zonzo con un libro in mano e di perdermi tra gli alberi e i fiori. E io lo faccio, appena possibile: cerco di sgattaiolare via tra i fiori per leggere. Harry mi ha fatto vedere la biblioteca e mi ha detto che Janet mi permette di prendere tutto ciò che voglio. Dopo la mia camera e il giardino, la biblioteca è l'angolo della casa che mi piace di più. È stupenda, col suo lucernaio tondo e i divani a pois dappertutto. Non c'è mai nessuno, perché sono sempre tutti fuori a fare qualcosa di più divertente e movimentato. Ci sono scaffali e scaffali di libri, tutti talmente pressati da essere sicura che nessuno li abbia mai letti; ora però, sembrano così vecchi e friabili, che se qualcuno provasse a tirarli fuori si sgretolerebbero. Ci sono anche altri libri, più nuovi, che forse appartengono a Janet, e c'è un sacco di roba che mi piacerebbe leggere (Anthony Powell e Graham Green, Ernest Hemingway e Nancy Mitford). Non sono sicura di riuscire a trovare il tempo, con tutte le cose che ho da fare.

Oggi ho scoperto un buon nascondiglio, dove posso appoggiarmi a un muro, esposto al sole tutto il giorno, e ancora tiepido anche all'ombra del glicine nel tardo pomeriggio. Ho portato un piccolo plaid che ho trovato nell'armadio e mi sono sistemata di nascosto con i miei due libri. Il primo è una storia bellissima di una donna che esplora l'Africa, intitolato *La strada per Timbuktu*, e il secondo è uno dei recenti romanzi di Ivy Compton-Burnett. Uno per divertirmi e l'altro per viaggiare con la mente, quando il pomeriggio diventa sera. Ma non ho fatto in tempo a sedermi, che John mi è venuto a trovare. È più grande di tutti noi, ventiquattro anni appena compiuti, e lavora già a Londra. È stato mandato a tenermi compagnia per non lasciarmi sola prima di cena. Ordini precisi di sua madre, mi ha spiegato. Non possiamo lasciarti sola. I suoi occhi luccicavano quando l'ha detto e mi è sembrato che stesse ridendo. Ride sempre e fa ridere anche gli altri. È difficile rimanere tristi in sua compagnia. Quindi ci siamo incamminati e lui mi ha raccontato tutto delle rose e di una nuova varietà, di nome Janie, come sua madre, che il giardiniere ha appena piantato, e io ho cercato di memorizzare ogni dettaglio per poterlo poi raccontare alla mamma. Infine mi ha aiutato a raccogliere il mio plaid e i libri, e mi ha trascinato a prendere un tè. Non gli ho detto che mi piaceva stare da sola, lì dove il profumo è così inebriante e dove c'è molto spazio, spazio per leggere, scrivere e pensare a mia madre; in questo posto meraviglioso, in questa serata stupenda. Ma dopotutto, non mi dispiaceva rientrare con lui e sentirlo ridere.

7

«C'è qualcuno per te, Addie.»

Dopo aver sbrigato una montagna di faccende burocratiche nel mio ufficio claustrofobico, ero in piedi in cucina a decorare le quattro torte alla carota per il tè della figlia della signora Jenkins-Smythe. Dalla mattina, la mente vagava rincorrendo pensieri ancora più contorti e ormai ero così stanca che avevo solo voglia di dimenticare, anche se l'oblio aveva la forma di ottantacinque carotine e trenta coniglietti di marzapane colorato. Avevo quasi raggiunto uno stato piacevole di confusa concentrazione nel tagliare il marzapane quando Claire spalancò la porta della cucina.

«Grace è già qui?» L'arancione delle carotine sbiadì leggermente davanti ai miei occhi mentre fissavo il ripiano della cucina. «Dille che i moduli delle tasse e i nuovi turni sono sulla scrivania.»

«Molto meglio.» Claire reggeva una gran quantità di baguette prese dal bancone e mi lanciò un'occhiata entusiasta perché il mio amico Andrew, slanciato e dalle gambe lunghe, stava entrando in cucina. Era tornato molto abbronzato dopo una settimana con la famiglia della fidanzata a Marsiglia, dove dovevano esserci stati almeno ventisette gradi, mentre l'Inghilterra aveva conosciuto il maggio più umido degli ultimi settant'anni.

«Ehi, Ads» disse, accigliandosi quando mi vide attaccare il marzapane con mani luride e colorate. «Che stai facendo?»

«Oh, il solito» borbottai, disegnando col coltello un arco che poteva includere le torte, me stessa e il segreto della mia sorella gemella.

«La vacanza è stata bella, Andrew?» Claire rimaneva sulla porta, stringendo le baguette con un sorriso smorfioso. «Cerca solo di non essere qui quando arriva Grace. I clienti non sono ammessi, sul serio, ma io non dirò nulla.»

«Claire, perché non le porti di là?» dissi con evidente riluttanza. Alla fine, richiamata dalle ripetute grida provenienti dal negozio, scomparve.

Andrew mi squadrò.

«Hai una bruttissima cera» mi disse. «Me ne vado una settimana e tu cadi a pezzi così?»

Si chinò sul bancone vicino a me, un cono di luce filtrava dalle alte finestre sul retro facendo risaltare i suoi zigomi lisci e i riflessi dorati dei suoi capelli biondo sabbia, che erano la passione di sua madre. Era incredibilmente fresco e vivace, come una camicia bianca appena stirata, mentre io mi sentivo chiaramente spremuta e arancione, con i capelli che premevano con impazienza per liberarsi dalla retina.

«Grazie mille.» Tornai a occuparmi del marzapane, tagliando con destrezza delle striscioline per i corpi delle carote. «È stata una lunga giornata.»

«È solo l'una.» I suoi occhi blu scuro ebbero un moto di solidarietà.

«Com'è andato l'anniversario di tua madre ieri? Ho cercato di chiamarti un paio di volte dal treno. Sarai contenta che sia finito.»

«Non hai idea» borbottai. In un attimo di furore fui tentata di sfogarmi sugli avvenimenti delle ultime ventiquattro ore, prima di decidere, seppur recalcitrante, che James Merck, mia madre e Phoebe Roberts non c'entravano nulla con la cucina di Grace e le quattro torte di fronte a me.

«Perché non sei a Marsiglia, ad affascinare i tuoi suoceri?» domandai invece. Quando infine lo esaminai meglio, mi accorsi che appariva stranamente irrequieto. «Le cose non vanno bene?»

«A dire il vero, no. Non vado a genio ai fratelli di Claudette e sua madre è un pezzo di ghiaccio. Volevano che lei rilevasse il ristorante il prima possibile e pensavano che mi fossi messo in mezzo, perché non mi voglio trasferire a Marsiglia.»

«Posso immaginare perché.» Alzai gli occhi al cielo, provando un moto di solidarietà per i lontani Dupont. Andrew faceva da molti anni tira e molla con una bella ristoratrice francese, Claudette, con cui aveva una relazione burrascosa e che già tre anni prima sarebbe dovuta tornare al ristorante dei genitori. Invece era restata a Londra, nella speranza che Andrew si staccasse dalla sua zuppa di astice e si impegnasse davvero. Da parte mia, credevo che una forte batosta sentimentale avrebbe fatto un gran bene a Andrew, ma allo stesso tempo Claudette non mi aveva mai entusiasmato, come del resto nessuna delle sue ragazze. Si infatuavano finché non si stufavano di condividerlo con le aragoste morte, i conigli scuoiati e le versioni più raffinate del consommé. A quel punto facevano un sacco di scene isteriche e se ne andavano risentite. Andrew, vagamente divertito da tutto il trambusto, in genere si presentava da me con una manciata di pesciolini che si dimenavano in un sacchetto. *Vuoi provare la nuova ricetta di bouillabaisse che ho appena letto?* Ci conoscevamo da ormai tre decenni e mezzo, da quando lui si era trasferito nella casa accanto a quella dei miei genitori, all'età di sei anni e, attraversando la siepe che separava i nostri giardini, mi aveva fatto vedere come si faceva una buona limonata. All'età di otto anni, avevamo raccolto il nostro primo mazzo di pastinaca, che sembrava avere la rogna, e preparato una zuppa. A dieci, ci eravamo accampati nel giardino sul retro arrostendo patate sul fuoco. A dodici, ci eravamo offerti di cucinare per il sesto compleanno di Jasper, un lavoro che prendemmo talmente sul serio che ci facemmo pagare quindici sterline. A quattordici, avevamo cominciato a riempire un quaderno di appunti per aprire un ristorante che si chiamava Le Grand Bleu, dove io sarei stata la pasticcera e Andrew, guarda caso, il capocuoco. Andrew e io non potevamo essere più diversi, ma quel giorno accanto alla siepe di tasso cominciammo a legare, come fanno gli amici d'infanzia, in modo facile e naturale. Rimanemmo amici durante tutti i tipi di relazioni più o meno disperate e tutti i tipi di crisi, quando Andrew era a Parigi e a New York in cerca di fama culinaria, o durante la mia molto più modesta ricerca del mio perfetto rotolo bianco lievitato naturalmente e i miei quindici anni da Grace.

«Quindi siamo a un punto di non ritorno.» Andrew finse di prendere casualmente un grembiule e si installò furtivamente accanto a me.

«Non provare a...» lo avvisai, difendendo il marzapane. «Non ti azzardare a toccarlo. Non riesco a lavorare bene in cucina in questi giorni.»

«Allora smettila di fare la manager e torna a essere una cuoca.» Fece una pausa. «Ad ogni modo, la *maman* di Claudette ha dato un ultimatum. O Claudette torna immediatamente a casa o perde il ristorante.»

Smisi di proteggere le carote e lo guardai. «Sul serio?»

Andrew afferrò il mio coltello, ci fu un breve turbinio, come un piccolo bastone da combattimento giapponese, e poi apparve una piccola carota perfetta, provvista di foglie in miniatura, e nemmeno una briciola di torta sul banco. Mi rivolse un sorriso divertito.

«Oh, ti prego, Andrew. Non ho dormito, ho una montagna di carote da preparare e una montagna ancora più grande di maledette cose amministrative da sbrigare. Claire sta arrivando e devo andare avanti col lavoro. Per quanto sia avvincente la tua vita sentimentale… parla, sennò ci vediamo dopo.»

«Mi sembri sconvolta.» Mi allungò un coltello dal cassetto. «Sei sicura di stare bene, Addie?» Mi scrutò in faccia, osservando le occhiaie scure sotto gli occhi, le spalle rigide. Mi voltai di scatto per occuparmi del mio letto di carote. Attese un altro istante, poi aggiunse: «Comunque, mi ha proposto di sposarla».

«Sul serio?» Lo guardai e mi resi conto, con uno spasmo strano e acuto, che avevo completamente sottovalutato la bella Claudette. «Wow. È… insomma, credo di doverti fare gli auguri» dissi piano, mentre ritagliavo una serie di piccole foglie verdi, per mascherare la mia confusione. «Allora ti trasferisci a Marsiglia. Dio mio, è tutto così improvviso… oh, mi mancherai di sicuro…»

Cercai di reprimere un altro spasmo come quello di prima, perché ovunque si trovasse Andrew nel mondo, negli ultimi tre decenni, avevo sempre saputo che prima o poi sarebbe tornato, aspettandomi per il quiz al pub Seven Bells, pronto a sgridarmi per la mia assoluta mancanza di cultura generale e/o per il torto che stavo facendo al mio talento, eppure sempre felice di fare una piccola digressione per discutere del miglior modo per far fluttuare un'*île flottante*. Adesso sarebbe rimasto a Marsiglia per sempre, a cucinare al fianco della sua splendida e minuta moglie gallica, circondato da un sacco di bambini, come tanti soffici anatroccoli biondo rossiccio in uno stagno, che lavano piatti e puliscono i tavoli dall'età di tre anni. Cominciai a disporre le carote sulla superficie scura delle torte, sentendomi avvolgere dall'ansia mattutina come da una morsa, smaniosa e irritante.

«Ho detto di no.»

Le mani di Andrew si mossero intorno alla torta seguendo le mie, aggiungendo le foglie in un'imitazione piuttosto realistica di un letto di carote. Credevo di non aver sentito bene, ma qualcosa dentro di me doveva aver colto almeno l'ultima parola, perché piccole onde di sollievo pulsarono in un luogo nascosto del mio cuore, che non aveva ancora realizzato quanto mi sarei sentita in lutto se Andrew se ne fosse andato a Marsiglia con Claudette e i loro soffici pulcini.

«Ehi!» esclamai con finto disincanto. «Ma sono secoli che vuoi aprire un tuo ristorante.»

«Ma non a Marsiglia, non il ristorante di qualcun altro, servito così su un piatto d'argento. Sai, pensavo che forse…»

«Quindi che fine ha fatto la povera Claudette?»

«Ha deciso di restare a Marsiglia. Le cose non sono finite proprio bene.» Colse un'altra manciata di foglie e le gettò sulla torta, dove finirono, perfettamente in ordine, sul letto di carote.

«Non faccio fatica a immaginare il perché.» Per la seconda volta guardai Andrew.

La consegna del pane di mezzogiorno arrivò dalla cucina centrale di Maxwell Corner. Spinsi dentro i carrelli in cui erano impilati i vassoi di acciaio inossidabile e li sistemai in modo che Claire potesse portarli fuori. Poi tornai alle torte della signora Jenkins-Smythe, che dovevo trasferire nelle scatole a righe bianche e rosse.

«Io e te potremmo metterci in società insieme» propose Andrew d'un tratto. «Smettere finalmente di parlare del Le Grand Bleu e crearlo sul serio.»

Quando avevamo cominciato a progettarlo nella cucina di Rose Hill Road tanti anni prima, Le Grand Bleu doveva essere un posto di meraviglie culinarie, con un menù sempre diverso che sarebbe cambiato con l'esperienza e l'età, e con tutto quello che ci ossessionava in TV. Alla fine, le nostre strade professionali si erano divise e Le Grand Bleu era diventato un sogno per le notti innaffiate di vino, una sorta di piano di emergenza di cui si parlava quando le cose cominciavano ad andare male, ma che non veniva mai messo in pratica veramente.

Le Grand Bleu, baby, diceva Andrew quando il suo capo lo rimproverava per una zuppa di pesce abborracciata. *Oh, ma per Le Grand Bleu*, sospiravo quando, dopo aver impilato tartufi al cioccolato per mezz'ora, ne scovavo uno rotto alla base. Le Grand Bleu, il posto mitologico dove la vita diventava perfetta, e che negli anni si era talmente discostato dalla realtà da diventare solo una pia illusione.

«Il buon vecchio Le Grand Bleu» mormorai in quel momento con la mente assente, reprimendo uno sbadiglio mentre posavo la terza torta nella scatola. Dio mio, quanto ero stanca.

«Su, Addie, sarebbe fantastico. Non credi?»

«Sicuro.» Soffocai un altro sbadiglio, mentre Andrew richiudeva la quarta scatola e me la porgeva. «Devi andartene. Grace potrebbe arrivare da un momento all'altro.»

«Ho ancora un paio di giorni di ferie. Potremmo vederci più tardi. Potremmo metterci seduti a discutere di zone possibili dove aprire locale...»

Come il menù e la grandezza del posto, la posizione della sede era un punto molto sottolineato (e controverso) nel sogno del Le Grand Bleu. Fino a quel momento, la discussione vedeva in campo l'elegante Kensington (Andrew) o la più accogliente parte finale di Islington High Street (io). Mi allarmai notevolmente quando vidi che estraeva qualcosa dal suo zaino. Era una serie di brochure patinate di agenzie immobiliari. Spostavo lo sguardo dalle brochure al suo viso e viceversa, avvertendo un accenno di panico. Non ci eravamo mai spinti così lontano prima d'ora.

«So che sei stata impegnata con la commemorazione, tuo papà e tutto il resto» disse Andrew, sventolandomi le brochure in faccia. «Così sono andato avanti da solo e stamattina mi sono procurato questi. Guarda, siamo iscritti a tutte le agenzie sulla via principale: Flaxton's, Mylor e Steele. In giro ci sono delle buone occasioni, dobbiamo solo fare un po' di ricerche.»

Sistemai l'ultima torta. Non ci eravamo *mai* spinti così oltre, fino alle ricerche.

«Ehm, Andrew...» Schivando quelle immagini sventolate di open space con pavimenti di quercia e di cucine dalle piastrelle bianche, che ricordavano vagamente i reparti di un ospedale psichiatrico, cercai di infondere una nota di urgenza alla mia voce. «Non voglio iscrivermi alle agenzie immobiliari. Non posso lasciare Grace, e poi mi piace qui. E Le Grand Bleu, lo sai...»

Come spiegare a qualcuno come Andrew, che era nato in una corsia di sorpasso, che non ero il tipo di persona che apriva un ristorante, saliva sul Ciclone Celestiale e conquistava la luna?

«Non sono ancora pronta.» Era la mia dichiarazione finale, anche se piuttosto fiacca.

«Ma sì che lo sei, davvero» insistette Andrew. «Sarà fantastico. Ho un sacco di risparmi, e anche tu...»

Mi maledissi per aver chiesto a Andrew di aiutarmi con la dichiarazione dei redditi.

«...e possiamo ottenere un ottimo prestito per le piccole imprese. Ne ho parlato col mio direttore di banca e...»

Improvvisamente giunse un rumore di passi dal corridoio e con grande prontezza Andrew infilò le brochure nello zaino. Un attimo dopo, Grace era in cucina.

«Buongiorno, buongiorno» salutò eccitata, avanzando per abbracciarmi. «Come stai, cara? Tutto bene? Ti ho pensato ieri, devi essere a pezzi, poverina.»

Il suo sguardo si posò su Andrew. Con mia grande soddisfazione, lei era una delle poche persone di mia conoscenza a non essere minimamente innamorata di Andrew (un sentimento che, per puro caso, condivideva con mia sorella Venetia). Il suo entusiasmo si spense e il viso assunse un'espressione gelida.

«Mi sono forse dimenticata di metterti sul libro paga?» lo salutò con freddezza. «Per quale altra ragione dovresti essere nella mia cucina?» Si voltò verso di me e con aria di rimprovero mi disse: «Addie, conosci le regole, vero?»

«Sì, Grace, scusa» replicai subito, arrossendo come una bambina sorpresa con le mani nella marmellata. «Si è fermato solo a darmi una cosa. Se ne stava andando, vero, Andrew?»

Considerato che lui indossava un grembiule con il logo del negozio, e che le sue mani erano arancioni e verdi per aver sistemato le carote di marzapane su quattro splendide torte che ormai giacevano nelle scatole di fronte a noi, questo era palesemente falso. Arrossii ancora di più. Grace decise di non alterarsi e gli voltò semplicemente le spalle, facendo finta che non esistesse.

«Queste sono le torte ordinate? Vediamo.» Le controllò con fare critico, girandone una per ispezionarne il fondo. «Belle. Stai attenta che anche i vassoi siano perfetti. La signora Jenkins-Smythe è una cliente di vecchia data e voglio restare nelle sue grazie.»

«Sì» risposi. «Lo so. Farò del mio meglio.»

Nell'ufficio squillò il telefono. «E ho controllato i moduli delle tasse: grazie, Addie. Affidabile come sempre. Sarò ancora nei paraggi questo pomeriggio. Vieni a farti una chiacchierata, okay? E tu» disse lanciando ad Andrew uno sguardo severo, «non ci sarai perché devi uscire da qui, e in fretta. E ti pregherei di usare la porta sul retro.»

«Che cos'è, la serie *Su e giù per le scale*?» sibilò Andrew incredulo quando raggiunse il corridoio. Si tolse il grembiule e lo appese al gancio, rivolgendomi uno sguardo di fuoco. «Come puoi permettere che entri a controllare il tuo lavoro, quando sei una pasticcera, e molto brava, da trent'anni? Non è nemmeno una cuoca.

Ormai, il tuo compito è solo spostare torte già pronte dalla cucina principale al negozio.»

«Faccio ancora i pasticcini. E decoro le torte. E ho cucinato queste tortine alla crema…» iniziai.

«Bene, passi la tortina alla crema quando la cucina centrale fa casini. Ma la decorazione delle torte per il tè della signora Jenkins-Smythe e le fatture da registrare? Dovresti preparare tu i dolci, inventare nuovi dessert. Stai sprecando il tuo talento qui dentro, te lo ripeto. Le Grand Bleu, Ads. Sarebbe fantastico.»

Prima che potessi replicare, mi diede un rapido e in qualche modo inatteso bacio sulla guancia prima di sparire dalla porta principale.

8

Appena dopo le cinque, in cucina avevo finito. Avevamo preparato i carrelli vuoti con i vassoi di acciaio, che l'indomani mattina il furgone della cucina centrale avrebbe ritirato come prima cosa. Claire aveva riempito per l'ultima volta il bancone del negozio per la clientela serale e se n'era andata. Io dovevo restare fino alle otto per la chiusura, il momento che aspettavo da quando Andrew se n'era andato con la sua proposta su Le Grand Bleu e le sue brochure di immobiliari, lasciandomi con un'ansia irrequieta e sconosciuta che non riuscivo a scrollarmi di dosso.

«Addie,» mi chiamò Grace dal suo ufficio quando passai di lì «hai un minuto?»

«La cucina è a posto» dissi e mi accasciai sulla sedia dall'altra parte della piccola scrivania, appoggiando la schiena alla cassettiera e togliendo la retina dai capelli con uno strattone accompagnato da un gemito.

Avevo cominciato a lavorare per Grace più di quindici anni prima, quando la sua pasticceria era ancora un negozietto che vendeva una gamma di splendidi pasticcini, dessert e torte su ordinazione, che preparavo al momento. Negli anni, il piccolo ambiente con la cucina sul retro si era trasformato in un grande negozio. Grace aveva acquistato la proprietà adiacente, e il negozio di Kensington era diventato una catena di quattro pasticcerie con una quinta, a

Marylebone, che doveva essere inaugurata a fine estate. In segreto, la prima pasticceria era rimasta sempre la mia preferita: un semplice negozio dal pavimento di legno e dalla grande vetrina dove esporre i pasticcini e le torte che preparavo nel retrobottega, mentre l'odore dei croissant e dei dolci di mele profumava l'aria quando nel pomeriggio mi affacciavo a controllare le consegne, salutando i clienti abituali e le mamme che entravano per comprare qualcosa per i loro bambini, tornando da scuola.

A mano a mano che la ditta si espandeva, Grace mi aveva chiesto di gestire alcuni dei nuovi negozi, nella prospettiva di prendere il suo posto in futuro. Ma io avevo acconsentito alla gestione del negozio dove tutto era cominciato pentendomene subito, non appena mi ero resa conto di quanto lavoro amministrativo, anche solo per disporre turni e buoni d'ordine, comportasse.

Ormai perdevo troppo tempo con le consegne di pane e dolci, prodotti nella cucina centrale, un posto grigio chiamato Maxwell Corner, e me ne mancava per fare quello che avevo sempre fatto e amato, ovvero cucinare tutto da sola, da zero. Mi ostinavo ancora a preparare qualcosa di fresco ogni due o tre giorni, ma nei nuovi negozi mancava una cucina altrettanto accessoriata che si limitava a distribuire quello che proveniva da Maxwell Corner. A questo punto, avevo cominciato a temere il bagliore di entusiasmo che luccicava negli occhi di Grace, ogni volta che menzionava il nuovo negozio di Marylebone.

«Sarai contenta di sapere che sarà pronto in tempo, a settembre» annunciò Grace, energica come se fossero le undici di mattina. «È perfetto aprire dopo le vacanze estive. Volevo parlarti proprio di questo. Dovrò passare molto tempo lì e voglio davvero che tu gestisca gli altri negozi.»

Mi grattai la fronte e mi massaggiai le tempie.

«Sei perfetta per questo lavoro, Addie» insistette con impazienza. «Sai tutto sulla pasticceria, sei fantastica con le persone, lavori sodo, sei diligente, e ti sei formata con la mia visione, la *nostra* visione. Sai quello che vogliamo. Penso che sarebbe il passo giusto da fare per te. È ora, Addie…»

Continuò per un altro po', ma io fissavo il mio grembiule, grattando via una macchia di farina. Perché tutti mi punzecchiavano, spingendomi a essere una versione migliore di me stessa, a essere più di quel che ero? E perché, mentre ci poniamo queste domande esistenziali, le cose devono sempre, sempre cambiare?

«Quindi, che mi dici?» concluse Grace raggiante, mentre continuavo a tacere. «Dai, Addie, non deludermi. Ho bisogno di te.»

«Ci penserò» dissi infine. «Scusa, Grace, oggi ho un sacco di cose che mi frullano per la testa.»

Si fece subito contrita. «Certo, scusami. Sembri a pezzi, tesoro, se posso permettermi. Perché oggi non vai a casa prima? Finirò io qui. Vai, preparati una cena decente e…» guardò i miei capelli, ribelli dopo essere stati confinati nella retina «magari fai un bagno?»

Esitai solo per salvare le apparenze, perché dopo le ultime ventiquattro ore, dopo Phoebe Roberts e James Merck, dopo Le Grand Bleu e l'offerta di Grace, sentivo in maniera chiara che avevo raggiunto il limite. L'indomani avrei capito come parlare a papà e a James Merck, e avrei pensato a Le Grand Bleu e a Grace. Per stasera, avevo dato. Tornando a casa mi sarei fermata alla gastronomia italiana a prendere un pollo arrosto, avrei cenato in modo decente. Mi sarei lavata i capelli e avrei dormito per un secolo, lasciando che il mondo seguisse il suo corso.

«Sei sicura?» dissi, dopo essermi già alzata dalla sedia.

«Sì. Stammi bene, tesoro, stammi bene. E fammi sapere la tua decisione entro la fine della settimana, okay?»

Mentre cercavo un modo per dire di no a così tante persone, salutai distrattamente le ragazze che servivano gli ultimi clienti e uscii dalla porta lasciandomi dietro un tintinnio. Stava piovendo ancora, una leggera, sottile pioggerellina che sembrava giungere da ogni direzione, come una sorta di spray spruzzato di traverso. Ero così indaffarata ad aprire il mio ombrello e infilarmi la giacca che non scorsi subito chi era appoggiato al muro vicino alle grandi portefinestre della pasticceria. Alta e magra. Grandi occhi in un volto pallido.

«Ciao.»

Phoebe Roberts si raddrizzò e mi venne incontro con un sorriso determinato. Ero ferma appena fuori dalla porta, còlta completamente alla sprovvista, e non riuscivo a pensare a cosa dire. Con tutto quello che stava succedendo, con tutte le cose a cui dovevo pensare, non ero ancora arrivata alla parte in cui avrei rivisto una protagonista senza preavviso e così presto. Troppo presto. Alla sua vista, riaffiorarono tutti i pensieri con cui avevo lottato durante il giorno: la confusione, l'ansia, l'incertezza. Cercai di capire se potevo semplicemente darmela a gambe levate.

Phoebe stringeva il gomito al corpo, con un ombrello infilato nell'incavo del braccio. Appariva ansiosa ed era evidente che stava aspettando da un po' perché la punta delle sue scarpe era intrisa di pioggia e il suo impermeabile color caramello luccicava di goccioline.

«Scusa se mi presento qui così» disse con esitazione. «Ho visto il nome del negozio ieri, sulla scatola a righe, e ti ho cercata perché questo pomeriggio ero in città. Questa è la terza panetteria a cui chiedo. La ragazza mi ha detto che avresti finito presto, così ho aspettato; ho pensato che fosse meglio non ripresentarmi a casa. Volevo parlarti. E volevo chiederti… ci sono così tante cose che vorrei sapere…»

Scossi la testa davanti all'ondata dei suoi bisogni e desideri. Alle mie spalle, Grace spuntò dalla vetrina e ci fece cenno di allontanarci, in modo gentile ma deciso, perché non amava che i dipendenti si attardassero fuori dal negozio.

«Andiamo, allora» e con un cenno m'incamminai con Phoebe.

«Dove stiamo andando?» Cercò di restare al mio fianco, ondeggiando per scansare il fiume di pendolari, fino a quando non mi fermai, a qualche traversa di distanza.

«Qui?» domandò Phoebe d'un fiato, guardando l'insegna al neon: Stanhope Café.

Dentro era buio, con luci arancioni e tavoli di plastica, e c'era un cattivo odore di olio stantio. Annuii alla ragazza che stava dietro al bancone e lei ricambiò salutandoci con allegria. Mi lasciai cadere sulla prima sedia che vidi. Phoebe Roberts diede un'occhiata dubbiosa al tavolo di fòrmica, poi si tolse l'impermeabile e lo appoggiò sulla sedia accanto, stando attenta che l'orlo non toccasse il pavimento o il tavolo. Solo a quel punto si sedette dall'altra parte del tavolo.

«Mi dispiace» esordì. «Capisco che non è il modo migliore per affrontare la cosa. Non mi farebbe piacere se un estraneo mi seguisse. Solo che non ce la faccio più a starmene seduta a casa. Volevo farti delle domande. Ho bisogno di parlare con qualcuno. Ma ora capisco che non è stata una buona idea.»

«Okay» replicai, respirando profondamente. «Che cosa… voglio dire, cosa hai in mente di fare adesso?»

Phoebe seguiva con gli occhi il motivo che tracciava sulla fòrmica graffiata, giocando con il sale e il pepe, che stavano in mezzo al tavolo accanto all'aceto. Dietro al bancone la cameriera ascoltava, pulendo il coltello più e più volte.

«Voglio solo parlare, tutto qui. So che non mi credete, e anche una parte di me fatica a credere a tutta questa storia, ma se esiste anche una sola possibilità che io e te siamo legate, che siamo gemelle, allora non vorresti scoprirlo?»

Annuì con impazienza e io la guardai cercando una somiglianza tra noi, la prova che eravamo gemelle, qualcosa che ci avvicinasse per la mera forza dei nostri geni comuni. Ma tutto quello che riuscivo a vedere erano le sue speranze, la sua attesa, che in qualche modo ero incapace di condividere.

«Non ne sono sicura» risposi. «Le cose con mia madre erano complicate. E la sua morte... è ancora fresca. Mi dispiace se può sembrare una scusa poco convincente, ma non so proprio cosa pensare in questo momento.»

«Complicate? In che senso?» chiese. «Non avevate un buon rapporto? Com'era e come... cioè, se ti va di dirmelo» aggiunse.

Mi accorsi che, nel periodo che stavo vivendo, mi preoccupava l'idea di mettere sul tavolo quarant'anni di vita con mia madre davanti a una sconosciuta. E per di più era seduta così vicina, separata da solo pochi centimetri di fòrmica macchiata. Ma quando indietreggiai alla ricerca di un po' d'aria, lei si mosse con me.

«Hai chiesto di noi a tuo padre?» I suoi occhi esaminavano il mio busto, i capelli, le mani, come se mi stesse sezionando per trovare delle somiglianze, cercando corrispondenze in un'invisibile confronto. Iniziò a pizzicarmi la nuca a causa del suo sguardo indagatore e il sudore cominciò a imperlarmi la fronte.

«No» risposi, cercando di non indietreggiare in modo troppo evidente. «Non gli ho chiesto nulla. E non sono sicura...»

«Deve sapere qualcosa. Forse potrei parlargli io? O potremmo andarci insieme. Incontrarci e...»

«No.» Spinsi la sedia indietro con un forte stridio. «Aspetta un attimo. Per favore. Non puoi parlargli, mi dispiace. Non in questo modo. Devo prima parlargli io.» Mi costrinsi ad abbassare la voce. «Non sta affatto bene e... non sono sicura che sia pronto per tutto *questo*.»

Feci un cenno e lei si riaccomodò, afferrando il sale e il pepe come se fossero piccoli pesi. La cameriera, che dimostrava undici anni e si era avvicinata in punta di piedi, si girò. «Vi do ancora un minuto, okay?» disse girando il capo verso di noi mentre tornava al bancone.

«Tutto *questo*?» ripeté Phoebe Roberts in modo piatto, riponendo i dosatori con un colpetto.

«Sì» ribadii asciugando la fronte col dorso della mano. «Ho solo bisogno di tempo. Tu lo sai da settimane. Io l'ho scoperto solo ieri.»

«Ma...»

«Scusa, Phoebe. Non so cosa pensare. E se anche fosse...» *Vero* era quello che volevo dire, e anche se non lo dissi, lei lo capì comunque.

«Su, Adele. In tutta onestà, ho quarant'anni. Ho una vita soddisfacente. Perché mai dovrei inventarmi questa storia?» Ora i suoi occhi erano infiammati. Al bancone, la cameriera posò il coltello e chiamò qualcuno nel retro.

«Non ne ho la più pallida idea» risposi «ma chi è che si è appena presentato in casa di altri sganciando una bomba come questa? Nel giorno dell'anniversario della morte della loro madre. Chi?»

«Mi stai dando della bugiarda?» esclamò, incredula. «Come tua sorella? Mi stai chiedendo di non disturbarti mai più? Di non *disturbarti*?» La sua voce si fece più acuta. «Come potevo sapere che vi avrei disturbato? Non sapevo che fosse morta, altrimenti non sarei venuta...»

«Smettila di gridare» le ingiunsi in maniera pacata. «Non ti sto dando della bugiarda. Tutto quello che ti sto chiedendo è un po' più di tempo per cercare di capire la verità. E ti chiedo di non presentarti a casa di mio padre prima che ci abbia parlato. È così difficile da capire?»

«Sì, francamente lo è.» Mi guardò di traverso. «Hai una vaga idea di cosa si prova a scoprire che tutto quello che pensavi di te stessa era una bugia? A sentire che tua madre ti ha data via, come se niente fosse, cercarla a casa e scoprire che è *morta*? A sapere che *tu* sei stata lì tutto il tempo, che io sono stata adottata e tu invece sei rimasta? Potete immaginare tutto questo, tu e tua sorella, nella vostra accogliente casa di famiglia, potete immaginare come ci si sente?» Il suo tono era tagliente. «E ora non mi è permesso parlare con tuo padre, solo perché non vuoi gravarlo di una storia inventata su una gemella?»

«Ma noi non siamo gemelle!»

Non so da dove mi fossero uscite quelle parole, ma dopo averle pronunciate misi le mani davanti alla bocca per ricacciarle dentro. L'ansia sconosciuta che mi aveva afflitto l'intero pomeriggio e la claustrofobia di cui ero preda da alcuni minuti si esaurirono in un colpo solo, lasciandomi un vago senso di nausea. Dall'altra parte del tavolo Phoebe se ne stava immobile.

Dietro al bancone, un uomo dai capelli scuri con la giacca da cuoco apparve vicino alla cameriera. Se ne stavano lì a guardarci.

«O mio Dio, mi dispiace. Non intendevo dire questo.» Mi sforzai di guardarla e trasalii alla vista del suo volto pietrificato e sconvolto. «Scusami, davvero. Ho continuato a pensarci tutto il giorno e non so più cosa credere. È solo così… difficile» balbettai. «Non difficile: quello che voglio dire è che… devo ancora… Faccio così fatica a crederci. Non perché creda che tu sia bugiarda, ma perché è così… incredibile. Mio padre, le cose sono difficili per lui, se tu lo conoscessi capiresti…»

«Adele» tagliò corto Phoebe. «Siamo gemelle. Siamo state separate alla nascita. Lui è l'unico che può sapere qualcosa di tutta questa storia. *Dobbiamo* parlare con lui.»

«È…»

Ma lei non stava ascoltando. «Ma potrebbe anche non sapere

niente. Forse la mamma glielo ha tenuto nascosto. Avrebbe potuto, presumo, anche se...» Scosse la testa cercando di capirci qualcosa.

La guardai a bocca aperta. «Ma cosa stai dicendo? Nascondere cosa? Di essere andata un giorno in ospedale e di essere tornata con una bambina invece che due. *Ciao caro, sono a casa!?*»

Phoebe si fermò e aggrottò la fronte, sorpresa. Per un attimo trattenne lo sguardo su di me e all'improvviso ebbi l'impressione che stesse cercando le parole giuste. «Adele, nostra madre ha trascorso i mesi prima della nostra nascita in una casa per ragazze madri, donne sole nei guai, o roba del genere. A sud nella zona di Brighton. Penso sia andata direttamente da lì all'All Saints Hospital...»

«Cosa diavolo stai dicendo?»

«È scritto nel libretto» disse con cautela. «Ti ricordi il libretto con i nomi che ti ho mostrato ieri? Ho letto da qualche parte che...»

«Mostramelo. Adesso.» C'era un'insolita durezza nella mia voce, e il "per favore" che feci seguire in automatico non impedì che suonasse come un ordine. La cameriera e il cuoco ci stavano ancora guardando dal bancone.

«Adele, per favore, calmati, o ci cacceranno fuori.»

«Mostramelo.»

Phoebe rovistò nella borsa e tirò fuori il diario. Controllò il tavolo, spazzò via una briciola inesistente, poi posò con cura il quadernino nero. Lo agguantai con le mani tremanti. Eccolo di nuovo, l'inchiostro blu, la calligrafia tonda e curata di mia madre.

"I bambini hanno iniziato a muoversi". Bambini. Ieri non avevo visto questa pagina. "Circonferenza nella norma". E poi, alcune pagine dopo, vidi un timbro. "Caritatevoli Sorelle della Speranza. Brighton, 12 dicembre 1959".

«Mi sono informata» disse Phoebe. «Le madri venivano incoraggiate a tenere una sorta di diario della gravidanza o a scrivere lettere al bambino. Doveva aiutarle successivamente nella separazione.»

Sfogliai il quaderno, ignorando il suo fremito quando la mia unghia rimase impigliata in una pagina e ne strappai un angolo. «Non capisco. Perché si trovava in un posto del genere? Era sposata con mio padre e...»

«Adele.» Sembrava quasi dispiaciuta. «I nostri genitori si sono sposati solo dopo la nostra nascita. Qui, sul retro, usa il suo nome da nubile e...»

«No.»

Finalmente capii quello che cercava di dirmi sui miei genitori e, nello specifico, su mio padre, e scossi la testa in modo vigoroso, perché le labbra erano stranamente apatiche. Mi tornarono in mente alcune immagini. Mio padre quando mi era venuto a trovare la prima volta che facevo la cameriera e si era fatto fuori tutte le ordinazioni che avevo sbagliato per non mettermi nei guai col responsabile. Quando strizzava l'occhio verso un cavallo all'angolo della scacchiera perché non perdessi. Quando aveva applaudito alla fine del *Sogno di una notte di mezza estate*, dove io ero il terzo asino sulla sinistra. Quando se ne stava sotto il Ciclone Celestiale reggendo tutte le nostre borse, dimenando il pugno paffuto di Jasper verso di noi, in un saluto gioioso. *Ce la puoi fare, Addie. Ricordati di non guardare in basso!* «Impossibile» risposi categorica. «Okay, non capisco da dove vieni e come hai fatto a sparire; e mia madre, okay, non ho la più pallida idea di cosa stesse facendo. Ma mio padre... I miei genitori erano sposati. Lo sono stati per quarant'anni. Avevano tre figli e una casa. L'anno scorso hanno festeggiato le nozze di rubino al Red Velvet Club. Eravamo una famiglia.»

Socchiuse le labbra; c'era qualcosa nei suoi occhi che somigliava molto alla pietà, tanto che mi venne voglia di sollevarla da dietro quello stupido tavolino di fòrmica e di scuoterla molto forte.

«Non voglio sentire più niente.» Indietreggiai da quello sguardo pietoso, cercando la mia borsa. La cameriera e il cuoco me la indicarono dal bancone.

«Ma...»

«No.» Abbassai la voce a fatica. «Solo perché la tua vita è stata sconvolta, non significa che tu possa irrompere qui e fare lo stesso con la mia. Mia madre è morta un anno fa. Ma mio papà è mio *padre* e niente di quello che dici cambierà le cose.»

«Adele, ho visto il loro certificato di matrimonio negli archivi. È così che ho trovato il suo nome da sposata, è così che l'ho rintracciata. Si sono sposati solo mesi *dopo* che siamo nate noi...»

«Devo andare.»

Spinsi la sedia, tanto da farla cadere indietro con un forte tonfo. Poi puntai il dito contro il suo viso. «Stai alla larga da me. Stai alla larga da tutti noi.»

9

Prendere la metropolitana a Londra nelle ore di punta era sempre una pessima idea, ma avrei risparmiato tempo. Scesi le scale come una furia, mi feci strada a spallate nella folla e salii sul treno. Senza curarmi delle persone anziane e delle donne incinte, mi misi in un angolo e, reggendomi alla maniglia, guardai furibonda, senza vederla davvero, la mia immagine riflessa nel finestrino. Rividi il viso di Phoebe Roberts mentre mi diceva che mio padre non era il mio vero padre, ma un estraneo, che mi aveva mentito per quarant'anni, quando in realtà lei non conosceva la mia famiglia e mio padre, quando in realtà non sapeva quanto mio padre mi avesse amata. Mi rifiutavo di credere che avesse mentito a me e *su di* me, e su Phoebe Roberts, sulle loro nozze di rubino, e su un milione di altre cose che magari non sapevo nemmeno.

Dopo essermi tenuta tutto questo dentro per un giorno intero, dopo aver cercato di essere razionale, di farmi forza e di tirare avanti come se nulla fosse, sentivo la bile risalire dall'esofago e mi resi conto che dovevo parlare con mio padre.

Alla fermata vicino casa dei miei mi lanciai fuori dal treno e salii le scale di corsa, senza fermarmi finché non raggiunsi la facciata decrepita dell'abitazione, con il glicine sospeso di mia madre, carico e gocciolante. Spalancai il portoncino, facendo cadere una pioggia di gocce sulla soglia, e lanciai a terra la mia borsa.

«Ehi, c'è nessuno?»

Una voce giunse dalla cucina, seguita da un rumore di zoccoli che salivano le scale. Un attimo dopo, spuntò la signora Baxter, con in mano una sigaretta spenta e il *Telegraph* nell'altra.

«Addie, non mi aspettavo di vederti! Devi essere bagnata fradicia. Che tempo, quando la smetterà? Roba da matti. Sei venuta per tuo papà?» Attraversò il corridoio, venendomi incontro e ficcandosi la sigaretta dietro l'orecchio. «Ti ho chiamato prima, tesoro, ti stavo pensando e...»

La voce della signora Baxter s'interruppe quando mi vide.

«Che è successo, Addie? Non ti ho mai visto così... Vieni, chiudiamo la porta e prendiamoci una tazza di tè.»

«Sono venuta a vedere papà.» Mi guardai intorno, allungando il collo verso il pianerottolo in alto.

«Tornerà a momenti, ha fatto un salto fuori. Vieni, togliti la giacca. È per via di quella donna, vero? Per questo ti ho chiamato. Parla con me, Addie. Voglio aiutarti.»

Mi posò le mani sulle spalle. Conoscevo la signora Baxter da quasi trent'anni. Con i suoi fieri capelli arancioni e la sua voce roca da fumatrice con cui intonava canti religiosi in mansarda o giù un cucina, da che avessi memoria si era sempre occupata di Rose Hill Road. Era stata lei a parlarmi delle cose da donne (*una spina nel fianco, l'amore, fattelo passare, tutto quello che puoi fare*) e degli uomini (*tutti uguali, davvero*). Mi aveva insegnato a infornare quantità infinite di pan di spagna, crostate e paste sfoglie; ed era grazie alla sua ossessione per le scorze d'arancia che le mie madeleine erano diventate un piatto forte da Grace prima dell'avvento dei Maxwell Corner. Era sempre stata lì, con una tazza di tè e una fetta di torta, pronta a condividere le storie scandalose dei suoi club di lettura, le notti di poker con i parrocchiani e i viaggi in camper fino all'Italia che faceva col marito una volta all'anno. Ma ora non volevo guardarla, non volevo arrabbiarmi con qualcuno che sapeva più cose su di me di quante ne sapessi io.

«No.» Tolsi le sue mani dalle spalle e lei si ritrasse. «In tutti questi anni mi sono mossa in punta di piedi, senza dire mai nulla. Ma ora, per una volta, voglio parlargli, ho bisogno di *lui*. Siamo adulti, per l'amor del cielo, se posso farcela *io*, ce la farà anche *lui*.»

«Per cosa, per questa donna che è comparsa con una strana storia?» Per fortuna la signora Baxter parlava in modo pragmatico. «Venetia ha detto...»

«Venetia di qua, Venetia di là» la imitai mostruosamente, suscitando il suo sdegno. «Venetia non capisce nulla. Tessere le lodi di mamma è la sua specialità, lo è sempre stata. Sai di che *si tratta*? Lo sai?»

La signora Baxter scosse la testa. «Credo di no» rispose con calma.

«Quella donna, Phoebe Roberts, si è presentata di nuovo, niente di meno che al mio negozio, con tante informazioni, e vuole sapere tutto sulla mamma. E ha detto...» brancolavo per avere un po' d'aria «ha detto che i miei genitori si sono addirittura sposati dopo che siamo nate noi, che papà non è...»

La signora Baxter mi ascoltava attenta e, con mio immenso sollievo, era sorpresa, quasi attonita. Almeno non ne era a conoscenza, non mi aveva mentito tutto il tempo come gli altri.

«Non lo sapevi?» le chiesi comunque, trattenendo il respiro. «Niente di niente?»

«No, non lo sapevo» rispose in fretta, ma poi esitò. «Sebbene immaginassi che doveva esserci qualcosa, perché credo che tua madre avesse i classici sintomi della depressione. Non sempre, ma di sicuro dopo la nascita di Jas. E talvolta nei mesi invernali. Dopo che te ne sei andata, dopo che Venetia si è trasferita. Ho cercato di parlarle una o due volte, ma lei, be', lo sai quant'era riservata.»

Mi fermai per una frazione di secondo, poi scossi la testa e dissi in maniera acida: «A quanto pare, non *so* niente di lei, men che meno che io e Phoebe Roberts siamo *gemelle*, figlie di un qualche uomo con cui mia madre è andata a letto, e poi si è sbarazzata di lei, probabilmente per ferirmi, perché non ha mai pensato che fossi abbastanza brava, vero? Poi è andata avanti, facendo passare il suo nuovo marito per mio padre, e per quarant'anni a nessuno è venuto in mente di dirmelo.»

Il groppo in gola diventava sempre più grosso e spinsi le ultime frasi attraverso di esso, che quindi uscirono con un tono molto più forte di quanto volessi. La signora Baxter si voltò leggermente e aprì la bocca per parlare, ma i suoi occhi si posarono su qualcosa dietro di me. Mi fece cenno di tagliar corto, preoccupata. Mi voltai e vidi mio padre in piedi sulla porta aperta. Doveva aver colto almeno una parte dello scambio, perché era sbiancato e le rughe sul suo viso spiccavano come tagli profondi.

«Papà» dissi, con le guance in fiamme. Guardai di nuovo la signora Baxter disperata, ma non sembrava sapere cosa dire. Si limitò a scrutarlo, con la sigaretta ancora in bilico dietro l'orecchio.

«Papà, aspetta.» Mi avvicinai, bloccandolo contro la porta. «Per favore, dimmelo. È tutto falso, vero? Quella donna si è presentata qui ieri, dicendo che è la mia gemella. E che tu non sei il mio vero padre.»

Suonava così ridicolo che subito mi pentii di averlo detto. Tuttavia, per pochi istanti trattenni il respiro, aspettando che negasse tutto, che riprendesse il controllo per la prima volta dopo dodici mesi. Ma quando lo vidi raddrizzare la schiena come per sorreggersi e scorsi lo scintillio nei suoi occhi, compresi.

«Quindi è vero» dissi lentamente. «E tu l'hai sempre saputo, in tutti questi anni?» Mi avvicinai fino a spingerlo contro il vecchio attaccapanni nell'angolo.

«Addie,» rispose all'istante, premendo il pugno contro il petto «sono tuo padre. Lui era praticamente uno sconosciuto. Non era nemmeno presente. Non abbiamo mai parlato di lui in quarant'anni. Ma *io* ci sono sempre stato e ora sono qui; questo non cambia nulla nel nostro rapporto.»

«Oh, papà, non ci sei stato nell'ultimo anno. Come hai potuto tenermelo nascosto, come hai potuto non dirmi nulla?»

«Addie, non è come sembra. Non è...» Si fermò, la sua voce era diventata molto rauca. «Mamma ti amava, ti ha sempre amata. Più di quanto tu possa immaginare. Non so cosa quella donna...»

«Non doveva amarmi molto perché non era mai gentile con me!» Ora quasi gridavo. «Se la prendeva sempre con me, mi assillava e mi sgridava. Lei e Venetia erano sempre fuori a fare cose insieme, e tutti erano troppo impegnati ad assecondarla per rendersene conto» lo aggredii. «Come avete potuto, tutti e due? Ho quarant'anni. Sono *quarant*'anni che ho una gemella. La mamma non ci ha mai pensato, vero? Ma ecco il nocciolo della questione. Lei non ha mai pensato a nessuno tranne che a se stessa, sempre contro di me, io non ero mai abbastanza per lei; solo lei importava, solo quello che voleva, come si sentiva, a cominciare da quelle maledette montagne russe...»

Il groppo in gola mi strozzava e non ero più sicura di cosa stessi dicendo, continuavo solo a rinfacciare tutti gli anni in cui avevo provato a rendere felice mia madre, cercando rifugio nella solidità irremovibile di mio padre, che adesso non mi appariva più tale. Sembrava un immenso, impetuoso torrente che scaturiva da dentro di me, e che anche volendo non riuscivo a fermare. La signora Baxter mi tirava da dietro, ma riuscii a scrollarmela di dosso.

«Adele!» Non ricordo chi fu a urlare, ma il viso di mio padre divenne all'improvviso di un colore terrificante, sudato e grigio, e la sua bocca diventò una linea sottile. Fece un respiro profondo e, proprio mentre stavo per proseguire, successero diverse cose tutte insieme. Lui gemette e si afferrò il petto, poi il suo viso perse l'espressione e lui cadde all'indietro. La signora Baxter, dietro di me, strillò e, nello stesso momento, una chiave girò nel portoncino. Mio padre urtò l'attaccapanni, che subito si ruppe per la pressione, facendolo scivolare a terra tra i pezzi di legno che volavano da tutte le parti e il pancione di Venetia che spuntava dalla soglia seguito dalla sua faccia attonita.

«Cosa hai fatto?» urlò senza motivo, perché era del tutto chiaro che aveva afferrato al volo la situazione con uno sguardo. «Cosa diavolo hai combinato?»

Immobile, in mezzo all'ingresso, non le risposi: tenevo gli occhi fissi sulla faccia di cera di mio padre. In lontananza sentivo gli strilli di Venetia, vedevo la signora Baxter che componeva rapidamente un numero e poi parlava al telefono. Sentii il suo braccio intorno alla mia spalla, mentre mi sussurrava più volte: «Andrà tutto bene, Addie, non ti preoccupare». E poi la sirena dell'ambulanza. Il mio cervello non sembrava funzionare a dovere perché, invece di correre a dare una mano, rimanevo semplicemente impalata. Come un terribile spettacolo senza fine, la mia vita sfilava sotto i miei occhi. Senza uno schema, i ricordi si accalcavano gli uni sugli altri: frammenti di quella conversazione che si gonfiavano nella mia testa, immagini di quando avevo otto, dieci, quattordici anni che adesso apparivano completamente diversi, distorti dalla consapevolezza di questa enorme bugia che era stata al centro della mia vita. Solo allora, con terribile certezza, mi resi conto che, da quando quella donna si era presentata il giorno prima, non ero stata capace di assolvere mia madre, completamente e senza ombra di dubbio, per aver abbandonato la mia gemella. Avevo invece creduto, subito e incondizionatamente, che mio padre non avesse niente a che fare con tutta questa faccenda, anche se, con terribile ironia, ora scoprivo che vi aveva partecipato. Cosa diceva questo di mia madre e del nostro rapporto?

E mio padre, di cui mi ero sempre fidata e che era il mio riferimento anche per trovare un senso alle cose, per tutto questo tempo era stato tutta un'altra persona. Quando la mattina il suo sguardo si posava su di me oltre il giornale, quando rideva sotto i baffi *con* me piuttosto che *di* me come Venetia, quando mi dava una mentina per il mio presunto tumore alla gola e mi diceva *Meglio tenere il pacchetto*, una parte di lui sapeva, da sempre, che non ero sua figlia. A volte eravamo sconcertati dai buffi geni degli Harington che condividevamo, simili nel nostro amore per le bevande calde, gli scacchi e lo starnutire tre volte di fila, mentre in realtà non eravamo affatto simili. E lui sapeva che non potevamo essere simili, che in realtà eravamo due estranei e che mi mancava una metà. Eppure non aveva fatto nulla per rimediare al fatto che, per tutta la vita, mi sarebbe piaciuto avere qualcuno di simile a me. Avrei potuto diventare una persona completamente diversa con una sorella gemella al mio fianco.

Volevo correre da lui, tenergli la mano e parlare con l'infermiere dell'ambulanza, ma non riuscivo a convincere il mio cervello a collaborare. Mentre la signora Baxter mi batteva sulla spalla e chiamava Jas per dirgli di raggiungerci in ospedale, mentre Venetia mi spingeva dentro l'ambulanza perché, sul serio, non volevo mica che andasse lei, non faceva bene al bambino, tutto quello che percepivo era un senso di spaesamento che cresceva, si espandeva e riempiva tutto lo spazio finché non cominciò a fluttuare davanti ai miei occhi.

«Addie, per l'amor del Cielo, entra. Come puoi startene lì impalata?» gridò Venetia.

«Vai tu» dissi con voce roca. «Vai tu, Vee, e rimani con Jas. Io arrivo… non appena… Prenditi cura… di lui.» Mi sentii assalire dalla nausea e coprii la bocca con le mani.

«Tu non vieni?» chiese inorridita. «Ci lasci soli a gestire tutto questo quando è stata colpa tua? Io sto per partorire e...»

Ma l'infermiere la cacciò in ambulanza, chiuse le portiere e partì, e io mi ritrovai a scuotere la testa violentemente, perché mi sembrava come imbottita di lana e il ronzio nelle orecchie faceva sembrare tutto distante. Prima che scomparissero dietro l'angolo, la signora Baxter mi prese la mano, mi fece sedere sul primo scalino e mi spinse la testa tra le ginocchia. Il ronzio aumentava, gonfiandosi e scemando, e la bile cercava di risalire fino alla punta della lingua. Credetti di vomitare, ma poi sentii qualcosa di fresco e profumato alla lavanda premere contro il mio collo.

«Non riuscivo a smettere...» Sollevai la testa e mi sforzai di far uscire le parole. «Non riuscivo proprio a smettere di parlare. O Dio, è uscito tutto, tutto in una volta, ogni cosa.» Feci diversi piccoli respiri, ma i miei polmoni sembravano come spremuti perché boccheggiavo. «Non volevo fargli del male. Lo sai che non volevo.»

«Non parlare, cara, pensa solo a respirare, continua a respirare, inspira ed espira, inspira ed espira.»

Avvertivo una punta di allarme nella voce della signora Baxter, che si accovacciò di fronte e mi tenne le mani, inspirando ed espirando in modo esagerato per incoraggiarmi a fare lo stesso. Sollevai il petto e risucchiai l'aria intorno a me.

«Sto bene, sto bene» gracchiai infine. «Sto bene.»

Facendo scrocchiare le ginocchia, la signora Baxter si mise sul primo scalino accanto a me per massaggiarmi la schiena, seguendo il ritmo del mio respiro e la linea della mia spina dorsale. Poi mi lisciò i capelli, come faceva quando avevo dieci anni, districandoli ciocca per ciocca, finché non ricaddero in ordine sulla mia fronte, creando una specie di tenda che mi proteggesse dal resto del mondo, sotto cui potevo respirare più facilmente. Il ronzio svanì, la bile si ritirò lasciando la lingua ancora impastata e leggermente gonfia, e alla fine sollevai la testa.

«Lo giuro, non volevo che accadesse tutto questo, non volevo ferirlo.»

La signora Baxter ruppe il suo silenzio: «Hai avuto un grosso choc».

Scrollai le spalle, ma lei aggiunse decisa: «Puoi chiamarlo come vuoi, ma oggi hai ricevuto un sacco di notizie diverse… e anche ieri. Forse doveva uscire tutto così. A volte è l'unico modo».

«Devo andare in ospedale, devo vederlo, assicurarmi che stia bene.» A fatica mi rialzai, scostai i capelli dal viso, ma la nausea mi investì di nuovo e ricaddi giù, all'indietro, respirando profondamente. Con la mente offuscata, sentii squillare il telefono e la signora Baxter rispose.

«Jas, come sta? Sì, ah, okay. L'ospedale Royal Free? Oh bene, è carino e vicino. E l'hanno visitato subito? Ah». Ci fu una pausa e alzai gli occhi, sostenendomi sulle ginocchia. «*Angioplastica coronarica*» scandì la signora Baxter quando si accorse che la stavo guardando. «Sì, ce l'ho qui. E quando?» Scarabocchiò qualcosa sul retro di una busta. «E Venetia è ancora lì? Ah, bene. E puoi rimanere anche tu? Sarò lì tra un attimo con le sue cose.»

Riattaccò e si girò per rivolgermi un sorriso tremolante. «Ha avuto un attacco cardiaco e devono fargli un'angioplastica, ma il dottore pensa che andrà tutto bene. Jas è lì e conosce bene il chirurgo. Starà con lui in ogni momento. Andrà tutto bene.»

«Oh, Dio» dissi. «Grazie.»

«Addie, siediti, tesoro» aggiunse la signora Baxter preoccupata. «Sei pallidissima, davvero. Siediti qui un attimo, faccio una corsa di sopra a prendere alcune cose per lui. Posso portargliele mentre torno a casa.»

«Ma il signor B non ti sta aspettando per la cena?» chiesi debolmente. Avevo visto l'onnipresente signor B poche volte, ma sembrava aspettare sempre la moglie per il pasto.

«Non importa.» Mi spinse di nuovo giù sullo scalino, poi sparì e tornò pochi minuti dopo con una piccola sacca marrone che mio padre usava ogni tanto in viaggio.

«Ci vorrà un po' e gli faranno un sacco di esami. Sospettano che avesse l'angina da un po', il che spiegherebbe il bruciore di stomaco di cui soffriva.»

«Lo sapevo» gracchiai. «Sapevo che c'era qualcosa che non andava. Stava lavorando troppo, per sostituire quell'imbecille di Walker, saltando gli appuntamenti col dottore e tutto il resto. Puoi passarmi la giacca?»

La signora Baxter esitò. «Addie, non credo tu debba andare. Non è in pericolo, ma se ti vedesse… be', si potrebbe agitare, o diventare ansioso, e voler parlare. E ora deve solo riposare. Jasper è lì e rimarrà con lui. Darò queste cose a Venetia e poi anche lei probabilmente potrà tornare a casa.»

«Ma dovrei essere lì anch'io» protestai, faticando ad alzarmi dallo scalino. «È tutta colpa mia. Se non gli avessi fatto pressione, se non avessi urlato… Sono imperdonabile.»

«Vai a trovarlo domani, allora.» Mi sistemò i capelli dietro le orecchie e mi strinse le spalle. «Addie, hai fatto così tanto per lui nell'ultimo anno, e non sei l'unica persona che può prendersi cura di lui. Lascia che siano anche gli altri a occuparsene.»

Aprii la bocca per protestare, ma lì per lì mi resi conto che non riuscivo neppure ad alzarmi. Avevo bisogno di tempo, magari solo di poche ore, per rimettermi in sesto. Allungai le braccia verso l'alto cercando la sua mano, chiusi gli occhi nel suo palmo asciutto, che odorava leggermente di lavanda e sigarette.

«Puoi controllare la situazione e poi chiamarmi?» chiesi con voce roca. «Io ci passo più tardi, stasera.»

«Certo. Ti prometto che, non appena avrà finito le visite, ti chiamerò dall'ospedale per farti sapere come sta. E se ci fosse anche il minimo bisogno che tu sia lì, puoi saltare su un taxi e arrivare in pochi minuti. Ora sali di sopra, riposati un po' e mangia qualcosa: ci sono le lasagne in frigo, e le cose cominceranno a sembrare diverse.»

Rimasi seduta sul primo scalino a lungo, dopo che la signora Baxter se ne fu andata, sentendo il silenzio espandersi e la solitudine diventare sempre più profonda. Il mio sfogo di prima, lo choc e il panico stavano svanendo lentamente, lasciandomi così vuota che non riuscivo a salire le scale e a stendermi nella mia vecchia camera. Trascinandomi lentamente verso il muro, appoggiai una guancia sotto il corrimano, e chiusi gli occhi. Lo sfilare di immagini confuse era diventato un ronzio di sottofondo, che cacciai via indirizzando la mia mente verso Phoebe Roberts, verso il suo viso che era un misto di tormento e pietà quando ero fuggita da lei. Mia sorella. La mia metà. Ma anche... un'estranea. Come mio padre, un estraneo. E mia madre.

Intorno a me, l'ingresso si fece più silenzioso e buio, mentre l'orologio del nonno scandiva i minuti. Balzai in piedi, poi crollai giù di nuovo, stringendomi nella giacca. No, dovevo rimanere sveglia per quando la signora Baxter avrebbe chiamato. Ma sarebbe andato tutto bene. Jasper era lì. E...

Mi accasciai contro il muro. Erano solo le sette, ma le nuvole cariche di pioggia erano basse e rendevano la luce molto tetra. Fuori, il silenzio era interrotto solo dal rumore occasionale delle auto che calpestavano le pozzanghere in strada. Il vento scagliò una raffica di pioggia contro le finestre. Devi rimanere sveglia, Addie. Ad aspettare...

Mi addormentai.

Hartland, 28 luglio 1958

Oggi gita al mare! La cosa più fantastica e meravigliosa che abbia mai fatto. Niente a che vedere con le nostre vacanze al mare, che sono sempre state umide, piovose e scomode, con papà seduto su una sdraio in pantaloni e camicia col colletto, ad armeggiare con la sua cravatta, e la mamma che mi portava a prendere un gelato. Questa è stata raffinata, divertente e comoda, come ogni cosa che fa la famiglia Shaw, presumo. Ho cercato in tutti i modi di non esserne felice, estaticamente entusiasta a dirla tutta, ma dove altro posso essere sincera se non qui? Poi penso che alla mamma non sarebbe piaciuto vedermi triste in mezzo all'acqua, dove tutto era così bello, soleggiato e incredibilmente luminoso.

Harry ha insistito per portarmi a fare qualche bracciata nel laghetto oltre i frutteti, prima di uscire in barca. Il lago in realtà è più uno stagno, e non mi piacevano le erbacce che mi sfioravano i piedi e il fondo melmoso, mentre guadavamo per raggiungere le parti più profonde al centro. Sono state probabilmente le erbacce viscide che mi hanno rinfrescato la memoria molto più in fretta di Harry, che è molto gentile e paziente, e solo perché non volevo infilare i piedi nel verde torbido e fangoso. Siccome non volevano uscire in barca fino a che non erano sicuri che potessi stare veramente a galla, mi sono impegnata a non far ritardare l'uscita. Alla fine, non siamo andati tutti, solo io, Harry e John, Beatrice e Will, l'amico di John, con la fidanzata Felicity. Avevano un piano per evitare il terribile Bert, così quando mi sono svegliata al rumore dei sassolini che colpivano le mie finestre, li ho visti di sotto che si sbracciavano perché scendessi. Ho pensato che volessero che mi calassi dalla finestra e così ho fatto. Sono scivolata sul glicine, con strilli isterici perché le scale sarebbero andate benissimo lo stesso.

Siamo sgattaiolati giù in garage, dove Will aveva parcheggiato la sua auto nuova, e quando abbiamo percorso la strada che avevo fatto con mio padre appena una settimana fa, il sole splendeva e la campagna iniziava a scaldarsi. Raramente ho visto qualcosa di più bello dei campi quella mattina, scendendo verso la costa, e quando ci siamo avvicinati, nell'aria c'era l'odore salato del mare, proprio come aveva detto la mamma, e sentivamo anche il vento, i gabbiani e alla fine le onde.

Ci siamo fermati a prendere la barca a Tideford Cross, dove Harry e John l'avevano lasciata pochi giorni prima. Era un delizioso piccolo villaggio di pescatori, un perfetto panorama da cartolina, con un pub e i chioschi del gelato, i negozi di articoli per il mare e una piccola panetteria, dove abbiamo comprato panini appena sfornati da mettere nel cesto del picnic. Will portava il cesto e le ragazze avevano i teli e l'ombrellone, e a tutti è venuta voglia di un gelato, per segnare l'inizio di un giorno perfetto, così John ha bussato alla saracinesca abbassata di un chiosco e abbiamo finito per prenderci un gelato lì, sul porto; poi ci siamo incamminati verso la barca.

Harry camminava accanto a me spiegandomi tutto, indicando le barche nel porto e le pareti dei frangiflutti che le proteggevano, e l'esistenza di rotte usate dai contrabbandieri lungo tutta la costa, da lì alla Cornovaglia. E quando dagli argini guardavi verso il paesino, potevi vedere come si espandeva: un agglomerato di tetti rossi e grigi, così semplici e graziosi nel sole mattutino. Felicity, la ragazza di Will, voleva fare una foto con la sua nuova macchina fotografica, così ci siamo stretti tutti in gruppo, con una persona che reggeva i gelati che colavano, un'altra che scattava la fotografia e gli altri allegri sul bordo del frangiflutti. Il sole era ormai alto ed eravamo tutti appiccicosi e sudati, ma di ottimo umore, anche se la macchina fotografica era quasi finita in acqua; e anche uno dei gelati, e pure Beatrice aveva rischiato di seguirlo nel vano tentativo di afferrarlo.

Poi finalmente siamo usciti in barca, costeggiando la costa. Non credo che dimenticherò mai questa giornata, con il cielo più luminoso, più blu e più mozzafiato che abbia mai visto in vita mia, il mare sottostante, così selvaggio e aperto, e noi tanto minuscoli, mentre oscillavamo in mezzo al mare con la nostra barca. Era tutto così ampio, aperto e luminoso, che mi sembrava che il cuore mi stesse per esplodere per tutta questa vastità. Come possono le persone vivere in un posto come Limpsfield, in una casa come quella di mio padre, con i suoi corridoi scuri e stretti, le sue scale ripide, la sua cucina tetra e le sue piccole stanze? Come farò a tornare e a mettermi in fila dietro la signora Farnham per comprare le ossa e le zampe di gallina per il brodo di mia madre, quello stupido brodo che non la rimetterà mai in sesto, quando si può mangiare un gelato alla fragola lungo il molo del porto e fluttuare sulla superficie dell'acqua più veloci della luce? Com'è possibile che la mamma stia morendo quando ci sono così tante cose al mondo da fare e da vedere, e tutta una splendida vita davanti da vivere?

Morivo dalla voglia di correre a casa per raccontarle tutto, dirle come avevamo planato sull'acqua. Continuavo a chiedere a John di andare più veloce, ancora più veloce, e lui rideva, ma era andato più veloce finché Harry non gli aveva urlato che era abbastanza. E anche allora aveva accelerato e all'improvviso il cappello mi era volato via dalla testa ed era finito in acqua. Dovevo aver urlato al pensiero di non aver portato abbastanza vestiti, ma John aveva girato la barca disegnando un grande arco, spruzzandoci tutti con l'acqua di mare, ed era tornato dove il mio cappello stava galleggiando, lasciando il timone a Harry. Poi, posso a malapena scriverlo senza arrossire fino alle ossa, o senza sorridere in maniera stupida, si è tolto la maglietta e si è tuffato in acqua e con una capriola è risalito fino al mio cappello, per afferrarlo e gettarlo sulla barca. Quando si è arrampicato su, tutti strillavano perché bagnava ancora di più le nostre cose e io non sapevo dove guardare.

Solo più tardi, quando abbiamo ormeggiato in una piccola baia e abbiamo preparato il picnic, sono riuscito a ringraziarlo. Lui si è messo a ridere e mi ha detto che nessuna bella ragazza doveva restare senza il suo bel cappello. Era una cosa sciocca da dire, e a Harry non era piaciuta, me ne sono accorta da come ha preso un panino e me lo ha allungato.

Sedevamo tutti sui teli, nei nostri costumi da bagno. Ieri sera ero abbastanza nervosa al pensiero di cosa mettermi e di come mi sarebbe stato addosso. Janet mi aveva trovato un costume, ma era troppo scollato, stretto e rimboccato dappertutto, sembrava che ci esplodessi dentro. Io avevo balbettato qualcosa, perché era stata così gentile, ma sapevo che in realtà, sul serio, non potevo indossarlo. Papà si sarebbe arrabbiato moltissimo. Dopo qualche altra ricerca ne aveva trovato uno più vecchio stile, come aveva detto lei, blu scuro e meno scollato, con una pudica gonnellina a coprire la parte superiore delle gambe. Ma quando eravamo in spiaggia, e Felicity se ne stava seduta lì col suo audace e sgargiante costume a due pezzi, che non avevo mai visto tranne che sui giornali, e Beatrice era così alla moda col suo costume a pois rossi e i suoi grandi occhiali da sole, il cappello e il trucco, ho provato un'invidia profonda. Desideravo ardentemente essere la ragazza col costume a pois e gli occhiali scuri, e non quella che si nascondeva nel giardino delle rose, leggendo poesie, col costume vecchio stile. Ma alla fine mi sono ripresa perché, dopotutto, lì c'era il mare.

Non volevano entrare in acqua dopo il picnic, preferendo invece stendersi sulla spiaggia da persone educate, senza bagnarsi i capelli o rovinarsi lo smalto sulle unghie. Ma niente al mondo avrebbe potuto tenermi lontana dalle onde che sembravano così rinfrescanti e invitanti nel sole di mezzogiorno. Prima che la paura me lo impedisse, mi sono alzata e sono corsa a tuffarmi, sentendo vagamente Harry che gridava di fare attenzione. L'acqua era molto fredda, e percepivo la spinta della corrente, ma non c'erano la melma e l'erba dello stagno e il fango torbido e verde, ma solo chiara acqua spumeggiante e sabbia sotto i miei piedi. Sguazzai e nuotai vicino alla riva, saltando le onde e tuffandomi per prendere manciate di sabbia, urlando e salutando il piccolo gruppo avvolto negli asciugamani e nei teli da mare. John si era avvicinato, e quando mi sono spinta dal fondo e sono riemersa da un'onda l'ho visto sorridermi con una strana espressione. Ero di nuovo imbarazzata, perché i miei capelli andavano in tutte le direzioni, con i miei ricci bagnati e pazzerelli, battevo un po' i denti dal freddo e l'acqua mi gocciolava dal naso e dalle ciglia. Volevo lisciarmi i capelli e sciacquarmi dalla sabbia, ma lui ha scosso la testa e mi ha detto, molto rapidamente e a voce bassa, tanto che mi sono dovuta avvicinare perché il rumore dell'acqua non coprisse le sue parole, che ero perfetta, proprio come una bella creatura del mare, una sirena che emerge per provocare gli uomini impressionabili, lontano dalla riva. A quel punto sono scoppiata a ridere e ho lasciato che mi portasse al largo oltre il punto in cui si infrangono le onde. Non toccavo più, ma non mi importava perché lui mi teneva il braccio e io tenevo il suo, ondeggiavamo e andavamo alla deriva, guardando il cielo azzurro per quella che mi è sembrata un'eternità ed era tutto, tutto perfetto.

Il sole iniziava a calare quando abbiamo riportato indietro la barca, dopo aver nuotato, preso il sole e giocato a palla tutto il pomeriggio, fino a sentirmi raggrinzita, piena di sabbia e scottata come una patatina. E quando sono tornata a casa ero così piena di tutte le cose che erano successe quel giorno, così satolla, che alla prima occasione sono sgattaiolata nella mia stanza, per starmene da sola e rivivere il tipo di giornata che mia madre non avrebbe mai più vissuto.

Hartland, 29 luglio 1958

È strano e quasi esilarante, e non posso farne a meno anche se ci provo, ma è come se la giornata al mare avesse cambiato qualcosa dentro di me, costruendo una sorta di diga, perché all'improvviso desidero tantissimo tutto questo. Voglio vedere, fare, ascoltare, annusare qualsiasi cosa, il più intensamente possibile e il più velocemente possibile, e sento di aver voglia di allungare le braccia e afferrare Hartland, con avidità, così da riempirmi di tutto questo fino all'orlo.

Mi rimangono ancora un paio di settimane. Non vedo l'ora di tornare dalla mamma, ma sono le sue lettere a incoraggiarmi e a incitarmi a godere di tutto appieno, perché, e faccio fatica a crederci, penso che lei stia meglio. Non parla molto di sé, mi manda lunghe lettere con tutte le cose che facevamo insieme, ricordi che le sono venuti in mente, e poi è sempre piena di domande su di me e su quello che succede a Hartland. Ho chiesto a Felicity, che ha scattato le foto, se poteva darmene qualcuna da far vedere alla mamma quando fossi tornata a casa. Ne ho fatto una missione di scrivere ogni singola cosa che succede qui, così da potergliela raccontare, perché è come se la stesse vivendo con me, attraverso di me. E forse lei sta vivendo, vivrà… ma c'è ancora la Speranza, la mia cara e volubile amica.

Non ho bisogno di dormire molto in questo periodo. Mi sveglio molto prima degli altri e sgattaiolo fuori per ammirare l'alba da una panchina, nel mio quarto posto preferito di Hartland, proprio dove il prato si riversa nello stagno, e poi faccio un salto nella calda cucina e i suoi paradisiaci profumi. Il cuoco mi dà un panino e una cioccolata calda, e poi faccio una visita ai cani, che sono sempre inquieti e si divincolano perché non possono uscire dal cancello principale.

E allora inizia un altro giorno, e io leggo, scrivo, rido, chiacchiero e gioco a croquet, ascolto Janet e i dischi di Beatrice e sfoglio tutte quelle sciocche riviste femminili che mio padre non mi permetterebbe mai di leggere, che Bea ha portato per stare al passo con il mondo. La sera mettiamo la musica o facciamo dei giochi, e moriamo dal ridere quando si uniscono anche gli adulti. C'è anche Janet insieme agli altri più giovani, perché è così alla moda, divertente e spassosa, come se fosse una giovane zia più che la loro madre. La chiamano con nomignoli strani, come "mia cara madre" o "mamma cara" o solo "JJ", cioè Janet Julia, che non sembra molto appropriato come nome per una madre. Non ho mai chiamato la mamma con un altro nome che non fosse questo, solo mamma. Ma a Janet, io la chiamo così, piace essere una di noi. È molto socievole, con tutti i suoi vestiti eleganti e la messa in piega perfetta, le unghie e il rossetto di un rosso abbinato, come una splendida farfalla che ci svolazza intorno facendo sentire tutti speciali e allegri.

Una cosa strana è che non vanno in chiesa quanto lo facciamo noi a casa, soprattutto perché mio padre è l'amministratore laico della parrocchia. L'unica volta che ci siamo andati da quando sono qui, è stata un'uscita divertente. Sono piombati in chiesa come tanti uccellini, accalcandosi sulla panca, chiacchierando e ridendo, senza mai stare zitti. All'inizio mi sono unita a loro, per vestirci bene e spettegolare, ma poi non mi sono sentita a mio agio perché sapevo che in qualche modo era sbagliato. Continuavo a voltarmi, aspettandomi di vedere la faccia di mio padre, la sua rabbia per la frivolezza e la leggerezza di questa situazione, o il cipiglio pensieroso di mamma, che ripete sempre che bisogna riflettere, che abbiamo bisogno di ombra oltre alla luce e di silenzio oltre al rumore, e quando stava bene mi portava spesso con lei a sentire il coro, solo per potercene stare sedute in pace, a pensare insieme per un po'.

Quindi preferivo andarci da sola, pregare per la mamma, nel caso in cui... (be', di nuovo la Speranza, è indistruttibile suppongo) ma non sapevo come chiedere agli Shaw di portarmici o se potessi ritrovare la strada da sola.

Con mia grande sorpresa, quando sono scesa ieri mattina presto, mi sono imbattuta in Janet che stava partendo per andare alla preghiera del mattino, alla guida della sua auto. Mi ha detto che, certo, mi avrebbe accompagnata, e io mi sono cambiata in un battibaleno, il che non era difficile visto che da allora non avevo più indossato la gonna blu scuro e la camicia con cui ero arrivata. Mi aspettavo che Janet parlasse e ridesse lungo il tragitto, come fa sempre, invece era rimasta in silenzio come la piccola congregazione che si era già raccolta quando siamo arrivate, e nessuna di noi ha parlato mentre lei sceglieva una panca in fondo. Ci siamo sedute, restando ognuna per conto suo nel fresco del primo mattino. Stavo pensando alla mamma e chiedendo ogni genere di cose per lei, cercando di non stringere nessun patto precario con Dio, ma pregando semplicemente per la pace del suo corpo e della sua anima. Me la immaginavo sulla sua sedia preferita, forse proprio in quell'istante, a guardare il giardino, mentre si svegliava al primo sole che faceva risplendere la rugiada sulle foglie.

All'improvviso, ho sentito un movimento sulla panca, quasi una vibrazione, e quando ho guardato Janet sono rimasta quasi scioccata nel vederla piangere. Aveva la testa china e i suoi capelli, di solito pieni di lacca e dalle pieghe rigide, erano più soffici stamattina, e le ricadevano in avanti come onde coprendole le guance. Ciononostante, riuscivo a vedere le lacrime che le correvano lungo il viso, creando piccoli rivoli sulla cipria. Mi sono sforzata di distogliere lo sguardo perché era un momento intimo, come sapevo bene, ma ero abbastanza vicina per sentire le sue spalle tese, e riuscivo quasi a sentire le sue lacrime cadere sul libro delle preghiere. Finita la messa non si è alzata subito, è rimasta lì seduta, immobile come una statua, mentre tutti gli altri uscivano. Io sono rimasta con lei, entrambe con la testa china nel rispettivo dolore.

Janet si è fermata in cima alla collina, appena fuori Porthallow, e mi ha raccontato tutto: come il suo primogenito, Christopher, il fratello maggiore di John, è morto alla fine della guerra, in una delle ultime battaglie, e di come lei si sforza di non pensarci, di continuare la sua vita, ma che si concede la prima messa della domenica per "crollare", così ha detto con un sorriso tremolante. Non lo trovavo per nulla divertente. «Dovresti piangere il figlio che hai perso ogni ora del giorno» le ho detto, ma lei ha riso di nuovo.

«Non funziona così» ha aggiunto «perché la vita continua. Deve continuare per forza. Ma mi manca, così tanto, sempre.» Ha tirato fuori dalla borsa la cipria e si è aggiustata il trucco. Quando abbiamo girato e imboccato la strada per Hartland, è tornata a essere la Janet che conoscevo, accompagnandomi a colazione con un grande sorriso e facendo ridacchiare Beatrice, che sbadigliava davanti a una tazza di caffè mentre leggeva articoli scabrosi su una delle sue riviste.

Questo però ha incupito la mia giornata e il mio cuore pensa a lei, a John e ad Abel, che devono continuare a vivere, mentre questa perdita aleggia in mezzo a loro, come se ogni stanza della casa, ogni albero e ogni canzone dovessero ricordare loro Christopher, scomparso per sempre a diciannove anni. Nel pomeriggio, John mi ha chiesto di uscire a cavalcare con lui: mi sta dando lezioni e ha detto che devo esercitarmi tutti i giorni se voglio vedere dei miglioramenti. Ci sono andata anche se non avevo per niente voglia. In generale non sono molto brava, ma oggi sono stata ancora peggio del solito perché mentre andavamo al piccolo galoppo per la campagna a ovest di Hartland, attraverso un bosco e giù per una stradina di campagna, anziché prestare attenzione alla seduta e alle redini, guardavo John che cavalcava davanti a me, seduto comodo in sella, sorridente e con gli occhi luminosi quando si girava a indicarmi le cose e, allegro ma esasperato, mi dava istruzioni lungo il sentiero erboso. Mi chiedevo come, sotto quel sorriso, potesse nascondere tutti i ricordi del fratello, come potesse contenere tutto quel dolore. È sempre così pieno di vita, lo è davvero, a suo agio e tranquillo in mezzo a tutto questo splendore, e tutto di lui sembra essere qui. Non come me, di cui una parte deve sgattaiolare nel roseto per essere triste, o come sua madre, che se ne va in chiesa la domenica mattina per crollare un'oretta.

Qualche chilometro dopo, il suo cavallo ha perso un ferro e siamo dovuti tornare a piedi, guidando i cavalli alle prime luci del tramonto. Poco a poco, il ricordo di quello che era successo in chiesa stamattina è svanito, perché è così facile parlare con lui, è talmente allegro e intelligente. È facile essere felice in sua compagnia quando mi fa ridere e si prende gioco di me, facendo finta di portare fuori i cavalli come fossero cani al guinzaglio, scorrazzando attraverso i prati, e sollevando nuvole di lanugine di dente di leone.

Quando siamo arrivati alle stalle, però, abbiamo incontrato Abel Shaw che stava controllando una cavalla in procinto di partorire e John ha smesso immediatamente di scherzare. Penso sia un po' diffidente nei confronti di suo padre, e questa è una cosa che capisco benissimo visto che anch'io non amo particolarmente Abel, con la sua faccia rossa come un peperone e il modo in cui si irrita facilmente; è impaziente e puzza sempre di cavallo. Quando ci ha visto scendere il sentiero si è accigliato e, non appena abbiamo restituito i cavalli allo stalliere, ha spinto John verso una stalla per fargli vedere una cosa, dicendomi di andarmene e di comportarmi come una brava ragazza. Io ho indugiato, però, temporeggiando con l'attrezzatura e dando da mangiare ad Aristo, il cavallo placido e amichevole che mi era stato dato da cavalcare e che non sembrava badare a me mentre armeggiavo in modo goffo con le redini. Speravo che John finisse presto, per poter tornare a casa con lui e trascorrere ancora qualche minuto da soli prima di essere inghiottiti di nuovo dal gruppo e da tutto il chiasso. Ma i minuti passavano e lo stalliere era venuto a prendere Aristo, e senza un cavallo con cui armeggiare mi sentivo strana in mezzo alle stalle, a mani vuote, senza fare niente. Me ne stavo giusto andando per cambiarmi prima di cena, quando li ho sentiti tornare indietro attraverso le stalle. Non volevo che Abel mi chiamasse ancora "brava ragazza", perché non sono più una ragazza, vero? Tra un po' compio diciassette anni, il che significa che non sono affatto una ragazzina. Mi sono nascosta dietro la porta della stanza degli attrezzi per lasciarli passare e sono felice di averlo fatto perché Abel sembrava arrabbiato per qualcosa. Stava parlando con John, con la sua voce roca, dicendo qualcosa del tipo "non farla allontanare" e "datti una regolata" e "guai". Se io non capivo di cosa stesse parlando, John sembrava averlo compreso alla perfezione perché, quando è andato via, era al contempo sdegnato e rassegnato. L'ho guardato andarsene. Tutto il vigore e l'allegria di prima erano svaniti mentre camminava a fatica verso casa. E mi sono chiesta cosa Abel avesse potuto dirgli per farlo reagire così.

10

Mi svegliò il telefono. Era buio e per un attimo rimasi disorientata dagli odori al tempo stesso familiari ed estranei. Lo squillo squarciava l'oscurità e mi guardai intorno confusa, sussultando allo scricchiolare del mio collo. Ma in meno di un secondo tutto riaffiorò e balzai in piedi da dove mi ero accovacciata, sul primo scalino, per rispondere al telefono.

«Addie.» La signora Baxter sembrava un po' affaticata. «Volevo solo dirti che sta reagendo bene, anche se rimarrà in ospedale ancora qualche giorno. I risultati di alcuni esami sono poco chiari e i medici vogliono tenerlo sotto controllo, per essere sicuri che non sia nulla. Niente emozioni o sforzi di qualunque genere, ovviamente. Scendo a fumare una sigaretta e me ne vado. Addie?»

«Signora Baxter» risposi intontita, premendo forte il telefono contro l'orecchio, e percepii immense onde di sollievo riversarsi su di me. «Questa è una buona notizia.»

«Sì.» Era stanca ma sollevata. «Proprio adesso mi sono accorta di non aver preso un paio di calzini caldi. Che stupida. Non è il posto più confortevole del mondo. Ti ricordi di portarne un paio quando vieni domani? E un cardigan, forse quello marrone che indossa sempre, con le toppe sul gomito.»

«Le toppe sul gomito» borbottai. «Sicuro.»

«Okay, me ne vado. Ho mandato Venetia a casa, Jas è qui e non c'è bisogno che venga nessun altro. Sarà incosciente ancora per un po' e so che sarà contento di vederti domani. Arriva quando si sveglia domattina, tesoro, l'ho pulito io con l'aiuto di un'infermiera. E non ti preoccupare, okay? È tutto a posto. Bene, ora vado a dare la cena a mister B.»

«Va bene. Grazie, signora B.»

Riattaccai e mi sorressi al tavolino dell'ingresso. L'orologio indicava che erano quasi le otto. Avevo dormito circa un'ora. Quando mi rialzai, sgranchiendo le ginocchia anchilosate e ruotando le spalle, scoprii che la nausea se n'era andata e la mente era più lucida.

Fuori i lampioni erano accesi e proiettavano riflessi gialli attraverso i vetri delle finestre accanto alla porta di ingresso. Aveva ricominciato a piovere e il gocciolio sulla tettoia del portoncino si univa a quello sui bidoni di metallo, dando vita a un rassicurante rumore di fondo. Fatta eccezione per qualche macchina che di tanto in tanto passava lungo la via, regnava il silenzio. Rimasi in piedi ad ascoltare. Mi sentivo spossata, completamente svuotata, dopo aver vomitato tutte le cose che provavo da sempre sulle vicende della nostra famiglia e sul rapporto stagnante tra me e mia madre. Lei e Venetia erano andate d'accordo in modo così naturale e Jas tirava comunque dritto, mentre io mi rifugiavo da mio padre, che ci amava tutti ma in misura minore rispetto all'amore che provava per mia madre, che per lui veniva prima di tutti, sempre. Ed ecco Phoebe Roberts che mandava all'aria tutto, tutto quello che avevo sempre accettato come un dato di fatto, che era parte di me, parte di quella che ero. Mi sentivo ridicola ripensando a come il giorno prima avevo diligentemente cercato di convincermi che mia madre e mio padre fossero esattamente quelli che erano sempre stati, che *io* fossi quella che ero sempre stata. Che stupida a non capirlo subito. E ora…

Fuori, i rami del glicine ondeggiavano e frusciavano al vento, proiettando scure ombre tentacolari sul pavimento e sulle pareti interne; una fluida corrente in movimento intorno a me che mi faceva sentire disorientata e alla deriva, come se stessi navigando tra le ombre, scontrandomi a caso con i ricordi, senza appigli, senza una direzione. Era una sensazione spaventosa, essere così completamente slegata da tutto quello che conoscevo. In questa calma inquietante, i mobili di famiglia erano deformati da ombre sporgenti e per un breve, ridicolo istante, ebbi la sensazione che la casa stesse respirando sopra di me, espandendosi e contraendosi, come uno strano alieno. Rabbrividii, indietreggiando contro il tavolino dell'ingresso, stringendone il bordo con le dita. Da qualche parte in questa casa era nascosta la vera storia della mia famiglia, il segreto di mia madre. E da qualche parte *doveva* esserci anche la mia vera storia. E, forse, quella di un altro uomo, il mio vero padre.

Ma a quel punto mi lasciai sfuggire un respiro profondo che riecheggiò nell'ingresso buio e fluttuante. Non volevo pensare a lui proprio adesso, non ora che mio padre era in ospedale, non ora che tutte le mie certezze erano saltate in aria. Adesso, sarei salita di sopra a cercare i calzini di mio padre per portarli con me.

Nell'oscurità, attraversai il corridoio e salii le scale. Alcune foto seguivano la curva delle scale: vecchie immagini di scuola, bambini in bianco e nero, scatti formali di famiglia, tutti talmente familiari da diventare nel tempo quasi parte della carta da parati. In quel momento, scorrendole mentre salivo le scale, apparivano stranamente piatte. Fui quasi colta di sorpresa quando il mio sguardo cadde per caso su una bambina dai capelli ricci e scuri, stretti in due code, seduta in mezzo a un gruppo di persone vagamente familiari, gente che avevo incontrato e che ora mi sforzavo di riconoscere.

Al primo piano, le porte delle stanze da letto erano allineate sul corridoio. Si era alzato di nuovo il vento e le finestre che davano sulla strada erano striate di pioggia. Sopra gli alberi che costeggiavano Rose Hill Road, si intravedeva la luna che invano strattonava le nuvole. Con una spinta aprii la porta della camera dei miei genitori e mi feci strada fino ai piedi del letto. La sveglia dal lato di mio padre emetteva uno strano e debole ticchettio, come un uccellino che picchietta su una tavola di legno, ma a parte questo regnava il silenzio. Allungai il braccio per accendere la lampada su uno scaffale vicino alla porta, evitando la luce forte del lampadario. Mi trascinai quindi fino al letto e, dopo un attimo di esitazione, aprii l'armadio. I vestiti di papà: giacche da lavoro e vecchi pullover, la maggior parte grigi e marroni, pantaloni di morbida lana, velluti scoloriti. Tutto era logoro e consunto ma pulito, stirato e piegato con cura dalla signora Baxter, che si preoccupava sempre che gli altri contabili non pensassero che si stesse lasciando andare.

Sulla destra, il lato di mia madre era esattamente come era sempre stato. Pantaloni e gonne appesi in ordine sulle grucce, i maglioni piegati sotto, i cassetti del comò che contenevano ancora la sua biancheria e le canottiere ordinate per colore e frequenza di utilizzo. D'istinto, avrei allungato il braccio per sistemare la manica di una camicia, ma non lo feci. Come se l'aria intorno fosse stata turbata, vagava ancora un debole sussurro, un pizzico di bergamotto e vaniglia: Chanel N° 5. Un profumo classico e senza tempo, contraddittorio, come lei, a tratti calda e solare, a tratti riservata ed enigmatica. L'essenza forte e dolce perforò la coltre di irrealtà che avvolgeva la mia mente, raggiungendo ricordi sprofondati nella memoria, in cui mia madre spruzzava un pizzico di profumo nell'aria e sollevava le braccia per fare una piccola piroetta, volteggiando per non perdere neanche una molecola della fragranza. Indietreggiai per la nitidezza di quell'immagine, poi con cautela inspirai ancora, avvicinando il naso ma senza toccare nulla. Tuttavia il ricordo svanì repentino com'era comparso, e mi ritrovai ancora una volta tagliata fuori, slegata, staccata da tutto quello che sapevo, un'estranea in questa casa, un'estranea nella mia vita.

All'improvviso, un fruscio. Mi misi in ascolto, col cuore che batteva all'impazzata. Niente. Solo la casa che si preparava alla notte. La pioggia batteva violenta sulle finestre, le gomme stridevano sull'asfalto bagnato. Con rapidità, frugai tra le grucce di mio padre, finché trovai il cardigan marrone e qualche paio di calzini raggomitolati nel cassetto. Presi anche un'altra camicia, che pensavo potesse piacergli, e una sciarpa leggera, l'unica cosa che si concedeva quando era malato. Di tutto feci un fagotto, annodai le maniche e me lo misi sulle spalle. Poi mi raddrizzai dando un'occhiata intorno per vedere se c'era qualcos'altro di cui potesse aver bisogno. Il piumino era ripiegato con cura sopra al letto e sporgeva leggermente sopra il cuscino di mio padre sulla destra e il cuscino speciale di mia mamma per il collo sulla sinistra. Sul suo comodino, aperto all'ultima pagina che aveva letto, una vecchia copia del romanzo di Daphne du Maurier, forse spolverata due volte alla settimana dalla signora Baxter: *Rebecca, la prima moglie*. Lo presi e lo rigirai tra le mani. Era rimasto aperto nella stessa posizione per più di un anno e non si chiudeva bene. Così lo riposi di fianco a una foto di mamma in una cornice d'argento. Era stata scattata appena dopo la sua nomina a professore ordinario ed era quasi esattamente come la ricordavo, in una posa splendida, anche se un po' innaturale. Il suo sguardo diretto da qualche parte oltre l'obiettivo, il volto teso e serio, gli occhi nascosti dall'ombra delle ciglia, come se mimasse l'espressione adatta a una distinta accademica quasi al vertice della carriera. Stavo per andarmene quando scorsi un'altra foto che non avevo mai visto prima, o forse a cui non avevo mai prestato molta attenzione. Seminascosta dalla lampada, una vecchia cornice di legno racchiudeva una ragazza e una donna. I loro corpi non erano visibili, solo le loro facce schiacciate l'una contro l'altra e le braccia di ognuna che cingevano le spalle dell'altra. Scossi la testa e battei le palpebre, perché se non fosse stato per l'acconciatura ondulata fuori moda, il color seppia che sbiadiva i bordi della foto, questa ragazza poteva essere… me.

Ma quando guardai meglio, mi resi conto quasi subito che, in realtà, era una versione diversa di me molto più giovane, con tratti simili ma distribuiti in maniera leggermente differente, una fronte più alta, zigomi più sporgenti. E quindi, senza ombra di dubbio, mia madre. Mia madre da giovanissima, accanto a… Capelli lisci ma scuri, una fossetta sulla guancia che abbassava leggermente il suo labbro inferiore, come il mio, e gli stessi occhi grigi, leggermente inclinati, che mi fissavano: sua madre. Mia nonna. Non sorridevano, sebbene non sembrassero cupe, come se fossero semplicemente state costrette a stare ferme a lungo per scattare la foto e stessero morendo dalla voglia di andarsene da qualche parte insieme.

Mia nonna si chiamava Constance, Constance Holloway. Sapevo solo quello, e che lei e mio nonno erano morti quando mia madre aveva appena compiuto diciassette anni. Mia madre non aveva mai raccontato molto di più di Constance e io non le avevo mai chiesto niente. La famiglia di mio padre era sempre stata molto presente nella nostra vita, che c'era stato poco bisogno di un'altra coppia di nonni, di un'altra orda di zie, zii e cugini, e se lei decideva di non parlare, io non chiedevo mai. Ma perché, perché non avevo chiesto di più a mamma, perché non avevo parlato di più con lei di sua madre? Pensavo che fosse riservata e distante, invece avrei potuto fare uno sforzo in più? Avrei potuto mostrarle interesse? A quel punto avrebbe parlato con me di quello che veramente le importava? Quei due visi si comprimevano davanti ai miei occhi, mentre pensavo a ciò che quella ragazza, in nero seppiato, avrebbe fatto.

La sua bambina scomparsa. Una vita intera a nasconderlo. Cosa significava per lei convivere ogni giorno con la consapevolezza che nel mondo c'era un'altra bambina che cresceva in contemporanea a noi, che gattonava, camminava, correva, una ragazza agitata al suo primo giorno di scuola, al suo primo giorno di università, al suo primo lavoro, mentre comprava la sua prima casa? Una persona che mancava completamente nelle foto sulle scale, che avrebbe dovuto essere al mio fianco in ogni foto.

Toccai il viso di mia madre attraverso il vetro, poi quello di Constance, la curva della sua bocca, gli occhi socchiusi ma innegabilmente felici, la punta delle dita appena visibili sul collo della figlia, mentre la stringeva a sé per la foto. Desideravo sentire una connessione con lei, perché io ero parte di Constance Holloway e lei viveva in me, attraverso mia madre, come una catena. Il nostro passato e il nostro presente erano qui, in questa foto, e volevo sentire il senso di questa appartenenza, di questa parentela. Ma più osservavo da vicino, più le due donne si allontanavano dalla mia portata, tornando nel loro mondo seppiato, dai confini sfocati, finché tutto quello che riuscii a vedere degli occhi grigi che conoscevo così bene erano solo due puntini neri, in un viso bianco e pulito, a forma di cuore.

11

Ero così persa nei miei pensieri che quando suonò il campanello trasalii, feci cadere la cornice contro lo spigolo del comodino e il vetro si frantumò in mille pezzi. Ero scattata per afferrarla, ma avevo annaspato nel vuoto, imprecando al secondo squillo del campanello. Raccolsi il fagotto col cardigan, sollevai con cautela la cornice scheggiata e la sistemai tra l'altra foto e *Rebecca, la prima moglie*, in modo da non tagliarmi la mano. Poi mi diressi piano piano verso le scale per scrutare l'ingresso sottostante. Nella luce gialla che filtrava dai vetri ai lati del portoncino scorsi una figura alta ed ebbi un improvviso déjà vu. Mi aveva seguita? No, era più magra e, se ricordavo bene, non così alta. Vidi che la figura si avvicinava, senza dubbio per ripararsi dalla pioggia. Un viso dai capelli biondo sabbia si schiacciò contro il vetro freddo e il campanello suonò per la terza volta.

«Okay, va bene, va bene.» Corsi giù e aprii la porta.

«Ciao.» Andrew agitò l'ombrello e si pulì i piedi sullo zerbino. «Ho provato a chiamarti ma non eri a casa e ho immaginato che fossi qui, a trovare tuo padre. Sembravi assente stamattina, ho pensato fosse meglio venire a vedere come stavi, portarti la cena e...»

Si fermò a metà frase, adocchiando il fagotto di vestiti e calzini appallottolati che tenevo in spalla, la cornice in frantumi nella mano e i capelli, più voluminosi del solito per via dell'umidità e perché sciolti. Inarcò leggermente il sopracciglio e scrutò dietro di me, nel pesante silenzio della casa buia.

«Che ci fai esattamente qui, Ads? Dov'è tuo papà?»

Deglutii e scossi leggermente la testa, in silenzio. Andrew si passò la mano tra i capelli, che rimasero ritti come umidi ciuffi appuntiti. Reggeva una borsa di plastica.

«Fish and chips» spiegò, aprendola e richiudendola sotto al mio naso. Mi diede un colpetto per scansarmi, entrò e si chiuse la porta alle spalle.

«Ogni tanto *potresti* anche rispondere al telefono, sai? E perché non accendi la luce?» Con fare esperto, accese la luce, infilò l'ombrello nel portaombrelli di ferro battuto e allungò il braccio per appendere il cappotto, ma si fermò.

«Cos'è successo all'attaccapanni?» chiese incredulo.

«Si è rotto.» Feci un cenno col mento in direzione del mucchio di legno e chiodi nell'angolo.

«Ma a me piaceva quell'attaccapanni» replicò Andrew dispiaciuto, tenendo in mano la giacca come se appenderla da qualche altra parte fosse un'imposizione. «Tua mamma lo aveva trovato a un mercatino a Barnet, ricordi, quello dove ci aveva trascinati? Poi andammo in una fattoria a guardare la corsa dei maiali. Quell'attaccapanni era un pezzo di antiquariato.»

«Forse per questo si è rotto.» Attraversai l'ingresso verso il mio posticino familiare, il primo scalino, e mi sedetti.

Un attimo dopo, la scala scricchiolò mentre Andrew si sedeva accanto a me.

«Che succede, Ads?» Piegò e incrociò le lunghe gambe in modo che le ginocchia poggiassero sulle mie. Indossava jeans sbiaditi, di un blu chiaro, e il suo pullover mi graffiava il braccio nudo.

«Quanto tempo hai?» dissi, posando il fagotto col cardigan e la foto in mezzo a noi.

«Il mio turno comincia domattina alle nove.»
«È complicato.»
«Lo sai che sono bravo con le storie complicate.»

Andrew ascoltò in silenzio, scuotendo ogni tanto un po' la testa, e quando ebbi finito prese la cornice senza vetro dalle mie ginocchia e la sollevò, in modo che la luce illuminasse i volti in bianco e nero. «Una gemella...» disse. «Se fosse vero, sarebbe fantastico, Addie. Veramente fantastico.»

Sollevai lo sguardo sorpresa, perché all'improvviso mi resi conto che nessuno nelle ultime ventiquattro ore, io men che meno, aveva trovato qualcosa di neanche lontanamente positivo da dire sull'intera faccenda. C'erano stati solo bugie e mio padre e i segreti che mia madre aveva custodito, e poteva ancora custodire, e come tutto era cambiato di conseguenza.

«Questa è tua nonna? È un bel bocconcino! Ti somiglia.» Andrew mi lanciò una rapida occhiata. «Gli occhi e la forma del mento.»

Riguardò la fotografia, scansando un piccolo frammento di vetro con le sue dita esperte e segnate dalle cicatrici. Ogni sua nocca mi era familiare dopo anni passati insieme a cucinare. Il maglione di Andrew premeva contro la pelle nuda del mio braccio, l'odore del fish and chips si confondeva con il profumo leggermente amaro del sapone che usava per togliere la puzza di cucina dai vestiti. Per un istante, la sensazione di non appartenere a niente diminuì, perché quell'universo di odori di cucina, con Andrew e il sapone al fenolo, era un mondo a cui appartenevo, ora e per sempre.

Ignaro delle mie inaspettate sensazioni destate dal suo maglione pungente, ripose la cornice per terra e sparse il contenuto della borsa vicino a lui, inzuppò un pezzo di pesce nell'aceto, ci mise sopra due patatine col ketchup e mi porse il tutto.

«Quindi tuo papà sta bene, vero?»

«Sì, sta bene. La signora Baxter ha chiamato poco fa.» Rabbrividii. «Venetia era odiosa, continuava a chiedermi perché non salivo in ambulanza con lei.»

«Come sempre.» Andrew fece una smorfia. «La farebbe franca con un omicidio, tua sorella. Non sei andata in ospedale con loro, quindi?»

«Volevo. Ma non ci sono riuscita» ammisi, affogando i ricordi in un pezzo di pesce. «Credo che fossi sotto choc. Non riuscivo a muovermi.» Masticai, concentrandomi sulla crosta croccante e l'aspra dolcezza dell'aceto insieme alle patatine salate, poi gli lanciai un'occhiata per vedere se anche a lui sembravo così debole come mi ero sentita.

«A Venetia farà un mondo di bene affrontare un cambiamento» mi confortò, deciso. «Non puoi essere sempre tu a correre per tuo padre.» Infilò un altro grosso pezzo di pesce tra due grandi patatine e me lo porse, guardandomi da vicino per assicurarsi che ingoiassi tutto. «Per come andavano le cose, e come stava l'ultima volta che l'ho visto, sono abbastanza sicuro che sarebbe successo comunque. Ecco, l'ultimo.»

Inghiottii gli ultimi due pezzi di pesce quasi in un sol boccone e mi resi conto che non avevo mangiato molto dal mio toast della mattina.

«Dio, se era buono. Ma tu non hai mangiato niente?» chiesi mestamente.

«Mi sono preparato qualcosa prima.» Mi passò un fazzoletto. «Essere in vacanza è veramente fantastico, devo ammetterlo. Non credo di aver mai preso abbastanza giorni di ferie nella mia vita. Svegliarsi presto, fare un sacco di cose, avere il tempo di venirti a importunare al lavoro.» Fece un grande sorriso. «Stamattina mi ha chiamato pure il capo, voleva che tornassi al lavoro, ma l'ho bidonato. È impazzito. E lo sai come diventa quando si arrabbia.»

Certo che lo sapevo. Avevo incontrato il suo capo, lunatico e scurrile, una sola volta nella mia vita, quando ero passata a prendere Andrew alla fine del suo turno, e mi ero ripromessa di non farmi vedere mai più nei paraggi del ristorante. In ogni caso ho sempre odiato le cucine dei grandi ristoranti le poche volte che ci avevo lavorato. Senza finestre, un mondo piastrellato di bianco dove tutti comunicavano a parolacce e la temperatura saliva durante il giorno finché la cucina non diventava un forno, dove maiali morti stavano appesi nel frigo della carne, e dove le persone si riunivano per veder morire un'aragosta in pentola, dove l'odore dell'aglio bruciato e del pesce si attaccava ai vestiti e si avvinghiava ai capelli, e si rifiutava di andarsene anche se ti immergevi nella candeggina.

«E sta pure peggiorando. Sto cercando disperatamente di cambiare e voglio davvero, ma davvero che iniziamo a pensare seriamente a Le Grand Bleu e… comunque… scusa, certo ora non è importante. Quindi che facciamo adesso?»

Mi guardava in attesa. Mi leccai le dita piene di sale mentre riflettevo, e lanciai un'occhiata allo studio di mio padre; poi mi pulii le mani con la salvietta. «Credo che darò un'occhiata lì» risposi. «Chissà quando mi ricapiterà, sola e indisturbata voglio dire. O pensi che sia…»

«Ottima idea!» disse schietto.

«Ma ovviamente non sei costretto a rimanere: sei in vacanza, hai un sacco di cose da fare e…»

«Certo che rimango. Una cosa così eccitante non mi capitava da anni. Andiamo.»

Nello studio di mio padre regnava una strana penombra. I lampioni della strada proiettavano coni di luce sulle librerie e sulla scrivania sotto la finestra. Nell'altra carreggiata, la finestra del signor Feld era illuminata dal riflesso blu del televisore, ma la strada era piuttosto buia. Ogni tanto, una raffica di vento scuoteva il glicine sopra il portoncino, scagliando scariche di pioggia contro la finestra.

Stavamo in piedi davanti all'armadietto accanto alla scrivania. Tutto il resto, nel suo studio, era molto maschile: gli spessi scaffali di quercia, la grande scrivania, il divano scozzese incuneato nel bovindo. La cassettiera era più funzionale che bella, una semplice scatola di metallo con quattro cassetti pieni di documenti e di cartelle appese. Piccole etichette ne indicavano il contenuto nella calligrafia spartana, quasi illeggibile, di mio padre.

«Contabilità. Mutuo. Pensione» borbottò Andrew. «Deve esserci una cartella coi documenti importanti, non credi?» Scorreva i cassetti uno a uno, sfogliando ogni cartella. Assicurazione. Bollette.

«Qui?» Tirai l'ultimo cassetto, sentendomi sempre meno un'estranea in casa mia e sempre più una ladra. Mi sentii quasi sollevata quando non riuscii ad aprire il cassetto, ma Andrew mi spinse di lato, fece leva sulla fessura e premette con decisione. Seguì un forte rumore metallico, poi un cigolio e il cassetto si aprì di scatto.

«Andrew!» sibilai sconcertata.

«Ops. Quindi era chiuso a chiave» disse. «Suvvia, non era mica nuovo. Possiamo sempre dare la colpa a Venetia. Bene, dove... okay, aha! Come avevo previsto. "Documenti Importanti". Di sicuro, dev'esserci... diamo un'occhiata. Ecco i loro certificati di nascita, e qui c'è, ah, okay, oh...»

«Che cosa?» chiesi inginocchiandomi accanto a lui.

«Il loro certificato di matrimonio» spiegò Andrew. «Sposati nel 1960. Tre mesi dopo la tua nascita, a maggio. Quindi in ogni caso il mese di maggio è giusto, solo l'anno non coincide.»

Mi allungò la fotocopia ingrigita di un certificato di matrimonio, che dichiarava che Elizabeth Sophie Holloway e Graham

Alexander Harington si erano sposati nell'ufficio di Stato Civile di Southwark il 9 maggio 1960.

Mi sedetti sulle caviglie, scrutando la fotocopia con la torcia e ricordandomi, tra le mille cose, il discorso che zio Fred aveva tenuto alla loro festa per le nozze di rubino. Si era inventato ogni sorta di battuta sul numero quaranta e sui rubini e sui *quattro* lunghi decenni che erano trascorsi. I miei genitori annuivano e sorridevano, gli altri applaudivano, ammirando e invidiando i loro quarant'anni di vero amore. Certo, non cambiava nulla tra trentanove o quarant'anni di matrimonio. Eccetto per la menzogna. E tutto il resto.

Andrew stava ancora sfogliando i documenti nel cassetto, tirando fuori tutto ed esaminandolo con attenzione. «Ecco una copia del tuo certificato di nascita, sembra tutto a posto e... Aspetta, cos'è questo?»

Mi precipitai accanto a lui che indicava la cartella appesa dove c'erano le fotocopie, e sembrava esattamente come le altre. «Guarda, c'è qualcos'altro qui.» La tirò fuori e la posò sul pavimento; ora riuscivo a vederlo anch'io. Un pezzo di carta sottile, ritagliato con cura perché entrasse perfettamente nella cartella, spillato da tutti i lati in modo da restare invisibile a meno che non si fosse tirata fuori la cartella. Io e Andrew ci guardammo. Presi le forbici di mio padre sulla scrivania, ma le mie mani tremavano a tal punto che Andrew dovette sfilarmele. Rimosse le graffette su ogni lato e aprì la parte alta, estraendo infine un altro pezzo di carta.

Un certificato di nascita. Solo che questo era stato registrato tre giorni dopo la mia nascita ed erano stati lasciati molti spazi bianchi. Il nome, tanto per cominciare. La riga di fianco diceva: "Bambina". Madre: Elizabeth Sophie Holloway. Padre: spazio vuoto.

Mi accovacciai, prendendo i due diversi certificati di nascita e la copia del certificato di matrimonio. Quindi questo ero all'inizio. Non Adele, non qualcun altro, ma "Bambina". E mio padre non era nessuno, tranne uno spazio vuoto, un'assenza. Ancora una volta, cominciai a fluttuare, distaccata, in uno spazio che mi era familiare, in un passato dove sapevo ancora esattamente chi ero e che cosa dovevo fare, come comprare un libro per bambini a Venetia, ricordare a mio padre di andare dal medico e cercare di piangere per assicurarmi di fare la cosa giusta nel giorno in cui commemoravamo mia madre. E ora, seduta qui nel cuore della notte, quasi esattamente nello stesso punto in cui mio padre mi aveva insegnato a giocare a scacchi bevendo insieme tè caldo, *quegli stupidi geni degli Harington*, restavo sospesa nel nulla, senza nessun altro punto di contatto a parte *Elizabeth Sophie Holloway* e *Spazio Vuoto*, due persone che non sembravano reali, che non erano affatto la mia famiglia, ma due perfetti sconosciuti.

«Vorrei tanto parlare con mio padre» esclamai. «Lo vorrei così tanto.»

«Lo vorrà anche lui» aggiunse Andrew, posando imbarazzato una mano sul mio collo e dando un colpetto sulla mia spalla. «Forse però adesso non è il momento giusto.»

«Sì» annuii sospirando. E forse era giunto il momento di dare un senso alle cose senza l'aiuto di mio padre, di capire da sola. Allungai il braccio verso Andrew per aiutarlo a rialzarsi, afferrando la manica del suo maglione un secondo più del necessario per scacciare il senso di estraniamento. Poi rimisi il resto dei fogli nella cassettiera, tranne il certificato di matrimonio e quello originale di nascita, che esaminai un'ultima volta finché i miei occhi non si posarono di nuovo sullo spazio vuoto dove avrebbe dovuto essere il mio padre biologico. Scossi la testa, infilai rapidamente il foglio sotto gli altri e chiusi la cassettiera. Non avrei saputo spiegarlo a parole se qualcuno me lo avesse chiesto, ma per qualche strano motivo mi sentivo completamente incapace di inserire questo estraneo nella mia nuova vita, libera e fluttuante.

«Darò un'altra occhiata» aggiunsi risoluta e mi girai verso il primo cassetto dall'alto.

Andrew balzò in piedi e si avvicinò, sfregandosi le mani dall'eccitazione. «Okay, quindi che cosa stiamo cercando esattamente?»

«Qualsiasi cosa sull'adozione di Phoebe o sulla vita dei miei genitori prima della mia nascita. Qualsiasi cosa su mia madre prima che io nascessi, e poi...» Respirai per farmi forza. «Andremo nel suo studio. Ci sarà sicuramente qualcosa che mi aiuti a capire. E quando avrò in mano delle prove concrete, chiamerò Phoebe Roberts.»

12

Se qualcuno mi avesse detto, una settimana prima, che mi sarei ritrovata qui due giorni dopo l'anniversario della morte di mia madre, in piedi su uno sgabello di fronte alla libreria del suo studio, a tirare fuori i quaderni e i faldoni, passandoli a Andrew uno dopo l'altro, e che alle dieci di sera avrei afferrato e sfogliato ogni singolo libro, che avrei letto le sue lettere, le liste, gli appunti, che avrei sistematicamente smantellato la stanza in cui non ero entrata per anni, gli avrei risposto che era matto. Avrei riso di lui.

Ma ora non stavo affatto ridendo. Avevamo finito di controllare l'armadietto senza trovare nient'altro, poi ci eravamo spostati nello studio di mia madre, per lavorare alacremente in quel piccolo spazio, passando ogni tanto qualcosa all'altro perché lo esaminasse, o fermandoci per controllarlo meglio da vicino. Mia madre, per niente sentimentale e piuttosto pragmatica, aveva organizzato i documenti alla perfezione. Trovai la vecchia cartella con tutte le cartoline di auguri, divise per mese, e il mio cuore sobbalzò quando vidi che da giugno a dicembre c'erano ancora cartoline, perché la donna che avrebbe dovuto spedirle non c'era più per poterle scrivere. In un altro cassetto trovai una pila di foto dentro a una busta con su scritto "Copie", nella calligrafia rotonda di mia madre. Gli originali erano nell'album di famiglia nel soggiorno, quindi li presi sapendo che Venetia a un certo punto avrebbe rivendicato gli album. Sul retro della scrivania trovai la piccola scatola che conteneva il Nokia, acquistato in un negozio di Tottenham Court Road, e poco dopo trovai il caricabatterie in fondo al cassetto, col filo ben arrotolato.

Andrew cominciò a sistemare i fogli e le cartelle sul pavimento, e io continuai a setacciare il resto dei cassetti del grande scrittoio, cercando documenti spillati sotto le superfici, frugando dietro ai cassetti o intorno agli angoli.

Era dura. Qui, in questa stanza, dove lei doveva essere maggiormente presente, dove avrei dovuto ricordare tutto quello che era, toccando le sue cose, immersa nella sua calligrafia e nei suoi pensieri più profondi, mia madre era completamente assente. Era semplicemente uno spazio bianco nei miei ricordi, e più la cercavo e più diventava vaga, finché, intorno a mezzanotte, mi fermai di fronte alla sua bacheca non sapendo come continuare. Non c'era molto sulla lavagna, solo un vecchio biglietto di una mostra di Munch che aveva visto nel febbraio dell'anno precedente, un promemoria del dentista, per il giorno prima che morisse, e una lista della spesa (suddivisa per reparto e temperatura). C'era una lista di numeri telefonici di emergenza, incluso, fui felice di notarlo, il mio. Una cartolina della cattedrale di St Paul velata di nebbia. Ripassai il contorno della cupola, perfettamente rotonda. Che cosa aveva significato per lei? Era incredibilmente ordinata e di rado teneva qualcosa che non fosse strettamente necessario, che non servisse a qualcosa, come se tutta la sua vita dovesse entrare nella sua borsa, come se in ogni momento potesse alzarsi e andarsene senza lasciare traccia. Niente giornali vecchi, annunci di nascite o ritagli di articoli, niente lettere, non un cassetto delle "cose da archiviare", niente scatole di "varie ed eventuali". Una volta le avevo fatto un fermacarte, con una grossa pietra che avevo colorato con lo smalto per le unghie. Venetia aveva dato di matto scoprendo che avevo usato quasi tutto il suo Rimmel rosso ciliegia. Stava ancora sopra la sua scrivania, un vistoso blocco rosso senza fogli da tenere fermi. Quindi perché aveva conservato questa cartolina di St Paul nella nebbia, ingiallita e un po' arricciata ai lati? E perché io non lo sapevo? Come potevo non conoscere questo semplice fatto su mia madre? Feci un passo indietro e sospirai esasperata, proprio mentre Andrew si avvicinava a me tenendo in mano una cartellina bianca.

«Ho trovato... Ehi, tutto a posto?»

«Non riesco proprio a ricordarla» ammisi, dando un rapido colpetto alla cartolina di St Paul per sottolineare il punto. «È come se non fosse nemmeno qui.»

Andrew allungò il braccio per staccare la cartolina e la girò. Era bianca.

«Ma lei non è più qui» disse deciso. «E niente ha più senso perché niente è più come prima. Ma lo sarà di nuovo. Fidati. È difficile, Ads, e te la stai cavando davvero bene.» Fece ondeggiare la cartolina. «Alla fine la ricorderai, ne sono sicuro, capirai cosa è successo a te, a lei e a Phoebe Roberts. Metteremo insieme i pezzi. Vedrai.»

«Solo che non sembra affatto così. Sembra tutto vuoto.» Sentii la mia stessa voce farsi stridula e fiacca, ma di riflesso mi feci forza, battendo le palpebre per cacciare lacrime inesistenti. *Coraggio, tesoro*. Presi la cartolina di St Paul dalle mani di Andrew e la misi sopra *Rebecca, la prima moglie*.

«Il vuoto è fatto per essere riempito» concluse Andrew. «E forse questo» disse sollevando la cartellina bianca e sorridendo per incoraggiarmi «ci aiuterà».

Dentro la cartellina c'erano le fatture di James Merck, circa sei, spillate insieme e nascoste al suo interno, la prima datata novembre 1997. Le spese erano elencate in maniera metodica e scrupolosamente dettagliate, come "quattro fogli di francobolli standard, due mancanti" e "cinquanta fogli di carta, 4ppm, £1,99 da Ryman". Dietro le fatture c'era una spessa pila di carta. Lettere, almeno un centinaio se non di più, da posti come la scuola per infermiere del Sussex, il programma medico del Brighton General Hospital, la casa di cura di Gloucester, il Consiglio Nazionale infermiere, ostetriche e tecnici sanitari. E anche da persone, come Hugh Frameton, Lucy Jones, Patricia Hayworth, June Galloway. Tutti rispondevano a una sua richiesta riguardo al 14 febbraio 1960.

«La stava davvero cercando» dissi. «Guarda tutte queste lettere, quanto tempo ha speso a cercare Phoebe Roberts. E poi lei si è presentata qui, sulla soglia di casa sua, un anno dopo la sua morte. Che tragedia, a pensarci.»

Andrew si avvicinò, mi abbracciò un po' imbarazzato e io mi appoggiai a lui mentre entrambi guardavamo l'ultima cosa rimasta nella cartellina. Un taccuino giallo, con pagine e pagine di appunti, numeri, frasi barrate e tanti punti interrogativi. Un certo dottor Miller sembrava essere al centro delle sue ricerche, perché compariva in vari diagrammi nel taccuino, e la pila di lettere che lo riguardava sembrava essere la più consistente, seconda solamente a quella di una donna di nome Sarah Mason. Gli svolazzi e i riccioli, a me familiari, della calligrafia di mia madre sfrecciavano tra le righe fino alla fine dove, in una griglia disegnata bene, aveva fatto uno schema di ogni lettera, la data in cui era stata spedita e quella in cui aveva ricevuto risposta. Le prime due lettere erano state indirizzate proprio a mia madre, in Rose Hill Road, mentre le altre recavano come destinatario l'agenzia investigativa Merck, al 35 della Causeway, a Shoreditch, quasi si fosse resa conto che era al di sopra delle sue possibilità e che aveva bisogno di aiuto.

«Però, non ha avuto molta fortuna» osservò Andrew, leggendo una lettera di Molly Hayes che sosteneva di non vedere una certa

Laura Remington da "un sacco di tempo". «Tutta questa gente è morta, impazzita o sparita.»

Sfogliai il taccuino ancora una volta. La sua calligrafia era leggermente irregolare, piccola in cima alla pagina, più grande e impaziente a metà, e abbandonava infine l'ordine a piè di pagina, quando riempiva il foglio di domande e numeri con evidente frustrazione, con le frecce che zigzagavano su e giù, e frasi che talvolta venivano barrate con un colpo rabbioso. "La scuola per infermiere del Dorset. Chiedere di Sarah Mason. Consiglio comunale del Sussex? Paula Warren. Deceduta? Richiamare Hetty W. La sorella di Sarah Mason?" Sfiorai un solco profondo lasciato dalla sua penna e la immaginai seduta qui, con le dita che picchiettavano con impazienza sulla scrivania, mentre chiamava l'elenco abbonati alla ricerca di Sarah Mason nel Sussex, con gli occhi fissi sulla cartolina ingiallita di St Paul.

«Ha iniziato nel marzo del 1997» dissi. «Perché? Perché cercarla trentasei anni dopo? A quel punto non cerchi più un bambino, ma un adulto, potenzialmente con famiglia. E non c'è da meravigliarsi che queste persone siano difficili da trovare dopo tutto questo tempo.»

«Ma Jas non ha avuto i gemelli in quel periodo?» Andrew stringeva le labbra mentre sfogliava la cartellina. «Forse era rimasta colpita dal fatto di diventare nonna, si era ricordata della bambina che aveva dato via, o qualcosa del genere. E questa è senz'altro una mole di lavoro assurda. Merck è stato ancora più metodico di tua madre, il che è significativo. Chiaramente, una coppia designata dal destino, che Dio l'abbia in gloria. Qui c'è qualcosa.»

Mi passò alcuni ritagli di giornale. *L'amato All Saints Hospital di Brighton trasformato in un supermercato della catena Safeway* e *Le Caritatevoli Sorelle della Speranza? Un momento difficile nella storia locale.* Un bigliettino bianco diceva: "Come promesso, qualche informazione", e sapevo che da qualche parte nelle fatture di James Merck ci sarebbe stata la relativa spesa: "Cinque fotocopie A4, 15 centesimi l'una".

«Quello che non capisco» disse Andrew incupito «è come sia finita in quel posto. Dovevano essere terribili. Una volta mia madre stava guardando un documentario su alcuni istituti per ragazze madri in Irlanda. Erano semplicemente orribili. Le facevano lavorare come schiave e strappavano loro i bamb...». Vedendo l'espressione sul mio viso cominciò a tossire, prima di aggiungere in fretta: «Eh, be', immagino che alcune fossero meglio di altre, quindi, forse... e siamo in Inghilterra, ad ogni modo. Molto meglio, sicuramente».

Senza parole, cominciai a leggere l'articolo sulle Caritatevoli Sorelle della Speranza. Era un centro per ragazze madri alla periferia di Brighton. Alcune di queste erano adulte, altre solo delle ragazzine di sedici, diciassette anni. C'era una quattordicenne che era stata violentata dai ragazzi del paese. I suoi genitori, non potendo tollerare la vergogna, l'avevano mandata lì per tutta la durata della gravidanza. Le madri entravano uno o due mesi prima del parto e dopo restavano sei settimane, per assicurarsi che i neonati fossero in salute prima di affidarli alle famiglie adottive. C'era anche un articolo sulla vita quotidiana all'interno, sui lavori domestici giornalieri svolti dalle donne a cui era affidato quel terribile posto che cadeva a pezzi intorno a loro e sul cibo orrendo. Non c'era alcuna preparazione al parto e le assistenti sociali che le torturavano moralmente avevano pochissimo tempo per prepararle al percorso di adozione. L'atmosfera presso le Sorelle della Speranza appariva appena meno oppressiva rispetto ad altri istituti, che erano più che altro ospizi dove le donne venivano trattate in modo atroce, e i loro bambini più o meno venduti per una donazione. Qui, alle ragazze madri era concesso a volte di andare in piccoli gruppi in città, giù al molo o al cinema. C'era anche un breve riferimento a scatole o pacchi di vestitini che le madri venivano incoraggiate a preparare per i loro bambini, una sorta di corredino; pensai al maglioncino e al cappellino col pon pon che mia madre, che odiava ogni genere di lavoro a maglia, aveva fatto per la sua bambina non ancora nata.

Mi concentrai a lungo sulle foto, scure macchie quadrate di un palazzo imponente sbiadito dalla fotocopia, una fila di letti in un dormitorio, due donne che passeggiavano in un'area verde.

«Dov'erano i tuoi nonni, i genitori di tua madre, intendo?» chiese Andrew, indicando la riga sui genitori delle vittime di stupro.

«Sono morti quando era giovane» risposi, guardando una delle donne. Aveva la schiena curva per il peso del pancione. Mi ricordò vagamente Venetia, sebbene con un grembiule fuori moda, anni '50, e un foulard in testa. «Poteva essere entrata in istituto di sua spontanea volontà, alla ricerca di un posto sicuro dove far nascere il suo bambino, visto che era completamente sola.»

«Uhm» disse Andrew pensieroso. «Certo, o forse era stato...»

S'interruppe con discrezione, ma lo incalzai con tono brusco. «Vuoi dire lui? Il padre?» Indicai col mento il certificato di nascita con i suoi spazi bianchi.«Be', o i *suoi* genitori. Forse l'hanno costretta a dare via Phoebe.»

Guardando la fila di letti nella fotografia dell'articolo, cercai di immaginarmi mia madre, una donna così tenace, costretta a fare qualcosa che non voleva, tenuta in questo istituto per sentirsi ripetere, ora dopo ora, cosa doveva fare; faccende domestiche e lavori a maglia, cose che odiava, nei gelidi mesi di dicembre e gennaio, che lei detestava. E poi partorire ed essere costretta ad abbandonare le bambine. Pensare a lei costretta, anziché libera di scegliere, e a quanto tutto questo doveva essere stato terribile, mi fece contrarre il cuore con un'improvvisa, violenta stretta di sollievo. Significava che non aveva fatto volontariamente quello che pensavo avesse fatto, che non aveva realmente indicato uno dei due fagotti per separarci. Che ci avrebbe voluto entrambe. Che ci aveva entrambe amate. Ma la realtà si riaffermò troppo in fretta e, con grande riluttanza, scossi la testa. «Non lo so. Conoscevi mia madre. Ti sembrava una che non era in grado di difendersi?»

Ci lasciammo entrambi sfuggire una risatina involontaria, che però soffocammo perché non c'era niente di divertente.

«E ricordati che ha tenuto una di noi. Se l'avessero davvero costretta, allora avrebbe dovuto abbandonare entrambe, non pensi?»

Rimanemmo in silenzio a lungo.

«Sì, è così» disse infine Andrew. «E questo è il vero mistero.»

Guardò le lettere, il taccuino giallo e gli articoli di giornale. «Perché ha abbandonato una e tenuto l'altra?»

«E perché non si è ripresa Phoebe quando ha potuto?»

Andrew scosse la testa sconsolato. «Non lo so. Aveva solo diciott'anni. Era così giovane. Ancora una ragazzina, veramente. Molto diversa da come la conoscevamo noi, probabilmente.»

«Sì.» Allungai la mano per toccare la giovane donna col foulard, che passeggiava nella fotografia dell'articolo sulle Sorelle della Speranza, e desiderai ardentemente di riuscire a piangere.

13

Adesso ero così ansiosa di andarmene, di risistemare lo studio e scappare, che quasi me ne dimenticai nella fretta eccessiva di rimettere gli ultimi faldoni sugli scaffali più alti. E anche allora fu solo perché salii su una sedia, per rimettere a posto qualche foglio ostinato che non voleva stare allineato con gli altri, che lo vidi. Un libretto sottile, leggermente più piccolo di un formato tascabile, con la copertina strappata in basso. Corrugai la fronte, mi allungai per prenderlo, lo rigirai tra le mani e ci soffiai sopra con delicatezza per rimuovere la polvere dal taglio in alto. Una raccolta di poesie di Christina Rossetti.

Era una delle poetesse preferite da mia madre, insieme a Edna St Vincent Millay e Louis MacNeice; nella libreria in soggiorno c'era una splendida prima edizione, un regalo di mio padre per il loro anniversario di matrimonio. Tuttavia, non avevo mai visto questa edizione malconcia. Doveva essere parte di una collana, perché di lato, in ruvidi caratteri dorati, c'era inciso il numero tre. Mi alzai in punta di piedi per esaminare ancora una volta lo scaffale, ma era vuoto. Fatta eccezione per gli spazi bianchi nella polvere grigia che si era accumulata dietro le file di libri dove si trovava la raccolta.

«Andrew!» Saltai giù dalla sedia e mi misi a sedere, col libro sulle gambe. Le pagine erano sottili, come quelle di certe edizioni della Bibbia, e proprio tra due pagine iniziali, schiacciato e ormai completamente piatto, trovai il ramoscello di una rosa. Due boccioli erano spuntati, premuti in un ventaglio di petali, e sopra c'erano altre piccole gemme bidimensionali. Era scuro e rinsecchito, ma quando lo misi sotto la luce vidi che in realtà si era mantenuto quasi perfetto, persino nelle piccole spine che spuntavano dal gambo.

Andrew si avvicinò e gli porsi la rosa nel libro aperto, come un'offerta. Sorrise e mi indicò il nome. "Constance Adele Holloway, 1949", recitava l'iscrizione sulla prima pagina. Esaminai la calligrafia vecchio stile, l'anno. Solo pochi giorni prima, guardando la lista di nomi nel libretto della gravidanza di mia madre, ci ero rimasta male perché Venetia c'era e io no. E invece qui *io* c'ero davvero, legata a mia nonna più di quanto non mi fossi mai resa conto, ancorata al mio personale filo di storia. Pensai alla donna nella foto che era un'estranea per me, ma un'estranea con gli occhi di mia madre e la mia fossetta; pensai a questa piccola rosa che allora era viva e che, a modo suo, viveva ancora nell'amore di mia madre per le rose del suo giardino. Mentre sfogliavo con lentezza il libro e le poesie sfilavano sotto i miei occhi, mi pentii di non aver chiesto a mia madre da dove proveniva il mio nome. *Un desiderio estivo*, *Un'altra primavera*, *Quando io sono morta*. E poi, in mezzo a *Speranza morta* e a *La figlia di Eva*, c'erano alcuni biglietti. Vicino a me, Andrew fremette non appena li vide e si accorse del tremore che agitava le mie mani. Il primo racchiudeva solo qualche frase in due terzi del foglietto.

Hartland, 20 aprile 1960
Ci sono molte cose di cui vorrei parlarti e spero tanto di poter fare qualcosa per te. Aspetto una tua lettera.
Sempre con te,
H

"*Sempre con te*". C'era una vaga familiarità, una schiettezza, come se chi scriveva fosse abbastanza intimo da poter fare a meno delle formalità, forse riprendendo una conversazione lasciata a metà, qualcosa che era cominciato ma non era finito. Feci un respiro profondo. Il secondo messaggio era diverso, con la stessa calligrafia squadrata del primo ma evidentemente più affrettata, più scomposta.

Hartland, 28 febbraio 1960
Liz,
lo so che le cose sono molto difficili per te adesso, ma se te la senti, allora vorrei che ci incontrassimo per parlare. Di tanto in tanto vengo a Londra, perciò dimmi un'ora e un giorno in cui sei libera e io verrò. Per favore fammi sapere presto.
Harry

Controllai la data e vidi che era stato scritto due settimane dopo la mia nascita, mentre il primo era arrivato *dopo* di questo, in aprile. Il mio respiro sollevava i bigliettini nelle mie mani; mi alzai per disporli sulla scrivania. Poi:

Hartland, 15 luglio 1960
Cara Liz,
non hai risposto alla mia lettera, ma ti devo parlare con urgenza. Sarò a Londra il prossimo giovedì. Possiamo incontrarci? Dormirò al Langham e ti aspetterò al bar alle sette di sera. Se non verrai, allora saprò che non mi vuoi più vedere e ti lascerò in pace, ma spero di trovarti lì. Sappi comunque, in ogni caso, che mi dispiace molto per quello che è successo quella notte e per come sono andate a finire le cose. Non volevo che succedesse niente di tutto ciò e non posso dimenticarlo, quindi spero che riusciremo a parlarne.
Harry

"H" stava per "Harry". E magari…

«Pensi che Harry possa essere… voglio dire, pensi che possa essere… *lui*?» chiesi a Andrew, indicando col mento il certificato di nascita.

Lui esaminò di nuovo i biglietti. Strinse le labbra e mi rese i messaggi. «Può essere chiunque, in realtà. Ma le date… e quel "mi dispiace molto per quello che è successo quella notte"? Di sicuro *sapeva* cosa era successo.»

«Harry voleva vederla» dissi lentamente, col respiro bloccato da un enorme groppo alla gola. «Ma lei non gli rispose, né a febbraio né ad aprile, e a maggio si è sposata con mio padre.»

Accanto ai biglietti, si intravedevano i raffinati caratteri di una delle poesie della Rossetti.

> Non ho curato il mio pezzo di giardino;
> appassito e abbandonato,
> piango come non ho mai pianto prima d'ora.

Com'era triste fare questo genere di scoperta accanto a una poesia che parlava di un giardino, quando mia madre aveva amato il suo giardino così tanto ed era stata così felice nell'accudirlo. E quando qualcuno, forse Harry, chiunque lui fosse, l'aveva messa incinta e non le era rimasto accanto, non si era preso cura di lei. Strinsi gli occhi di fronte alla firma dell'ultimo biglietto e sentii un moto d'amore per mio padre, che alla fine le *era* rimasto vicino, col bambino e tutto il resto.

Ma l'altro bambino, *l'altra*…

«Devo parlare con Phoebe» esclamai all'improvviso. Guardai l'orologio sulla scrivania. Le undici e quaranta.

«Non è nemmeno mezzanotte. Potrebbe essere ancora sveglia» m'incitò Andrew. «Voleva che la chiamassi, da quanto ha detto.»

«Ma non ho il suo numero» dissi in preda al panico. E se non fossi riuscita a rintracciarla adesso? E se mi fossi comportata troppo male con lei da farla sparire, per la seconda volta e per sempre?

«Chiamiamo il servizio elenco abbonati... Pronto? Sto cercando un numero a...» Andrew mi guardò con aria interrogativa.

«Birmingham, penso che abbia detto.» Trattenni il respiro.

«Sì, Phoebe Roberts a Birmingham. Va bene. Sì. Solihull? Certo. Grazie.»

Andrew si segnò un numero sulla mano, poi riattaccò. Ci volle qualche tentativo con l'insolito telefono a rotella, ma alla fine presi la linea. Una voce rispose al secondo squillo e dal «Pronto» senza fiato capii che non stava ancora dormendo. Andrew mi posò una mano sulla spalla e la strinse per incoraggiarmi.

«Phoebe, eh, sono...» Cercai di mandar giù il groppo che avevo in gola, per non apparire debole. Stranamente, volevo farle una buona impressione.

Si sentì un forte sospiro all'altro capo del filo, da Birmingham direttamente nello studio di mia madre. Parlò in fretta, esitando un po'. «Sono così contenta che tu mi abbia chiamato. Così contenta. Io...»

«Mi dispiace di aver urlato, sono stata imperdonabile. Ora so che è tutto vero e che non avrei mai dovuto...»

M'interruppe subito. «No, sul serio, sono io che dovrei chiedere scusa. Ti ho completamente travolto e mi dispiace. Capisco che hai bisogno di tempo per abituarti a tutto ciò. Solo che non avevo nessuno con cui parlare. Ma quando te ne sei andata ero così preoccupata che adesso...»

«Anch'io» dissi, e sentii un sorriso esplodermi in volto. In qualche modo, dalle macerie di quella che era la mia famiglia e la densa coltre di domande e dubbi circa il mio posto nel mondo, la voce di Phoebe emergeva forte e chiara. Anche se eravamo due perfette estranee, mi confortava immensamente sapere che non eravamo sole.

14

Il mattino successivo fui svegliata da un rumore e mi tirai su con un senso di vertigine. Mi girava la testa, così guardai intorno confusa e vidi Andrew con la testa che penzolava da un lato della vecchia poltrona.

Rose Hill Road. Mio padre in ospedale. Lo studio di mia madre. *Sono così contenta che tu mi abbia chiamato.* Dopo aver rimesso insieme i pezzi, eravamo scesi a farci uno spuntino di mezzanotte, o forse sarebbe meglio dire una colazione anticipata, considerato che erano quasi le tre di mattina. Alla fine ci eravamo addormentati, io raggomitolata nel vecchio divano, coperta dalla giacca di Andrew, e lui sulla poltrona.

Girai la testa da una parte all'altra per saggiare le condizioni del collo e fui tentata di restare sprofondata nel divano per qualche minuto ancora, quando sentii un altro rumore. Seguito da dei passi. Al piano di sopra.

Mi chinai subito per scuotere Andrew. «Svegliati!»

Andrew afferrò le mie braccia e mi tirò verso di sé, ma io lo strattonai fino a che non fu finalmente in piedi, instabile e brontolone. Sopra di noi, le assi del pavimento scricchiolavano mentre Venetia camminava avanti e indietro. Sentimmo il rumore dello sciacquone. Poi il portoncino si aprì nuovamente, con un forte cigolio.

«Buongiorno, signor Thomson.» La voce di Venetia fluttuò in maniera nitida. «È in anticipo oggi.»

Andrew guardò il soffitto.

«Il postino» sussurrai.

«Sì, tremendo. L'abbiamo dovuto portare in ospedale. Sono tornata a prendere alcune cose per lui.»

Mi immaginai di salire le scale per salutare Venetia, con in mano la borsa di Hermès di mia madre, piena di oggetti che avevo preso in casa, accompagnata da Andrew ancora scompigliato per il sonno, e mi resi conto che dopo la notte che avevo passato, con tutto quello che avevo scoperto, non potevo affrontarla.

«Svelto!»

Attraversai la stanza per prendere la borsa di Hermès e i miei vari sacchetti di plastica, prima che Andrew si rimettesse a sedere, brontolando, per infilarsi le scarpe. Gli lanciai la giacca e risistemai i cuscini sul divano, prima di spingerlo in giardino e, con un ultimo, fluido movimento, chiudere alle mie spalle la portafinestra scorrevole. Non chiusi a chiave, più tardi sarebbe arrivata la signora B. Ci muovemmo furtivamente verso sinistra, fino a raggiungere il rododendro all'angolo. Qui, poco visibile, c'era un buco nella siepe che separava i giardini dei nostri genitori. Andrew accelerò istintivamente il passo, molto riluttante all'idea di incontrare sua madre, che ci avrebbe guardati sorpresa e, tutta eccitata, avrebbe cominciato a sommergerci di domande.

Arrivammo alla fermata di fronte alla metropolitana, e lì Andrew esaminò con una smorfia le sue scarpe infangate e il suo maglione ancora umido.

«Ma perché non siamo usciti in modo *normale*, dalla porta principale? Addie, prima o poi *dovrai* pur affrontare Venetia.»

Lo disse in modo duro, ma il suo viso si addolcì quando mi vide contrita, che annuivo malinconica e passavo le mani tra i capelli nello sforzo di tirarmi su. Nel silenzioso grigiore del mattino, la mia determinazione a trarre forza da ciò che era successo la notte appena trascorsa sembrava affievolirsi, e invece di ritagliarmi uno spazio tutto per me, in questo mio nuovo universo, senza legami e fluttuante, tornavo a essere come ero sempre stata: evitavo il confronto con le persone, cercando di compiacerle. Che non fossi andata a vegliare su mio padre non appariva, alla luce del giorno, un tentativo di preservarmi e di prendere le decisioni da sola, ma solo un gesto insensibile e senza cuore.

All'improvviso, sentii delle dita fredde e ruvide sotto il mento. Andrew mi sollevò il viso, pescando un fazzoletto dalle sue tasche. «Sembra che ti abbiano messo in un frullatore. All'ospedale ti terrebbero sotto osservazione.»

«Ma *sono* stata messa in un frullatore!» Mi divincolai, inspiegabilmente a disagio e troppo vicina, ma lui non se ne accorse. Spazzolò via un pezzetto di muschio dalle mie spalle, aggiustò la mia giacca e ne arrotolò le maniche per nascondere la parte bagnata. Una pioggerellina cadeva fitta sui tetti e sugli alberi vicino alla stazione della metropolitana; tutto intorno sagome sfocate si trascinavano a fatica e in silenzio verso il lavoro. Ma il mattino nebbioso calava la sua aria umida su di noi come un lenzuolo di ragnatele, eliminando tutti i suoni tranne il nostro respiro, avvicinandoci sempre di più, uniti e immobili, finché non vidi gli occhi di Andrew cerchiati dalle occhiaie e la sua bocca, rilassata in un mezzo sorriso. Mi sfiorò il viso con delicatezza e lisciò i miei capelli all'indietro con le mani. Istintivamente, mi rilassai e mi appoggiai a lui, e al suo sorriso, sentendo sulle guance la lana ruvida delle sue maniche e sugli occhi socchiusi il calore del suo respiro. Mi abbracciò e allungai le braccia per aggrapparmi alle sue spalle, il suo viso molto vicino al mio, ma tornai in me e mi ritrassi di scatto. Andrew era un amico, il mio compagno di battute e un collega. Non eravamo neanche lontanamente... questo. Qualsiasi cosa fosse. Non potevamo diventare *questo*, non dopo trent'anni di battibecchi, facendoci le pulci a vicenda, condividendo tutti i nostri alti e bassi, i nostri difetti e quant'altro. Sarebbe stato troppo strano. Troppo. Non avrebbe mai funzionato.

Arrossii di colpo e cercai di liberarmi dal suo abbraccio, ma lui non mollò la presa finché non sgattaiolai sotto il suo gomito. Solo allora, sospirando, mi lasciò andare.

«Facciamo come vuoi tu» disse, mentre scappavo in fretta nell'atrio della stazione cercando dove avevo messo il biglietto. Mi raggiunse mentre ci avvicinavamo ai binari, e io mi scostai per stabilire una certa distanza tra me e il maglione di lana che sembrava farmi perdere la concentrazione ogni volta che mi avvicinavo. Grazie al cielo, Andrew non fece nessun commento su cosa... *non* era appena successo e semplicemente mi fece cenno di avanzare lungo il binario, dove c'era meno gente.

«Mi chiedo se tuo padre sia ancora vivo» disse pensieroso, soffocando uno sbadiglio. «Harry, intendo. Ammesso che Harry sia davvero tuo padre. Se aveva l'età di tua madre, è ancora vivo, ne sono sicuro. Immagino che sia possibile scoprirlo, vero?»

«Uhm» risposi, infilando il portafoglio nella tasca laterale della borsa e scansandomi per schivare un uomo con un grosso zaino.

«Non lo desideri?»

«Il suo coinvolgimento non deve essere stato molto attivo, considerato quello che è successo.»

«Ancora non sai quello che è successo davvero» mi fece notare Andrew.

«So che non le è rimasto accanto e questo non mi piace. E di conseguenza, neanche lui mi piace.»

«Per come me l'hai descritta, Phoebe vorrà cercarlo.» Andrew si fermò alla fine del binario, dove eravamo solo noi due.

«Lo so.» Mi strinsi la giacca di jeans per proteggermi dall'aria umida di maggio e dal braccio di Andrew, ancora troppo vicino al mio. «È tanto strano pensare che siamo gemelle. Non ci assomigliamo per niente. Non riesco proprio a capirlo.»

«Se siete gemelle eterozigote, potreste essere completamente diverse.» Andrew batteva i piedi. «Dio mio, odio il tempo inglese. Inizio a riconsiderare i miei progetti marsigliesi.»

«Claudette ti riprenderebbe indietro subito» risposi con un sorrisetto forzato.

Mi guardò di traverso, i suoi occhi erano due specchi d'acqua blu nella luce nebbiosa del mattino. Poi scosse la testa. «Eh, no, ormai ho chiuso. Ho un sacco di novità a cui pensare e se riusciamo a far decollare Le Grand Bleu...»

Sottolineò le parole "novità" e "pensare" e mi sentii di nuovo arrossire. Distolsi lo sguardo. Qualsiasi *cosa* stesse succedendo, volevo fermarla, perché non potevo in nessun modo affrontare un altro grosso cambiamento che mettesse in subbuglio la mia esistenza.

«Ad ogni modo,» continuò, ritornando con mio grande sollievo l'Andrew di sempre «penso che la gente si emozioni troppo con tutte queste storie di gemelli, quando invece non c'è niente di romantico. Voi siete due bambine completamente diverse, due sorelle che per caso si sono trovate nello stesso utero per nove mesi, invece di essere nate una dopo l'altra. Devi solo cominciare a conoscerla, come ogni altra persona, come se stessi incontrando una nuova amica. E dovresti assolutamente richiamare quel tizio, Merck, quando rientra in città.»

«Sì» risposi riluttante. «Dovrò confessargli di aver finto di essere mia madre.»

Andrew scoppiò in una fragorosa risata. «Darei qualsiasi cosa per essere una mosca sul muro e sentire la vostra conversazione.

Perché non gli dici semplicemente: "È morta. Come posso aiutarla?" Francamente, dovresti tirare fuori un po' di grinta, Addie. Lasci che Venetia ti maltratti e Grace comandi nella tua cucina. Devi solo dire alla gente quello che vuoi. Ti vorranno bene lo stesso, sai.»

A cominciare da Le Grand Bleu, pensai. Mi allontanai, fingendo di controllare se stesse arrivando il treno, ma ripensando invece a tutto quello che ero per le persone intorno a me, a quello che le persone si aspettavano che facessi e a come volevano che fossi. E mi accorsi che Phoebe era molto diversa. Era un'entità sconosciuta, tanto estranea a me quanto io lo ero per lei, distante da tutto quello che conoscevo, e adesso era lì e mi aspettava come una lavagna vuota. Eppure quel pensiero mi rallegrò, poter essere qualcun altro, poter essere *chiunque*, libera da quello che ero sempre stata, senza pressioni né aspettative.

«Penso che lo farò.» Vidi i fanali del treno in lontananza.

«Cosa?» chiese Andrew con un altro grande sbadiglio.

«Comincerò a conoscerla. Senza fretta. Questo è un buon consiglio.»

«Dio, questa sì che è una novità!» Si tirò su con aria compiaciuta, mentre il treno ci passava davanti e si fermava con uno stridio. «Mi fa piacere aiutarti. Se vuoi, vengo con te in ospedale» propose. «Posso persino rinunciare alla doccia per te, in nome della nostra amicizia e tutto il resto.»

In quella umida e grigia mattina di maggio, Andrew incrociò il mio sguardo e sorrise, un sorriso stanco e amichevole che mi fece dubitare di aver vissuto qualsiasi cosa fosse successa prima.

«È gentile da parte tua, ma non importa, davvero» risposi mentre le portiere si aprivano giusto di fronte a noi. «Ce la posso fare, e ci sarà pure Venetia. Non aveva detto che avrebbe portato dei vestiti a mio padre?»

«Chiamami più tardi, però, va bene? E non lasciarti mettere

i piedi in testa da Venetia. Ricordati sempre che è umana, è tua sorella» aggiunse. «Sebbene…» mi prese la borsa dalle mani e mi spinse nella carrozza, verso due posti liberi in fondo «la giuria sia ancora incerta su questo punto.»

15

Sul treno Andrew si addormentò subito, con la testa che ciondolava pesantemente sulla mia spalla. Via via che il treno si riempiva, le mie borse dovettero lasciare il posto a gente che, a mio avviso, inspiegabilmente pretendeva di sedersi. Così, mentre il treno era ancora fermo, avevo addosso tutti i sacchetti, la borsa di Hermès, le cose di Andrew e la sua testa. Quando guardai l'ora al suo orologio, sul braccio che giaceva sopra di me, notai *Rebecca, la prima moglie* che spuntava dalla mia borsa e, visto che il conducente aveva annunciato che ci saremmo mossi a breve, lo tirai fuori e cominciai a sfogliarlo.

Mia madre aveva sempre riportato delle annotazioni sui suoi libri, sia che leggesse per piacere o per lavoro, per porre delle domande, per creare delle connessioni. *Rebecca, la prima moglie* era uno dei suoi preferiti e spesso rileggeva alcune parti o interi capitoli, quando non riusciva a dormire di notte. Sfogliai le pagine svogliatamente, leggendo una frase qua e là, con gli occhi davvero troppo pesanti per concentrarmi sulle vicissitudini della signora de Winter. Di tanto in tanto fremevo nel vedere le piccole annotazioni di mia madre e altri scarabocchi che sfrecciavano come un flash di inchiostro blu. "Perché?? Caratteri gotici. Maxim? Frustrante!" Proprio verso la fine, le mie dita sfogliarono un piccolo pezzo di carta, incastrato in mezzo alla rilegatura, tenuto lì da un'innaturale fessura del dorso. Lo girai.

Pulire il soggiorno
Orari di apertura di Oxfam
Discorso per il premio della Commissione del Rettore
Finire l'ultimo paragrafo
Intervento di Fred
Compleanno di Addie
Torta. Palloncini. Coriandoli. Regali. Tenda.

Mi lasciai sfuggire un piccolo gemito e la donna seduta di fronte, prima di dare uno scossone alla sua busta della spesa M&S per allontanarla da me, mi squadrò con sospetto, facendo vagare lo sguardo sul mio aspetto trasandato, i miei capelli indescrivibili, le borse e Andrew che ridacchiava nel sonno. Non le prestai molta attenzione, fissando invece il tunnel della metropolitana dove rocciose e ammuffite protuberanze sfilavano illuminate, e ripensai al mio decimo compleanno.

Mia madre odiava l'inverno, e quando arrivava gennaio si teneva occupata in modo frenetico oppure diventava silenziosa e tremante, aggredendoci verbalmente e scomparendo nel suo studio non appena poteva. Di solito, all'epoca, non organizzavo grandi festeggiamenti e invitavo solo qualche ragazzina a giocare da me, ma il mio decimo compleanno, nel 1970, era caduto di sabato e mia madre mi aveva proposto di invitare dieci ragazze per segnare l'ingresso nelle due cifre col botto. Ero talmente eccitata per la sorpresa che le settimane antecedenti ero andata in giro facendo sondaggi su cosa si fa alle feste di compleanno a due cifre. Ma mia madre si era forse pentita della promessa fatta di getto perché, giunta la settimana del mio compleanno, era partita per un seminario (forse il premio della Commissione del Rettore nella lista), senza seguire i preparativi e senza organizzare niente per il sabato. Il venerdì, cominciai a stringere patti con ogni sorta di potere persuasivo affinché le dieci ragazze che si sarebbero presentate alle tre di pomeriggio il giorno dopo, aspettandosi tè e giochi, trovassero effettivamente una festa.

Solo a notte fonda mi ero addormentata pesantemente, e al risveglio la casa era silenziosa. Facendo capolino dalla mia stanza da letto, avevo guardato fin giù, nel corridoio deserto, con le orecchie tese. Niente. Solo il ticchettio dell'orologio al piano di sotto. Mi si era stretto il cuore dal panico e avevo guardato l'orologio: 10.30. Dove erano finiti tutti?

«Mamma?» avevo chiamato. «Vee?»

Ma la mia voce era così flebile e stridula da rendere il silenzio ancora più sovrastante. Chiusa la bocca in fretta, col cuore che batteva all'impazzata, lentamente ero avanzata per controllare la stanza di Jas e quella di Venetia, poi quella dei miei genitori. Silenzio. Avevo sceso le scale in punta di piedi, all'improvviso terrorizzata come solo una bambina di dieci anni può essere, dopo essersi svegliata in una casa vuota in seguito a una notte angosciante e insonne. Erano usciti tutti? Spariti? Andati? Rapiti? *Assassinati*?

Al piano di sotto, l'ingresso era buio e deserto, il salotto chiuso a chiave. Avevo spinto la maniglia con cautela, ma il suo forte cigolio nella casa silenziosa mi aveva spaventato e me ne ero allontanata. Forse erano tutti nel seminterrato? Forse la cucina era illuminata e allegra e mi stavano aspettando per farmi una sorpresa. Forse la signora Baxter aveva cucinato la mia torta preferita alla crema di cocco, quella a tre strati, con dieci candeline; magari avevano appeso bandierine e palloncini e ci sarebbero stati musica, luci e chiasso. Sicuramente era così, mi stavano aspettando, così mi ero data una mossa. Con un respiro profondo, avevo acceso la luce, sceso le scale, reggendomi forte e aspettando il grido: *Sorpresa! Buon compleanno!*

All'inizio avevo socchiuso la porta, poi l'avevo aperta e la delusione e la paura mi avevano colpito come una tonnellata di mattoni. La cucina era buia e in disordine con ancora i piatti della colazione, un lieve odore di grasso di pancetta nell'aria, ed era vuota e deserta come il resto della casa. Allora avevo cominciato a piangere, singhiozzando forte per il panico. *Ehi?* gridavo su per le scale. *C'è nessuno?*

All'improvviso, attraverso le lacrime e la crescente isteria, avevo notato un foglietto sul tavolo. Era un messaggio scarabocchiato con la calligrafia di mio padre, che decifrai a fatica. "Ci dispiace un sacco, tesoro, torniamo presto. Auguri di buon compleanno!" Era macchiato di rosso, probabilmente la marmellata della colazione. Non era stato facile smettere di piangere. Almeno si *erano ricordati* che era il mio compleanno. Ma perché non mi avevano svegliato? E dove erano andati in quel giorno speciale, che segnava il mio ingresso negli anni a due cifre?

Dopo essermi vestita, ero rimasta in cucina per un po', a lavare i piatti e a cercare di capire se potevo farcela a preparare una torta nella prossima ora e mezza, e a dove mia madre poteva aver messo la scatola dei festoni, così da cominciare a decorare la cucina. Avrei dovuto organizzare dei giochi? Chiamare la signora Baxter per chiederle di venire a prepararci il tè? Cercavo di pensare in modo razionale, ma l'unica cosa che mi veniva in mente era la faccia di Dawn McCarthy, che aveva già compiuto undici anni, figura irraggiungibile con la sua festa dove ognuno aveva decorato la propria ceramica e le proprie borsette da party rosa, e che sarebbe arrivata con altre nove ragazze in meno di tre ore.

Sopra i fornelli c'era un orologio, che la signora Baxter aveva attaccato accanto alla ventola per usarlo come timer. Mi ero seduta al tavolo della cucina, stringendo il pezzo di carta e guardando i secondi e i minuti che passavano. 12.15. 12.20. 12.30.

Non ce la facevo più. Girando il biglietto, avevo scritto "Andata al parco" a furiose lettere cubitali. Poi avevo spento la luce ed ero uscita. Fuori era freddo e buio, un febbraio grigio e desolato come solo i febbrai inglesi sanno essere, con alberi, cespugli e giardini sfiniti dall'umidità, le strade ricoperte di un grigiastro marrone, le silenziose siepi di tasso verde. Nemmeno Andrew era a casa, così ero andata al parco da sola, vagando un po' per i viottoli fino all'area giochi, dove pochi eroici genitori avevano portato i loro figli imbacuccati a giocare. Ero rimasta sull'altalena il più a lungo possibile, con la vaga speranza che qualcuno mi venisse a cercare e che le dieci ragazze, non trovandomi a casa, si girassero e tornassero indietro.

Ma alla fine l'umido mi era penetrato nel profondo delle ossa e sarei dovuta rientrare camminando a fatica, rassegnandomi all'inevitabile. *Ciao, Dawn. Che bello vederti. Prego, entra.* Camminavo piano piano, fino quasi a trascinare i piedi, non osando alzare lo sguardo mentre mi avvicinavo al 42 di Rose Hill Road.

Ma quando infine avevo alzato la testa, quasi non la riconoscevo. Tutte le altre case e giardini se ne stavano rannicchiate in una calca di grigi e marroni, vasi di fiori vuoti ai davanzali e irte siepi senza foglie. Il numero 42, invece, era un tripudio di colori. C'erano palloncini attaccati al portone e stelle filanti sul corrimano. C'era un enorme cartello e grandi fiori finti di cartone. Era così luminoso e vivace, che dopo aver vagato per circa un'ora nel parco freddo e grigio, quasi mi abbagliava. Gettata in fretta la bici oltre il cancello, avevo salito di corsa le scale. Attraverso la finestra della cucina giungevano frammenti di conversazione e risate. La radio che la signora Baxter teneva sulla mensola vicino ai fornelli era accesa. Il portoncino era socchiuso e l'avevo aperto con cautela. Dentro, c'erano altre stelle filanti. Non vedevo nessuno, ma seguivo la scia di coriandoli che conduceva in cucina.

Quando avevo aperto la porta, ero stata quasi spinta all'indietro dall'impatto dei suoni e dei colori. C'erano almeno venti persone accalcate lì dentro, che indugiavano sotto le stelle filanti e i palloncini che ricoprivano quasi tutto il soffitto. I bambini chiacchieravano in un angolo e la signora Baxter versava caffè e offriva latte. Il signor Baxter stava mangiando uno scone. Dawn, battendo le ciglia, faceva la smorfiosa con Andrew che stava finendo di spargere gli zuccherini sulla torta di compleanno e la ignorava. Papà e la zia Clara stavano portando i piatti in tavola.

Ero rimasta lì in piedi per alcuni secondi, attraversata da ondate di sollievo ed euforia, finché non avevo visto mia madre in mezzo a tutto quello, che chiacchierava animatamente e rideva, come se non si fosse accorta che ero lì. Temevo ormai che fosse arrabbiata perché non li avevo aspettati a casa, perché non li avevo aiutati a preparare, quando era la mia festa ed era tutta per me ed effettivamente sarei dovuta rimanere lì ad aiutare. Incerta, senza guardare a destra o sinistra, mi ero fatto strada verso di lei, le avevo tirato il braccio per attirare la sua attenzione, sollevata dal sorriso che mi rivolgeva.

«Tesoro, buon compleanno! Dove eri finita? Ti stavi perdendo la tua festa!»

«Non pensavo ci sarebbe *stata* una festa» avevo borbottato, con l'umiliante infelicità della mattina che mi velava ancora gli occhi. Mi strofinavo le mani sui jeans sporchi, desiderando di poter indossare l'abito per la festa, che da due settimane era appeso nel mio armadio. «Non sapevo dove eravate andati.»

«Ma papà ti ha lasciato un biglietto» aveva risposto, con un po' di impazienza nella voce perché aveva notato le mie lacrime. Mi aveva poi spinto fino alle ante della dispensa. «Addie, devi veramente smetterla di essere sempre così preoccupata. *Volevamo* farti una sorpresa. Smettila di piangere. La povera Venetia si è fatta male, stava sanguinando e abbiamo dovuto portarla al pronto soccorso. Tu stavi ancora dormendo, anche se non so come hai fatto a non svegliarti con tutto quel trambusto. E poi abbiamo dovuto aspettare in ospedale per tre ore. Grazie al cielo c'era la signora Baxter, come sempre. Alla fine ha organizzato tutto lei. Tanto è molto più brava di me in queste cose.»

Aveva detto qualcos'altro, ma mio padre ci aveva ormai raggiunto, preoccupato. Mi aveva chiesto dove ero stata, se stavo bene, dicendo che gli dispiaceva tanto. E poi le persone si erano accorte di me, agitandosi per abbracciarmi e farmi gli auguri. Le mie compagne di scuola si erano diligentemente messe in fila per darmi i regali. E poi c'era Venetia, che era venuta verso di noi, con la mano fasciata legata con cura.

«Addie!» aveva gridato. «Mi sono tagliata con le forbici! Devo tenerla per due settimane!»

Avevo guardato mia madre, che annuiva. «Pensava di essersi tagliata il dito e ha fatto una scenata isterica alla vista del sangue, finché non si è resa conto che era ancora attaccato.»

A quelle parole, per fortuna, avevo cominciato a ridere, e questo tenne a bada le tanto temute lacrime. Mia madre era felice, io avevo compiuto dieci anni ed erano venuti tutti. Andrew aveva fatto una torta e faceva le smorfie alle spalle di Dawn mentre lei lo tallonava sorridendo in maniera falsa. Andava tutto bene.

16

Richiusi lentamente *Rebecca, la prima moglie*, accigliata di fronte al finestrino della metropolitana. Non era andato proprio tutto bene. Perché da allora ho sempre ricordato il passaggio all'età a due cifre con un misto di panico e preoccupazione, giurando a me stessa che se mai avessi avuto figli, non sarei mai e poi mai sparita così, che avrei parlato con loro e li avrei coinvolti, che avrei bandito del tutto le feste a sorpresa.

Gli altoparlanti emisero un *bip* acuto e Andrew sobbalzò tirandosi su. «...sta succedendo?» Si guardò al finestrino come se fosse ubriaco, mentre il conducente ci informava che ci saremmo mossi in un minuto. «È giorn... ancora?» Allungò le gambe, colpendo agli stinchi la donna di fronte a noi, che di rimando gli diede una spinta per ricacciarle indietro.

«Scusi tanto» le dissi. «Ehi, Andrew, svegliati! Andrew!»

«Sììì...» Si contorceva ma non apriva gli occhi. «Sono così stanco, Addie.» Appoggiò la testa sulla mia spalla. «Penso che le mie palpebre siano chiuse ermeticamente, è possibile?»

La donna di fronte a noi ci guardava disgustata.

«Ti ricordi il mio decimo compleanno?» gli chiesi, rivolgendole un altro sorriso di scuse.

«Il 14 febbraio» borbottò compiacente.

«Sì, ma il mio *decimo* compleanno, facemmo una festa giù in cucina.»

Non rispose per così tanto tempo che pensavo si fosse riaddormentato. «Torta di cioccolato a tre strati. Glassa di cocco. Zuccherini. Smarties rossi e gialli. Una meraviglia.»

«Non la torta. Ti ricordi la festa?»

Sbadigliò e la luce al neon illuminò i suoi occhi chiusi. Poi aggiunse: «Vuoi dire dove abbiamo messo la tenda? Piantata in giardino. Ho cucinato il merluzzo in crosta di sale. E patate. Mandando quasi a fuoco l'albero di albicocche». Si girò di lato, rannicchiandosi nell'imbottitura dei sedili della metropolitana. «Ancora cinque minuti, Ads, per favore.»

«Scusa, scusa» sussurrai, porgendogli la spalla, ma si era già riaddormentato e un secondo dopo russava, piano ma in modo inequivocabile. Abbassai lo sguardo sulla lista che tenevo tra le mani. "Torta. Palloncini, Coriandoli. Regali. Tenda."

La tenda. Certo. Come avevo potuto dimenticare la tenda? Avevo voluto una serie di oggetti disparati in quegli anni: una bambola, un merlo indiano, un tostapane di Topolino e un distributore di gomme da masticare. Ma per il mio decimo compleanno mia madre, per qualche ragione a me sconosciuta, mi aveva regalato una tenda, nonostante non avessimo un posto dove fare campeggio, al di là del nostro giardino, e non fossimo propriamente amanti della natura o una famiglia che amava stare all'aria aperta. Forse era stato lo spirito di avventura, il fatto di essere libera di girare, o l'idea di far entrare tutta la tua vita in uno zaino; forse cercava un regalo ed era stata ispirata da papà, che la sera ci leggeva *Rondini e amazzoni*. Ad ogni modo, proprio alla fine, quando il caos della festa era sfumato in un divertito brusio, dopo che avevamo giocato e tirato a sorte dei premi e ognuno si stava mangiando la sua fetta di torta, la mamma era spuntata accanto a me.

«Vieni di sopra» aveva sussurrato. «Voglio farti vedere una cosa.» Mi aveva spinto fuori dalla cucina piena di gente e su per le scale. Girata la chiave del salotto, aveva fatto un passo indietro.

«Guarda!» aveva detto, piena di orgoglio.

E lì, sostenuto da due sedie e tenuto fermo ai quattro angoli, c'era il mio regalo di compleanno. Una piccola tenda di tela, sufficiente per due persone e, con mia grande sorpresa, incredibilmente carina. All'origine era verde militare, credo, ma qualcuno aveva appiccicato centinaia di fiori e stelle su tutta la parte esterna, di diversi colori, così che il tessuto originale era quasi invisibile. Quando l'avevo osservata più da vicino, sfiorando un grande fiore rosa di lato, mi ero resa conto che proveniva da un mio vecchio impermeabile. Ricordavo ancora la farfalla che c'era sulla manica. E c'era una stella ritagliata da un vecchio cappello, che Jas indossava da bambino, e ovunque cerchi di varie dimensioni ritagliati da vecchi ombrelli rotti e tovaglie di plastica. Da un lato, alcuni pezzi di stoffa erano macchiati.

«Il sangue di Venetia» si era giustificata mia madre, alzando gli occhi al cielo. «Eravamo un po' indietro con il lavoro; stavamo tagliando gli ultimi pezzi, non avevo avuto molto tempo durante la settimana, ed è andata in questo modo. Così imparo a dare le forbici a una bambina di sei anni.»

«Scusami se non ero qui a darvi una mano per la festa» avevo replicato, toccando appena il fiore dell'impermeabile.

«Guarda dentro.» Mi aveva spinto avanti, tenendo alzati i lembi della tenda, ed era entrata dentro carponi con me.

«L'idea è stata mia, ma poi tutti hanno contribuito, aiutando con i fiori e il resto. Guarda, qui c'è una tasca per l'orologio e qui puoi metterci un libro.» Toccava una serie di tasche che erano state aggiunte dentro la tenda. «Papà ti ha regalato una torcia e Venetia un paio di calzini se la notte dovesse fare troppo freddo» e indicava un'altra fila di tasche vicino all'ingresso. «E se vuoi cucinare all'aperto, la signora B ha detto che questa pentola dovrebbe essere grande abbastanza, ma leggera.» Aveva tirato una maniglia e una piccola pentola era sbucata da un'altra tasca. «E una padella per friggere» aveva aggiunto slegando un pezzo di tessuto. «Perfetta per le patate. E quando hai finito, tiri fuori tutto e lo metti in questa borsa di tela. L'ho fatta *io*, per te. Guarda. Non bene, certo, ma sono riuscita a scrivere a maglia le tue iniziali, vedi?»

Osservavo l'interno della tenda, la fila ordinata di cucchiai e forchette infilati nei piccoli elastici. Pensavo al fatto che tutti avevano collaborato, lo avevano progettato insieme, solo per me, e delle stupide lacrime avevano di nuovo velato gli occhi.

«È fantastico mamma, non ci posso credere. Grazie, grazie infinite. Pensavo... cioè, sono stata così stupida... Pensavo che ti fossi dimenticata del mio compleanno.»

Sentivo delle voci giungere dal seminterrato, ma dentro alla tenda era tutto tranquillo e poco illuminato, con le sagome dei fiori che volteggiavano sopra. Era come sedersi sott'acqua, in uno stagno freddo e verde, ricoperto di muschio. Tenevo la borsa di tela, che era un po' storta e aveva dei fiori di lato per fare pendant con la tenda. Mamma mi guardava con un sorriso divertito e i suoi occhi erano dolci e – allora non me ne rendevo conto – un po' tristi. Venne a sedersi vicino a me. Avevo appoggiato la testa sulla sua spalla e lei aveva sussurrato all'orecchio: «Non mi dimenticherei mai del tuo compleanno, Addie. Mai.»

I miei occhi fissavano, senza realmente guardare, una grande macchia grigia di vecchia muffa fuori dal finestrino che perse i contorni non appena il treno si mosse di nuovo, prima lentamente, poi più rapido, accelerando verso la luce e la mia giornata di lavoro. Di rado, per non dire mai, avevo ricordato quella festa fino alla fine perché era stata rovinata dalla paura che provavo fino a ora, e non ho la minima idea di che fine abbia fatto la tenda. L'avevo usata qualche volta in giardino, finché io e Andrew non avevamo quasi rischiato di mandare a fuoco l'albero di albicocche, e ci era stato tassativamente vietato di cucinare all'aria aperta. E ora, dopo una notte passata a lottare contro il fantasma di mia madre, il mio inconscio aveva riportato a galla gli ultimi istanti di quel compleanno. Così vicine e a nostro agio. In sintonia. Solo noi due sotto il verde acqua della tenda che mia madre aveva fatto apposta per me.

Ma non eravamo solo noi due perché, a mia insaputa, il fantasma di Phoebe Roberts era sempre con noi, dovunque fossimo, e in particolare il 14 febbraio di ogni anno.

Non mi dimenticherei mai del tuo compleanno.

Hartland, 13 agosto 1958

Oggi è il mio compleanno: compio diciassette anni! È l'ingresso ufficiale nel giorno del mio compleanno, alle cinque del mattino. Ieri sera non ho tirato le tende perché volevo essere svegliata dai primi raggi di sole, che risplende dalle finestre, e gli uccellini che pigolano e cinguettano sulle tegole dell'abbaino proprio sopra la mia testa. Non ho detto a nessuno che oggi è il mio compleanno perché non volevo che si sentissero in dovere di fare qualcosa di speciale, però mi chiedo se lo sappiano. In ogni caso, per me va bene. I compleanni non sono poi così importanti, e il fatto di stare qui è già di per sé un regalo. Diciassette anni, oggi. Sono parecchi, quasi una donna adulta, e le donne adulte certo non corrono e giocano come le brave ragazze. Forse Abel non sapeva che avrei compiuto diciassette anni.

Più tardi

Lo sapevano! Quando sono scesa ho trovato una torta vicino al mio piatto, un'intera torta tutta per me, con le candeline e tutto il resto. C'era pure una grossa busta di mamma, che ho messo subito da parte per leggerla dopo. E Janet mi ha regalato un foulard stupendo, bello grande, da avvolgere intorno alla testa e alle spalle. Uno di quelli che si indossano sulle auto decappottabili, ha detto, anche se io non sono mai salita su una macchina del genere in vita mia. Harry, Beatrice e Felicity sono venuti tutti a farmi gli auguri, e Bert ha cercato di abbracciarmi ma Harry l'ha spinto via, perché Bert cerca sempre di starti appiccicato alla fronte e di stringerti le spalle con le sue mani sudaticce, mettendoti a disagio. Dopo, siamo scesi tutti insieme in auto a Porthallow per pranzare nel giardino di una sala da tè. Io ero in macchina con Harry e John, ho indossato il foulard in testa, il vento salmastro mi soffiava in faccia e mi sentivo come una regina.

Ma la sorpresa più fantastica è stata la telefonata della mamma! Mia madre, al telefono con me il giorno del mio compleanno: è stato come ricevere un altro regalo. Janet ha fatto la misteriosa quando siamo arrivati a casa, e quando sono scesa per la cena mi ha spinto nello studio e mi ha indicato il telefono sulla scrivania di mogano di Abel. "Prima mi sono messa d'accordo con tua mamma, non sta più nella pelle, vuole parlarti. Basta che ti sieda qui e lei ti chiamerà tra un attimo."

Allora mi sono seduta nello studio. Guardando intorno ho visto le foto dei cavalli di Abel, tutti i suoi trofei di equitazione e grandi pistole appese alla parete. Finalmente il telefono ha squillato e quando ho risposto, quasi non riuscivo a parlare da quanto era bello sentire la sua voce e mi sentivo così in colpa perché mi ero ripromessa di non divertirmi qui, di non essere così felice. Ma quando lei ha parlato sembrava stesse bene, forse anche un po' meglio dell'ultima volta che l'avevo vista. E mi ha chiesto in modo così eccitato di tutte le cose che stavo facendo, delle nostre escursioni e avventure, se Harry era ancora così carino come se lo ricordava, che non sono riuscita a trattenermi. Le ho raccontato del profumo del mare e dello splendido roseto, di Harry che mi insegna a nuotare e anche un po' di John e delle nostre cavalcate fuori, perché è l'unico di cui non scrivo molto nelle mie lettere.

E poi è successo qualcosa di strano. Ho sentito delle voci in sottofondo, due persone che parlavano, di certo non poteva essere casa nostra, sempre silenziosa. Quando le ho chiesto perché, la mamma mi ha detto che suor Hammond era lì. Ma così presto?, le ho chiesto. Perché così presto? Hai dolori, mamma? Per favore, dimmelo.

Mi ha risposto che stava bene, molto bene, e si è raccomandata di continuare a spedirle lettere perché le piace tanto leggere tutto quello che sto facendo. E che mi proibiva assolutamente di preoccuparsi per lei. E che forse, quando sarei tornata, saremmo andate a Londra come regalo di compleanno. Potremmo andare al circo, Lizzie. O alla cattedrale di St Paul, ha detto, se è aperta. A prendere un tè da qualche parte e a camminare lungo il fiume. Magari a comprarci qualcosa di carino e a passare fuori una giornata intera. Dato che sto trascorrendo delle giornate splendide qui le ho dato ragione, e mi sono in qualche modo concessa di credere che saremmo andate al circo o alla cattedrale di St Paul, solo noi due, come ai vecchi tempi (di nuovo la stupida Speranza) e a quel punto ho cominciato a piangere. Non so perché, non volevo piangere così forte perché era così bello parlare con lei e mi mancava così tanto, ma non riuscivo a trattenere le lacrime. Quindi non ho sentito bene quando mi ha salutato per l'ultima volta ed è stato solo dopo che ho riattaccato che mi sono resa conto di cosa mi aveva detto. Che le sarei mancata per sempre. E ora sono qui da sola, nella mia piccola stanza all'ultimo piano, a rimuginare e a mordermi le unghie, che Beatrice aveva curato per la prima volta in onore del mio compleanno, e a trascrivere la nostra conversazione parola per parola per non farmi sfuggire niente. Perché le sarei mancata? E perché per sempre? Non capivo ma provavo un senso di minaccia. In questo momento stanno chiamando per la cena e io non mi sono ancora cambiata, quindi farei meglio a sbrigarmi e a scendere. Ci dovrebbe essere una festa per me dopo cena, un drink in terrazza e anche dei balli. Non ho osato dire che non so neanche ballare. Ma starò al gioco.

Mezzanotte (!!)

Sto scrivendo nel cuore della notte, a mezzanotte appena passata, e non perché mi stia nascondendo ma perché sono tornata solo adesso dalla mia festa di compleanno!

Beatrice ha definito la festa uno "schianto totale", e anche se non me ne intendo abbastanza di feste per poter giudicare, per me è stata certamente formidabile, perfetta e stupenda. Dopo cena ci siamo spostati in terrazza ad ascoltare la musica e ballare. Nel mio caso, questo ha significato per lo più trascinare i piedi facendo finta di sapere cosa stavo facendo, il che è diventato presto un bello sforzo, perché tutti volevano un ballo con me in onore del mio compleanno. E ho assaggiato lo champagne, non un bicchiere, ma due, e non penso che nella mia vita sorseggerò niente di più delizioso di questo primo bicchiere, assaporato nella terrazza di Hartland, mentre io e Harry guardavamo John che piroettava in modo sciocco intorno a Beatrice come Elvis. Un tramonto scuro e vellutato calava sul giardino, lentamente, come in una lenta agonia, come se il giorno non potesse sopportare di essere giunto al termine, non potesse sopportare di lasciare il posto alla luna piena e grossa che si stagliava sopra gli alberi.

Ma la parte migliore di tutto è arrivata molto dopo, quando era completamente buio. Gli invitati stavano aspettando e languendo nell'aria pesante e quasi sciropposa per via del calore del giorno, e chiacchieravano, cantavano e ridacchiavano facendo gli sciocchi. E a un certo momento... cercherò di scriverlo bene pur non essendo sicura, anche se voglio immortalare tutto per la mamma, per raccontarle anche quest'ultimo pezzo. Ne vale la pena perché è stato così fantastico da volerlo serbare solo per me, con tutti i dettagli. Voglio ricordarmi per tutta la vita che non esiste un posto più romantico, segreto e vivo, del piccolo frutteto vicino ai giardini di Hartland. Attraverso gli alberi, riesci a vedere le lanterne colorate appese in terrazza e puoi sentire, anche se in lontananza, il suono di *All I Do is Dream of You*, la gente ridere e piccole creature amichevoli che frusciano intorno a te. L'aria è più fresca laggiù, gioca con le tue guance arrossate e i capelli, ma tu sei completamente nascosta, proprio come devi essere quando stai per ricevere il tuo primo bacio. Un bacio non è proprio un regalo di compleanno ma a me è parso come se lo fosse, come la cosa più fantastica ed eccitante per concludere la serata. Ho letto dell'amore, tra Jane Eyre e il signor Rochester, tra il Principe Andrej e Natasha, ma io e la mamma non ne abbiamo mai parlato molto e sebbene Judy qualche volta mi avesse raccontato dei suoi giochetti nell'ultima fila del cinema, non avevo mai saputo esattamente che cosa mi aspettava. Non sapevo niente dell'amore eterno, della passione e della devozione per cui tutti i libri e i poeti smaniano.

Alla fine, non importa che cosa sapevo, perché niente sulla faccia della Terra avrebbe potuto prepararmi a quello che è successo stasera, al fervore che ti prende e ti trascina via. Una forza inesorabile al tempo stesso frivola, leggera e raggiante, che ti fa dimenticare tutto quello che ti è stato insegnato sulle buone maniere e il buon senso, e che invece spinge a mettersi in punta di piedi, a sollevare le braccia per cingere il collo di qualcuno, inclinando la testa per abbandonare il posto in cui ti trovi e dimenticare tutto e ogni altra cosa.

17

Stava piovendo molto quando, un paio di fermate dopo, scesi dal treno. Corsi su per le scale e mi fermai brevemente all'edicola per comprare *The Week* e un pacchetto di cioccolatini Curly Wurly, che mio padre amava molto. Navigai un po' nell'infinito labirinto di corridoi, tra il personale in camice bianco che si affretta in ogni direzione, prima di trovare il reparto giusto. Un'infermiera mi informò che mio padre stava dormendo. Potevo aspettare nella stanza, ma senza disturbarlo o turbarlo in nessun modo. Annuii e spinsi la borsa di Hermès dietro la schiena, per nasconderla, poi aprii la porta.

Mi cadde lo sguardo su un letto stretto su cui riposava un uomo supino, sotto un lenzuolo del Sistema Sanitario nazionale. «Ciao» sussurrai in modo furtivo, ma eravamo soli, io e mio padre, in questa stanzetta che poteva contenere a malapena un letto, uno sgabello e tanti macchinari appesi intorno alla testiera, che lampeggiavano ed emettevano a tratti un ronzio. Nel sonno, le sue mani stringevano l'orlo del lenzuolo. Mi sforzavo di guardarlo, di vederlo veramente: i solchi e le pieghe sul viso rilasciati nel sonno, il colorito grigio-verdastro, i capelli, e le spalle quasi troppo larghe per il letto, le sue lunghe gambe distese con grazia.

Pensai all'uomo che avevo scoperto nel libro nascosto di poesie di Christina Rossetti, che voleva incontrare mia madre al Langham il 21 luglio. Harry. Cosa aveva provato mio padre nel crescere la figlia di un altro? Forse ero una figlia di seconda mano con cui doveva comunque avere a che fare? Forse in qualche modo per lui ero contaminata, avariata, anche se coscientemente non l'aveva mai riconosciuto? O forse *lui stesso* si era sentito un ripiego e per questo era stato com'era stato, amorevole e solidale, perché in qualche modo voleva farsi perdonare il fatto di non essere il mio vero padre?

Sentii che la carrellata di ricordi si avviava di nuovo: momenti belli che minacciavano di assumere un aspetto fasullo, come il risvolto iridescente e metallizzato dell'ala di una mosca, come un prisma che frammenta tutto in un milione di fasci deformati nei colori dell'arcobaleno. Cavalieri che vagavano su una scacchiera e uno scone ai mirtilli con la panna. Noi due nella vecchia Volvo appena dopo aver preso la patente, chiacchierando di tutti e di tutto, mentre mi aiutava a fare pratica sulle strade fuori Londra. *L'hai vista la bicicletta, vero? E quel ragazzino vicino al semaforo? Fantastico.* La sua vaga ansia di sottofondo, ogni volta che mia madre era via e io cercavo di aiutarlo in cucina e con i compiti di Vee e Jasper, e di metterli a letto, finché non ci ritrovavamo noi due soli in cucina, a prendere una tazza di latte caldo. *Non ce la farei mai senza di te, Addie.*

Ogni ricordo era come una pugnalata, ma li lasciai affiorare tutti perché mi sembrava importante affrontare questo, qui e ora, una volta per tutte. Avrei permesso che mio padre diventasse un estraneo e il mio passato con lui una presa di giro? Oppure l'avrei riaccolto dentro di me, per vivere la mia vita da Adele Harington, come sua figlia? Rimasi a lungo seduta su un lato del letto, guardando il suo viso mentre dormiva, tenendo la borsa di Hermès di mia madre sulle ginocchia e facendo a brandelli *The Week*.

All'improvviso, si sentì un leggero trambusto fuori, poi la porta si aprì e fece irruzione Venetia. Era tutta bagnata, insolitamente inzaccherata, carica di borse e con un *Times* infilato tra i denti. Quando mi vide appollaiata ai piedi del letto, sgranò gli occhi sopra il giornale.

«Grrr» ringhiò, facendo segno di spostarmi, ma io fui ovviamente troppo lenta perché sputò il giornale ai piedi del letto, riuscendo a non colpire le gambe di papà. Poi cominciò a svuotare la borsa in rumoroso silenzio, posando un cesto di uva sul comodino e sparpagliando il *Telegraph*, il *Times*, un paio di libri tascabili, una rivista e un pigiama nuovo ai lati del letto. Spingendo la borsa di Hermès sotto una piega del lenzuolo, raccolsi la mia copia rovinata di *The Week*, che era sepolta sotto la montagna di doni di Venetia, e lo riposi sopra. Lei lo sollevò col pollice e l'indice, inarcando le sopracciglia alla vista della copertina strappata. Io lo rimisi di nuovo in cima. Carino da parte tua, Adele. Molto maturo. Con un certo sforzo, lasciai il *The Week* dov'era per fare la superiore.

«Mi sembra stia bene, no?» sussurrai.

«Sul serio?» bisbigliò Venetia, incredula, indicando con un gesto spasmodico la figura marmorea di mio padre sul letto, le tende arancioni dell'ospedale e i macchinari lampeggianti che scelsero proprio quel momento per emettere un sibilo e un leggero gemito. Una pompa entrò in funzione e il lenzuolo si mosse. Guardai preoccupata Venetia, che mi aggredì: «Ovviamente stanno monitorando il suo cuore. Jas ha detto che c'erano dei problemi col suo battito. Ricomponiti, per l'amor del cielo.»

Io? Osservai la sua faccia scocciata, il suo pancione tremante, tutte le cose che aveva sparpagliato intorno alle gambe di papà e soffocai in fretta una risata.

«Ha bisogno di pace e riposo assoluto» sibilò, riuscendo eroicamente a mantenere un tono basso della voce. «Non posso credere che ieri tu non fossi qui.»

Allungò il braccio per raddrizzare con cura un tubicino che penzolava proprio sopra la faccia di papà, e mi resi conto che Venetia, all'apice del suo astio e della sua sgradevolezza, era invece terrorizzata. Per tutto l'anno era stata sospesa tra i due estremi della vita, la morte della mamma da un lato e il bambino in arrivo dall'altro. E ora il collasso di papà l'aveva destabilizzata ancora una volta. Allora si sedette sullo sgabello, ma scivolò e subito l'aiutai a sistemarsi.

«Venetia» dissi piano, controllando che papà stesse ancora dormendo. «Mi sento terribilmente in colpa per averlo turbato. Lo sai. Ma ho passato quasi tutto l'anno a prendermi cura di lui, ogni settimana, ogni singolo giorno. Gli voglio bene, proprio come te. Ma ieri ero sotto choc. Non ce la facevo a venire in ospedale. Altrimenti sarei venuta. Ma davvero non ce la facevo. Te ne devi fare una ragione.»

«Addie, se l'è cavata per un pelo.» Venetia, chinandosi sulla pancia per recuperare la borsa, tirò fuori un altro libro e lo pose sul comodino. «Sembra che il suo cuore fosse compromesso da tempo, e nessuno di noi se n'era accorto.»

«Io me n'ero accorta» risposi in maniera pacata. «L'ho portato dal medico, ho preso un appuntamento con lo specialista, gliel'ho segnato sull'agenda, l'ho chiamato tre volte per ricordargli di andare. Non potevo trascinarcelo. È ancora una persona autonoma. In un certo senso, questo è un segnale di avvertimento per tutti noi.»

«Un segnale? Perché una donna dice di essere la tua gemella e tu lo devi ammorbare con tutto questo, quando avevamo detto di non parlargliene?» Il suo viso si era arrossato a chiazze.

«Vee, è tutto vero. Lo so per certo. Ho una gemella. E tu hai una sorella. Una sorellastra. Non sei un po'… voglio dire, non ti interessa?»

«Addie, non posso credere che la mamma abbia fatto una cosa

simile.» Strinse le labbra. «Mamma è morta, io partorirò tra due settimane e nostro padre è malato. Ecco su che cosa mi sto concentrando in questo momento. Ti devi pur accollare qualcosa, non puoi pretendere che io stia qui a tutte le ore, onestamente, sto per avere un b...»

«Sì, un bambino. Me l'hai già detto, giusto una o due volte» sibilai. «Ma non ti preoccupare, non verrai minimamente disturbata da papà anche se ha bisogno di aiuto.»

«Aiuto di cui non avrebbe avuto bisogno se tu l'avessi lasciato in pace» ribatté lei. «Te l'avevo detto...»

Si interruppe e i suoi occhi si fermarono su qualcosa ai piedi del letto. Quando seguii il suo sguardo sbalordito, vidi con mio grande sgomento che la Hermès era riemersa dal suo nascondiglio quando papà aveva mosso il piede. Era sopra il lenzuolo, in bella vista per chiunque, compresi gli occhi da falco di mia sorella.

«Ma quella è... non può essere... la borsa di *mamma*?»

Allungò la mano ma fui più svelta di lei, la afferrai per il manico e la sollevai prima che potesse toccarla.

«Hai preso la borsa di mamma, Addie?» Era impallidita. «L'hai presa da casa? Quando?»

«Venetia, te l'avrei detto» risposi, facendo fatica a mantenere bassa la voce. Ma lei con sorprendente prontezza riuscì ad afferrarne l'altro manico. La borsa si aprì completamente, mostrando la copertina rosso granata di *Rebecca, la prima moglie* e la cornice col vetro rotto.

«Foto e libri...?» Lo sforzo di rimanere tranquilla parve pesarle, perché si fermò a metà frase, guardando accigliata il libro di poesie e la cartolina di St Paul nella nebbia, che spuntava da dietro la busta etichettata "Copie" dalla calligrafia della mamma.

«Questa è la foto che era in camera di mamma, è rimasta lì per anni. Non puoi prendere quello che vuoi in questo modo, senza chiedere a *noi*... Era sua, Addie, nessuno dovrebbe toccarla. E se io e Jas la volessimo? O i figli di Jas? O il mio bambino? Quando l'hai presa? Ieri? Dopo aver fatto venire un attacco di cuore a nostro padre? Poi sei andata a rovistare in casa a prendere le cose di mamma?» Si alzò e venne verso di me. «Voglio vedere tutto quello che hai preso. E voglio quella borsa.»

Non mi mossi e lei tese la mano in modo impaziente, aspettandosi ovviamente che io cedessi. «Allora?»

Appesi la borsa al mio braccio. «Venetia, la casa è piena zeppa di cose che tu e mamma avete fatto insieme. Ma io ho comprato questa Hermès da sola con mamma; è uno dei pochi oggetti che non ti riguarda affatto. La voglio tenere. Punto. E sai un'altra cosa? *Penso* che abbiamo sbagliato a tenere la casa esattamente com'era: ciascuno di noi avrebbe dovuto tenere qualcosa per ricordarla, e poi ripulire il suo studio, la sua camera da letto.» Mi faceva male la gola, a furia di parlare a voce bassa e di sussurrare, ma continuai. «Avrebbe aiutato papà ad andare avanti, avrebbe aiutato tutti noi ad andare avanti. Forse papà non sarebbe mai peggiorato così tanto se avesse avuto la possibilità di ricominciare. E quando tornerà a casa, gliene parlerò. E vedrò cosa ne pensa *lui*, anziché il tuo caro Hamish McGree.»

Vedevo che cercava le parole per rispondermi a tono perché le poche volte che mi ero fatta valere con lei erano diventate una sorta di leggenda familiare. Desiderai ardentemente che Andrew fosse qui ad ammirare la mia intraprendenza. Mi limitai a chiudere la borsa, riponendo la busta di plastica con il cardigan e i calzini di papà sul comodino. Poi, ricordandomi la promessa di James Merck di spedire una lettera, quella che aveva dato il via a tutto questo, passai subito in rassegna la pila di posta che Venetia mi stava porgendo.

«Che stai facendo adesso?» chiese impaziente Venetia.

«Niente» risposi con calma, e in fondo era la verità perché la lettera non era arrivata. «Ti aspetto fuori finché non hai finito.»

«Non puoi andartene adesso.» Venetia era in preda al panico. «Tu...»

Papà si mosse ancora, si lamentò e aprì gli occhi. Per un attimo si guardò intorno un po' spaesato, posando gli occhi su Venetia e tutto quello che c'era sul letto, prima di soffermarsi su di me.

«Addie» gracidò. «Sei qui.»

La sua voce era quasi irriconoscibile così rauca, ma il suo sguardo era inconfondibile. Contento e sollevato, caloroso e felice. E in quel preciso istante, per me non contò più niente, né la sfilata di ricordi, né i segreti o la sciocca lite per la borsa di mia madre. La sola cosa che importava era che mio padre era vivo e mi stava facendo segno di avvicinarmi, contentissimo di vedermi. Mi appollaiai vicino a lui, osservandolo con ansia. Si era abbandonato sul letto e il suo viso si muoveva lentamente. «Mi dispiace» disse con voce roca, premendosi una mano contro il petto. «Tutti questi problemi, Addie, scusami.»

Si premette di nuovo il petto e vidi che gli tremavano le mani. Avevo il cuore in gola e Venetia azionò subito un pulsante vicino al letto.

«Addie, faresti meglio ad andartene. Chiaramente lo stai agitando.»

Mio padre scosse la testa verso di lei e aprì la bocca, ma quando cominciò a respirare con affanno Venetia spinse il pulsante di emergenza.

«Papà, ascoltami» dissi in fretta. «Non c'è nulla di cui scusarsi. Non parlare per favore; abbiamo tutto il tempo che vogliamo. Ne sono sicura, perché tu guarirai. Presto tornerai a casa.» Feci una pausa prima di proseguire. «Possiamo parlare di tutto questo quando starai meglio, non c'è fretta, ora *devi* solo riguardarti, okay?

Quando ti dimetteranno, ti preparerò degli scones ai mirtilli. Con la panna. Quindi sbrigati a guarire, va bene? Non è cambiato nulla, è tutto come prima.»

Tenne gli occhi chiusi, ma sembrò aver capito l'ultima parte perché spostò la mano dal petto per cercare la mia e la strinse forte. «Non volevo ferirti» mormorò, con il viso imperlato di sudore. Risposi subito: «Lo so, lo *so* papà. Non ti preoccupare, per favore. Scusa per tutto quello che ti ho detto. Non lo pensavo davvero. Voglio solo che tu stia meglio, voglio solo che torni a casa».

«Addie, per l'amor del cielo, lascialo in pace.» Ora Venetia parlava a voce alta, sollevata dal non dover più sussurrare. Un'infermiera si materializzò per controllare i monitor.

«Chiamo un dottore» disse.

Altre voci si alternarono, la porta si aprì e infine papà spalancò all'improvviso gli occhi.

«Non stavo mentendo» disse con voce roca. «Non nel senso che intendi tu. Lui poteva anche essere tuo padre, ma tu sei sempre stata mia figlia, non sei mai stata sua. Sei stata mia figlia fin dall'inizio, la cosa più fantastica e più preziosa al mondo.»

Sentii di nuovo un groppo in gola. Avrei voluto dirgli qualcosa ma il medico era già arrivato e l'infermiera mi spinse da parte. Un'altra aprì la porta e costrinse Venetia a uscire dalla stanza, tenendo gli occhi fissi sul viso di mio padre finché la porta non si chiuse alle nostre spalle.

18

Lo portarono su una sedia a rotelle lungo il corridoio e in un'altra stanza per altri esami, lasciandoci strette l'una all'altra fuori dalla porta finché il medico non tornò a parlare con noi. Se anche avesse voluto darci una bella strigliata, chiaramente si impietosì quando ci trovò in piedi, terrorizzate. Allora si lanciò in un resoconto di come stava nostro padre, infarcito di termini medici come *pericardite, test per un edema polmonare* e *angina*, dettagli assolutamente sprecati nel nostro caso. Alla fine disse qualcosa che potevamo comprendere.

«Guarirà. Fisicamente è stabile come potrebbe esserlo chiunque dopo un attacco di cuore, ma è piuttosto debole e molto stanco. Ha bisogno di riposo e tranquillità.»

Venetia mi guardava in cagnesco, ma io la ignorai.

«Possiamo rimanere?» chiesi con ansia. «Fuori, intendo? Non rientrerò a turbarlo di nuovo, lo prometto.»

Il medico si intenerì. «Sì, certo. Anche se dovrà fare diversi esami e ha bisogno di tranquillità per alcuni giorni prima di tornare a casa. Il cuore si deve ancora riprendere.»

Chiamai Claire per avvisarla che non sarei andata al lavoro, salutai Venetia che aveva un controllo ginecologico al Portland che non poteva saltare, e tornai a vegliare mio padre restando fuori dalla camera per alcune ore finché non arrivò Jas. Volevo cancellare l'appuntamento con Phoebe, ma sapevo che non potevo farlo visto che veniva da Birmingham. Eppure non sarei andata se lo zio Fred non fosse apparso da dietro l'angolo, carico di uva e riviste, annunciando che sarebbe rimasto per alcuni giorni. Mi disse di non preoccuparmi, che avrebbe dormito da un vecchio amico, nessun problema, e che si sarebbe assicurato che tutto filasse alla perfezione.

Quando arrivai al cimitero, Phoebe era in piedi e mi dava le spalle. Guardava il cancello di ferro battuto tra i pilastri di pietra e sbirciava a sinistra, verso la portineria dal tetto grigio di ardesia ricoperto di muschio. Indossava lo stesso trench color cammello, annodato in vita per la pioggerella, i pantaloni color crema e le scarpe col tacco alto. Stavolta i suoi capelli non erano raccolti; le ricadevano, lunghi e lisci, come un foglio lucido sulla schiena.

«Ciao» la salutai senza fiato e lei si voltò, con un'espressione sollevata.

«Ciao.»

Venne verso di me e io indietreggiai, riflettendo su come comportarmi. Dovevo stringerle la mano o semplicemente il braccio, come si fa di solito con un parente distante, o avremmo dovuto abbracciarci? Alzai le mani d'istinto, indietreggiando col corpo, e alla fine ricorsi a un saluto che sembrava quello della regina.

«Non volevo entrare» disse, senza accorgersi del mio strano balletto. «Temevo di non vederti.» Sorrise con prudenza. La sua voce aveva quel tono melodico e dolce che avevo subito notato e le sue labbra si incurvavano come per rompere la simmetria del suo viso, e questo le conferiva un'aria da monella. Eravamo vicine, su una strada leggermente in pendenza, tanto che ero quasi alta quanto lei. Così potevo guardarla negli occhi di un grigio luminoso, ben separati sotto la fronte, e – sentii come una pugnalata in gola – leggermente obliqui. Occhi dalla forma perfetta, orlati da lunghe ciglia nere che esaltavano il contorno dell'iride; quegli occhi appartenevano senza ombra di dubbio a una Holloway. Mia madre. Mia nonna. Io.

Feci un ampio passo indietro, innervosita dall'improvvisa scoperta, e le indicai il cancello. «È piuttosto piccolo.»

Per un momento, imbarazzate, esaminammo la rotonda ricoperta di ghiaia, con i viottoli serpeggianti che si dipanavano ai lati del viale centrale a tre corsie, incorniciato dagli alberi. Si sentiva uno scricchiolio in sottofondo, il rumore del legno che veniva triturato; un attimo dopo, un uomo corpulento dalla testa calva nascosta senza troppo successo sotto un floscio cappello di feltro, consunto e troppo piccolo, spuntò sulla sinistra, spingendo una carriola con dei trucioli di legno.

«Salve» brontolò quando ci vide. «Dentro o fuori?»

«Scusi?» chiese Phoebe gentilmente, lanciandomi un'occhiata.

«Volete entrare o no?» disse con impazienza il custode, indicando il cartello: "Il cimitero chiude al tramonto". «Chiudiamo tra poco.»

«Entriamo» rispose Phoebe con calma. «Se per lei va bene.»

«Come volete» borbottò, sbracciandosi tra le tombe e le siepi di tasso. «A nessuno importa qui dentro.»

Quando la osservai, vidi Phoebe che guardava il custode con espressione incredula e trattenni una risata. Mi misi le borse sulle spalle e feci strada varcando il cancello. «Vieni. Da questa parte.»

«Chiudiamo tra *poco*» ci gridò il custode, prima di sparire alla vista.

«Okay» rispose Phoebe di spalle.

Procedemmo lentamente lungo uno dei sentieri di ciottoli, annusando l'odore umido dell'erba appena tagliata e della terra bagnata.

«Anche il resto della tua famiglia è qui?» chiese Phoebe giusto per fare conversazione, come se fossimo a un battesimo.

Schivai una pozzanghera. «Mia madre non aveva una famiglia. Era figlia unica. I miei nonni sono sepolti a Limpsfield. Mio padre...» Tacqui, d'un tratto conscia della fastidiosa sfilza di pronomi personali e attributi di famiglia, ma Phoebe si guardava intorno interessata e non sembrava essersi offesa.

«Quindi è sola. Mentre mio padre... be', lo sai.»

Il trituratore adesso era fermo; l'aria era grigia e umida di rugiada. Le goccioline giacevano sulle foglie del rododendro sulla sinistra e pendevano pesanti dai rami degli olmi, mentre procedevamo a zigzag tra le tombe e i piccoli sentieri erbosi. Per nostra fortuna, aveva smesso di piovere.

«Le piacevano i cimiteri» aggiunsi in fretta. «Leggeva le scritte sulle lapidi e quanti anni avevano i defunti. Ovunque fossimo, cercava il cimitero. Una piccola ossessione raccapricciante, ma ho letto da qualche parte che a molte persone piace. Da questa parte. Penso che in America esista addirittura un nome per questo genere di appassionati, qualcosa che finisce con -fili.»

Phoebe annuì e preferii tacere finché non raggiungemmo la sua tomba.

«Quindi, be', eccoci.» Gesticolai in modo goffo, indicando il rettangolo sotto di noi, dando un colpetto discreto alla lapide per farle sapere che eravamo qui.

Avevamo piantato piccoli bossi, che in un anno erano cresciuti verso l'esterno, una piccola siepe in miniatura ai lati del lotto. Al suo interno le erbacce si intrecciavano ai fiori, dando l'impressione di un improbabile piccolo campo. Solo lo spazio davanti alla lapide era vuoto, e qualcuno, presumo Venetia, aveva portato da poco un grosso vaso di terracotta che conteneva rose e l'aveva lasciato nel bel mezzo, nascondendo l'incisione sulla pietra tombale.

ELIZABETH SOPHIE HARINGTON
13 AGOSTO 1941 - 15 MAGGIO 1999
DONO, A COLUI CHE DONÒ SE STESSO A ME;
CHE DONA SE STESSO A ME, E MI OFFRE DI CANTARE
UNA NUOVA DOLCE CANZONE.

Quando detti un'occhiata a Phoebe, vidi che aveva un'espressione leggermente contrita e gli occhi lucidi. Quando si accorse che la osservavo, distolsi lo sguardo, imbarazzata e un po' invidiosa. Poi feci un piccolo movimento per prenderle la mano, cingerle le spalle con un braccio o fare qualsiasi altro gesto che si fa per dare conforto alla gente, ma lei scosse la testa.

«Mi piace questo verso» disse.

«Sì, è di Christina Rossetti. La poetessa preferita di mia madre.»

All'improvviso immaginai mia nonna che leggeva Christina Rossetti nel 1949, per poi rileggerla alla figlia qualche anno dopo, trasmettendole un amore per le parole che si era impresso in mia madre e che lei, a sua volta, aveva trasmesso anche a noi, tutti avidi lettori. *Una nuova dolce canzone*. La Rossetti mi era sempre parsa un po' cupa, ma in quelle parole c'era una nota luminosa che mio padre era riuscito a cogliere, qualcosa che evocava inizi e speranze. Sorrisi leggermente, apprezzando questa nuova dimensione color seppia di mia madre: il modo in cui la sua vita era legata a quella di sua madre anche dopo la morte di lei, il modo in cui la mia era legata a entrambe, la piccola serie di concatenazioni che ci teneva insieme.

Accanto a me, Phoebe respirava tranquilla, ma quando la guardai notai che la sua gola, che risaltava nell'oscurità della sera, si sollevava un po'. Alla fine aprì la sua borsa e tirò fuori un vasetto di fiori tutto schiacciato.

«Ha fatto un lungo viaggio, mi dispiace» si scusò. «L'ho preso dal mio giardino stamattina. Volevo offrirle questa piccola primula che ho cercato di coltivare.»

«Almeno non dovremo preoccuparci di annaffiarla» esclamai, indicando il cielo grigio. «Ti piace il giardinaggio?»

«Be', a dire il vero il mio pollice verde si esprime in una sorta di cantiere aperto. Viaggio troppo. Ma mi piace molto.»

Da un sacchetto di plastica tirò fuori due guanti e una paletta da giardiniere, poi scavò una piccola buca nella terra fangosa, in un angolo davanti alla lapide, ci mise dentro la primula e ricoprì di terra tutto. Quando si rialzò, notai che anche lei aveva toccato la lapide. D'istinto aprii la bocca per farle notare come questa strana fissazione di carezzare la tomba di nostra madre sembrasse accomunarci. Ma lei era già in piedi, a testa china, in una posa serena ed elegante, e io mi spostai goffamente.

«C'è una panchina lì vicino agli alberi. Vado a sedermi. Prenditi il tempo che ti serve, va bene?»

Lei mi sorrise con gratitudine. «Arrivo subito.»

19

C'era una pace insolita sotto gli olmi, tra l'odore della vegetazione di maggio che cresceva intorno a me e l'umidità, al momento non così fredda e penetrante, che si diffondeva leggera ogni volta che la brezza soffiava tra gli alberi. Quando mi sedetti e abbracciai la borsa di mia madre non c'era nulla a sollecitare i sensi e, poco a poco, l'ospedale e la mia famiglia svanirono, lasciandomi solo la sensazione fluttuante della notte precedente che, tra i grigi e il verde scuro rassicuranti, diveniva meno spaventosa, più simile a un luogo semplice e vuoto. Forse avevo bisogno di sentirmi completamente slegata per recuperare mio padre, nello stesso modo in cui avrei dovuto ricostruire mia madre. Forse dovevo ricominciare da *Non mi dimenticherei mai il tuo compleanno* e da *Sei sempre stata mia figlia.*

Continuavo a respirare a pieni polmoni l'odore degli olmi bagnati e della fredda umidità, quando Phoebe apparve tra i cespugli. Faceva respiri profondi, e gli occhi arrossati risaltavano nel pallore del suo viso; aveva un fazzoletto arrotolato in mano. Per il resto era composta. «È ancora tutto così… così…»

«Folle?» aggiunsi.

«Strano.» Si schiarì la gola, guardando di nuovo la tomba.

«Difficile» suggerii.

«Triste.»

«Sì.» Ero d'accordo con lei. Phoebe sospirò, poi si tamponò gli occhi con cura, in modo da non rovinarsi il trucco. Le rivolsi un sorriso dallo spazio che ci separava sulla panchina, osservando con discrezione i suoi occhi grigi. Ma lo choc che avevo avuto nel riconoscerli si era già sopito, perché, al di là delle ovvie somiglianze, gli occhi di Phoebe Roberts avevano un'espressione completamente diversa da quelli di mia madre e dai miei. E quando sorrise e mise via il fazzoletto, notai che anche gli zigomi erano diversi.

«Riguardo all'altro giorno... mi dispiace davvero tanto» attaccai, ma lei sollevò la mano.

«Francamente, Adele, sono ancora piuttosto imbarazzata per essere stata così diretta. Possiamo semplicemente ricominciare da capo, per favore? Da prima che io ti seguissi e fossi prepotente con te? Da prima che tu gridassi e fuggissi via?»

«Tabula rasa» risposi, annuendo con enfasi. Non ero abituata alle scuse, neanche a quelle date o ricevute in maniera gentile. Mia madre era la regina del metodo bocca-tesa-sopracciglia-alzate, mentre Venetia metteva il broncio per giorni, e lo abbandonava con riluttanza solo quando tornavo in ginocchio da lei.

Phoebe tirò fuori dalla borsa un giornale, lo aprì e ne posò metà sulla panchina. Poi ci mise sopra un sacchetto di plastica, ripose l'altra metà del giornale al suo fianco e ci posò sopra la borsa. Infine si sedette sul sacchetto di plastica, avendo cura che i pantaloni non toccassero la panchina. Quando si accorse che la guardavo, sollevò le spalle.

«Odio sporcarmi i vestiti.»

«Ma perché il giornale *e* il sacchetto di plastica?»

«Non voglio che l'inchiostro finisca sui pantaloni. E c'è troppo muschio per il solo sacchetto» aggiunse.

Un attimo dopo, naturalmente, sentii che l'umidità del muschio era penetrata nei jeans e, allo stesso momento, mi resi conto che avevo due cerchi di fango ben visibili sulle ginocchia per essermi inginocchiata di fronte alla tomba. Lanciai un'occhiata piena d'invidia ai suoi pantaloni color crema, che, nonostante avesse piantato la primula, di fatto risplendevano sul marrone della panchina.

«Non hai figli, vero?» le chiesi.

«No» rispose. «Sono single.»

Non aggiunse alcuna spiegazione e tra noi piombò di nuovo il silenzio. Non avevo la minima idea di come continuare la conversazione. Cosa si dice a un'estranea che è anche tua sorella gemella? O a una sorella gemella che però è una completa estranea? Come creare un legame fraterno dal nulla? Accanto a me, Phoebe era seduta con le spalle curve, per questo la sua testa era alla stessa altezza della mia, e giocherellava con gli angoli del giornale sotto la borsa. «Mi ero immaginata tutto molto diverso. Forse non dovremmo pensarci troppo, ma cominciare solo a parlare di quello che sappiamo. Forse questo ci porterà da qualche parte.»

Ci avvicinerà, voleva dire. «Sì, inizia tu» proposi.

Liquidò la mia codardia con un rapido sorriso. «Mia madre, la mia madre adottiva naturalmente, era incinta di otto mesi. Ebbe un'emorragia a fine gravidanza, piuttosto seria, e mio padre l'accompagnò in auto all'ospedale. Viveva a Brimley, tra Horsham e Haywards Heath, ma era già stata all'All Saints Hospital di Brighton perché avevano dei macchinari speciali. Aveva un problema alle pareti dell'utero e aveva già avuto diversi aborti spontanei. Quella era stata la sua gravidanza più lunga, ma perse comunque il bambino a otto mesi. All'epoca aveva trentotto anni e cercava disperatamente di avere un figlio, ma quando il dottore finì di ricucirla disse che era molto improbabile che potesse rimanere incinta di nuovo.»

Sospirai con empatia e Phoebe annuì. «Sì, e nel 1960 non c'era molto che si potesse fare in questi casi, nonostante la modernità dei macchinari. Quella notte, però, nacque anche un'altra bambina, e sua madre voleva affidarla a una buona famiglia.» Fece una pausa perché riuscissimo ad accettare che "la madre" in realtà era "nostra madre" e che "la bambina" era lei.

«I miei genitori avevano già preso in considerazione l'adozione, ma un sacco di gente voleva bambini ed era difficile ottenerne uno alla loro età. In più, Brimley è quel tipo di paesino dove la gente parla in continuazione, ficcando il naso in ogni affare che non li riguarda. Compri un pacco di assorbenti interni in farmacia e sai già che il tuo vicino ti porgerà una borsa dell'acqua calda appena varcato il cancello. Penso che la gente sarebbe rimasta scioccata se i miei genitori si fossero presentati con una bimba adottata. Ma questa era una cosa diversa, un'adozione privata, molto discreta. Nessuno lo avrebbe scoperto e lei avrebbe aiutato un'altra madre, era una cosa buona. Questo è quello che mi ha detto.»

«E che cosa successe quando tornarono a Brimley?» chiesi.

«Non lo dissero mai a nessuno.» Fece una smorfia. «Se mai ti dovessi trovare a Brimley, capirai perché. E fu semplice farlo, perché era stata via parecchio tempo prima dell'aborto spontaneo. Con tutto quello che aveva affrontato prima, fece solo finta che io fossi la sua bambina nata qualche settimana prima, e credo che col tempo questa diventò anche per lei la pura verità.»

«Okay» dissi lentamente. Era strano pensare che, se mia madre avesse indicato Phoebe invece che me, quella bambina di Brimley avrebbe potuto fare la mia vita. Mi domandavo se mia madre avesse pensato a Phoebe in quei termini, come un'entità sconosciuta che poteva essere molto diversa dalla figlia preoccupata e ansiosa di piacere che si era ritrovata alla fine. E io sarei stata più felice a Brimley che a Rose Hill Road?

«Presumo l'abbiano fatto per me. Volevano che crescessi esattamente come tutti gli altri, senza che circolassero strani pensieri su di noi. Oggi sarebbe tutto diverso, sebbene la nostra cittadina non sia cambiata molto dagli anni Cinquanta. Nell'attimo esatto in cui ci metti piede, ti senti addosso un grembiule e ti costringono a stare a casa.»

«Ma tu non ci vivi?» domandai.

«Dio, no!» rispose terrorizzata. «Me ne sono andata appena possibile. Mi sono trasferita dall'altra parte di Londra, e poi a nord. Vivo a Solihull; è molto carina e vicina all'aeroporto.»

«Perché l'aeroporto?» chiesi. «Sei una hostess?» Questo avrebbe spiegato il suo aspetto curato e i suoi modi socievoli.

«No, sono un pilota» rispose.

«Un pilota?» le feci eco incredula. Qualsiasi cosa mi fossi immaginata, *quello* non me lo sarei mai aspettato.

«Sì.» Fece un grande sorriso. «Un pilota di aerei di linea.»

«Ti piace viaggiare?»

«Lo adoro. Stare lassù in aria è la sensazione più bella del mondo e la vista di fronte a te cambia sempre» rispose sorridente. «Sono stata ovunque. Cosa fai tu in pasticceria?»

«Oh, Dio, be', ovviamente niente di così eccitante» ammisi, pensando a quanto tutto questo sarebbe piaciuto a mia madre. Starsene in aria, andare ovunque, sempre un posto nuovo ad aspettarla. «Ho una formazione da pasticcera» aggiunsi, perché sembrava stesse aspettando altro.

I suoi occhi si illuminarono. «Oh, sembra fantastico» esclamò. «Adoro i dolci. E la pasticceria dove lavori è così alla moda.»

«Sono lì da un sacco di tempo. È un bel posto, colleghi simpatici.»

Ascoltai il suono della mia voce, monotono, persino apologetico, e aggiunsi quasi in modo ribelle: «Adoro cucinare i dolci, sai. È un'arte. Difficile da realizzare. Mi piace un sacco.»

«Anche a me piacciono i dolci» replicò con entusiasmo. «Anche se non so cucinare neanche un uovo al tegamino. Ed è una delle abilità fondamentali nella vita, se ci pensi. Voglio dire, se M&S

non aprisse presto la mattina, io sarei morta di fame da tempo.»

«I tuoi genitori saranno molto orgogliosi» proseguii. «Dio, un pilota. Forte!»

Annuì con modestia. «Lo erano. Forse non proprio una carriera da Brimley, ma loro erano orgogliosi. Ho dovuto cercarmi un mucchio di borse di studio per pagarmi gli studi.»

«È stato bello, cioè, sei stata bene con i genitori? Com'è stato crescere con loro?» chiesi con un po' di riluttanza, perché fino a quel momento i nostri discorsi erano stati abbastanza cauti: passato, lavori, cibo.

Ma lei non parve imbarazzata, rifletté solo sulla domanda e poi disse: «Sai, ci ho pensato tanto. E la verità è che sono stata bene. Davvero. Andavamo d'accordo e sono ancora molto legata a mia madre. Ma loro erano più anziani perché avevano già perso tanto tempo a provare ad avere un bambino. Erano molto inquadrati. Quando finii la scuola, mio padre aveva quasi sessant'anni, ma in ogni caso non era mai stato di quelli giovani-dentro. E crescere a Brimley... la gente tira avanti come ha sempre fatto, come se niente dovesse mai cambiare o potesse mai cambiare. Nessuna possibilità, nessuno che vada oltre quello che conosce già. Penso di aver sempre desiderato troppo. Ed ero troppo alta.» Ridacchiò. «Sono sempre stata un pesce fuor d'acqua. Quindi con loro è andata bene, ma mi sono sentita un po' sola, una bambina alta e sgraziata che voleva la luna e ancora di più.»

«Non avevi altri parenti?»

«Qualche cugino. Una è più giovane di me, Chloe. Fa la parrucchiera a Brimley. È molto carina, ha tre bambini. Tutti i miei cugini sono più grandi e ovviamente non ho fratelli.» Esitò un attimo, poi aggiunse arrossendo: «Quando ero alle elementari e gli altri bambini mi chiamavano "spilungona" o "cocchina della maestra", immaginavo sempre di avere un fratello che mi difendesse.» Sbuffò ridendo e mi fece l'occhiolino. «Si chiamava Charlie. Era più alto di me e si allenava per fare il pugile. Avevo scelto io la sua divisa. Nera e gialla, come una vespa: in caso di pericolo, pensavo.»

Mi diede una gomitata e non potei fare a meno di ridere anch'io, perché si sentiva talmente a suo agio da essere contagiosa.

«Tutto andò molto meglio quando lasciai Brimley per cominciare l'accademia aeronautica. E il giorno che ho comprato casa è stato fantastico. È l'ultima di una fila di villette a schiera a Solihull, con un piccolo giardino, ci ho speso fino all'ultimo centesimo. Ci ho aggiunto una mansarda e ristrutturato la cucina. La adoro quasi quanto amo volare. Può sembrare un po' solitaria, forse. Ma puoi fare tutto quello che vuoi, quando vuoi, senza che nessuno sparli.»

«Gesù! So cosa intendi» risposi con fervore, perché, finalmente, c'era qualcosa in cui potevo indubbiamente immedesimarmi. «Ho trascorso le prime settimane nella mia cucina a infornare fino all'una di notte. Senza nessuno che si lamentasse perché utilizzavo quindici terrine che prendevano spazio sulle mensole, senza nessuno che buttasse via il mio impasto lievitato naturalmente perché sembrava uno strofinaccio ammuffito.»

«Sì!» esclamò, sebbene non credo avesse mai visto davvero uno strofinaccio ammuffito in vita sua. «E nessuno che ti rubi il telecomando.»

«E nessuno che ti metta a soqquadro il frigo con un sacco di bottiglie di birra.»

«Nessuno che ti guardi mangiare fagioli lessi direttamente dal barattolo, per poi rimettere la latta in frigo e finirli il giorno dopo.»

«Nessuno che grigli. Odio i barbecue.»

«Anch'io li odio. Specialmente se vi partecipa, gente che calpesta il mio giardino e schiaccia tutto.»

Ora ridevamo tutte e due e lei mi diede un altro colpetto col gomito. I suoi occhi erano così luminosi e il suo viso così aperto che se non fosse stato per le tombe, potevamo essere due amiche che chiacchieravano al parco.

«Però con una famiglia sarebbe diverso.» Adesso era seria. «Non me ne importerebbe nulla del giardino calpestato o del telecomando se avessi due bambini che giocano a pallone sul prato o che guardano un film con me. Un bambino e una bambina, è quello che vorrei.»

«Non hai nessuno? Voglio dire, nessuno con cui farli?» chiesi esitante.

«Be', ho un compagno, ma anche lui è un pilota, quindi sempre in giro. Ho fatto la scelta sbagliata.» Percepii una piccola nota di amarezza nella sua voce. «Avrei dovuto scegliere una carriera diversa, iniziare prima la ricerca di un tipo affidabile. Volare è un microcosmo e, in tutta sincerità, non puoi veramente farti una famiglia se devi sempre saltare via in posti lontani.»

Ci riflettei un attimo. «Presumo che tu possa fare l'istruttrice o qualcosa di simile» le suggerii infine.

«Sì, forse. Ma non sono sicura che Craig – si chiama così – sia proprio quello con cui voglio crescere Charlotte e Henry.»

«Charlotte e Henry?» Inarcai le sopracciglia.

«Li vorrei chiamare così» disse con aria quasi di sfida. «Ho pensato che chiamare il maschio Charlie sarebbe, be', un pochino *strano*, ma… a ogni modo, di te che mi dici?»

«Vuoi dire, se ho figli?»

«Be', *abbiamo* quarant'anni. Non sarebbe stata una scelta di vita così irragionevole.»

«Non ho trovato nessuno con cui farli. Andrew dice sempre… è un amico» precisai di fronte alla sua espressione incuriosita. «Lavora come cuoco in un ristorante francese. Dice sempre che i cuochi non possono avere relazioni sentimentali. Forse proprio come nel microcosmo dei piloti. Ossessionati, sempre in piedi fino a delle ore indegne, con addosso la puzza di cipolle e unto. La maggior parte dei miei ragazzi non riusciva a tollerare che dovessi svegliarmi alle quattro e mezza per essere in pasticceria, e quando rientravo a casa, dopo aver corso ed essere stata in piedi tutto il giorno, ero completamente distrutta. Alla fine, ci hanno tutti rinunciato.»

«Ma non *vuoi* dei bambini?» Sembrava così incredula che quasi mi sentii imbarazzata a non condividere il suo entusiasmo.

«Non muoio dalla voglia, no» risposi cauta. «Ho sempre dato per scontato che li avrei avuti, alla fine, ma non è andata così come per altre persone. Finora ho preferito restare sola rispetto alle altre opzioni che avevo. I miei panini fuori moda a lievitazione naturale e l'organizzazione del mio frigo mi piacciono molto» aggiunsi per alleggerire gli animi; lei accennò un sorriso.

«Allora è quello che devi fare. Credo fermamente che uno debba seguire i propri desideri. E tu potrai sempre essere una fantastica zia Adele per Henry e Charlotte.»

Risi. «La zia Adele, dai regali assolutamente inadeguati, che li porterà in città e farà mangiare loro un sacco di dolci. Quindi sbrigati e datti da fare, eh?»

«I quarant'anni sono i nuovi trenta» disse con saggezza. «Quindi c'è ancora un mucchio di tempo.»

Eppure appariva un po' triste quando pronunciò quest'ultima frase. Allungai un braccio verso di lei e le carezzai il braccio.

«Quindi cosa è successo poi?»

«Ho trovato il fagotto e il diario e tutto ci è sfuggito un po' di mano. Mia mamma continuava a piangere e io ero, non te lo so spiegare, solo molto arrabbiata. Lo so, è stupido, ma tutto quello a cui riuscivo a pensare ero io da bambina, che tornavo a piedi a fatica dalla scuola elementare di Brimley, che facevo conversazioni immaginarie con Charlie, pressoché e odiavo Brimley, la bambina che si sentiva sempre fuori posto e presa di mira. E all'improvviso ha cominciato ad avere un senso, in un modo pressoché terribile, ma poi, più ci pensavo e più *non aveva* senso, e mia madre non riusciva a ricordare con esattezza. Non sapeva nulla dell'altra bambina, tu intendo, anche se era lì nel libretto della gravidanza, e non riusciva a ricordare nulla del processo di adozione perché era sempre stata una frana con le pratiche amministrative e tutto il resto. Cercava di trattenermi e mi pregava di non andarmene, addolorandosi per il fatto che lo avessi scoperto. È stato veramente tremendo. Non lo so, hai provato qualcosa di simile quando ti sono venuta a cercare?»

«Io, mmm, sì.» Evitai di guardarla negli occhi, vergognandomi un po' che il mio Ciclone Celestiale emotivo avesse in qualche modo eclissato le implicazioni più profonde della sua apparizione. Per fortuna, il custode scelse quel momento per iniziare a triturare il legno, riempiendo l'aria con uno sferragliamento assordante. E quando terminò, ci fu il suono di una campana in lontananza, accompagnata da un urlo. Non sembrava proprio un posto tranquillo per l'estremo riposo, con tutto quel triturare, le urla e lo scampanellio.

«Sono tornata all'All Saints Hospital» disse Phoebe quando ci fu di nuovo silenzio. «Ma ha chiuso. E così la casa per le ragazze madri. Pensavo di riuscire a recuperare qualche nome, che qualcuno potesse ricordarsi di lei.»

Sollevai la mia borsa. «Tale madre, tale figlia. Lei ha scritto centinaia di lettere per trovarti.»

Impiegò talmente tanto tempo a leggere i messaggi di Harry che cominciai ad agitarmi. Quando sollevò lo sguardo, vidi che i suoi occhi erano di nuovo lucidi. Teneva un dito sotto le ciglia per evitare che le lacrime ci cadessero sopra e io cominciai a cercare un fazzoletto. Tutto quello che riuscii a trovare fu un paio di tovaglioli di carta, pieni di briciole di biscotti, che avevo riportato a casa dalla pasticceria.

«Scusa» disse agitata, rifiutando i tovaglioli di carta in favore del suo nuovo pacchetto di fazzoletti puliti. «Ma pensi che potrebbe essere *lui*?» Sfogliò la cartella, raddrizzando un paio di angoli piegati. «Potremmo cominciare da Hartland e procedere da lì.»

«Be', voglio dire... sei proprio sicura di voler scoprire chi sia e... tutto il resto?» replicai incerta.

«Perché non dovrei?» Era sorpresa. «Nostro padre è là fuori da qualche parte, avremmo dovuto essere tutti insieme. Non vuoi sapere cosa sia successo? Non vuoi incontrarlo?»

La guardai, inclinò il viso verso di me supplicandomi con gli occhi perché le rimanessi accanto, fossi parte di lei. Per un istante, rimasi come paralizzata di fronte a tutte queste aspettative, a una così determinata richiesta di aiuto. D'istinto aprii la bocca per rassicurarla, per piegarmi ai suoi bisogni, come avrei fatto in ogni altro momento. Ma poi la richiusi, perché volevo essere sicura di cosa volevo fare *io*.

«Forse no» dissi infine. «Ma credo che vivrò alla giornata.»

Lei sembrò accettarlo. «Sembra così assurdo, vero? Noi due insieme, in questo modo? Eccitante però.»

I suoi occhi erano ancora rossi e un po' gonfi, ma il viso stava tornando al solito pallore e quando mi toccò la mano stava sorridendo. Era una persona che ricercava il contatto fisico, il dialogo, non come me e il resto della mia famiglia. Ma questa volta non mi sembrò così terribile e non potei fare a meno di ricambiare il suo sorriso, che mi fece sentire un brivido di esultanza per essere un "noi".

«Sì, molto» risposi con enfasi.

«Eccovi!» Il custode sbucò infuriato da dietro i cespugli in mezzo a una doccia di gocce di pioggia. Phoebe sussultò, brandendo la cartella come uno scudo.

«Non avete sentito la campana?» domandò. «Si chiude.»

«Non sapevamo cosa significasse» rispose Phoebe per scusarsi da dietro il faldone.

«Ci scusi» aggiunsi io.

Il custode ci guardò in cagnesco e sollevò il rastrello; entrambe ci coprimmo, ma lo usò solo per indicarci il viottolo. Aspettò che ci alzassimo e prendessimo le nostre cose, poi si incamminò con noi, talmente vicino da sentire le sue minacce biascicate e il suo odore di concime. Infine ci spedì senza troppe cerimonie dall'altra parte del cancello, che richiuse rumorosamente alle nostre spalle.

«Vabbè, tanto si stava facendo tardi» dissi, corrugando la fronte davanti al suo fondoschiena che batteva in ritirata. «E, aspetta, sì, sta ricominciando a piovere.»

Aprii il mio ombrello, lo tenni sopra le nostre teste e guardammo verso l'interno ombroso del cimitero.

«Londra è un posto buffo» osservò Phoebe. «Senti, posso prendere i messaggi e le lettere con me? Farò un po' di ricerche in biblioteca. Forse scoprirò qualcosa che il meritevole signor Merck non ha scoperto.»

Non mi sorpresi. La conoscevo solo da poche ore ma mi era già chiaro che non le piaceva tergiversare inutilmente, non quando si poteva fare qualcosa da soli, risolvendo nel frattempo la fame nel mondo e salvando i cuccioli di foca. Sorrisi, ripensando inevitabilmente a un'altra donna che avevo conosciuto, che credeva di poter trovare una soluzione a ogni problema e che considerava la biblioteca l'unico posto in cui si poteva convincere la vita ad avere un senso.

«Invece io posso prendere il libretto della gravidanza per darci un'occhiata?»

Phoebe infilò la mano nella borsa e lo tirò fuori. L'aveva messo in una cartellina di plastica trasparente con una robusta chiusura.

«Non lo perdere, okay?»

«No, certo.»

Destreggiandomi tra l'ombrello e la borsa di Hermès, lo misi via con cura, facendo con calma, più del necessario, perché non ero proprio sicura su come salutarla. All'improvviso, senza preavviso, mi mise le braccia al collo, con l'ombrello e tutto il resto, e mi strinse a sé. Sentii il mio corpo indietreggiare di fronte a quella carica di inaspettata intimità, ma poi decisi di rilassarmi, di posare la testa contro la sua guancia per un istante.

«Mi ha fatto piacere vederti» dissi con imbarazzo.

«Anche a me» rispose Phoebe. Quando incrociai il suo sguardo, vidi che era arrossita. «Vuoi, voglio dire, vuoi che ci vediamo di nuovo, magari presto? Questa settimana sono in ferie, il prossimo martedì invece volo alle Isole Vergini. Quindi per alcuni giorni sono libera e senza impegni. Possiamo cenare insieme, parlare un altro po'?»

«Puoi venire a casa mia» proposi, sorprendendomi di me stessa. Ma prima che l'invito fosse completamente uscito dalla mia bocca, mi sembrava già eccessivo e prematuro, e cominciai a fare marcia indietro. «Oppure possiamo andare da qualche parte. O, be', quello che preferisci.»

«Un posto neutrale forse è meglio» sorrise. «Intendi parlare con tuo padre prossimamente? Cioè, quando si sentirà un po' meglio. Che ne pensi?»

«Ci vorranno giorni. Si sta ancora riprendendo.»

«Posso incontrarlo in futuro? Non ora, s'intende. Ma quando si sarà completamente ristabilito, voglio dire. Oh, scusa, sono di nuovo troppo diretta? Lo sai, a me va bene tutto. Sul serio.»

«Vediamo come procede» risposi d'un fiato. «Quando ci vediamo, allora...»

Ci fu una pausa e cercai di pensare a qualcos'altro da offrirle per distrarla da mio padre quando, all'improvviso, aggiunse: «Ti va di incontrare mia madre?»

La guardai sbalordita. Potevo essere insicura su un sacco di cose nella mia vita, ma non avevo davvero nessuna voglia di incontrare la signora Roberts. Dovevo già abituarmi ai nuovi ruoli di mia madre e mio padre in tutta la storia, senza pensare a *Padre: spazio vuoto*. Che poteva o non poteva essere Harry. Non volevo neanche lontanamente inserire un altro giocatore nella mischia.

«Ma perché diavolo vorrebbe parlare con *me*?»

«Potrebbe farsi meno problemi, essere meno emotiva, intendo, nel parlare con te della notte in cui sei nata» incalzò Phoebe. «E penso che sia importante che veniamo tutte allo scoperto, parlando tra di noi, in modo che ognuna si abitui all'idea. Quindi, magari mentre aspettiamo che tuo padre migliori...»

«Phoebe... Non credo... probabilmente sarebbe...»

Complicato. *Strano*. D'altro canto, la signora Roberts era l'unica testimone oculare immediatamente disponibile che poteva aver incontrato il dottor Miller e Sarah Mason, che poteva essere in grado di unire qualche punto oscuro. Chi poteva aver visto mia madre allora, poteva aver visto me. Scrollai la pioggia da sopra l'ombrello indecisa.

«Okay. Va bene. Fammi solo sapere se trovi un momento nelle prossime settimane e...»

«Che ne dici di domani? Devo comunque andare a trovarla. Potrei invece portarla a Londra..»

Domani? Cristo santo.

«Non esco prima delle cinque» risposi. «Forse è troppo tardi, vero? Lasciamo solo...»

«Va benissimo per le cinque» disse con entusiasmo. «Oh, sono così contenta. Grazie della disponibilità. Credo che le piacerai moltissimo.»

20

Gli "e se" giunsero in tutte le forme e dimensioni, e proprio a proposito di dimensioni, l'idea di Phoebe (e non mia) di andare a trovare la signora Roberts ne costituiva uno piuttosto ingombrante nella grande fioritura carmica della mia vita.

Ero esausta, eppure rimasi sveglia a lungo quella notte, cercando di immaginare le porte scorrevoli che si aprivano sulla vita che avrei potuto condurre a Brimley. Avrei vissuto in una piccola villetta a schiera, sposata con bambini, e lavorato nella piccola panetteria in fondo alla strada? Mi sarei sentita al sicuro in quell'ambiente ristretto o piuttosto sarei soffocata nel claustrofobico paesino di cui mi aveva parlato Phoebe? Oppure mi sarei ribellata e avrei iniziato a fare quello che volevo, come aveva fatto lei?

Il giorno dopo passò in un lampo, lasciandomi poco tempo per meditare sulla mia reincarnazione a Brimley o su ogni altra domanda sollevata dai recenti sviluppi. Nonostante la nottataccia, mi alzai presto per sistemare il pane e i dolci da Grace, poi andai in ospedale e lessi un paio d'ore per mio padre, che era intontito e stanco. Di ritorno da Grace, trascorsi la maggior parte del tempo cercando di chiamare al telefono un elettricista per un guasto in cucina e controllando al tempo stesso una delle ragazze in negozio che si ostinava a venire al lavoro con il braccio fasciato per la sindrome del tunnel carpale, perché non poteva permettersi di saltare un turno. Mentre la osservavo rifornire lentamente le ceste in vetrina, ascoltai i miei messaggi.

Andrew aveva chiamato per parlare di una serie di cose, che andavano dalla salute di mio padre a Phoebe Roberts, dagli agenti immobiliari alle opzioni per il ristorante. Guardavo la commessa sistemare un pasticcino in una scatola con una mano e riflettevo sul fatto che tutta questa faccenda del Grand Bleu sembrava avesse preso una sua vita propria. Andrew sfiorava la testardaggine patologica quando si entusiasmava per qualcosa, ma di sicuro doveva rifletterci bene, prima di chiedere un grosso mutuo per tutte le spese che nessuno di noi si sarebbe potuto sobbarcare. E chi avrebbe seguito i lavori di ristrutturazione, la ricerca del personale, la gestione quotidiana? E poi, lavorare fianco a fianco con Andrew... Mi morsi l'interno della guancia contemplando questa prospettiva con sentimenti contrastanti e sobbalzai quando nel messaggio lui mi domandava se potevamo bere qualcosa insieme quella sera. A quel punto la sua voce sembrava insolitamente insicura. Feci una smorfia, ripensando a quello che era quasi successo di fronte alla stazione della metropolitana.

Tutto sommato mi sentii sollevata quando non rispose al telefono. Gli lasciai un messaggio sconclusionato prima di sedermi a fare una chiacchierata con la signora Baxter che aveva trovato aperta la porta sul retro e chiedeva se era il caso di chiamare la polizia, voleva sapere come stavo e se avevo intenzione di andarla a trovare presto.

Venetia invece si era rinchiusa in un eccessivo silenzio dall'episodio in ospedale il giorno prima, il che, ci riflettevo mentre controllavo un'ultima volta la commessa col braccio appeso al collo, non era necessariamente negativo. Di sicuro avevo già abbastanza cose di cui preoccuparmi, prima di tutte l'incontro imminente con la signora Roberts allo Stanhope Café.

Ero così preoccupata della mia parte di "e se", che mi sorpresi quando accelerai il passo verso il "nostro" tavolino di fòrmica. Quasi subito mi resi conto che la signora Roberts non era affatto lì per me, ma solo ed esclusivamente per far un piacere alla figlia. Quando Phoebe balzò in piedi per presentarci e io le porsi la mano, facendo un profondo respiro, i suoi occhi castani mi scannerizzarono per un istante. Ritirò la mano appena prima che potessi stringerla, si risedette e rivolse alla figlia un rapido e determinato sorriso.

«Insomma, Addie lavora in una pasticceria in fondo alla strada, mamma, non è fantastico?» farfugliò Phoebe. «È stata una giornata faticosa, Addie? Su, prendi un po' di tè.»

Al comando, la piccola cameriera si diede da fare, salutandomi come fossi un'amica di vecchia data, chiaramente prefigurando un altro eccitante pomeriggio in nostra compagnia. La signora Roberts le fece cenno di riempire prima la tazza di Phoebe, poi la sua e infine la mia, e mentre le sedie grattavano e noi ci scambiavamo lo zucchero e il latte, studiai di nascosto la madre adottiva di Phoebe, che non era per niente come me l'ero immaginata. Me l'aspettavo sveglia, sensibile e sicura di sé, capace di affrontare i problemi e arrangiarsi, invece appariva nervosa, quasi fragile, e i colori tenui e i tessuti spessi dei vestiti gravavano sulla sua figura da uccellino, e arrossiva facilmente sotto la cipria.

All'inizio non disse molto, occupata com'era ad assicurarsi che sua figlia avesse tutto il necessario per il tè. Io di sicuro non davo spunti di conversazione. Ci pensò Phoebe a traghettarci sicura attraverso i primi attimi imbarazzanti finché, persuasa e spinta dalla figlia, la signora Roberts non cominciò a parlare.

Molto di quello che diceva l'avevo già sentito da Phoebe, e fu un bene dato che la signora Roberts passava di palo in frasca in modo imprevedibile, ripetendosi a volte, faticando a ricordare, lasciando il discorso a metà per riprenderlo dopo, fermandosi di continuo per lanciare sguardi interrogativi e ansiosi alla figlia. Raccontò a lungo dell'agonia dell'aborto spontaneo e del terribile dramma di partorire un bambino morto; poi, in quella stessa notte, del medico che entrava con una neonata e della gioia di stringerla tra le braccia, dopo aver perso suo figlio, il dono che il destino aveva avuto in serbo per lei, la benedizione. «Il 14 di febbraio, una bambina di san Valentino», ripeté più volte, con la voce sempre più acuta ogni volta che tornava su quel punto della storia. Phoebe, questo era chiaro, era stata molto desiderata e felicemente accolta. Per quanto la riguardava, *io* sarei dovuta restare in disparte, perché, come sottolineavano di tanto in tanto i suoi occhi a spillo nello scrutarmi, ero quella che causava un mare di problemi alla figlia.

L'avevo osservata, incapace di togliere gli occhi di dosso a questa donna che avrebbe potuto essere mia madre. Cercai di buttare giù il solito groppo. Immaginai la signora Roberts che mi salutava il primo giorno di scuola, al posto di mia madre che mi aveva rimbrottato per una macchia sull'uniforme; la signora Roberts che mi preparava un panino senza crosta per la merenda, invece che un piatto di spaghetti della signora Baxter; la immaginai che mi aspettava ogni giorno, chiedendomi dei compiti e se avevo mangiato abbastanza per pranzo; pensai a quanto sarebbe arrossita nello spiegarmi cose come il ciclo, il sesso e i peli sulle ascelle.

Come se mi avesse letto nel pensiero, quando Phoebe parlò la signora Roberts fece una risata nervosa, con i riccioli vaporosi che andavano su e giù all'altezza delle orecchie. Di colpo, sentii un immenso e incredibile senso di sollievo per lo scherzo del destino che mi aveva spinto verso la mia vita in Rose Hill Road, con le sue illimitate possibilità di cui non mi ero servita, e verso mia madre, che non aveva mai preparato un panino in vita sua e aveva lasciato il ciclo e i peli sulle ascelle alla signora Baxter, una madre che tutto era tranne che nervosa o fragile, che era stata un modello a cui aspirare, anche se spesso con fatica.

Un attimo dopo mi resi conto che le due donne avevano smesso di parlare e mi guardavano in modo piuttosto strano.

«Quindi, poi, lei è tornata a casa con la bambina?»

La signora Roberts mi guardò leggermente incredula e inarcò le sopracciglia verso Phoebe, come per mettere in dubbio l'entusiasmo per una relazione appena scoperta con una persona ottusa come me.

«Sì» rispose, in modo esageratamente lento. «L'ho portata a *casa.*» Pronunciò l'ultima parola a voce più alta, in un ovvio tentativo di penetrare la mia limitata comprensione. «Ero ancora piuttosto debole, ma pensai che saremmo state meglio in un ambiente familiare, ci saremmo abituate alla situazione, così tornammo a casa un paio di giorni dopo.» Tossì e tirò fuori un fazzoletto.

«Ma non si usava stare in ospedale più a lungo?» chiesi. «Una "degenza" o qualcosa del genere?»

Lo sguardo della signora Roberts si posò da qualche parte sopra la mia spalla sinistra.

«Penso di sì» rispose in modo vago. «Un sacco di donne restavano una settimana. Ma la bambina stava bene, era sana, prendeva il biberon. Non volevo trattenermi. Non amo molto gli ospedali.» Allungò il braccio per prendere il sale in mezzo al tavolino e lo agitò. «Ne avevo già visti abbastanza. Avevo avuto tre aborti spontanei prima che Phobe arrivasse; due di questi in quello stesso ospedale.»

Fece scivolare lo sguardo sul mio viso, fissandomi negli occhi. Sembrava sfidarmi, sprezzante. Contraccambiai con un'occhiata cupa.

«E l'ha vista… nostra madre… lì?» scandii piano, non staccandole gli occhi di dosso. «O ha… visto me?»

Passò un altro lungo istante e la signora Roberts fu la prima a distogliere lo sguardo.

«No, il medico *mi* portò la bambina, come ho già detto prima.»

«Ma eravamo appena nate, giusto, non poteva essere ancora lì da qualche parte?» domandò Phoebe.

«Non lo so» rispose la signora Roberts sulla difensiva. «So solo quello che stavo facendo *io*. Il medico mi disse solamente che la madre era giovane e che voleva fare tutto in modo discreto. Lo vidi solo per poco. Si chiamava Miller. Sono sicura di ricordare bene, perché mia sorella ha sposato un Miller, ora si chiama Arabella Miller.»

La signora Roberts si appoggiò allo schienale della sedia, evidentemente contenta di aver ricordato qualcosa, e si perse gli sguardi che ci scambiammo Phoebe e io pensando entrambe al taccuino giallo.

«Il dottor Miller, certo.» Cominciai a tamburellare le dita sul tavolo. «Sa se è ancora vivo?»

«Vivo?» La signora Roberts parve stupefatta, ma considerò comunque la domanda. Con la coda dell'occhio vidi che anche Phoebe tamburellava le dita sul tavolo come me. «Non saprei. Fu molto disponibile, un tipo gentile, ma già allora aveva una certa età. Cinquanta, forse cinquantacinque anni?» Il ricordo sembrava animarla. «Ma così perbene, un vero gentiluomo, molto educato. Parlava con autorità e tutte le infermiere si affrettavano a fare quello che diceva lui.»

Fece ruotare il sale e per un attimo tacemmo, intente a riflettere.

«E come si svolsero le pratiche dell'adozione, esattamente?» Iniziavo a sentirmi un inquisitore, e il fatto che la signora Roberts trasalisse in modo esagerato a ogni mia nuova domanda, per poi rispondere con voce tremante come se la stessi torturando, certo non aiutava.

«Si occupò di tutto Matthew» rispose la signora Roberts. «Delle pratiche burocratiche e di tutto il resto. Lo faceva sempre; era lui che si occupava di tutto.» Fece una pausa per tamponarsi gli occhi.

All'improvviso una teiera comparve accanto a me. «Sono solo io» disse la giovane cameriera con allegria. «Ho pensato che poteste aver bisogno di altra acqua. Desiderate un sandwich?»

«Uno al formaggio e prosciutto, per favore» rispose in fretta la signora Roberts. «Devi mangiare, tesoro.» Ignorò le proteste di Phoebe, allungando la mano per togliere qualche pallino dal cardigan della figlia. «Sei così magra ora. Dovresti davvero...»

«Quindi le pratiche che ha sbrigato suo marito...» stavo ragionando a voce alta e questo la interruppe «erano i fogli dell'adozione? E chi altro li ha firmati, qualche dipendente dell'ospedale? La, ehm, la madre forse?»

La cameriera tornò con le posate e i tovaglioli.

«Oh, no.» La signora Roberts era scandalizzata. «Allora faccende come questa erano strettamente riservate, l'identità della madre doveva essere protetta a ogni costo, perché la loro reputazione poteva essere rovinata per sempre. Be', in questo caso, suppongo...»

«Era già rovinata?» terminai la frase al posto suo.

«Be', voglio dire, sai» aggiunse in fretta la signora Roberts, «era prima della pillola e dopotutto tante ragazze madri volevano nascondere le loro gravidanze. Per questo esistevano gli istituti per ragazze madri. Il dottor Miller ci aiutò molto spiegandoci tutto.»

Phoebe abbassò lo sguardo sul tavolino e smise di tamburellare. «In realtà, molto presto ne sapremo di più sull'adozione, perché ho fatto richiesta per accedere agli atti.»

«Cosa?!» esclamò la signora Roberts sorpresa e per nulla contenta. «Ma hai il tuo certificato di nascita. Di che altro hai bisogno?»

«Si possono richiedere i documenti originali all'ufficio generale dell'Anagrafe. Poi si incontra un consulente che può dare maggiori informazioni sull'adozione. Ci vuole un po' di tempo, quindi ho pensato di cominciare subito.» Phoebe lisciò il tovagliolo e sistemò le posate, senza guardare la madre.

«Mi sembrava di aver capito che non volevi...» La signora Roberts la guardò corrucciata. «Mi avevi detto che *avere* il suo nome era tutto quello di cui avevi bisogno. Perché ti servono altri documenti?»

«Se fosse viva, non ne avrei avuto bisogno. Ma voglio sapere chi è mio padre.»

La signora Roberts la guardò di traverso. «Tuo padre era tuo padre» affermò decisa. «Non potevi desiderare un padre migliore di Matthew.»

«Sì» ribatté Phoebe, ora con gentilezza, mentre guardava la madre e le afferrava la mano. «Lo sarà sempre, lo so, mamma. Era fantastico. E cercare l'altro uomo, non gli toglierà nulla. Ma capisci che devo saperlo? Che ne ho bisogno?»

Era evidente che la signora Roberts non capiva. Afferrò di nuovo il sale, facendolo ruotare di continuo e corrugando la fronte. Ogni volta che ruotava perdeva un po' di sale, finché lo spazio di fronte a lei fu ricoperto di granelli. «Be', non ne sono proprio sicura, tesoro» disse alla fine. «Sapevo che tutto ciò avrebbe creato problemi se fosse mai venuto alla luce.»

La cameriera si affrettò verso di noi, con tre sandwich improvvisati alla meno peggio e un paio di sacchetti di patatine. La signora Roberts si voltò verso di lei, chiaramente sollevata che le offrisse una scusa per interrompere la conversazione.

«Lasciamo stare i sandwich per un attimo, mamma» propose Phoebe. «Questo per me è importante. Volevo che voi due vi incontraste. Volevo che parlassimo tutte insieme di quello che era successo, per mettere tutte le carte in tavola, in modo da poter iniziare a cercare... non so, qualcosa. Addie ha trovato una lista di nomi scritta da sua madre, forse di altre persone che erano in reparto quella notte. Ti ricordi di qualcuno in particolare?»

«Non ne sono sicura.» La signora Roberts spinse un sandwich

di fronte a Phoebe. «Era un reparto grande, con tante donne che urlavano e facevano storie. La caposala era molto severa. Ma l'unica persona che ricordo era una giovane infermiera. Veniva dalle Antille francesi, dalla Giamaica o giù di lì. Aveva appena cominciato il tirocinio. Era di turno in reparto, veniva a trovarmi e mi preparava il tè. Non potete credere alla sete che ti viene. Ad ogni modo, la seconda notte mi portò il corredino, questo te l'ho già detto, Phoebe. I vestitini erano ripiegati e il libretto della gravidanza era infilato dentro il cappellino. Insistette molto perché prendessimo i vestiti. Sembrava che la madre li avesse fatti perché la bambina li portasse con sé, per il futuro, sapete. Non ero sicura che *quella* fosse la procedura corretta, dato che il nome della madre era ben visibile, ma l'infermiera fu categorica e io promisi di tenerlo. Tuttavia, onestamente, all'epoca non ci pensai molto e lo aprii solo quando tornammo a casa, poi non ci pensai più.» Corrugò la fronte, era chiaro che non si perdonava il fatto di non averlo buttato via, risparmiando alla sua tormentata Phoebe tutti questi problemi.

«Ricorda il *suo* nome? Dell'infermiera, intendo» chiesi. «Edith Cuthbert, forse, o Laura Remington? Sarah Mason?» suggerii.

«Non ne sono sicura» rispose sulla difensiva. «Tutto quello che so è che era giovane, perché si mise nei guai con una delle suore per aver versato un po' di tè sul mio letto. E io ero ancora debole dopo il parto, perciò mi dovete perdonare ma non ricordo proprio nulla in modo certo.»

«Ma se era così debole, perché le permisero di lasciare l'ospedale così presto, e con una bambina per giunta?» insistetti. «Mi scusi, signora Roberts, ma tutto ciò non ha... molto senso.»

«Va bene. Va bene.» Madeleine Roberts gettò il suo sandwich sul piatto ma lo mancò di poco, e il prosciutto e il pane rimbalzarono sul bordo. «Ero preoccupata, va bene? Avevo Phoebe, volevo andarmene da quel posto. Non volevo che nessuno ci ripensasse e se la portasse via di nuovo.» Tremava. «Ero preoccupata, e mi sono preoccupata ogni singolo giorno degli ultimi quarant'anni, che arrivasse qualcuno a riprendersi indietro mia figlia. Di sicuro questo è comprensibile, no? Non è un crimine, sapete.» Mi fissò con gli occhi stretti. «Potevamo offrire a quella bambina un posto sicuro in cui crescere. Se non l'avessimo presa noi, disse il medico, sarebbe stata adottata da qualcun altro. O sarebbe finita in un orfanotrofio in attesa di essere adottata. Voglio dire, onestamente,» scosse la testa con rabbia «avevamo provato e riprovato ad avere un bambino. Ne avevo già persi tre. *Tre bambini!*»

La sua voce sfociò in un singhiozzo soffocato e dall'altra parte della sala la cameriera la fissò con occhi spalancati.

«Immaginate cosa si prova? Andare a fare un controllo felici come una Pasqua, per poi sentirsi dire dal medico che il bambino era morto?» Fece alcuni rapidi e profondi respiri per calmarsi. «Quella era stata la mia gravidanza più lunga, erano già passati otto mesi, e mi era insopportabile, terribilmente insopportabile, il pensiero di essere andata a spasso per Brimley, felice ed eccitata, quando per tutto il tempo avevo in grembo un bambino morto. Morto proprio come tutti gli altri, che continuavano a morire, morire e morire.»

Mi fissò negli occhi. «E sai cosa ne facevano dei feti morti allora? Lo sai?»

Scossi la testa in silenzio, con le guance in fiamme.

«Li portavano via senza neanche fartcli vedere, ma prima te li facevano partorire, come una vera mamma, solo che tu non eri una vera mamma, non eri affatto una mamma, e poi li mettevano in un secchio e li bruciavano, insieme a tutte le braccia e le gambe amputate. Se erano particolarmente gentili, li gettavano nella bara di qualcuno così da dargli una degna sepoltura. Non ho mai potuto salutare nessuno dei miei bambini… Neanche quella volta seppi se era maschio o femmina.» Unì le mani per coprirsi la bocca e le sue spalle sussultavano. Phoebe la abbracciò e quando mi guardò vidi che i suoi occhi erano lucidi.

«E poi, di fronte a noi, c'era questa splendida bambina.» La signora Roberts si chinò verso Phoebe. «Certo che la prendemmo, e con gioia, e lo rifarei ancora, un migliaio di volte. Tu dormivi nella tua culla e vedevo solo i tuoi capelli spuntare dal lenzuolo, i tuoi occhi chiusi e la tua mano così piccola, vicino alla guancia, le dita strette in una pallina. Quindi un paio di giorni dopo, uscii con la mia splendida bambina che scoppiava di salute.»

Incrociò il mio sguardo, come per vedere se osavo sfidare l'uso del pronome possessivo, ma il mio cuore era con lei e avrei detto qualsiasi cosa per farla sentire meglio. Ma distolse subito lo sguardo, si lasciò sfuggire un sospiro lungo e angosciato e prese un tovagliolo per pulirsi le mani. «Ora, se qui abbiamo finito, andrei a prendere il treno.»

«Ma non hai nemmeno finito di mangiare» commentò subito Phoebe. «Mamma, per favore, rimani. Possiamo non parlarne più se ti fa stare male. Ora ti porto un'altra tazza di tè.»

Ma la signora Roberts finse di controllare l'ora, tirò fuori l'orario dei treni e il silenzio piombò in mezzo a noi. Poi, all'improvviso, *capii*. Ne ero così sicura che mi chinai in avanti e allungai la mano, le toccai il braccio e le feci alzare lo sguardo.

«Lei la vide allora, vero?» chiesi con dolcezza. «E questo la spaventò? Temeva che potesse venire a riprendersi Phoebe?»

«Che vuoi dire?» disse la signora Roberts, con gli occhi ancora fissi sugli orari del treno e le mani che tremavano e stringevano forte il libretto. «Va bene» ammise infine, lasciando cadere l'orario dei treni sul tavolo e sollevando le mani. «Va bene. Sì, la vidi. O almeno penso che fosse lei.»

«Davvero?» Phoebe si chinò in avanti sulla sedia. «Perché non me l'hai detto?»

Le spalle della signora Roberts crollarono come in segno di resa.

«Mentre io e Matthew stavamo uscendo, passammo davanti al suo letto in fondo al reparto. Era quasi sempre coperto da un paravento.»

Si tolse gli occhiali e per strofinarsi gli occhi rimosse la maggior parte del mascara. Sembrava stanca e vecchia, con profonde occhiaie.

«Proprio mentre passavo di lì, un'infermiera entrò nella stanza. Era la giovane infermiera di colore di cui vi ho parlato, quella che mi aveva portato i vestitini. Mi vide e sobbalzò. Cercò di aggiustare il paravento per nascondere il letto e io feci due più due. Vedete, non volevano che le ragazze madri si confondessero con le altre, quindi la caposala doveva averla nascosta dietro al paravento. Per questo capii che doveva essere lei.» Quando rivolse lo sguardo su me e sua figlia, gli occhi della signora Roberts erano colmi di lacrime.

«La vidi solo per un istante. Era distesa sul letto, dormiva. Sul fianco. Aveva i capelli ricci, scuri e corti. Il paravento era aperto e si vedeva il suo viso. Era pallida, minuta e molto giovane. Era lei. Non so spiegarlo, ma io sapevo che era lei.»

Un istante. Mi concentrai sul mio tè, ormai freddo, aggiungendo una bustina di zucchero e prendendone un'altra, sforzandomi di sorseggiarlo lentamente, buttando giù il liquido dolciastro, come una medicina, finché lo sentii raggiungere lo stomaco, allargandosi verso quell'istante in cui la vita di questa donna di fronte a me si era connessa con quella di mia madre diciottenne.

«Ma io dov'ero, signora Roberts, non mi ha visto?» Trattenni il respiro.

«No, tu non c'eri… ma io…» Di nuovo la signora Roberts aveva un'espressione assorta e serrò le labbra per concentrarsi. «Ti avevo visto prima.»

Un brivido mi corse lungo la schiena sudata, una strana fitta che partiva dalla nuca e scendeva fino alla bocca dello stomaco.

«Io… io, sì.» La signora Roberts sembrava sul punto di soffocare. «Perché… vedi, quando il medico venne a parlarci di Phoebe…»

Phoebe mi afferrò il braccio e fui felice che mi fosse vicina, mentre la signora Roberts riprendeva a parlare, con voce ferma, quasi sulla difensiva. «Ci chiese di prendervi tutte e due.»

Io e Phoebe lanciammo lo stesso identico urlo di incredulità. La signora Roberts si chinò verso la figlia.

«E io vi avrei preso al volo tutte e due» disse d'un fiato. «Ma Matthew non voleva. Dovevamo tornare a Brimley, non eravamo preparati. Non pensava che ce l'avremmo fatta, non pensava che *io* me la sarei cavata.» I suoi occhi si stavano velando di lacrime, ma le trattenne.

«Quando il medico si riprese la seconda bambina volevo rincorrerlo, prendere pure lei, ma Matthew insisteva. E poi era preoccupato che avremmo avuto problemi, che la madre si potesse svegliare e rivolervi indietro. Non penso che avrei mai retto una cosa simile.» Deglutì a fatica.

«Non appena fui in grado di camminare, ce ne andammo. E non la rividi mai più.»

«*Problemi*?» chiesi incredula, e Phoebe sussurrò: «Oh, mamma, perché?».

La signora Roberts strinse il braccio di Phoebe. «Ascoltami,» rispose di cuore «mi dispiace che tutto ciò ti sconvolga a tal punto. Se solo non l'avessi scoperto. Avremmo potuto andare avanti come prima. Ma non mi sento in colpa per averti presa e cresciuta come se fossi mia figlia, sapendo di poterti garantire una vita felice e tutto il nostro amore. Sei stata la cosa più bella che potesse capitarci. Eravamo una famiglia, *siamo* una famiglia. E non importa cosa succederà d'ora in poi, continueremo a esserlo. Questo non ce lo può togliere nessuno. Voleva darti via, non ce la faceva. Sono più dispiaciuta di quanto potrò mai esprimere a parole, per questo e per lei, perché lei non ti ha avuta e io sì».

«Ma i gemelli devono restare uniti. Fa male separarli» obiettò Phoebe con voce roca.

«Non l'avresti mai saputo» rispose la signora Roberts. «Non può far male se uno cresce senza sapere di avere una gemella. Non l'avevi nemmeno mai vista.»

«Ma avrebbe dovuto, però.» Alla fine avevo ritrovato la voce, sebbene con un tono più rauco.

«E come hai potuto non dirmelo?» incalzava Phoebe. «In tutti questi anni, avrei potuto conoscere Addie, avremmo potuto passare del tempo insieme, avrei potuto avere una sorella. Hai aspettato quarant'anni, quando metà della mia vita se n'è già andata? E anche adesso, non me l'avresti detto se non l'avessi scoperto da sola, se non ti avessi costretto a farlo.»

La signora Roberts sembrava sprezzante più che dispiaciuta, quando disse: «Dio solo sa quanto sia stato difficile. Ogni volta che suonava il campanello o il telefono, ogni volta che andavi in gita scolastica, ogni estraneo che incontravi, ogni volta ero preoccupata che un giorno incontrassi tua sorella o che la ragazza nel letto ti venisse a riprendere.» Strinse il braccio di Phoebe ancora più forte. «E io non avrei mai permesso che ciò accadesse. E per uno scherzo del destino...» Esitò, asciugandosi gli occhi con la manica e scuotendo la testa.

«Cosa?» disse Phoebe. «Cosa?»

«Alla fine ti aveva quasi trovata.»

«Che intende?» chiesi allarmata.

«Ricevetti una lettera. Circa otto mesi fa. Un uomo mi chiedeva se quella notte mi trovavo in quell'ospedale. Se sapessi nulla di un'adozione. Stava svolgendo delle ricerche a nome di una donna che aveva perso sua figlia. Una donna di nome Elizabeth Holloway.»

«E lei che fece?» sussurrai. «Cosa...»

«Lo ignorai. Bruciai la lettera.»

Ci fu un attimo di silenzio sgomento, poi Phoebe si alzò spingendo indietro la sedia. La cameriera era in piedi non troppo distante, i suoi occhi passavano dall'una all'altra, e la signora Roberts restava seduta con lo sguardo chino sul tavolo.

«Non posso credere che tu non me l'abbia detto» esclamò Phoebe, ormai dietro sua madre. Poi infilò il braccio nella manica del suo cappotto così velocemente che si udì un lieve strappo.

«Ma, Phoebe, non volevo nemmeno che lo scoprissi!» La voce era rotta dal pianto; la signora Roberts scoppiò di nuovo in singhiozzi. «Ascoltami, per favore, siediti, ti prego, vedi...»

Ma Phoebe aveva già girato sui tacchi ed era uscita, e io, dopo aver recuperato le mie cose, balzai in piedi e le corsi dietro.

Limpsfield, 14 agosto 1958

Oggi è il primo giorno della mia vita senza la mamma. È morta ieri, la notte in cui compivo diciassette anni, e questo ha reso la giornata del mio compleanno e ogni singolo giorno delle ultime quattro settimane amaro e terribile, perché mentre me la godevo da fannullona sulla terrazza di Hartland, mia mamma stava sfrecciando verso la morte senza che io fossi lì a confortarla. È successo mentre stavo bevendo il mio primo calice di champagne o mentre ridevo con Harry delle buffonate di Bea? È stato mentre sgattaiolavo tra gli alberi del frutteto o quando mi sono alzata in punta di piedi e ho sentito quel ronzio paradisiaco nelle orecchie, proprio mentre venivo baciata per la prima volta? Ha esalato l'ultimo respiro proprio mentre mi stavo innamorando?

Ora non importa più se mi sono davvero innamorata o se sono stata baciata, oppure se oso scriverlo qui rischiando che mio padre o qualcun altro lo scopra. Non mi importa più di niente, eccetto del fatto che non ero qui a salutare la mamma, che non c'ero quando invece avrei dovuto esserci. Avrei dovuto leggere per lei, avremmo dovuto parlare della nostra gita a St Paul. Non avrei mai dovuto lasciarla.

Il mattino dopo la mia festa di compleanno, molto presto, è arrivata una telefonata e Janet mi è venuta a cercare. La cameriera mi ha aiutato a fare le valigie e Janet mi ha accompagnato personalmente in macchina alla stazione, mentre tutti gli altri dormivano ancora. Mi sono seduta sul treno stordita, sotto choc, perché mio padre aveva chiamato dall'ospedale, non da casa. Come ho scoperto in seguito, mentre immaginavo mia madre nel suo letto o seduta in poltrona, ad ammirare il suo giardino in santa pace, e mi illudevo (come potevo essere stata così stupida da crederlo!) che potesse migliorare, lei non era affatto lì, ma era stata ricoverata in ospedale il giorno stesso in cui sono partita per Hartland. Per morire in ospedale, ecco perché era partita, ecco perché ero stata mandata via.

Me lo ha detto suor Hammond, l'ha fatto d'un fiato, senza sprecare troppe parole. Mamma sapeva che non le rimaneva molto da vivere: è stata una sua scelta, ha aggiunto suor Hammond, con gentilezza ma decisa, perché vedeva che guardavo papà, arrabbiata e incapace di perdonarlo per averla fatta ricoverare in ospedale, quando magari non voleva andarci, e per non avermi chiamato prima, quando si stava avvicinando la fine. Ma mia madre non voleva, in nessuna circostanza, che la vedessi così, mi ha spiegato suor Hammond, mentre giaceva in un letto d'ospedale e deperiva ogni giorno di più. Non voleva che potessi stare con lei solo durante i brevi orari di visita. Suor Hammond mi ha parlato a lungo di questo, mi ha detto che la mamma si era trovata bene in ospedale, che era in stanza con una signora gentile che era rimasta impressionata da tutte le lettere che la mamma aveva ricevuto dalla sua graziosa figlia, da tutte le storie che le avevo raccontato, com'era fiera quando parlava di me. Avevo reso la sua vita, specialmente gli ultimi mesi, una gioia, e ora dovevo essere forte, e farmi forza per mio padre. Suor Hammond era molto gentile e io non volevo dirle che aveva torto, che papà aveva avuto torto, e pure la mamma, per avermi tenuta distante. La mamma aveva odiato l'ospedale fin dalla prima volta che ci era entrata, quando non erano riusciti a capire che cosa non andava e aveva bisogno di aiuto. L'aveva odiato così tanto che era tornata a casa, specialmente dopo che fu chiaro che i medici non potevano fare nulla di più, e suor Hammond si era resa gentilmente disponibile a prendersi cura di lei per tutto il tempo necessario.

Ora capisco la sua euforia, l'affiorare dei suoi ricordi, le sue lettere lunghe e traboccanti, la sua eccitazione per me. Non migliora certo la situazione, ma la chiarisce, anche se lascia un tremendo e grigio sapore di cenere in bocca. Ora sono nella sua stanza, seduta sulla sua poltrona, e mentre scrivo guardo fuori in giardino. Mio padre è al piano di sotto e io sono corsa qui per il saluto finale.

Il suo letto è stato rifatto e qualcuno ha buttato via gli ultimi mazzi di fiori, perché i vasi non ci sono più; per la prima volta da molto tempo il camino è spento e il bollitore non è sul fuoco. Ma a parte questo, la stanza è esattamente come l'ho lasciata quattro settimane fa. Le poesie di Christina Rossetti sono sul comodino e una cartolina di St Paul indica il punto fin dove abbiamo letto insieme l'ultima volta. Il *Radio Times* è dove l'ho lasciato, accanto alla vecchia radio di legno, che non abbiamo mai spostato dalla sommità del comò perché mamma aveva paura che cadendo si rompesse in mille pezzi. Il piccolo sgabello su cui mi sedevo per parlare con lei è ancora vicino alla poltrona, dove l'avevo lasciato. Non hanno preso però la piccola rosa nel vaso vicino alla finestra, quella che le avevo portato dal giardino in aprile. Quando ho avvicinato il naso per annusarla, il suo profumo celestiale mi ha fatto sentire così triste da desiderare di morire. Ho trovato le cesoie di mamma e ho reciso un ramoscello, con i boccioli piccoli e perfetti, e l'ho messo tra le pagine che le avevo letto solo alcune settimane prima, cercando di farlo bene, per aiutarla a tirare avanti fino a quando non fossi tornata a casa.

Le ultime luci del primo giorno senza di lei si riflettono nello specchio appeso al muro, catturano il bordo di una cornice d'argento, si soffermano sulle bottigliette di profumo raggruppate sul suo comò. Ma inizia già a esserci più ombra che luce nella stanza e la sera si allunga, come i giorni e le settimane e i mesi che verranno, spogli, vuoti e desolati. Rimetterò la rosa sul davanzale prima di andarmene, così che possa profumare la stanza un altro po', fin tanto che l'anima di mia madre aleggerà qui. Traccio il contorno della cattedrale di St Paul sul segnalibro di mia madre, e vorrei che lei rimanesse vicino a me, che si fermasse, per un attimo, sulla soglia tra la vita e la morte. La sua stanza la ricorda ancora, il materasso conserva la forma del suo corpo, il cuscino quella della sua testa. Piccoli frammenti della sua pelle sono ancora dove la sua mano ha sfiorato per l'ultima volta le tende, le pagine del libro sussurrano sopra la cartolina, che lei teneva in mano solo poche settimane prima. Tutta l'aria nella stanza si raduna e fluttua intorno al ricordo di questa persona amata, che era qui solo poco tempo fa e ora è andata per sempre.

Ma questo ricordo comincerà ad andarsene presto, lo so. L'aria cambierà e alla fine si immobilizzerà, i granelli di polvere scacceranno via le ultime tracce di vita nella stanza. Il suo odore sparirà, e poi il tocco della sua mano, lo scintillio dei suoi occhi; il suono della sua risata comincerà a farsi sfocato. Chi ricorderà Constance Adele Holloway, chi mai pronuncerà ancora il suo nome? Chi la ricorderà se non io?

So che dovrei scrivere di lei, che scrivere la terrebbe in vita, la farebbe rimanere dentro di me e vicino a me, ma adesso fatico a trovare le parole. Sono uscite così in fretta nelle ultime settimane a Hartland – pensieri e sensazioni assorbiti da queste pagine assetate – per preservare la mia esultanza, la mia gioia, la mia libertà, per mia madre, che mi stava aspettando in questa stanza. Ma ora queste parole e lo slancio con cui le ho scritte è come se mi deridessero. Non ci sarà più alcun bisogno che io immortali le mie giornate, perché lei non sarà più qui ad ascoltarle. Non c'è modo che queste pagine possano trattenere tutti i pensieri che mi frullano in testa, non quando non oso neppure guardare le pagine precedenti, straripanti di felicità. Semplicemente non ce la faccio, quindi le nasconderò fino al momento in cui potrò di nuovo pensare alla vita.

21

Fuori dalla caffetteria ci misi un attimo a orientarmi, ma avvistai subito Phoebe che guardava la strada a destra e a sinistra. La afferrai per il gomito e, mentre la trascinavo lungo la via affollata, alcuni pedoni che giungevano dalla direzione opposta ci scrollarono addosso i loro ombrelli. Trotterellammo giù per gli scalini della metropolitana e quando il treno arrivò, pieno zeppo di scontrosi e inzuppati pendolari, ci strizzammo in un angolo accanto alla porta. I capelli mi stavano soffocando e sudavo nel vagone afoso. Phoebe, invece, appariva stranamente calma. Stava studiando la mappa della metropolitana, ma era evidente che pensava ad altro. Quando il treno deviò bruscamente appena dopo Gloucester Road, mi cadde addosso e fui felice di aver mantenuto la presa sul suo braccio.

«Vieni a casa mia, Phoebe, okay?» proposi decisa, sostenendola meglio che potevo. Intanto gli altri passeggeri si allontanavano a fatica, litigando. Il treno iniziò a rallentare prima della stazione successiva e sentii i suoi capelli ricadere sulla mia spalla. Pigiata tra me e la barriera di vetro, Phoebe si rilassò e chiuse gli occhi.

Di fronte a casa mia, Phoebe si appoggiò al muretto accanto ai due bidoni della spazzatura mentre frugavo in cerca delle chiavi. Quando aprii la porta, all'improvviso un gattino saltò fuori dal varco, si diresse verso il cancello e svanì. Un attimo dopo, un altro micio sfrecciò dalla porta, ma stavolta Phoebe, con fantastica prontezza di spirito, si tuffò e riuscì ad agguantarlo prima che potesse scomparire. Lo tirò su, con le mani a conca attorno al piccolo corpo che si divincolava. In mezzo ai pollici spuntava solo un paio di occhietti che battevano le palpebre. La porta si spalancò e apparve la signora Emmet, la mia vicina del piano di sotto. Sembrò felice di trovare almeno uno dei suoi protetti ancora nell'edificio, ma non evitò di agitargli il dito sul musetto.

«Tu, sciocchino. Stanotte dovrò stare sveglia ad aspettare tuo fratello. Oh, be', non andrà lontano. Odia la pioggia. Ciao, Addie. Hai portato un'amica?»

La signora Emmet era la vicina di casa più gentile di tutta Londra. Si presentava sempre con una tazza di tè se ero malata e mi teneva da parte tutte le riviste di gossip di cui era drogata, mettendo un segno alle pagine che per lei erano cruciali per la mia scandalosamente scarsa conoscenza delle tresche dei VIP.

«Questa è la signora Emmet. Vive al piano di sotto» spiegai a Phoebe, che grazie al salvataggio del gatto sembrava essersi risvegliata dal torpore. Aprì leggermente le mani e la testa del micetto spuntò.

«Un'autentica amante dei gatti» confermò la signora Emmet, mentre il gattino sgusciava via, si arrampicava sul collo di Phoebe e si accucciava sulla sua spalla.

«E lei è Phoebe. In realtà è…»

M'interruppi. Phoebe si guardò le scarpe, sembrava persa, e nella penombra mi sentii vicino a lei.

«Mia sorella» conclusi cordialmente. Le afferrai il braccio e la strinsi a me. Era la prima volta che lo dicevo a voce alta e lo pensavo davvero, senza ombra di dubbio, senza riserve, quasi orgogliosa. Il gesto stranamente ci unì, dando al nostro legame una forma piacevole e definitiva. «È la mia sorella *gemella*» aggiunsi. «Siamo gemelle. E ci siamo appena conosciute qualche giorno fa.»

«Perbacco!» La signora Emmet fu presa in contropiede, ma un attimo dopo annuì con trasporto. Questo genere di cose le erano familiari. «È una cosa bella per tutte e due. Wow.» Fece una pausa per pensare, poi disse: «Hai conosciuto Venetia, eh?». Inarcò le sopracciglia, stringendo le labbra per nascondere un sorriso compiaciuto.

«Assolutamente» rispose Phoebe cupa.

La signora Emmet rise forte. «Abbaia ma non morde» la avvisò. «O almeno credo. Bene, piacere di averti conosciuta, Phoebe, davvero. Questo è Potts.»

Indicò la palla di pelo sulla spalla di Phoebe. Il gattino toccò le mie chiavi con la zampa e io le mossi su e giù, guardandolo mentre tirava colpetti in aria. Phoebe lo porse alla signora Emmet che lo rifiutò.

«In prestito per la serata» disse, tenendo aperta la porta del suo appartamento. «La migliore terapia che esista. Ma fate in modo di dividervelo, voi due. E, per amor del cielo, non dategli niente da mangiare.»

«Sto bene, Addie, davvero.»

Avevo costretto Phoebe a sdraiarsi sul divano, che era troppo corto per lei: i piedi spuntavano dal bordo e la coperta le arrivava a malapena alle caviglie. Posai una salvietta fresca cosparsa di olio di lavanda sulla sua fronte, coprendole gli occhi, perché quello era il rimedio della signora Baxter per qualsiasi malanno, dal mal di gola alle dita rotte. Poi misi il gattino tra le sue braccia, cercai una salvietta fresca per il mio viso, ci vuotai sopra mezza bottiglietta di olio di lavanda e sprofondai sulla sedia davanti a lei, chiudendo gli occhi all'immagine di mia madre raggomitolata in un letto di ospedale e ripensando allo sguardo di disprezzo e rimorso della signora Roberts quando ce n'eravamo andate. E ora il nuovo e spaventoso "e se"… E se mia madre non mi avesse mai voluta tenere? Se avesse previsto di dare via anche me?

Mi domandavo cosa stesse pensando Phoebe, se anche lei arrancasse in cerca di un appiglio mentre il mondo sembrava costantemente crollare sotto i nostri piedi. Ma immagino che avesse già vissuto tutto questo poche settimane prima, quando aveva scoperto che Elizabeth Holloway l'aveva data in adozione. Io, d'altra parte, essendo rimasta con mia madre, avevo stupidamente supposto che, in qualche modo, ero stata *scelta* per rimanere, per poi scoprire che era stato solo uno scherzo del destino.

A un certo punto, sentii che il gattino atterrava sul pavimento con un morbido *plop*, poi il suono delle sue unghie che graffiavano il tavolino. Seguì un nefasto fruscio e iniziammo entrambe a rialzarci a fatica. Tenendo strette le salviette bagnate, i nostri occhi cercarono il micetto che giocava con un sacchetto di plastica accanto a noi, poi si incrociarono sopra il tavolino. Spostando delle ciocche dal viso, ci sorridemmo con una smorfia, con gli stessi identici capelli arruffati, la faccia chiazzata e l'aria esausta.

«Non posso crederci» gracchiai nonostante il groppo in gola. «Continuo a pensare che molto presto diventerò insensibile a tutto questo, ma per ora i pensieri mi vorticano nella mente senza sosta.»

«Oh, diavolo.» Phoebe si chinò sulle ginocchia. Aveva i capelli arruffati, una chiazza polverosa su una gamba dei pantaloni e gli occhi tristi e arrossati. La sua vista, la sua nuca che appariva tanto esposta e vulnerabile mi fecero balzare in piedi e rimettermi in sesto. Non potevamo crollare nello stesso momento, qualcuno doveva tirarla su di morale.

«Qualcosa da mangiare, ecco cosa ci serve» dissi rapidamente, facendo ricorso all'unica cosa che aveva il potere di risollevare una situazione disperata. «Preparerò qualcosa. E ci farebbe bene bere qualcosa di forte.»

Phoebe era titubante. «Magari anche un po' di tè?»

«Certo.» Mi alzai, con le gambe pesanti. «Se hai bisogno del bagno, è lì.»

Quando tornò, si era raccolta i capelli e pulito il viso, si era abbottonata per bene il cardigan e aveva ritrovato gli occhiali. Ma quando si trascinò verso uno degli sgabelli intorno all'isola della cucina e posò il mento sulle mani a pugno, somigliava incredibilmente a una bambina, nonostante le sue lunghe gambe toccassero quasi il pavimento.

«Come ti senti? Qui ci sono del formaggio di capra e del pane. O potrei cucinare una quiche?»

Sembrò sul punto di rifiutare, ma poi cambiò idea. «Sembra delizioso. Davvero, non disturbarti.»

Stavo già prendendo la farina dallo scaffale sopra ai fornelli. Impasto friabile, caldo, delizioso. Proprio la cosa giusta da fare quando hai avuto uno choc e da mangiare se ti senti triste. Tagliai il burro, presi dei cubetti di ghiaccio per l'acqua. Non parlavamo ma quel silenzio era piacevole, familiare, come tra due persone che lo riconoscono ma non si sentono obbligate a riempirlo. Pensai per un attimo alle chiacchierate con Venetia e al fatto che, di fondo, ero sempre all'erta contro i suoi assalti. Sorrisi tra me perché Phoebe, in confronto, era una persona molto rilassante. Se ne stava tranquilla, picchiettando sullo sgabello con le gambe e sorseggiando il tè, guardandomi spianare l'impasto in una piccola teglia, abbastanza grande per due persone, e metterla in frigo a riposare. Le chiesi di tagliare a pezzettini due asparagi, e nonostante una linea di concentrazione apparisse tra le sopracciglia, il modo in cui stringeva il coltello avrebbe fatto svenire Andrew.

«Te l'ho detto che non sono una brava cuoca» si scusò, quando si accorse che fremevo ogni volta che la lama scendeva a due millimetri dall'unghia del suo pollice.

Spinse gli asparagi mutilati verso di me e ripiombò nel silenzio, con le mani a pugno. Osservò il gattino che saltellava per la stanza, finché non tornò al sacchetto di plastica accanto al tavolo e iniziò a giocare con il materiale frusciante.

Quando vidi che aveva scovato la cornice rotta, mi inginocchiai e la misi via. In qualche modo, dopo tutto quello che avevamo sentito quel giorno, non potevo far fronte a quei due volti. Magari più tardi, un altro giorno, quando avremmo avuto il tempo di metabolizzare il tutto. Con un colpetto sulla groppa, feci scivolare il gatto verso il divano e poi raggiunsi i manici della borsa, con l'idea di nasconderci la cornice. Proprio allora sentii un respiro a malapena percettibile sopra di me, e quando sollevai gli occhi vidi che Phoebe stava guardando nella mia direzione, e che mi aveva osservato nascondere la foto di mia madre. Non disse nulla, distolse semplicemente lo sguardo mentre mi tiravo su con lentezza. Ci aveva colto l'imbarazzo.

«A volte,» disse a bassa voce, guardando sempre altrove, «soprattutto di notte quando tutto è calmo, sento un enorme rimpianto, riguardo a tutta questa vita che non ho vissuto. Tutte le cose che mi sono persa.» I suoi occhi seguirono il gatto che adesso si aggirava per la stanza. «Se ne sta qui.» Si diede un colpetto sulla gola e io annui con aria d'intesa. «È una sensazione che mi getta nel panico. Come se avessi bisogno di tornare indietro nel tempo per capire tutto sul momento, per rimediare, subito, in quel preciso istante. Per questo credo di aver fatto irruzione nella tua vita in questo modo, di essere venuta a casa tua, in pasticceria, di voler conoscere tuo padre, tua sorella, come se volessi farci entrare tutto adesso. Ma torno sempre a domandarmi perché tu sei rimasta e io no.»

Tacque di nuovo, senza staccare lo sguardo – i suoi bellissimi occhi grigi erano così simili a quelli di mia madre, ai miei – dal gatto che era salito sul ripiano della cucina, toccando con la zampa i vasi di erba cipollina e rosmarino, facendo frusciare leggermente i gambi delle piante.

«Credo che dovremmo parlare di nuovo con tua madre» dissi. «Magari ricorda qualcosa che potrebbe aiutarci a...» e feci una pausa per pensare, prima di concludere, concentrata su qualcosa che fosse ragionevolmente a portata di mano: «A capire».

«Sì.» Per un attimo il viso di Phoebe si addolcì. «Ce l'ha messa davvero tutta e io... io non avrei dovuto scappare. Ero così arrabbiata.» Aggrottò le sopracciglia. «Ma non aveva mai raccontato niente di tutto questo prima d'ora, mai una volta da quando l'ho scoperto. Ha sempre parlato di un'adozione privata concordata in ospedale. Ma quello che è successo davvero è che dopo avermi preso è corsa via, Addie. Ci ha separate, e anche quando Merck si è messo in contatto con lei lo scorso anno, gli ha mentito. E ha mentito a me. Pensaci un attimo, avrei potuto incontrare Elizabeth prima che morisse.»

«Non credo che ci saresti riuscita» dissi con la maggiore delicatezza possibile. «È morta un anno fa. Merck deve aver spedito la lettera dopo la sua morte. Ha detto che non si erano sentiti per un po'. E tua madre non ha fatto tutto da sola, non dimenticarlo. È stato soprattutto il medico.» Nell'interesse di Phoebe stavo facendo di tutto per nascondere il mio disprezzo nei confronti della signora Roberts. «Credo che abbia fatto quello che pensava fosse la cosa migliore.»

Mi guardò con espressione amara. «Facile da dire per te. Alla fine tu l'hai avuta, la nostra vera madre, e io... sono stata abbandonata.»

«Ma Phoebe,» dissi in tono supplichevole «non sei stata abbandonata. Tua madre ha fatto quel che ha fatto per amore, solo per amore. Questo è chiarissimo. Ti ha amato e ti ama infinitamente.»

Phoebe si appoggiò al ripiano della cucina, aumentando lo spazio tra noi. «Ma perché Elizabeth ha impiegato così tanto a mettersi sulle mie tracce? Perché non è tornata sui propri passi, riprendendomi in questa famiglia a cui dovrei appartenere? Dove c'eri anche *tu*.»

«Phoebe, è stata una fatalità» esplosi, passando le mani tra i capelli. «Non l'hai capito? È stato un caso che io sia rimasta. Doveva darmi in adozione, ma non c'erano genitori per farlo.» Pescai un elastico in un piatto sul tavolo e mi tirai i capelli talmente forte che Phoebe sussultò. «Avresti preferito crescere con una madre adottiva che ti voleva, ti voleva così tanto da essere pronta a combattere con le unghie e con i denti per te, incluso prenderti e correre via? O con la tua *vera* madre, che ti aveva già dato in adozione ma poi ha dovuto arrangiarsi perché non c'era nessuno disponibile a portarti via da lei? Eh? Dimmi un po'? Ti prego, dimmelo.»

Mi guardò di traverso con gli occhi lucidi, poi abbassò le spalle e crollò all'indietro. «Mi dispiace, Addie. Hai ragione.» All'improvviso si lasciò sfuggire una risata incerta. «Forse in questo momento non è il caso di fare a gara a chi si sente più abbandonato.»

Respirai e accennai un sorriso. Il gatto si avvicinò, toccando con la zampa la mia gamba e miagolando dolcemente. Allora lo sollevai e me lo infilai sotto il mento, sentendo una lieve vibrazione sulla gola. Di sottecchi, lanciai a Phoebe una lunga occhiata, al suo volto che mi sembrava ancora poco conosciuto ma già familiare, con i suoi spigoli, i suoi occhi grigi e la coda di cavallo che oscillava quando si muoveva.

«Tu c'eri già» dissi «in tutti questi anni, in qualsiasi cosa facessi. Tutti i miei compleanni, tutte le mie giornate, tutte le *sue* giornate, erano segnati dalla tua assenza. Ora lo so, posso vederlo così chiaramente ripensando a quello che faceva e diceva. Qualsiasi cosa sia successa quando siamo nate, che lo avesse deciso lei o fosse stata costretta a farlo o non fosse mai tornata sui propri passi, lei ha dovuto conviverci tutta la vita, e credo che lo vedesse in *me* ogni singolo giorno. Quindi non sei mai stata abbandonata, perché per lei io ero solo la metà di un intero.»

Piombò un silenzio che si fece via via più profondo. E la serata piovosa, il mio ripiano d'acciaio immacolato che brillava alla luce sfocata del tramonto, la mia sensazione di fluttuare tra segnali stradali che si muovevano in continuazione, l'odore dell'impasto che cuoceva nel forno e il gattino che faceva le fusa sulla mia gola, tutto era racchiuso a questo piccolissimo spazio tra me e Phoebe, in piedi nella mia cucina, una vicina all'altra. Allora, inspiegabilmente, ci fu una connessione tra noi, profonda e naturale, come la vibrazione di una corda che ci univa, al tempo stesso bella e discordante: *eravamo* due metà di un tutto, due paia di identici occhi grigio nuvola che si guardavano, due cuori che pulsavano vicini, sentendo il peso di quello che avevamo perso e di quello che sarebbe potuto essere e di tutte le cose che sarebbero ancora potute capitare, e fu al contempo meraviglioso e spietato. Anche Phoebe doveva aver sentito qualcosa perché si mosse, con un gesto che era insieme un tentativo di ritrarsi e allungare le braccia.

«Saresti stata la mia Charlie» disse, e i suoi occhi si riempirono di lacrime. «Con tutti quei capelli ribelli dalle ciocche gialle e nere.» Accennò un sorriso, un gorgoglìo strozzato e commovente. Abbassai lo sguardo, nel tentativo di arginare il pianto.

«Mi sarebbe piaciuto essere Charlie» riuscii a dire. «Ha un'aria molto più simpatica di Venetia.»

Si lasciò sfuggire un'altra risata titubante, si asciugò gli occhi con la salvietta e la posò per appoggiarsi al ripiano. Mi chinai, raccolsi il sacchetto di plastica e glielo porsi. «Queste sono alcune cose che ho preso da casa. Soprattutto foto. Mi piacerebbe che le tenessi tu.»

Allungò il braccio per sciogliere i manici di plastica annodati, ma io posai una mano sulla sua.

«Portalo a casa. Una delle cornici è rotta, quindi fai attenzione quando apri il sacchetto.»

«Ma non vuoi appenderle qui?» Guardò corrucciata il mio appartamento.

Scossi la testa, incapace di spiegare perché non fossi pronta per Elizabeth e Constance Adele Holloway, non fino a quando non avessi capito veramente mia madre, fino a quando non avessi saputo cosa era successo davvero il 14 febbraio 1960.

22

Sedevamo al ripiano della cucina una accanto all'altra a bere tè. Mangiammo *quiche* e insalata, poi alcune gustose fragole che avevo comprato al mercato il giorno prima, che galleggiavano in una densa crema alla vaniglia. Dato che avevamo ancora fame, tirai fuori dal freezer due brownie al cioccolato, li infilai nel forno ancora caldo e li mangiammo con la crema avanzata e un'altra tazza di tè.

«Fantastico» commentò Phoebe, raccogliendo risoluta l'ultima briciola con le dita e infilandosela in bocca. «Non mangio mai così tanto. Non posso credere che hai preparato tutto in meno di un'ora. Persino la tua crema è più buona di qualsiasi cosa abbia mai avuto nel mio frigorifero. Si può fare un ordine online da Solihull?»

«Dolci da tè, pan di zenzero, torta al limone» suggerii impilando i piatti. «Frollini, naturalmente.» Mi stavo appassionando al tema. «E potrei certamente inviarti della cioccolata. Un sacco di cioccolata. E...»

Lo squillo del cellulare di Phoebe m'interruppe; il gattino, che stava annusando furtivamente il piatto vuoto di Phoebe, scappò via.

Il telefono era dove doveva essere, in una tasca laterale della borsa con la cerniera, e lo tirò fuori. «Non sono io. Dev'essere il tuo.»

La suoneria continuò a squillare e il gattino non smise di agitarsi finché non tirai fuori i miei due Nokia. Il mio era silenzioso. Era il cellulare di mia madre.

«James Merck» avvisai Phoebe, guardandola. «È tornato.»

«Rispondi» disse lei. E visto che non mi decidevo, allungò il braccio e premette il tasto verde.

«Signora Harington!» La voce roca suggeriva che era emozionato di avermi trovato. «Sono James Merck. Volevo solo accertarmi che avesse ricevuto la mia lettera.»

«Non ancora, temo. Ma le poste a volte impiegano un po' di giorni.» Mi schiarii la gola e Phoebe sventolò le mani in segno di incoraggiamento. *Diglielo*, mimò con le labbra.

«Mi dica cosa preferirebbe fare. Ho trovato un altro archivio di documenti del Sistema Sanitario Nazionale che potrebbe valere la pena controllare. Ho inviato una richiesta un anno fa ma potrei anche andarci di persona. Sebbene questo presupponga delle spese, il che mi porta ad affrontare la seconda questione... la mia parcella, e a questo punto, signora Harington, devo insistere perché lei mi paghi. Il conto di suo padre è stato chiuso?»

«Ehm, il conto di mio padre?» chiesi. «Be', è in ospedale... aspetti, voglio dire, cosa intende esattamente?»

«Be', pensavo che fosse da lì che provenisse il pagamento trimestrale. Può inviarmi denaro in altro modo? O mandarmi un assegno?»

«Sì, certo, ma, signor Merck, prima che continuiamo a parlare, potrà sembrarle strano...» feci una pausa.

«Strano? Se esercitasse la mia professione da quarant'anni, smetterebbe di sorprendersi.» Fece uno sbuffo divertito e io guardai Phoebe implorante. *Ce la puoi fare*, sibilò.

«Signor Merck» feci un profondo respiro. «Mia madre è morta un anno fa.»

«Non credo di capire. Sta bene, signora Harington? Francamente la sentivo un po' sottotono. È sicura di essere guarita completamente?» Sembrava preoccupato, al che, un po' irrequieta, dissi molto rapidamente: «A dire il vero mia madre, la signora Elizabeth Harington, è deceduta. Io sono Adele Harington, sua figlia. Sono quella con cui ha parlato l'altro giorno a casa, che ha trovato il suo cellulare.»

Feci una pausa, trattenni il respiro, e visto che non ci fu risposta immediata continuai. «Mi dispiace non averglielo detto subito, ma l'ultima volta non sembrava il momento giusto per chiarire questo malinteso.»

Phoebe annuì con approvazione, mimò *ben fatto* con la bocca. Ci fu un breve e pietoso momento di silenzio, ma James Merck comprese rapidamente la nuova piega degli eventi e dovetti allontanare il telefono dall'orecchio, il che aveva come ulteriore vantaggio il fatto che Phoebe riuscì a seguire ogni singola parola.

«Non ci posso credere. Si è spacciata per sua madre che è morta? Ma roba da matti...»

«Credevo che avrebbe capito.» Phoebe sollevò gli occhi al cielo e io trattenni una risata soffocata, prima di incollare di nuovo il telefono al mio orecchio.

«Signor Merck,» dissi con fermezza «perché mia madre l'ha assunta?»

«Perché nel mio campo sono il migliore» tuonò.

«Ma non ha scoperto assolutamente nulla» sussurrò Phoebe accanto a me e io le diedi una brusca gomitata.

All'altro capo del filo, ci fu un attimo di silenzio, poi: «Mi rincresce non poterla aiutare di più. Le porgo le mie condoglianze. Sua madre...»

Guardai Phoebe, preoccupata. Avvicinò il capo, mettendosi in ascolto.

«... desiderava che le ricerche rimanessero assolutamente segrete. Dovevo tener fede alla promessa in qualsiasi circostanza. Credo che quando fosse giunto il momento giusto, volesse essere *lei* a raccontare personalmente la storia. Non voleva che suo marito, o qualcuno della famiglia, venisse coinvolto. Credo che in parte questo sia il motivo per cui mi assunse, per condividere le informazioni con un estraneo. Quindi dovete capire che non posso infrangere il nostro patto. Ho una reputazione da salvaguardare e delle regole molto ferree. Mi dispiace informarla che non intendo violarle, soprattutto con qualcuno che…»

«Sono sua figlia» lo interruppi indignata. «Si tratta *di me*, per amor del cielo. Di sicuro, ora che ho scoperto tutta questa storia, che ho trovato lei, sarebbe il caso che parlasse con me.»

«Ha scoperto tutta questa storia» la sua voce era fredda. «Perché si è spacciata per sua madre che è defunta. Non mi sembra una persona particolarmente affidabile.»

«Mi scuso» dissi. «Davvero, ma la signora Roberts mi ha detto che aveva ricevuto una lettera. Come…»

«Senta, signora… voglio dire, signorina Harington, mi mandi il certificato di morte di sua madre e allora potrò rescindere l'accordo di riservatezza. Ma prima preferirei che saldasse il debito nei miei confronti. Non credo che avrà ancora bisogno dei miei servizi d'ora in avanti.»

«Ma…»

«Ne riparleremo quando avrà avuto la possibilità di mandarmi tutto. Arrivederci.»

«Mio Dio» borbottai, infilando il telefono in borsa. «Mi dispiace, Phoebe. Se non fossi una completa inetta, oggi stesso avremmo potuto scoprire tutta la storia da Merck.»

«Non sei un'inetta! E sei stata brava al telefono; voleva solo fare la voce grossa. Dev'essere un gran pignolo. Mandiamogli il certificato di morte e una lettera ufficiale. E paghiamolo. Questo gli farà sicuramente cambiare idea.»

«Sì, sebbene… aspetta.» Mi fermai. «A proposito del suo pagamento, cosa ha detto all'inizio? "Il conto di suo padre." È così che ha detto? Ma se credeva che fossi lei, allora si trattava…»

«Sì. Oh…»

«Di *suo* padre.»

Ci fissammo.

«Ma hai detto che era morto» disse Phoebe confusa.

«Morì quando lei era giovane» risposi. «Entrambi i miei nonni.»

«Ma quando *esattamente*?» Phoebe si mise le mani nei capelli e arrossì eccitata.

Ripensai alle poche cose che mia madre aveva raccontato sulla sua infanzia, ma Phoebe mi guardava in attesa.

«Nessuno ha mai parlato di loro» spiegai. «Solo di tanto in tanto mia madre diceva quanto era stata dura per lei dopo che erano morti: aveva fatto tanti lavori, patito tanto freddo, doveva bollire l'acqua per fare il bagno, usare la stufa a pagamento, riparare le scarpe. Questo genere di cose. Vivevano a Limpsfield, dove lei era cresciuta. Una volta Venetia fece un albero genealogico per la scuola ed era imbarazzata perché dalla parte di papà c'era un grosso e fitto bosco di parenti e cugini alla lontana. Francamente, non ci avresti creduto se l'avessi visto: tutti che si sposavano come pazzi e facevano un mucchio di bambini. Mentre il lato materno era abbastanza spoglio, ed erano quasi tutti morti prima che nascessimo, fatta eccezione per qualche cugino alla lontana che morì prontamente l'anno successivo.»

Phoebe prese una penna. «Okay, come si chiamavano?»

«Constance Holloway ovviamente.» Indicai col mento la foto che adesso era nella borsa di Phoebe. «E…»

Cercai di visualizzare l'esteso albero genealogico di Venetia. Aveva disegnato scrupolosamente tutti i rami in colori differenti usando il nuovo set di pennarelli profumati che aveva ricevuto per il compleanno e di cui ero follemente invidiosa.

Di fronte a me, Phoebe deglutì incredula. «Potrei nominarti tutti i parenti che ho nell'area di Brimley» disse. «Fino a mio cugino Chester, che è veramente l'uomo più noioso sulla faccia della terra. Non posso credere che non ricordi il nome di tuo nonno.»

«George» risposi con prontezza.

«Così credevi che fossero morti prima della nostra nascita?»

«Sì, quando lei era…»

«O mio Dio, Addie, se dici *giovane* un'altra volta darò fuoco alla tua preziosa borsa di Hermès, andrò a casa e non tornerò mai più. A diciannove anni si è giovani. Persino a venti si è maledettamente giovani per perdere la madre. Quello che voglio sapere è se sei sicura che non fossero ancora vivi il 14 febbraio 1960, perché se lo erano, questo spiegherebbe un sacco di cose.»

«Se la metti così, ovviamente, non posso esserne sicura al cento per cento,» risposi sulla difensiva «ma se suo padre *era* ancora vivo, deve esserlo stato per almeno una parte della vita coniugale dei miei genitori, e quindi già c'ero. Sarebbe stato impossibile tenerlo segreto. Avremmo sentito parlare di lui in qualche modo.»

«Considerato il modo in cui la tua famiglia gestisce le relazioni familiari, non ne sono così sicura» tagliò corto. «Controllerò le date di morte.» Tirò fuori un quaderno, scarabocchiò qualcosa, poi si mise a morsicchiare la penna, pensierosa.

«Il conto potrebbe essere ancora attivo, anche se lui è morto?» chiesi. «Forse lei aveva il potere legale di usarlo o roba simile? Pagare un anticipo a Merck da quel conto invece che da quello dei miei genitori aveva senso solo se voleva che papà ne fosse all'oscuro. Okay, ho un'ipotesi» dissi con le mani giunte. «E se Merck fosse stato assunto da lui, da George Holloway?»

«Tutti questi ipotetici scenari prevedono che lui sia ancora vivo.» Tirò fuori la cartellina di Merck e il taccuino giallo e iniziò a sfogliarlo. Era un curioso miscuglio di testi organizzati e caotici scarabocchi, schizzi di girasoli e numeri, che mia madre aveva ovviamente annotato lì oltre che sul telefono, perché le lettere dei nomi danzavano lungo le pagine, in mezzo a vari appunti personali quasi illeggibili. "Richiamare lun. Non è la Emily giusta! Infermiera non fa più parte del personale. Nuovo indirizzo di J. Smith: 4 Love Lane. Petersfield. HANTS".

«Il dottor Miller è il nome che ricorre più spesso» osservai. «L'unica altra persona che compare con la stessa frequenza è una certa Sarah Mason.»

«Be', se è la giovane infermiera delle Antille, fu lei a dare a mia madre il corredino, quindi potrebbe ricordare qualcosa. E il dottor Miller si occupò della parte amministrativa.» Phoebe fece scorrere il dito lungo i numeri. «Seguì l'iter dell'adozione: era l'unica altra persona a sapere dove ero finita. Se volessi scoprire la verità su di me, dovrei partire da questi due.» All'improvviso si lasciò sfuggire una risatina e io l'imitai.

«È così strano. E non ho idea di cosa siano questi numeri.»

Guardammo il miscuglio di numeri sotto gli appunti sugli spostamenti del dottor Miller.

«Questo dev'essere un numero di telefono, qui, questo che inizia con 01883. E accanto c'è scritto Frog. O Throg? Che diavolo significa Throg?»

«È un nome» rispose Phoebe distrattamente, continuando a esaminare i numeri.

«Spero di no, perché proverei davvero pena per una persona che si chiama Throg» commentai cercando di scherzare. Presi il mio Nokia. «Ora che ho chiarito le cose con Merck, dovrei cavalcare l'onda della mia rinnovata intraprendenza?» Agitai il telefono.

«Alle nove e mezza di sera?» replicò Phoebe. «Non puoi chiamare le persone alle nove di sera. Quando tutta Brimley chiude le tende e si prepara per il coprifuoco.»

«Nove e mezzo va benissimo.» Stavo già digitando il numero, col pollice che procedeva goffamente sulla tastiera. Squillò un paio di volte. «Forse Throg è occupato con le tende oscuranti» sussurrai a Phoebe. «Non risponde nessuno.»

Stavo per riagganciare quando una voce allegra cinguettò al telefono. «State chiamando lo studio legale Throgmorton, Russel e Crowe di Oxted. L'ufficio è chiuso. La preghiamo di lasciare il suo nome e il motivo della sua chiamata e...»

Riattaccai, guardai Phoebe.

«Aha! Throggie in realtà si chiama Throgmorton ed è un avvocato di Oxted!»

Frugai tra le cose di Phoebe in cerca della mappa che avevo visto prima. Oxted era sulla A25, appena sotto l'autostrada, in mezzo a Chalkpit Woods, Godstone e Crockham Hill. Brimley era a metà strada tra Oxted e Brighton, entrambe segnate con una piccola X rossa. Feci scorrere il dito lungo la mappa per collegare i vari punti, poi mi fermai. Proprio accanto a Oxted, quasi attaccato, c'era Limpsfield, il posto dove era cresciuta mia madre. Era come se avesse iniziato dalla sua cittadina e poi lentamente si fosse allargata verso Oxted e li avesse collegati. I nostri sguardi si incrociarono sopra la mappa.

«Throg è connesso a George Holloway. Ne sono sicura. E domani scoprirò perché.» Picchiettai sulla mappa. «Mi domando come sia Limpsfield. Sembra davvero un paesino minuscolo.»

«Tua mamma ti ci ha mai portato?» Phoebe iniziò a raccogliere le sue cose per rimetterle nella borsa.

«No. Non ce n'è mai stato motivo, in realtà... Credo che avrei dovuto chiederglielo all'epoca.» C'erano così tante cose che avrei dovuto chiedere all'epoca.

«È un posto carino, in realtà, lungo le North Downs» spiegò Phoebe. «Proprio un paesello e tutto intorno il paesaggio è stupendo. Deve esserle mancato, bloccata a Londra tutto il tempo.»

Limpsfield, 7 novembre 1958

Rieccomi qui, mi sono rimessa a scrivere. Ho raccolto le pagine precedenti con due grosse graffette perché ancora adesso non tollero leggere di quando me ne stavo stupidamente in spiaggia, andavo a cavallo e ridevo mentre mamma era ricoverata in ospedale. Ma la vita è così cupa qui a Limpsfield, le giornate novembrine così fredde e buie, da desiderare ardentemente di condividere le cose con qualcuno, anche se solo con una pagina. E dopo tutto quello che è stato detto e fatto, questo taccuino sempre in ascolto è un'inezia tollerabile, e mi sento leggermente meglio sapendo che mi aspetta nel vaso di fiori secchi o attaccato dietro alla mia scrivania con uno spago.

Ho bisogno di un amico nella vita. La scuola è finita da tempo e tutti i sogni che avevamo io e mia mamma, di me che superavo gli esami e andavo all'università, sono svaniti perché mio padre non ne vede l'utilità. La mia insegnante di Inglese, la signorina Steele, si è persino messa in contatto con lui per chiedergli di riconsiderare la sua decisione, ma lui l'ha ignorata. Nel suo mondo, che è bloccato all'epoca in cui regnava la regina Victoria, le donne si sposano, preferibilmente il prima possibile. Si occupano della casa, crescono i figli, vanno in chiesa la domenica e di solito vengono risucchiate dalla vita domestica senza inutili carriere o diplomi o libero arbitrio, e senza causare nessun tipo di problema superfluo. A scuola ero scandalosamente scarsa in Economia domestica, credo che ricordino ancora il mio pan di Spagna bruciato e la mia tremolante crema pasticciera che ci chiesero di preparare e che si seccò sul lato della scodella. Quindi spero che chiunque il destino mi riserba non si aspetti niente di sofisticato. O che si accontenti di sentirmi declinare i nomi latini o ripetere la storia delle guerre napoleoniche. In ogni caso, mi sfugge dove potrei incontrare secondo mio padre questo modello di virtù vittoriana, se non alla scuola per segretarie, che è dove mi manderà perché io faccia qualcosa di utile per una volta e per tenermi fuori dai piedi finché non mi sposo. Non mi permette di uscire nel tempo libero, di stare sola nei posti dove stanno i ragazzi.

Quindi dall'esterno le mie giornate non sono cambiate molto. Continuo ad alzarmi ogni mattina e a prendere l'autobus con l'ordine preciso di tornare a casa appena finite le lezioni. Mi siedo dietro alla mia macchina da scrivere e poi rientro a casa per sedermi dietro la finestra a guardare la signora Peckitt e la signora Smith che si occupano delle loro famiglie dall'altra parte della strada, solo che non ho più le lezioni di Inglese della signorina Steele a scuola e mia madre a casa. Ho soltanto il mio taccuino stenografato con: "Gentile signor..., in riferimento a... cordialmente, sua...", che somigliano a delle zampe di gallina che attraversano la pagina, e il mio amico muto, il diario. Pasti gelidi in compagnia di mio padre scandiscono le giornate: durano esattamente diciassette minuti e trenta secondi, sedici se mangio veloce.

Oggi sull'autobus, che ho aspettato per un tempo interminabile e dove sono stata in piedi per quasi tutto il ritorno, all'improvviso sono rimasta sciocc ata all'idea che morirò in questa casa, sola, zitella e imprigionata per sempre, come una sorta di nubile compagna di mio padre, oppure mi verrà imposto qualcuno che lui avrà pescato in chiesa o in banca. E succederà di sicuro che muoia in un posto simile a questo. Nessuna delle due opzioni è particolarmente invitante; entrambe contemplano la morte e non sembrano affatto felici. Possibile che questa sia ora la mia vita? E che sia tutto quello che mi aspetta? Gettare la morte di mamma alle spalle e prepararmi a una lunga e solitaria vita da moglie che alla fine conduce solo a un'altra morte, cioè la mia? Io e mamma avevamo grandi progetti. Avrei insegnato Letteratura Inglese all'università, cosa che mamma non è riuscita a fare durante la guerra, o sarei diventata almeno un'insegnante. Essere un'insegnante sarebbe stato più rispettabile, soprattutto secondo le opinioni di mio padre, ma lei mi ha sempre detto che una volta che ero qualificata per fare qualcosa, potevo fare tutto.

La casa è così calma e fredda ora che l'inverno è quasi arrivato. Il vento e gli spifferi filtrano sotto le porte e l'altro giorno, al risveglio, c'era del ghiaccio sulla mia finestra. Stanotte è arrivata la nebbia, sebbene da noi non sia mai fitta come quella di Londra descritta sui giornali, ma quando la viscida foschia verde-marrone fa la sua comparsa, si insinua dappertutto tanto che si vedono a malapena i lampioni per strada o l'autobus mentre appare dall'angolo. Mamma odiava la nebbia e mi aspettava con ansia quando tornavo da scuola perché temeva che l'autobus si perdesse.

Tutto fa riaffiorare vecchi ricordi: il freddo, l'autobus, la nebbia, la casa, ogni cosa che faccio, penso o tocco è venata da una nostalgia e una desolazione da crepacuore. La nostra capacità di ricordare è così strana; quando ti rimane poco tempo da passare con qualcuno prima che muoia, allora la tua memoria in qualche modo si accorcia, vivida e briosa tutta intorno a te, forse perché il tempo con quella persona non è più distribuito in un'intera vita ma è concentrato, denso e compatto, nei pochi anni che hai avuto.

Mamma che mi aspettava dopo scuola per togliermi gli strati di vestiti della divisa e mi chiedeva com'era andata la mia giornata. Io che infilavo i piedi nel letto freddo per scoprire che lei vi aveva messo una bottiglia d'acqua calda ore prima. Io che le sedevo in grembo come una bambina per farmi pettinare davanti al fuoco dopo il bagno, lentamente e con delicatezza, i colpi di spazzola ipnotici e ripetitivi da farmi quasi addormentare, i miei riccioli che si sistemavano sotto le sue mani. Ridevamo delle buffe ombre che proiettavano sulle pareti. Li lasciava sciolti e ribelli, o li lisciava vicino all'orecchio da dove poi risalivano in un groviglio, e alla fine li legava con un nastro perché mio padre sosteneva che avere così tanti capelli non era una cosa normale.

Non penso spesso alle cose più importanti, quando a volte sgattaiolavamo al cinema se mio padre era occupato o prendevamo il treno per Knole House per andare a curiosare o ci recavamo al teatro per il mio compleanno. E penso raramente alle poche volte in cui abbiamo discusso o litigato. Invece lei è presente nelle cose ordinarie che faccio ogni giorno, come pettinarmi o sedere accanto al fuoco, scovare nuovi libri e recensirli, ascoltare *Mrs Dale's Diary* alla radio o chiedermi se un giorno sarà più facile.

Stanotte ho parlato a mio padre del letto libero nella pensione dove vive Ellen, un'altra ragazza del liceo, è una buona occasione. È vicino alla scuola per segretarie ed è un posto molto rispettabile, quasi più rispettabile di casa nostra, perché la proprietaria non tollera alcuna distrazione. "Alcuna distrazione" è una delle espressioni preferite di mio padre, insieme a "risparmiare per il futuro" e "un buon matrimonio". Ho cercato di spiegargli che siamo negli anni Cinquanta e non nel Medioevo, e che devo uscire se voglio incontrare qualcuno, per dare un senso ai risparmi e assicurarmi un futuro. Poi ho mollato gli ormeggi e gli ho detto che tutte le altre ragazze della mia età escono per lavorare, studiare, andare al cinema con le amiche (e per ballare in municipio imbevute di profumo e incontrare ragazzi in pista e mangiare gelato nelle caffetterie, anche se non gli ho detto niente di tutto ciò, ovviamente), e che forse era arrivato il momento che io facessi lo stesso. Ma papà è fermamente convinto che il mondo sia peggiorato negli ultimi tempi, con tutta quella musica jazz che manda in pappa i cervelli, i giovani che distruggono i cinema sconvolti dal rock'n'roll e Doris Day che in tutti i suoi film sembra una donnina facile (e piuttosto allegra, credo).

L'ho osservato mentre tagliava la cotoletta di maiale in otto piccoli quadrati esattamente della stessa misura, li infilava in bocca uno dopo l'altro e masticava per diversi secondi prima di inghiottirli con impegno. Ho seguito il movimento del suo pomo d'Adamo che andava su e giù e mi sono ricordata come mangiava mamma, con impazienza e troppo entusiasmo, secondo mio padre. Quando il burro andava ancora razionato, mio padre ne usava solo una microscopica quantità per il suo toast, spalmando sulla fetta uno strato sottile che scompariva sulla superficie grigia del pane farinoso quasi immediatamente. Mia madre, invece, che adorava il burro, metteva sempre la sua intera dose settimanale sul tavolo e spalmava cerimoniosamente uno strato di cremose colline e vallate su un grosso pezzo di pane, mangiando tutto in una volta e facendomi l'occhiolino di nascosto prima di porgermi il boccone migliore, dove un'ondina di burro formava una specie di cresta. Mio padre la rimproverava di non essere abbastanza giudiziosa e parca e di riempirmi la testa di stupidaggini, ma non credo che né io né mia madre gli prestassimo la minima attenzione con le bocche piene di pane imburrato. Quel sapore meraviglioso durava esattamente sette giorni come il sottile strato graffiato di nulla di mio padre.

Devo aver sorriso a quel ricordo, almeno un po', perché mio padre ha messo fine alla nostra cena in pochi minuti, si è alzato e se n'è andato.

Ora, seduta accanto alla finestra, avvolta nella mia coperta per proteggermi dal freddo, con le gambe ripiegate in modo che ogni millimetro del mio corpo sia ricoperto a parte le mani, scruto la strada sottostante, che è buia, fredda, bagnata e così triste che chiunque dotato di buon senso preferisce stare al chiuso, vicino al televisore, al camino o alla radio. Potrei provare a sedermi accanto alla radio per avere compagnia, ma è ancora nella stanza di mamma. Se posso, evito la sua stanza: soprattutto di notte, quando è così insopportabilmente fredda, non riesco a sedermi sulla sua sedia ad ascoltare il nostro programma. Ho preso in prestito un mucchio di nuovi libri in biblioteca, *La stanza di sopra*, *1984* e un nuovo romanzo intitolato *Sabato sera, domenica mattina*, libri di protesta, difficili da leggere e duri da affrontare. Ma persino leggere mi ricorda troppe cose e sento di diventare come questi libri, cupa e ripiegata su me stessa, e invece non voglio esserlo, proprio per niente. Quello che desidero ardentemente è liberarmi di questa vita, di questa casa che mi ricorda ogni attimo mia madre, dove mi aspetto di sentirla ancora tossire, dove sopporto diciassette minuti e mezzo di conversazione in una fredda stanza al piano di sotto, prima di tornare su per sedermi nella mia camera, a esercitarmi con gli scarabocchi a zampa di gallina e preparandomi a un futuro sempre uguale all'oggi. Desidero ardentemente diventare qualcosa. Qualsiasi cosa.

23

Phoebe voleva prendere l'ultimo treno per tornare a casa, ma l'avevo convinta a dormire sul mio divano letto nella stanza degli ospiti. Era rassicurante saperla lì al piano di sotto, come se stesse di guardia, mentre sopra, nella mia stanza in mansarda, la pioggia tamburellava sul tetto e il gatto e io dormivamo come sassi. Troppo presto, tuttavia, sentii il suono degli artigli sul davanzale e miagolii affamati, e quando aprii gli occhi il micio si stava arrampicando sulle tende verso la ringhiera.

Dopo aver controllato l'ora, mi tirai su e il gatto tornò sul letto, seduto sulle zampe, a guardarmi. Non protestò quando lo portai insieme ai vestiti nel bagno di sotto. Dalla stanza degli ospiti non giungeva alcun suono e mi preparai più silenziosamente che potei. Poi presi la borsa, la giacca e i vari cellulari, scarabocchiai un messaggio per Phoebe e lo lasciai sul tavolino accanto al telefono. Infine acchiappai il micetto e lo infilai nella gattaiola della signora Emmet al piano di sotto.

Fuori le strade erano buie e tranquille. Nella nebbia, una pioggerella di primo mattino mi imperlava i capelli mentre camminavo diretta alla stazione. Nel ristorante di fronte a Grace's, un uomo addormentato stava scaricando dei conigli da un furgoncino per le consegne, agitandoli per le orecchie nel gesto di salutarmi, prima di scomparire attraverso le porte.

Molte persone odiano svegliarsi presto la mattina, ma queste prime ore sola nel negozio erano sempre le mie preferite perché erano così calme e tutto era pulito e ordinato. In modo rapido e quasi automatico, organizzai le consegne di pane e pasticcini, e infilai sei vassoi di pagnotte già pronte del Maxwell Corner nei grandi forni sul retro, prima di mettermi di buon umore a preparare una serie di dolcetti per il tè di primavera del Kensington Women's Group di quella mattina. Grace preferiva che ordinassi tutto in anticipo da Maxwell Corner, ma erano le sei, la mattinata era buia e la cucina tutta mia. Niente e nessuno si sarebbe potuto mettere tra me e i miei bei…

Qualcuno bussò forte alla porta sul retro. Feci un balzo all'indietro, sorpresa, e il grosso misurino di metallo mi scivolò dalla mano e atterrò su una confezione di uova, rompendo alcuni gusci bianchi, mentre lo zucchero pioveva sul ripiano della cucina, il pavimento e la mia fronte. Per un attimo rimasi immobile a fissare il mucchio di gusci rotti che colavano albume appiccicoso e tuorli sul ripiano ricoperto di zucchero, poi mi voltai verso la porta, trasalendo per lo scricchiolio sotto i miei piedi. Chiunque si fosse messo tra me e i miei dolcetti avrebbe dovuto rispondere del suo gesto. Prima che riuscissi a muovermi di nuovo, bussarono ancora, prima di armeggiare con la maniglia.

«Ehi, Addie» esclamò una voce oltre la porta. «Sei lì dentro? Dài, apri. Sta piovendo.»

Scricchiolando a ogni passo raggiunsi la porta e la spalancai.

«Doppio espresso con metà acqua, metà latte, uno spruzzo di sciroppo al cioccolato e un pizzico di panna montata. Scagliette di cioccolato biologico. Latte intero. Bollente, proprio come piace a te.»

Riempiendo l'intero stipite con un sorrisetto felice e agitandosi con insopportabile allegria, Andrew reggeva un grande caffè da asporto.

«Che diavolo ci fai qui?» chiesi.

«Sono venuto a trovarti.» La pioggerella luccicava sulle sue spalle e i suoi capelli umidi erano incollati alla fronte. «Sono in piedi da secoli, volevo parlarti. Butterò giù anche uno dei tuoi dolcetti secchi di Maxwell Corner se proprio devo. Sebbene dovresti davvero controllarli, Ads: il lievito che usano fa schifo, gonfia l'impasto senza dare sostanza; sembra di mangiare polvere e...»

«O mio Dio, entra, prima di svegliare tutto il vicinato.» Lo tirai dentro e chiusi la porta.

«Hai notato che sono passato dalla porta sul retro?» disse, porgendomi la tazza di caffè. Da una busta di carta ne tirò fuori un'altra e diede un colpetto alla mia come per fare un brindisi. «Che peccato che Grace non sia qui, eh? A vedermi fare un inchino profondo profusamente come si confà a un umile serv...»

Stava per bere un sorso dalla sua tazza quando si accorse del caos di zucchero e uova alle mie spalle. «Per l'amor di Dio, che stavi facendo qui?» esclamò, scandalizzato.

«Stavo cercando di cucinare in santa pace» risposi irritata. «Ma sei arrivato tu e hai iniziato a dar colpi alla porta.»

«Wow.» Andrew fece qualche passo scricchiolante verso il piano di lavoro, poi si fermò guardandosi intorno impressionato. «A Grace verrà un attacco isterico.» Posò la tazza di caffè. «Meglio se puliamo prima del suo arrivo, altrimenti troverà il modo di incolpare me, ne sono sicuro. Nel frattempo mi puoi aggiornare sulla tua famosa gemella. E voglio parlarti del Le Grand Bleu...»

«Non ti preoccupare» tagliai corto. La prospettiva del grosso e ipercaffeinato Andrew che saltellava nella mia un tempo silenziosa cucina alle sei di mattina parlando del nostro ristorante era a dir poco scoraggiante. «Devo preparare quei dolci per il circolo femminile stamattina. Grazie per il caffè, però, ti chiamo io...»

Ma Andrew stava già cercando un grembiule, aveva trovato la

scopa e lo straccio, riempito un secchio d'acqua pescato nel ripostiglio. «Forza, faremo meglio a sbrigarci.»

Interrotti da svariate pause caffè – il mio era davvero perfetto – aggiornai Andrew su quello che era successo con Phoebe e la signora Roberts. Era un ascoltatore appassionato e attento che annuiva al momento giusto, mentre spazzavamo uova e zucchero e li buttavamo nella spazzatura, grattavamo via i tuorli appiccicosi dal piano di lavoro di acciaio inossidabile e rimuovevamo i granelli dall'intonaco prima che l'occhio di falco di Grace potesse avvistarli.

«Dio, dev'essere dura» disse lui infine, passando lo straccio sul pavimento per la terza volta. «Anche se sei cresciuto felicemente, scopri di non essere chi credevi di essere. E neanche gradualmente, ma in modo così brutale. Dev'essere orribilmente dura. E non è una cosa che puoi esprimere facilmente, perché quasi tutto avviene dentro di te.» Si picchiettò il petto. «Dove risiedono tutte quelle cose che ti rendono te stesso.»

«Spero che Phoebe possa fare la pace con sua mamma.» Lavai di nuovo il piano di lavoro.

«Deve.» Andrew provava molta compassione per la suscettibile signora Roberts. «A me sembra che quella povera donna abbia fatto del suo meglio in una situazione complicata.»

«Avrebbe dovuto dirlo a Phoebe.» Passai una mano sul ripiano per sentire se erano rimasti dei granelli.

«Certo. Ma non l'ha fatto per dispetto. L'ha fatto per amore. Sull'amore non si discute, Ads.»

Vide il mio broncio scettico e si mise a ridere. «Cosa, solo perché non sono a Marsiglia a fare pace con la *maman* di Claudette, non significa che non possa cogliere le sfumature dell'amore, della famiglia e tutto il resto. Rimarresti sorpresa, Addie, di quante cose so fare.» Passò lo straccio un'ultima volta sul pavimento. «Ma è così bello che voi due vi siate avvicinate. Sembra simpatica. Magari possiamo uscire insieme ogni tanto. Mi farebbe piacere conoscerla.» Scomparve con lo straccio prima che potessi rispondere, mentre facevo cadere una manciata di stracci sul pavimento, iniziando ad asciugare in modo un po' rudimentale.

«Non cerca lavoro in campo alberghiero per caso?» chiese Andrew quando tornò in cucina. «Potremmo coinvolgerla nel progetto; un'unica grande famiglia.»

Da sotto il tavolo mi misi a ridere, pensando a noi, un bel terzetto tra le mura piastrellate di un manicomio, Phoebe che tagliava gli asparagi e io che mi aggiravo con la tabella di marcia tatuata sulla fronte.

«È un pilota» raccontai mentre mi rialzavo e buttavo gli asciugamani sporchi in un secchio. «È davvero molto in gamba, Phoebe.»

«Un pilota? Ragazzi, che cose fantastiche che fanno le persone. Questo è davvero fico» ribatté Andrew prima di fare una pausa per lanciarmi un'occhiata. «Sai, in realtà è abbastanza curioso quanto… sai. Tua madre, voglio dire. Avrebbe dovuto…»

«Sì, lo so» annuii. «Lo so che avrebbe dovuto.» Distolsi lo sguardo dal mixer, armeggiando con le fruste e corrugando la fronte mentre pensavo a mia madre che indicava un neonato in fasce nella culla. E alle vite da *Sliding Doors* che io e Phoebe avremmo potuto vivere e che cosa mia madre avrebbe preferito, sebbene diventasse sempre più difficile immaginare i pensieri di quella donna. Andrew si avvicinò, scansò le mie dita che procedevano a tastoni e fissò le fruste al mixer con gesti rapidi e sicuri, poi prese la farina, il lievito in polvere e spinse la confezione di uova illese verso di me.

«Fa parte del passato, Ads» mormorò. «Non pensarci più. *Lei* fa parte del passato. Mi dispiace di averne parlato. Tutto ciò che importa è cosa farete *adesso*. E direi che ve la state cavando piuttosto bene, tutte e due.»

Mi diede una piccola gomitata e mi chinai verso il suo braccio, percependo il suo respiro sulla guancia. Poi mi tirai su risoluta e presi il burro. Adesso eravamo di nuovo tranquilli, concentrati sul tavolo di lavoro come avevamo fatto per anni. Montando il burro e lo zucchero, aggiungendo le uova, setacciando grandi quantità di farina, passandoci gli ingredienti e gli strumenti avanti e indietro. Sussurrando grazie e domande occasionali, mentre le nostre mani si muovevano perfettamente in sincronia, il burro saliva soffice sui lati della scodella e la farina riempiva l'aria con una fine nebbia bianca.

«Grazie» dissi infine.

«Per cosa?»

Indicai i sessanta deliziosi dolcetti nei loro involucri di cartone bianchi e rossi di fronte a noi, il pavimento pulito e i resti del mio caffè perfetto, portato sulla mia soglia alle sei di mattina. Il modo in cui ascoltava e parlava, e il fatto che c'era sempre, con cibo e inesauribili scorte di iniziativa e buonumore.

«Ora sai tutto...» conclusi, in modo piuttosto goffo. Ma lui capì, ne ero sicura, perché annuì e sorrise tra sé mentre infilava le grosse teglie in forno. E visto che era ancora presto ed eravamo soli, rimanemmo un attimo fermi a guardare i nostri dolci, la lucentezza fondente che si espandeva sulle tante piccole coperture, le superfici che si appiattivano lentamente e scintillavano nel calore.

«Quindi, a proposito del Le Grand Bleu,» Andrew ruppe il silenzio «credo di averlo trovato.»

«Hai trovato Le Grand Bleu?» chiesi confusa. Mi voltai per guardarlo. «Ma non esiste.»

«Ma esisterà, perché ho trovato il posto perfetto per aprirlo. Ieri e quasi per caso. Ho visto un annuncio, ho chiamato il venditore, sono andato a vederlo. È davvero perfetto, Addie, dico sul serio. Perfetto per *noi*.» Si chinò in avanti e i suoi occhi scintillavano alla luce gialla del forno.

«Non troppo grande, non troppo piccolo, tanti mattoni a vista e una posizione meravigliosa… Sì, è a Kensington, so che non ti piace…» mise le mani avanti prima ancora che aprissi bocca, «ma se tu lo vedessi, te ne innamoreresti. Ne sono sicuro. Un gran viavai ma anche un posto intimo. Potremmo iniziare in piccolo, espanderci dopo, coinvolgere altre persone se vuoi.»

Mi afferrò le mani, stringendole. «Mi sono fermato un'ora con il venditore e ci sono tornato altre cinque volte, e ogni volta mi piaceva di più. C'è un appartamento sopra, potremo vivere lì…»

«Vivere lì?» Alla fine avevo ritrovato la voce, sebbene con un tono stridulo. «Ho già un appartamento, Andrew.»

Per non parlare del lavoro e del fatto che non volevo lasciarlo. Cercai di liberare le mani ma lui le trattenne, e sentivo il calore del forno che seccava la retina sui miei capelli, provocando bruciore e prurito.

«Sì, certo» mi venne incontro Andrew. «Niente appartamento allora. Ma il ristorante, Addie. Pensaci un attimo, pensa a *noi*…»

Lasciò andare le mie mani, frugò nella sua borsa sul tavolo e tirò fuori qualcosa che non vedevo da anni. Il nostro malconcio album Grand Bleu. Lo aprì a una foto di noi a dodici o tredici anni, con in testa dei cappelli di carta bianca fatti a mano. «Lo sogniamo da trent'anni» dichiarò con voce calma, ruotando l'album e porgendomelo come se potesse chiarire tutto. «È giunto il momento, Addie. Finalmente è giunto il momento.»

Aprii la bocca di nuovo, questa volta per dire, risolutamente, che non volevo, che non potevo farne parte, ma dall'altra parte della foto i suoi occhi splendevano azzurri, spalancati e pieni di quel particolare ottimismo che solo Andrew poteva sfoderare, che non trovai le parole giuste per mandare in frantumi il suo sogno. Chiusi di nuovo la bocca e guardai la foto per un po', finché persino Andrew comprese la mia riluttanza.

«Non lo vuoi sul serio, vero?» disse, con un po' di sorpresa e immensa delusione. Quando sollevai lo sguardo vidi che il luccichio felice dei suoi occhi era scomparso. «Pensavo che l'avremmo potuto fare insieme. Proprio come stamattina, cucinare uno di fianco all'altro. Questo mi rende felice. Non rende felice anche a te? Credevo fosse sempre stato il nostro destino, ma immagino...»

Si girò. Un ciuffo di capelli biondi gli coprì un lato del viso, per cui non riuscivo a vedere i suoi occhi, ma le sue guance erano rosse. Armeggiò con la cerniera dello zaino e cercò di infilare dentro l'album, maneggiandolo maldestramente, non più con la calma di prima, e mi accorsi che gli tremavano le mani. D'un tratto, non riuscii più a sopportarlo.

«No, non è questo.» Posai una mano sul suo braccio per trattenerlo. «Mi dispiace... sì, andiamo a vedere lo spazio insieme, okay? Sabato mattina. Sono libera sabato mattina.»

O Dio.

Andrew alzò subito lo sguardo. «Davvero?» Fece un sorriso incerto. «Non voglio costringerti, sai. Non serve a nulla se non siamo completamente convinti. Ma ci pensiamo da così tanto tempo e a te stanno succedendo così tante cose con Phoebe e il resto, ho pensato che se prendevo l'iniziativa di trovare un posto... tanto non ti piace fare queste cose, poi...»

«Certo» tagliai corto, ormai accaldata, goffa e ansiosa. «Nessun problema. Fammi sapere quando sei riuscito a prendere un appuntamento.»

«Sì» rispose Andrew, annuendo allegramente mentre raccoglieva le sue cose. «Bene, vado via allora. Volevo fare un salto in ospedale più tardi a trovare tuo papà, ci vediamo lì? E controlla le tortine, Ads, ci vuole un attimo a cuocerle troppo. E, Addie...» Mi diede una pacca sulla spalla. «Sarà fantastico. Vedrai.»

24

Ci vollero diversi tentativi per mettersi in contatto con Throgmorton: al primo, la segretaria mi informò che il signor Throgmorton non sarebbe arrivato prima delle dieci (beato lui); poi mi chiamò il signor Throgmorton con una voce da diciottenne e solo alla fine chiarì il malinteso spiegandomi che stavo cercando il *vecchio* signor Throgmorton, che non sarebbe arrivato prima di mezzogiorno (beato *lui*!) e che dovevo richiamare alle 12.30.

Prendendomi una pausa pranzo inconsueta (alle 10.30), passai le consegne a Claire e mi precipitai alla metropolitana per andare in ospedale da papà. Mentre guardavo l'orologio per calcolare quanto tempo avevo prima delle 12.30, voltai l'angolo di gran passo e andai a sbattere contro la pancia di un'elegante signora incinta con il cellulare incollato all'orecchio.

«Addie!» urlò Venetia. «Attenta al bambino, per amor del cielo.»

«Scusami» ansimai, fermandomi di fronte alla stanza di papà. «Non ti avevo visto.»

«Certo.» Mentre riagganciava, squadrò il mio aspetto cencioso, la farina sulle sopracciglia e le unghie macchiate di salsa di lampone, però si trattenne gentilmente dal commentarlo. «Ti ho chiamato prima. Volevo parlarti. Per quanto sia ancora arrabbiata con te.»

«Ti sei comportata in modo terribile l'ultima volta che ci siamo viste.» Posai l'orecchio sulla porta chiusa di papà per ascoltare eventuali rumori.

Venetia si guardò intorno. «Dio, odio gli ospedali. Tutti i germi che fluttuano nell'aria e che aspettano solo di colpirti.» Si strinse la pancia come per proteggerla, poi si appoggiò a una piccola mensola. Infine, si lasciò sfuggire un sospiro da martire. «Okay, mi dispiace per aver urlato contro di te. E puoi tenere la borsa di Hermès. Sei felice adesso? Prima ho parlato col dottore e mi ha detto che papà è veramente convalescente. Dorme tanto e deve stare *molto* calmo» concluse, cercando di non suonare minacciosa su quel punto. Aprii piano la porta e mi affacciai, scrutando l'ormai familiare letto singolo, i macchinari intorno alla testiera e il corpo immobile di mio padre sotto la coperta. Il suo petto si alzava e abbassava con regolarità; mi ritirai con prudenza, tenendo per un attimo la mano sulla maniglia della porta chiusa.

«Le infermiere si danno da fare tutte intorno al *signor Harington*.» Venetia le mimò, chinandosi con cautela, appoggiata al muretto e prendendo nella sua borsa una bottiglietta di gel antisettico. «Speriamo che torni a casa presto. Non posso continuare a venire qui.» Guardò in giro come se si aspettasse un assalto dei quattro cavalieri dell'apocalisse. Seguì una lunga pausa mentre mi guardava in attesa. «Non dovresti dirmi qualcosa anche tu?» incalzò.

«Sei un tormento» risposi, accomodandomi sul muretto accanto a lei. «Okay, mi dispiace molto.»

«Per essere tornata a casa e aver frugato tra le cose di nostra madre senza di me?» chiese, spruzzandosi un bel po' di gel antisettico sulle mani e strofinandole insieme.

«Per aver preso un paio di cose che hanno valore solo per me» replicai. *E Phoebe*, pensai.

Venetia si guardò le ballerine luccicanti e tacque per un minuto. Poi mi guardò di sottecchi.

«È tutto così difficile.» Si stava ancora strofinando le mani sistematicamente, intrecciando le dita.

Ripensai alla nostra conversazione con la signora Roberts il pomeriggio precedente. Che cosa, esattamente, era così difficile per Venetia? Superare l'anniversario della morte della mamma? Non lo sarebbe stato se tutta la *sua* vita si fosse rivelata una completa farsa, se lei fosse stata destinata all'adozione o a un orfanotrofio, se da quarant'anni avesse perso la possibilità di crescere insieme alla sua anima gemella.

«È il mio primo figlio e mamma non è qui» borbottò. «Mi manca così tanto.»

La guardai esasperata e aprii la bocca per dire qualcosa del tipo che speravo di avere i suoi problemi, ma di fronte alle sue spalle rigide e la sua mascella serrata non ebbi il cuore di parlare, perché *era* difficile aspettare un figlio quando tua mamma non c'è più.

«Mi dispiace davvero, molto» dissi dolcemente, e le posai una mano sul braccio e la testa sulla spalla. «Ti prometto che sarò la migliore zia del mondo, compenserò il fatto di non avere nonni, o meglio, la nonna.»

Non replicò, ma sentii la sua mascella rilassarsi in un sorriso.

«A proposito di nonni, Vee, volevo chiederti una cosa. Mamma ti ha mai parlato dei nostri nonni?»

«I nostri nonni?» Sembrò realizzare solo in quel momento che il suo corpo era in contatto con un muro dell'ospedale si rialzò, avvolgendosi nella pashmina. «Sono morti. Siamo andati al loro funerale. Ti ricordi, zia Clara ebbe quella crisi isterica e versò i suoi sali nella tomba? Voglio dire, chi usa ancora i sali di questi tempi?»

«No, non loro. George e Constance, i nonni materni.»

«Perché?» Affilò lo sguardo. «Si tratta di quella donna? Addie, te lo dico, stai attenta. Non sai nulla di lei, e ricordati, se non fosse stato per lei, ora papà non sarebbe ricoverato in ospedale, e noi non saremmo qui.» Si guardò intorno disgustata, poi incrociò le braccia sopra la pancia e mise il broncio.

«Quindi? Ricordi qualcosa di George e Constance?» dissi.

«Morirono quando mamma era giovane.»

Trattenni una risata e Venetia mi guardò scettica. «Non è molto divertente. Sai che sua madre morì il giorno del diciassettesimo compleanno di mamma? Una ricorrenza abbastanza terribile che ti segna per tutta la vita.»

Non lo sapevo. Stavo aprendo la bocca per fare una domanda quando lei aggiunse: «Sono sepolti a Limpsfield. Ci sono stata una volta, con mamma.»

«Davvero? Voi due ci siete state? Quando?» La borsa mi cadde e mi chinai rapidamente per riprenderla.

«Dovresti disinfettarla subito» disse Venetia. «Ecco.» Tirò fuori di nuovo la bottiglietta e ne spruzzò un po' sul tessuto. «Credo che avessi dieci anni, forse dodici? Un giorno entrai in cucina e mamma stava piangendo. Mi fece salire in macchina e andammo a vedere la tomba.»

Strofinai rapidamente la base della mia borsa, più perché Venetia continuasse a parlare che per altro, e cercai di metabolizzare il fatto che mia mamma, *mia madre*, stesse piangendo. Non l'avevo mai vista piangere. Avevo sentito dei gemiti da sotto la porta dello studio, ma mi erano apparsi soprannaturali, irreali.

«Partimmo con la vecchia Volvo; io ebbi bisogno del bagno per la maggior parte della strada, ma lei non si fermava, guidava e guidava, e poi mi fece andare dietro a un albero fuori dal paese. Io non volevo ma... sai com'era a volte. Be', comunque, arrivammo lì; il cimitero era un po' desolato, dietro la chiesa, e faceva caldo. Dio mio, faceva veramente caldo. Lei era tesa, credo, e si infuriò con me perché mi lamentavo di tutto.» Fece una pausa e il suo viso incredibilmente bello era stranamente rilassato mentre ricordava. «Indicava le età delle persone, e i bambini che erano morti; c'erano monumenti ai caduti e tombe di soldati, e io ero piuttosto spaventata. Percorremmo tutto il cimitero e pensavo che forse non sapeva dove andare, quando infine mi disse di sedermi su una panchina sotto un albero all'ombra. Poi si avvicinò e si chinò su una tomba laterale. Ricordo che pensai che era un po' strano; sai quanto tenesse ai suoi vestiti e alle sue cose, ma si inginocchiò proprio lì, accanto alla lapide e ci rimase per secoli. Io ero terribilmente sconvolta da questo, lo ricordo come se fosse ieri. Così andai a sedermi accanto a lei, ma non mi prestò alcuna attenzione, non faceva altro che piangere e piangere. Poi sentimmo arrivare qualcuno e mamma si alzò di scatto tirandomi via dalla tomba. Uscimmo di corsa dal cimitero e imboccammo una strada tortuosa. Ci fermammo in un pub sulla strada verso casa, lei andò al bagno delle donne e quando tornò era di nuovo normale. Non mi chiese di non dire nulla, ma io non lo avrei fatto, perché era stato così strano e sconvolgente. Il caldo, il piccolo cimitero e lei inginocchiata.»

«Allora, perché mamma non è sepolta lì?» chiesi.

«Non lo so.» Scrollò le spalle. «È lontano e lei viveva qui, l'ha deciso papà.»

Si perse nei pensieri, poi aprì di nuovo la bottiglietta di antisettico. «Sai che non parlava molto della sua infanzia, ma quando feci quella roba genealogica a scuola mi disse qualcosa di sua mamma, e basta. E sebbene fosse molto vaga, ebbi una strana sensazione.» Spruzzò il liquido rimasto, si strofinò le mani e mi rivolse un sorriso ironico. «Forse sono solo cose di famiglia. Dio lo sa, le famiglie ti tirano fuori il peggio. Ma il modo in cui parlava, con riluttanza e girandoci intorno, era, be'… era quasi come se fosse successo qualcosa di molto grave.»

25

Venetia non ricordava altro ma ero felice che avessimo ripreso a parlare. Le cose stavano davvero cambiando, riflettevo mentre ci infilavamo nella stanza di papà. Restammo con lui per un po', in silenzio, sedute una a fianco all'altra accanto al suo letto. Venetia stava cambiando – stava diventando umana, grazie a Dio – e *io* stavo cambiando, ed era anche l'ora. Avevo bisogno di smettere di scusarmi per quello che ero e sul perché facevo le cose nel modo in cui le facevo. Forse mia madre aveva in parte ragione nell'incoraggiarmi sempre a lasciare Londra, a vedere qualcos'altro, ad abbandonare il mio ambiente sicuro. Perché come fai a dare un senso alla tua pagina bianca, se continui semplicemente a ruotare intorno alla tua prevedibile orbita, lasciando le cose come sono sempre state?

Dopo un po' arrivò un'infermiera che ci fece uscire. Aiutai Venetia ad alzarsi dal piccolo sgabello e ci incamminammo lungo il corridoio. Lei lanciava occhiate sospettose alle porte che superavamo e borbottava qualcosa per lanciare una campagna a favore della pulizia negli ospedali pubblici. Ci eravamo appena fermate davanti agli ascensori, e mentre Venetia stava rovistando nella sua borsa in cerca di un fazzolettino per premere il pulsante, le porte si aprirono con un suono metallico e spuntò fuori Andrew.

«Due volte in un giorno, che fortuna» disse, sorridendomi

quando mi vide. «Ho preso questo per tuo padre.» Sollevò un pacchetto. «È una vestaglia. Con tutte quelle infermiere che spuntano a ogni ora, l'umiliazione della padella. Terribile, veramente. Ha bisogno di un po' di privacy. E...» con gesto plateale tirò fuori dalla sua tasca una barretta di cioccolato Curly Wurly e la infilò sotto il nastro «qualcosa da sgranocchiare dopo le rancide costolette. Il cibo negli ospedali è una vera e propria porcheria. Avrei voluto portargli una bella cotoletta d'agnello ma ho pensato che l'odore l'avrebbe tradita.»

«Che carino! Sarà così felice di vederti.» Sentii un groppo in gola quando vidi il Curly Wurly e improvvisamente diedi a Andrew un rapido e forte abbraccio. Era stato un po' strano e completamente inaspettato. Mentre mi scostavo vidi che era arrossito di piacere.

Stava per aprire bocca quando Venetia riemerse dalla sua borsa e puntò il dito in modo accusatorio contro il Curly Wurly.

«Sai che non può mangiarlo.»

Andrew evidentemente non l'aveva vista e fece un balzo quando spuntò accanto a lui, ma riuscì a chinare la testa con freddezza per salutarla. «Venetia.»

«Andrew.»

I due si odiavano dal giorno in cui Venetia aveva accidentalmente-di-proposito sgonfiato le ruote della Raleigh Chopper di lui, e Andrew aveva accidentalmente-di-proposito lasciato cadere il fermaglio preferito di lei, a forma di farfalla, nel tombino davanti a casa, dove aveva scintillato per settimane, chiaramente visibile nella fanghiglia ma irraggiungibile a causa della grata. Le ostilità avevano avuto un inizio ufficiale quando Venetia aveva raccontato a tutti che Andrew dormiva ancora sotto il piumino di Mickey Mouse e lui si era vendicato rubando una delle sue Barbie (aggiungendo una perfida richiesta di riscatto che lei aveva conservato, pronta a tirarla fuori alla bisogna). Nelle ultime due decadi si erano tollerati a vicenda, come sono costretti a fare i grandi per educazione, ma il loro desiderio di tornare ai furti di bambole e alle mutilazioni di biciclette continuava ad aleggiare pesantemente nell'aria.

«Allora la cioccolata la prendo io.» Venetia si mise accanto a me.

«Oh no, non lo farai.» Andrew sgusciò dall'altra parte e per un attimo rimasi intrappolata in mezzo a loro.

«Cristo santo.» Alzai gli occhi al cielo. «Siamo in ospedale.»

«Allora digli di non dare a nostro padre una scadente barretta di cioccolata quando è in punto di morte» sibilò Venetia.

«Non è in punto di morte» replicai, indignata.

«Dille che un uomo deve pur mangiare.» Andrew scosse la testa.

«Digli che se proviene dal giornalaio di sotto, allora è probabile che sia stato toccato da tutti i pazienti infetti. E quindi trasuderà germi» ribatté Venetia con tono animato.

«Non toccarlo allora» scrollò le spalle Andrew.

«Non lo farò.»

«Bene.»

«Bene.»

Tuttavia Venetia ne aveva una voglia matta, lo sapevo. Mi scostai, permettendole di assalirlo. Andrew, sempre un gentiluomo, la afferrò in una strana specie di abbraccio dal quale si liberarono subito, strofinandosi le mani in modo plateale.

«Papà è da quella parte» indicai con un gran sorriso. «Gira a destra e poi a destra di nuovo. Sei stato così gentile a venirlo a trovare, Andrew, e nel tuo giorno libero per giunta. Ci vediamo dopo, okay?»

Mentre allungavo la mano per premere il pulsante dell'ascensore, Venetia, fremendo, mi porse il fazzolettino. Andrew però mi trattenne.

«Ho preso un appuntamento per visitare lo spazio del ristorante, Addie. Sabato alle dieci e mezzo. Gli ho parlato molto di noi, il proprietario non vede l'ora di conoscerti.»

«Proprietario? Ristorante?» si ringalluzzì Venetia.

«Io e Addie diventeremo soci.» Andrew si illuminò dalla gioia.

«Cosa?» Venetia era così sorpresa che dimenticò di aggiungere un insulto.

«Be'» fui costretta a interloquire. «Non ancora, stiamo solo guardando, davvero, e non abbiamo ancora deciso nulla...»

«Lo chiameremo Le Grand Bleu. Andiamo a vederlo sabato, appena fuori Cranley Gardens» precisò Andrew. «Ti mando l'indirizzo, Ads.»

«Quando lo avete deciso? E perché io sono l'ultima a saperlo?» insistette Venetia.

«Perché non tutto necessita della tua approvazione» rispose altezzoso Andrew mentre io dicevo: «Perché non è ancora *successo* niente.»

Le porte dell'ascensore si aprirono accanto a me, ma Venetia restava impalata, ancora entusiasta dell'idea. «Sai, Addie, per quanto io disapprovi la scelta del socio – c'è *qualche* possibilità che io possa convincerti a non associarti con la reincarnazione di Satana? – devo ammettere che è un'idea *grandiosa*. Ho sempre saputo che ce l'avresti fatta.» Mi lanciò un'occhiata ammirata mentre le porte dell'ascensore si richiudevano. «Wow. E in un quartiere così alla moda. Sai...» deglutì e la sua voce si fece un po' strozzata. «Mamma sarebbe stata così felice. Oh, Addie.» Intrecciò le mani sopra la pancia e sorrise con gli occhi lucidi.

Guardai Andrew e sospirai, poi premetti il pulsante per la centesima volta e le porte si aprirono di nuovo.

«Forse» borbottai entrando, mentre Venetia era ancora sul pianerottolo e annuiva felice. «Ma chissà cosa le passava per la testa.»

Quando tornai, in negozio c'era calma, e in cucina Claire ticchettava sui tacchi, mentre puliva il retro della credenza cantando vecchie melodie dell'opera. Così mi ritirai in ufficio fingendo di occuparmi di alcune scartoffie, ma in realtà per mettermi finalmente in contatto col signor Throgmorton. Lo schermo si illuminò di verde nella luce offuscata dello stanzino quando digitai il numero di Oxted per la quinta volta. Parlai con la segretaria e mi disse che il signor Throgmorton avrebbe risposto tra un attimo. Mi accomodai sulla sedia, appoggiai la schiena alla parete e i piedi al cestino della spazzatura dall'altra parte, e aspettai.

Meno di un minuto dopo, giunse una voce. «Pronto?» La voce di un uomo più vecchio, ma piuttosto piacevole. «Signora Harington?»

Stavolta ero preparata. «No, in realtà sono Adele Harington» dissi. «Sono la figlia di Elizabeth Harington. Mia madre è morta un anno fa.»

«Oh, mi dispiace moltissimo.»

«La conosceva? Voglio dire, la conosceva personalmente?»

«Be', sì.» Il signor Throgmorton era sorpreso. «Non bene, certo, ma l'ho incontrata varie volte dopo la morte di suo padre.»

«Quindi negli anni Cinquanta, intende?» chiesi cautamente. «Quando aveva diciassette anni?»

Trattenni il fiato perché sembrava quasi troppo facile, ma chiaramente il signor Throgmorton non era uno stupido.

«Signorina Harington, posso chiederle prima di cosa si tratta?»

Non fu sgarbato, ma lo stesso mi afflosciai sulla parete del cubicolo. Mi stavo stufando di dover sempre lavorare così duramente per ottenere uno straccio di informazione. In poche parole, gli raccontai della comparsa di Phoebe e di quello che sapevamo.

Rimase in silenzio per un attimo, poi disse: «Be', signorina Harington, purtroppo non credo di poterle essere di grande aiuto, non tanto per il segreto professionale, ma perché non so davvero niente della storia che mi ha appena raccontato. L'unica cosa che so è che il signor Holloway e io redigemmo un testamento che stabiliva che sarebbe andato tutto alla figlia. Dopo la morte del padre, la rintracciai e ci incontrammo qualche volta per sbrigare le formalità e liberare la casa del signor Holloway a Limpsfield. Mi parve una donna molto intelligente e capace, e mi dispiace molto sapere che...»

«E a quando risale tutto questo?» chiesi col fiato sospeso, perché i successivi minuti sarebbero stati cruciali, avrebbero potuto cambiare tutto quello che avevo supposto su mia madre negli ultimi giorni. «Voglio dire, quando è morto?»

«Oh, solo qualche anno fa... Mi lasci pensare, a metà degli anni Novanta, credo. Se ha un po' di pazienza, controllo.»

E mi lasciò in compagnia di una brutta melodia suonata da un pianoforte metallico e della sconcertante scoperta che George Holloway aveva vissuto, era stato vivo fino a non molto tempo prima! Durante la gravidanza di mia madre, il giorno del nostro compleanno, e poi, incredibilmente, nei decenni successivi, aveva vissuto in una casa a Limpsfield, mentre mia madre e io legavamo come grumi in una crema impazzita e lei fingeva che i suoi genitori fossero morti quando era giovane.

«Signorina Harington? Sì, ricordavo bene, è morto nell'aprile del 1996. Fu abbastanza facile trovare sua figlia. Ho qui annotato che parlai con lei il 20 aprile per comunicarle il decesso e ci incontrammo per la prima volta subito dopo il funerale. Quello che portò via un po' di tempo fu disporre della casa e degli oggetti in essa contenuti, questo genere di cose.» Fece una pausa. «Non erano affari miei e sicuramente non sapevo che ci fosse dietro una storia simile, ma per quanto possa servirle, le assicuro che lei era molto riluttante a tornare per il funerale del padre e a occuparsi della casa. Era quasi impossibile costringerla a prendere qualunque tipo di decisione. Mi disse solo di fare tutto il necessario, di vendere la casa così com'era; non voleva averci niente a che fare. Purtroppo, per varie ragioni, come questioni fiscali e simili, alcune cose andavano ottemperate di persona. In seguito, quando parlai con lei, mi disse che alla fine era andata nella casa e aveva incaricato una ditta di occuparsi dei beni personali. Fui incaricato di venderla e di versare i soldi sul conto di suo padre, cosa che feci. Non fu un problema, fu facile venderla. Signorina Harington? È ancora lì?»

Ero assolutamente lì e la mia mente vorticava talmente forte per cercare di mettere insieme i pezzi che arricciai il foglio giallo a righe del mio taccuino.

«Quindi, sa... voglio dire, sa cosa gli fosse successo? Perché avessero litigato?»

«No, mi dispiace molto.» Lo pensava davvero e sentivo che stava cercando di ricordare altre informazioni da condividere con me.

«George Holloway non ne parlò mai. Aveva già dato con grande anticipo le disposizioni per il suo funerale e fu sepolto con sua moglie nel cimitero di Limpsfield; lo stesso testamento era così inequivocabile, in mancanza di altri eredi, candidati o cose simili, che non ci fu occasione di fare domande, né per lui di fornire spontaneamente informazioni extra. La signora Harington disse solo che da molto tempo non erano più in contatto. Tutto qui.»

«Niente a proposito di figli, gemelli, Brighton, Hartland? Le viene in mente qualcosa?»

«Niente, mi dispiace molto.»

Oltre la porta echeggiarono un balbettio di voci allegre e la risata acuta di Grace.

«Signor Throgmorton, devo andare, ma la ringrazio moltissimo. Magari, se non le dispiace, ripenserò a quanto mi ha detto e se avessi altre domande...»

«Mi faccia pure uno squillo» concluse con tono incoraggiante. «Ci penserò anch'io e magari mi verrà in mente qualcos'altro. Registro il suo numero così potrò mettermi in contatto con lei. E se dovesse capitare a Oxted, sarei felice di incontrarla in ufficio per una tazza di tè. Mi faccia sapere. Non seguo più tanti casi ormai.» Rise con affetto. «Mio figlio è troppo efficiente.»

«In realtà,» dissi «ho un'ultima domanda. Mio nonno, quando l'ha incontrato, mi stavo solo domandando, voglio dire, che tipo era?»

Seguì una pausa e poi, senza più alcuna traccia di ironia, disse: «Non lo conoscevo molto bene, ma credo che nessuno lo conoscesse. Dava l'impressione di essere un uomo austero, molto conservatore, un amministratore nella sua parrocchia. Si dedicava poco a se stesso, stava sulle sue.» Fece una pausa. «Viveva solo in una grande casa, sua moglie era morta decenni prima e sua figlia, da quello che lei mi dice, aveva interrotto ogni contatto con lui. Se dovessi rischiare una supposizione, direi che probabilmente era molto, molto solo.» Sospirò. «Le famiglie sono complicate. Su tutti i fronti. Le auguro ogni bene, signorina Harington. E spero di parlare di nuovo con lei.»

Chiusi il cellulare, con lo sguardo perso sulla superficie della scrivania. L'austero, conservatore George Holloway forse non aveva voluto che la figlia diciottenne avesse un bambino fuori dal matrimonio, così doveva averla condotta in un istituto per ragazze madri sei mesi prima che noi nascessimo, e doveva essere stato in ospedale dopo la nostra nascita. Doveva essere stato lui a ordinare al dottore di proporre in adozione entrambe le bambine a Madeleine Roberts.

Sentii che dentro di me qualcosa andava in frantumi, qualcosa che si era indurito nel momento in cui avevo immaginato mia madre scegliere tra due neonati, e si era solidificato quando avevo realizzato che entrambi i miei genitori mi avevano mentito per quarant'anni. E era divenuto cemento nell'udire, solo il giorno prima, che mia madre aveva voluto disfarsi di entrambe. Il signor Throgmorton avrà sempre un posto speciale nel mio cuore, perché ascoltandolo descrivere George Holloway avevo sentito quella durezza dentro di me iniziare a incrinarsi, quel posto dove la colpevolezza di mia madre, il suo rifiutarci, il suo sforzo di essere libera a ogni costo, aveva incontrato il mio dolore complicato, i miei ricordi distorti e frammentati di lei. Ripensai a quel freddo dito puntato e, con sollievo e con un grande strazio interiore, lo lasciai andare, pensando invece al verde subacqueo dentro una piccola tenda di tela. *Non mi dimenticherei mai del tuo compleanno.*

Limpsfield, 8 gennaio 1959

Oggi ho ricevuto una visita. L'ho visto dalla finestra del liceo e all'inizio non l'ho riconosciuto, perché sembrava così poco familiare nel suo completo scuro con i capelli tirati all'indietro. L'ultima volta che l'avevo visto, gli stessi capelli gli ricadevano sulla fronte, i suoi occhi incenerivano i miei appena prima di baciarmi al mio compleanno, nascosti nel bosco di Hartland.

Sento come una fitta di dolore dentro di me quando ripenso a quella notte l'estate scorsa, una terribile morsa di senso di colpa e rimpianto. E come la tosse secca e tremenda che segnò l'inizio della sua morte, nella mia mente quel bacio è diventato un messaggero della fine, un bacio della morte, e il suo ricordo è incastrato dentro di me come un duro e amaro macigno.

L'ho guardato aspettare fuori, il colletto rialzato sotto la pioggia di gennaio e il nevischio. Non sono uscita per andare da lui e alla fine se n'è andato.

Limpsfield, 9 gennaio 1959

Oggi è tornato. Ho aspettato che se ne andasse e ho perso l'autobus. Mio padre era arrabbiato quando sono arrivata tardi per la cena.

Limpsfield, 12 gennaio 1959

Tornato di nuovo; ha parlato con Ellen. Lei gli ha indicato una finestra e io ho fatto un passo indietro, spero che non mi abbia visto.

Limpsfield, 15 gennaio 1959

Oggi mi ha aspettato dentro l'ingresso, così non potevo vederlo dalla finestra al piano di sopra. Pensando che non fosse venuto, l'ho praticamente investito quando ho varcato la porta, stando attenta stavolta a non perdere l'autobus.

Ha sorriso un po', ma vedevo che i suoi occhi non stavano proprio ridendo. Era venuto a vedere come stavo: non avevano più avuto mie notizie ed era preoccupato. Avevo ricevuto i loro fiori e stavo bene? Io ho sorriso d'istinto, perché mi sono ricordata di come tutti un tempo mi chiedessero se stavo bene a Hartland, ma poi mi sono sentita strana, perché doveva essere preoccupato? Un bacio non significa nulla, soprattutto un bacio come quello. Ma lui ha tirato fuori l'ombrello, mi ha accompagnato alla fermata e mi ha parlato, di niente in particolare, finché non sono dovuta salire sull'autobus.

Limpsfield, 23 gennaio 1959

Quasi ogni giorno, questa settimana, mi ha aspettato dopo il lavoro, accompagnandomi alla fermata dell'autobus. Gli ho detto che mio padre non avrebbe approvato, né la segretezza né la natura vagamente inappropriata di questi incontri. Ma lui ha detto che camminare fino alla fermata non era niente di cui vergognarsi.

Si tratta solo di mettere un piede dopo l'altro, per spostarsi da un punto a un altro, per essere a casa in tempo per la cena.

Ed è quello che facciamo, camminare. 325 passi fino alla fermata dell'autobus, 285 per lui, perché le sue gambe sono più lunghe. Li facciamo lentamente, quei 325 passi, e non parliamo sempre, a volte stiamo in silenzio. Capita che mi porti un dolce, una barretta di cioccolata o un pasticcino, e una volta mi ha portato un libro di cui avevamo parlato. Non so francamente perché continui a venire, sono solo una ragazza di diciassette anni, che non ha visto niente del mondo, che ha poco da offrire. E sono diversa adesso; le cose sono diverse. Non sono quella che ero l'estate scorsa: carica di speranza, contagiosa col mio stupido entusiasmo per il loro mondo fatto di divertimento, fascino e raggi di sole. Adesso è inverno e io sono svuotata di tutte queste cose, un guscio che sta ancora pensando alla sua mamma o meditando una via per sfuggire alla vita priva di prospettive con suo padre. Nel suo mondo, che anche in inverno deve essere ricco di eventi pieni di stile e interessanti come soirée, balli, mostre e prime al teatro, io non sono davvero nulla.

Non sono preoccupata, perché in un certo senso quello che ho avuto con lui non era reale, ma solo una fantasia estiva, che non può neanche essere definita un flirt. Gliel'ho detto ma lui ha risposto che non è vero. E ha detto anche altre cose: che aveva pensato a me tutto il tempo, che non riusciva a togliermi dalla testa, che sono diversa da qualsiasi altra ragazza lui abbia mai incontrato. A me sembra assurdo perché nel suo mondo, un mondo di adulti in cui la gente lavora e vive da sola e può prendere il treno quando vuole, e non deve attraversare in autobus la trafficatissima strada tra casa e il liceo, di sicuro dovevano esserci ragazze interessanti, be', donne sofisticate che sanno cosa sia l'amore.

Forse non cerca l'amore, forse gli piace venire a parlare con me. Non ne sono sicura. Parliamo di libri e di cosa accade nel mondo; a volte mi parla del lavoro, e io gli parlo delle mie lezioni. È stato a vedere un film di cui ho letto sui giornali, *Ben Hur* con Charlton Heston, e io ero invidiosa perché a me e alla mamma sarebbe piaciuto vederlo. Mi ha proposto di portarmici, subito. «Salta le lezioni» mi ha detto. «Invece di camminare dalla fermata alla scuola, fai una piccola deviazione e prosegui giù verso l'Odeon.» Sarebbe stata la cosa più naturale del mondo. Ho riso e scosso la testa perché la sua definizione di "naturale" e la mia – anzi, quella di mio padre – non corrispondevano affatto.

Non abbiamo mai parlato del bacio o dei giorni a Hartland, né di nessuna delle altre persone lì. Hartland nella mia mente è diventato un film in technicolor del passato, come *Il mago di Oz*, che avevamo visto una volta in gita. Un vortice di colori sgargianti, di frutteti verdi e oceani blu, e il bianco accecante dei sassolini sotto la mia finestra. Non è più reale: persino il mio ricordo non è più reale, come se fossi stata solo uno spettatore sull'orlo dell'imponente vortice delle cose e ora fossi semplicemente tornata dietro le quinte da dove potevo vedere mere scenografie di cartone a due dimensioni, con un roseto, una terrazza, lanterne colorate e alberi. E in ogni caso, questo è davvero l'inverno più cupo e grigio, e il tempo ha confinato questi 325 passi in uno spazio buio e gelido di una notte di gennaio. A volte, quando salgo sull'autobus e mi giro per un'ultima volta, mi sembra di rivedere quel bacio scintillare nei suoi occhi ridenti mentre mi guarda e mi saluta, e per un istante ricordo la magia di Hartland e il calore di una notte estiva.

Tengo le distanze, tuttavia, o almeno ci provo, perché non so cosa sia, perché nella mia mente lui e Hartland sono collegati alla morte, alla fine. Eppure, poco a poco, mi sento scaldare. È così freddo ovunque. La scuola è gelata e l'edificio talmente vecchio e decrepito che dobbiamo sedere alle macchine da scrivere con i guanti dalle punte tagliate. La casa di mio padre è sempre fredda e buia perché non sembra valere la pena accendere il fuoco e le luci soltanto per noi due, che girovaghiamo per l'appartamento ognuno per conto proprio. Le strade sono gelide e l'autobus è così freddo che scendo a fatica quando arriva la mia fermata, e quando lo aspetto ho così freddo che devo saltare su e giù per non congelare. Ma quei pochi momenti in cui parliamo, chiacchieriamo e ci guardiamo negli occhi ridenti, non sono mai freddi.

Limpsfield, 5 febbraio 1959

L'ho fatto, oggi, l'ho fatto davvero. Ho detto a mio padre che c'era una speciale lezione aggiuntiva che dovevo seguire e che sarei arrivata un po' in ritardo. A scuola, avrei finto di avere un appuntamento dal dottore e di dover uscire prima, ma poi, per mia grande fortuna, la signora Phelps era malata e così non ho dovuto rischiare che scoprissero la mia bugia.

Ci siamo incontrati prima e invece di percorrere i nostri abituali 325 passi, abbiamo corso, per sfruttare al massimo ogni momento e perché faceva freddo. Abbiamo girato l'angolo e siamo scesi verso l'Odeon, proprio come aveva proposto lui. Ho dovuto soffocare dei ricordi di quando ci ero andata con la mamma, e non soltanto di esserci andata, ma di aver provato anche quell'illecito piacere di sapere che non dovevamo essere lì. Mamma non aveva mai mentito apertamente a mio padre, ma con un implicito accordo avevamo sempre tenuto per noi le nostre uscite al cinema, sapendo che come minimo le avrebbe rovinate con prediche e invettive contro la frivola e degenerata gioventù inglese, quando tutto quello che volevamo era innamorarci di Cary Grant e Deborah Kerr.

Ma se hai i minuti contati, se stai rischiando molto per qualcosa, allora lo vivi più intensamente e fai in modo che ogni momento conti davvero, fai in modo di godere ogni attimo. Quindi dopo aver dimenticato la paura, aver smesso di guardarmi le spalle e aver allontanato tutti gli ansiosi ricordi di mia madre, ero pronta a essere frivola. Mi sono seduta al caldo sulle poltrone in fondo al teatro mentre lo schermo si illuminava. Sentivo la familiare eccitazione di guardare verso il sipario, con la musica dell'orchestra che accompagnava la pubblicità, con la giovane regina che tagliava il nastro da qualche parte, e mi dispiaceva per lei che era al freddo, poi aspettavo il ruggito del leone sullo schermo e tutto iniziava.

Forse aveva delle aspettative diverse; in effetti è probabile che le avesse. Un bacio, un tenero abbraccio e sussurri come la coppia che sedeva davanti a noi. Però non sono sicura di cosa si aspettasse. Qualsiasi fossero le sue speranze, non ne esaudii nessuna, perché appena lo schermo si illuminò, mi sedetti e guardai, incapace di resistere al turbinio della trama, al crescendo della musica e alla storia d'amore tra Esther e Judah. Ero come un animale affamato di sole, che voltava la faccia verso il calore, i colori e le luci, col sapore dei popcorn in bocca.

Tuttavia qualcosa mi ha fatto voltare, quasi alla fine, e ho realizzato che mi stava guardando nella penombra, che forse mi aveva guardato tutto il tempo mentre io sorridevo, piangevo e agonizzavo per la colonia di lebbrosi. All'improvviso mi sono sentita imbarazzata perché dovevo sembrare così stupida, come una bambina che dondolava i piedi sul posto e mangiava i popcorn. Il suo viso era stranamente animato perché le immagini in movimento tremolavano sulle sue guance e le sue palpebre, e quando mi ha preso la mano, è stato come se fosse parte del film, come se non fossimo io e lui seduti sulle poltroncine pieghevoli, ma anche noi fossimo parte di quel mondo fatto di morte, passione e vendetta nel deserto. Per il resto del film, ho cercato di non muovermi affatto, sentendo la sua mano nella mia e il suo braccio che premeva sulla mia spalla e, per la prima volta dallo scorso agosto, mi è sembrato assolutamente giusto essere dove ero, fare quello che facevo.

Sono stata così incosciente da accettare di stare fuori ancora un po' e siamo tornati di corsa verso la piazza e la sala da tè d'angolo, da dove avremmo visto l'autobus voltare in tempo perché non lo perdessi. Ho ordinato un tè e un panino dolce perché non avevo molti soldi, ma lui ha ordinato una coppa gelato da dividere, così ci siamo seduti e lo abbiamo mangiato con due cucchiaini. Intorno a noi, la gente parlava del povero Buddy Holly morto in un incidente aereo e di Fidel Castro che aveva liberato Cuba, ma il mio viso scintillava di felicità e non riuscivo a fare meno di sorridere perché in qualche modo *Ben Hur* aveva scacciato il ricordo della morte di mia mamma che si era messo tra noi, e ora la sala da tè stava facendo il resto. Era deliziosamente calda e profumava di panini dolci appena sfornati. Qualcuno ha messo una canzone al jukebox e il caramello della coppa gelato mi scendeva in gola con facilità. Siamo rimasti seduti per troppo tempo, mangiando gelati e panini e ordinando altro tè, e io non ho lasciato la sua mano fino a quando non ho quasi perso l'autobus.

E pensare che, solo un mese fa, la scuola mi sembrava un'estensione della prigione della mia vita e un promemoria del fatto che tutti i progetti miei e di mia madre non si sarebbero mai avverati. E ora è il mio biglietto per la libertà. Non solo 325 passi, ma anche la promessa di lui e di quello che potremmo diventare. Perché di sicuro nessuno avrebbe continuato a venire nei mesi più bui e umidi dell'anno solo per camminare e parlare, se questo non significasse qualcosa di più. Non parliamo molto del futuro, come non abbiamo mai parlato del recente passato, ma parla di me, di cosa gli piace e pensa di me quando non è con me. Avverto una certa urgenza, una specie di disperazione, lo sento chiaramente, e posso solo pensare che voglia di più, del mio tempo e di me. Se solo glielo potessi dare, perché lo vorrei davvero. Ogni volta che cerco di convincermi che non è possibile avere accanto qualcuno come lui, che non può pensare a me con reali intenzioni, che non può pensare a me per sempre, lui fa qualcosa o dice qualcosa o semplicemente sorride, e io inizio a sperare di nuovo. Che forse mi porterà via con sé, che forse potrebbe essere mio per sempre. Stupida, meravigliosa, irrefrenabile Speranza, che è tornata a perseguitarmi anche se ero riuscita a bandirla per sempre.

Ora sono a letto e cerco di trovare il coraggio di mettere giù i piedi nel freddo umido, per scrivere alla luce della luna che filtra dalla finestra. Presto chiuderò il diario e lo nasconderò con più cura del solito, perché se mio padre scoprisse tutto questo, i miei giorni alla scuola sarebbero finiti. Ho aperto le pagine spillate di Hartland e ho recuperato le foto che mi aveva dato Felicity della nostra giornata al mare. Ce n'è una che adoro, una di noi due che ridiamo sul molo, e sebbene avessi giurato di non pensare più a Hartland, sebbene Hartland sia verde come il mago di Oz e stranamente lontana, quella foto non lo è affatto. È viva e gioiosa e voglio sentirla sotto il mio cuscino quando mi sdraierò e cercherò di ricordare ogni secondo di quell'ora nella sala da tè. L'odore dei panini e il sapore del caramello e il calore della sala; voglio sentire le sue dita intrecciate alle mie e ricordare persino lo sguardo critico della signora che lavora dietro al banco, che pensava chiaramente che fosse del tutto inappropriato che una ragazza giovane come me stringesse la mano di un giovane in pubblico.

26

«Addie, c'è tua sorella.» Una ragazza del negozio fece capolino in cucina proprio mentre mi precipitavo dall'ufficio, sentendomi in colpa per aver fatto la pausa pranzo più lunga della mia vita.

«Mia sorella?» chiesi preoccupata, tirando indietro i capelli e ignorando la vibrazione del telefono nella mia tasca: probabilmente Andrew, che aveva già provato a chiamarmi.

«Boh, alta, benestante? Ha ordinato una scatola di pasticcini da portare via e voleva sapere se hai un minuto.»

Claire, che adorava le visite di Venetia, si rallegrò. «Oooh, chiedile se vuole congelare la sua placenta» la supplicò. «E se pensa di mangiarla entro un anno, e quale ricetta userà. Mio cugino dice...»

Uscita dal laboratorio, fu chiaro che non si trattava di Venetia ma di Phoebe, che stava ordinando anche un cappuccino. Un largo sorriso comparve sulla sua faccia quando mi vide spuntare dal bancone.

«Addie, non ci crederai...» Si tolse l'impermeabile e lo lanciò sul bancone con un gesto piuttosto anomalo per lei. «Lo so» disse raggiante. «*So* di George Holloway. L'ho trovato all'anagrafe. Secondo i registri è morto a novantacinque anni. Non posso crederci. Ha *mentito* dicendo che era morto.»

«E Throgmorton ha detto che era un uomo triste e solo» aggiunsi allegramente.

«E non puoi *credere* a cos'*altro* ho scoperto.»

Spinsi Phoebe verso il piccolo bancone laterale, dove i clienti potevano prendere un caffè al volo con i loro pasticcini. Non mi era concesso in realtà perdere tempo con i clienti, soprattutto senza il grembiule e la giacca che erano rimasti appesi dietro la porta dell'ufficio, ma al momento non potevo fare altrimenti.

«Era una casa. Parlo di Hartland.» Aveva la faccia rossa ed eccitata, e bevve un lungo sorso di caffè. «Ci ho messo un po' a trovarla. C'è stato un grosso incendio negli anni Settanta, tutto è stato raso al suolo, la famiglia dispersa.» Tirò fuori una mappa. «Guarda qui. È vicino a un altro posto che si chiama Porthallow, a poche miglia dalla costa.»

«La casa era di Harry?»

«Purtroppo non ho trovato nessun Harry, solo una famiglia che si chiama Shaw: Janet, Abel e John Shaw. Ma ho trovato qualcos'altro. Oh, Addie!» Fece un profondo respiro, con un bagliore negli occhi. «Hai presente quella cornice rotta con la foto? L'ho tirata fuori per cambiare cornice e dietro...»

La sollevò perché vedessi io stessa. Un'altra foto, di tre persone: due ragazze e un uomo di fronte a una distesa d'acqua. Quella in mezzo era mia madre, da giovane, a braccetto con gli altri due: li spingeva indietro, allontanandoli dalla macchina fotografica, e rideva come una bambina pronta a essere lanciata in aria. L'uomo era alto, forse un po' più grande di lei, con i capelli scuri. L'altra donna era tonda e rosea, e sbirciava da un largo cappello da sole. Non riuscivo a distinguere molto bene i loro lineamenti, l'immagine era leggermente sfocata, ma la donna sembrava gentile e consapevole nel suo vestito a fiori, e teneva un cesto di vimini. La sua bocca formava una piccola "o" scura e sembrava sul punto di dire qualcosa, per rimproverarli forse, o semplicemente stava ridendo. Tutta la foto sprigionava mare, sole e vitalità. Guardai l'uomo alto e poi il sorriso di mia madre, assolutamente frivolo, riuscendo quasi a percepire il vento e l'aria salata, lo sciabordio dell'acqua alle loro spalle.

La girai con esitazione. "Tideford Cross, Estate '58". La scrittura di mia madre da giovane.

«Qui.» Phoebe indicò un punto sulla mappa.

Seguii il suo dito a sud di Londra, attraversava la M25, passava Crawley, poi giù verso Lewes, e sulla costa lungo una piccola strada gialla. Da qualche parte dopo Lewes c'era Porthallow e poi, giù verso il canale della Manica, una piccola X su un puntino rosso scritto a penna. Phoebe picchiettò sulla X. «Qui c'è Hartland.»

Appena sotto, in riva alla distesa azzurra che indicava il canale della Manica, c'era un puntino, una microscopica macchiolina chiamata Tideford Cross. Osservai di nuovo la foto, tutto quel mare, quel vento e quelle risate, e poi la mappa, poi di nuovo Phoebe. Annuiva energicamente guardando la foto, con la coda di cavallo che le svolazzava intorno alla faccia e gli occhi luminosi.

«Non vedi?» disse. «Il biglietto è stato scritto *qui*» diede un colpetto alla fotografia, «a Hartland, nei primi anni Sessanta, e lei e quest'uomo erano a Tideford Cross, *qui*, nell'estate del 1958. Questo deve avere a che fare con noi. E non credi che *questo* potrebbe essere Harry?»

Harry? Ero così occupata a guardare mia madre, il suo sorriso felice tra la donna con il cappello e l'uomo alto, che non avevo fatto subito il collegamento. «Non lo so, Phoebe, è stato due anni prima che nascessimo. Potrebbe essere chiunque.»

Mi guardò leggermente delusa, e riprese la foto. «Perché ce l'hai così tanto con Harry? Avevo solo la sensazione che potesse essere lui. Non pensi che mi somigli un po'?»

Esaminai la testa tonda e sfocata dell'uomo. «Be', lui è alto, presumo» ammisi, riluttante. «Ma francamente non ne sono sicura.»

«Dovremmo andarci» tagliò corto Phoebe senza ascoltarmi. «Sono in ferie fino a martedì. Potremmo andarci domani appena ci svegliamo, prendiamo il treno verso la costa come ha fatto lei quarant'anni fa.»

«Oh, non posso, Phoebe» dissi affranta. «Mio padre, non posso lasciarlo proprio adesso.»

«È un'occasione per scoprire di più.» Picchiettò il dito sulla foto, pensierosa. «C'è un treno per Porthallow domani, ho controllato, alle 8.17 da Victoria Station, e poi un autobus fino a Tideford Cross.»

Mentre mi mordevo le labbra indecisa, Phoebe mi infilò in mano la foto. «Potrei andare io a fare un giro di ricognizione e ne parliamo quando torno, okay?» Sorrise, prese la sua scatola e svanì fuori dalla porta, con la coda di cavallo che oscillava alle sue spalle.

Tornata in cucina, rimasi in piedi al bancone per un lungo istante, guardando la foto che avevo appoggiato in verticale a una pila di scodelle: mia madre che rideva con due sconosciuti in una bella giornata di sole in riva al mare. Posai i palmi sul piano di lavoro, sentii il freddo acciaio inossidabile diffondersi nelle dita e poi nelle braccia e nelle spalle, calmare le mie guance arrossate. Il suo viso nella foto era quasi luminoso in contrasto con le scodelle; così giovane, così ignara di ciò che l'aspettava. E poi l'austero, conservatore George Holloway aveva spinto quella felice ed eccitata ragazza contro di noi. Lo immaginai costringere la figlia da poco incinta a salire su una vecchia auto e consegnarla a un tetro centro delle Suore della Speranza. Lo immaginai camminare per i corridoi dell'ospedale in cerca del dottor Miller, in modo che potessero trovare una coppia di genitori appropriata per ognuna di noi. E la mamma che se l'era presa con lui per tutto questo, in modo così determinato e incondizionato da tagliarlo fuori dalla sua vita completamente.

Poco a poco, la mia iniziale euforia cominciò a svanire: quello che non riuscivo a capire era perché se la fosse presa anche con *me*. Perché non aveva cercato Phoebe e perché non mi aveva amato quando ero tutto quello che le restava? Perché non aveva tenuto duro, non mi aveva appoggiato, non mi aveva adorato nei quarant'anni che avevamo vissuto insieme? Perché era così impaziente con me, irritata perché non mi davo abbastanza da fare, perché non ero abbastanza forte, abbastanza determinata, abbastanza brava?

Io non lo ero. Ero solo una metà, e il prezzo da pagare per la nostra relazione era stato così alto da renderla ansiosa, irritabile, rancorosa. Mi massaggiai la gola per sciogliere il groppo. Adesso tutto aveva un senso: ogni attimo su quelle stupide montagne russe, ogni volta che aveva chiuso la porta per mandarci via sforzandosi di sentirsi libera, ogni sua smorfia di impazienza. Si era sforzata di liberarsi dei ricordi e, a sua volta, di me, perché rappresentavo il loro promemoria. In qualche modo, quella donna risoluta e capace non era stata abbastanza forte da lottare contro il passato, da lottare *per* il suo amore per me.

Guardai di nuovo quella ragazza felice e sorridente che non era ancora diventata quella persona e desiderai con una disperazione quasi soffocante di parlare con lei, di poter entrare in sintonia con mia madre prima che le cose andassero così terribilmente storte.

«Tesoro! Eccoti! Eri uscita?»

Vidi Grace materializzarsi all'ingresso della cucina, con un vassoio di minuscoli frollini in scatoline rosse e bianche.

«Sono uscita per pranzo e poi ero... qui davanti.» Infilai la foto nella tasca posteriore dei pantaloni.

«Vestita così?» Grace agitò il dito. «Fammi un favore, tesoro caro, rimani nel retro quando non indossi l'uniforme. Non è mai un buon segno vedere un capo pasticciere che entra dalla strada.»

«Non mi definirei proprio un capo pasticciere ultimamente,

eh?» borbottai, d'un tratto stufa di tutto. «E da dove dovrei entrare? Dovrò pur arrivarci in cucina!»

«Sì, certo, certo» rispose per tranquillizzarmi. «Ma...» azzardò «magari non così lontano dalla tua pausa pranzo e non arrivando dal laboratorio vestita normalmente.»

«Vado a mettermi l'uniforme» risposi stanca.

«Sarebbe fantastico» ribatté Grace allegramente. «Oh, il tuo amico Andrew ha appena chiamato. In ufficio, intendo. Credo che ti stia cercando. Non sembra riuscire a stare lontano da questo posto; forse dovremmo offrirgli un lavoro?»

Posò i frollini, poi prese una scatolina e la sollevò perché la ispezionassi. «Credo che questa non sia sopravvissuta al trasporto, guarda. Devo seriamente parlare con l'autista, deve fare più attenzione.»

«Sai che questo non succederebbe se facessimo tutto qui» replicai. «Ogni volta che mi guardo intorno, ci sono sempre più cose che provengono dalla cucina centrale. Tra poco non cucineremo più nulla, solo panini precotti, pane e cose simili. Allora, io e Claire che faremo?»

«Raccoglierete le briciole» rispose Grace con tono rassegnato. «In realtà volevo parlarti di questo, Addie.»

«Delle briciole?» Cercai di non far trapelare l'irritazione crescente.

«No, le consegne. E poi hanno lasciato una lettera per te, prima. Vai a metterti l'uniforme e te la do.»

Mi spinse con gentilezza fuori dalla cucina, nel piccolo corridoio fino all'ufficio. Era buio e angusto e lo spazio senz'aria mi avvolse come una coperta troppo calda.

«Era qui.» Grace si sedette alla scrivania e iniziò a rovistare nel cesto della posta in arrivo. «Ora, tesoro, ascolta. So che vorresti continuare a produrre tutto come facevamo prima, ma non ha senso continuare a farlo qui. Mi dispiace. Anche le torte da decorare… possono confezionarne grandi quantitativi nella cucina centrale in metà del tempo; noi ci limiteremo a personalizzarle se ce ne sarà bisogno. Anche per le consegne, farle da qui non conviene.»

«Grace» dissi allarmata. «Ti prego…»

Ma Grace aveva infine trovato quello che cercava e mi porse una busta marrone. «E dobbiamo seriamente pensare a…» Chinò la testa in modo significativo verso la cucina, dove ora si sentiva Claire cantare *Fantine's Death* da *Les Misérables*.

«La manderai via?» Presi la lettera senza guardarla e la infilai nella tasca della giacca.

«Il lavoro sta cambiando» disse bruscamente. «Ci stiamo ingrandendo. Infornare grandi quantità a Maxwell Corner è l'unica cosa da fare. Lei non ci serve davvero, non c'è abbastanza lavoro. Lo vedi anche tu, no?»

«E io?» chiesi con cautela. «Verrò…»

«Verrai presa in un altro negozio» disse semplicemente Grace.

Oppure li lascerò. Sbattere la porta in faccia a Grace. Fare qualcos'altro, non Le Grand Bleu, non un altro lavoro, ma qualcosa di mio. Stranamente, l'idea non mi fece entrare nel panico come era successo qualche giorno prima quando Andrew aveva sventolato le brochure delle agenzie immobiliari. Non ci sarebbero stati mutui trentennali e dirigenti di banca alle calcagna. Un piccolo posto dove avrei potuto fare quello che avevo sempre voluto, quello che amavo da Grace i primi tempi. Mattoni a vista, un logoro bancone di legno e una grossa e gorgogliante macchina da caffè. Ci sarebbero stati soffici torte al limone e semi di papavero, e grandi cupole di muffin scintillanti di zucchero glassato, piccole trecce di pane challah appena sfornate e gocciolanti di burro salato, che profumano come nuvolette burrose.

Grace mi guardava sorridendo, in attesa che mi unissi al suo entusiasmo per una cucina meccanica e spersonalizzata dove "infornare grandi quantità" era la strada da percorrere. A quel punto mi fu chiaro, senza ombra di dubbio, che – se davvero si trattava di seguire quella strda dove non ci sarebbe più stata nessuna Claire a mettermi fretta quando perdevo troppo tempo nei nidi di meringa, e neppure il profumo del mio pane mi avrebbe più accolto al rientro dalla mia pausa pranzo lunga quanto mi pareva –, allora, era giunto il momento per me di andare per la mia strada. Ricordai i miei venticinque anni infiammati dall'ottimismo di Grace e dalla sua guida, la sua soddisfazione quando ero subentrata nel negozio di Kensington, e aveva brindato con lo champagne non al suo, ma al *nostro* successo, e soprattutto quanto mi era stata vicina nei primi mesi dopo la morte di mia madre. Lei c'era sempre stata, offrendomi speranza, incoraggiamento e tranquillità, e per questo le sarei stata sempre grata. Ma ora le cose erano cambiate anche se non sarei mai stata in grado di conquistare la luna, la nuova me aveva sicuramente abbastanza spirito di iniziativa per mettere su quello che voleva davvero.

«Grace» ripresi in tono affettuoso. «Gli anni qui sono stati fantastici, tu sei fantastica, ma credo sia giunto il momento che vada per la mia strada.»

«Oh, no, non dirlo.» Grace si alzò quasi dal posto, ma la mia mano si posò sulla sua.

«Non ti lascerei mai nei pasticci. Starò con te fino a quando non troverai qualcun altro.»

«Addie, per favore» mi supplicò. «Hai avuto tanti pensieri ultimamente, prenditi un paio di giorni liberi. Ti farò sostituire da una delle ragazze. E ne riparliamo la prossima settimana.»

Scossi la testa e avrei ribattuto se lei non si fosse alzata per aprire la porta porgendomi la borsa e il mio ombrello. «Cambierai idea, ne sono sicura. Cambiare è una buona cosa, Addie. Vedrai. Ne riparliamo tra qualche giorno.»

Me ne stavo in piedi dall'altra parte della via, guardando il negozio di Grace mentre il traffico del tardo pomeriggio riempiva la strada, i pendolari sfrecciavano intorno a me e le mamme trascinavano i bambini piccoli tra le pozzanghere, cariche di borse della spesa, cartelle e ombrelli. Le nuvole incombevano così basse sulla strada da oscurare gli ultimi piani del palazzo mentre il negozio di Grace spuntava dalla nebbia come una grotta incantata in cui le lampade scintillavano dalle alte vetrine, con la sua linda vernice azzurra e bianca e i vasi sul davanzale pieni di lavanda. Resistendo alla tentazione di attraversare di corsa la strada e tornare nell'ufficio di Grace per cancellare quello che avevo appena detto, infilai le mani nelle tasche per chiudere meglio la giacca contro il freddo, ma sentii qualcosa frusciare. Era la busta marrone che mi aveva dato Grace. "Addie, credo che ti possa servire. Fatti sentire presto! XX" era scarabocchiato in cima con la calligrafia della signora Baxter. La lettera non era indirizzata a me ma, con la calligrafia di James Merck, a mia madre.

Infilai il pollice sotto la linguetta e tirai fuori diversi fogli A4. Un conto dettagliato, simile a quello che avevo visto nella cartellina. Una risposta da un archivio del West Sussex che dimostrava la loro disponibilità a incontrare Merck se necessario. E, infine, una lettera, aperta ma ancora nella busta originale, spedita una paio di mesi prima da una certa Madeleine Roberts, 4 Crabtree Lane, Brimley.

Caro signor Merck,
grazie per la sua seconda lettera datata 28 gennaio e mi scuso per non essermi messa in contatto con lei quando mi ha scritto la prima volta. Per rispondere alla sua domanda… sì,

ero ricoverata all'All Saints Hospital il 14 febbraio 1960, ma non credo di poterle essere di grande aiuto perché vi rimasi molto poco e non comunicai granché. Non ricordo il nome di nessuno del personale, ma parlo volentieri con la sua cliente se è quello che desidera.

Cordiali saluti,

Madeleine Roberts

27

Il treno era già arrivato quando salii di corsa gli scalini della metropolitana. Detti un'occhiata al tabellone sopra i negozi in cerca del binario da cui partiva il treno delle 8.17 per Porthallow e sollevai la mano per salutare la figura alta e snella che gironzolava davanti ai tornelli. Seguirono un grido e poi un fischio. Le porte iniziarono a chiudersi a partire dalla testa del treno. Accelerai, stringendo la borsa, gli occhi fissi sulla mano di Phoebe che mi incitava a fare in fretta. Infilò i nostri biglietti nel tornello, sfrecciando verso il treno, saltò sul primo vagone e le afferrai la mano, lasciando che mi trascinasse dentro. Alle mie spalle, il bigliettaio sbatté le porte e la maniglia, urtando le mie gambe, mi spinse in avanti.

Nella sporca luce al neon, gli occhi di Phoebe scomparvero nell'ombra del suo viso.

«Non prenderla male, Addie, sono davvero felice che tu sia venuta, ma quando ti ho proposto di prendere un giorno libero, non intendevo che tu lascissi il tuo lavoro per sempre.»

«Tranquilla» sbuffai, chinandomi per contenere la fitta sul fianco. «Cerchiamo un posto a sedere prima che muoia.»

Il treno avanzò lentamente fuori dalla stazione mentre ci facevamo strada lungo il corridoio, superando le porte lerce dei bagni e urtando contro le valigie stipate negli scaffali. Il treno era meno affollato di quanto pensassi, probabilmente perché il brutto tempo non invitava a passare il weekend in campagna, quindi trovammo un vagone in testa, quasi vuoto. Un'improvvisa accelerazione ci lanciò in avanti, poi il treno uscì dal tunnel e sferragiò lentamente verso il paesaggio urbano di South London diretto a Clapham Junction e Croydon. La pioggia sferzava i finestrini mentre cortili e strade sconosciute sfilavano via. Ci sedemmo l'una di fronte all'altra e Phoebe posò sul tavolino una busta marrone leggermente schiacciata che conteneva due tazze col coperchio.

«Mamma dice sempre che nessun lavoro decente può essere fatto senza almeno tre tazze di caffè» spiegò, continuando a guardarmi con una certa preoccupazione. «Se iniziamo adesso, riusciamo a bere le altre due prima di raggiungere Porthallow.»

Avvolsi grata le dita attorno alla calda tazza di carta che mi porgeva; Phoebe tirò fuori una scatola di plastica, ispezionò il tavolino e spazzò via una briciola prima di posare la scatola.

«Ce l'ho messa tutta per finire i tuoi pasticcini ieri sera perché erano così buoni, ma a un certo punto ho mollato» disse. «Per non parlare del fatto che ho passato metà della notte sveglia in preda a un attacco glicemico. Così ne ho portati un po' per il viaggio.» Mi sorrise e indicò la scatola. «Viste le circostanze, non ho voluto portarli nella confezione originale. Ho pensato che ti potesse causare un disturbo post traumatico da stress.»

Si chinò, aprì la scatola, lanciò un'occhiata esperta all'assortimento e si raddrizzò dopo aver preso una piccola girella danese all'albicocca. Poi mi guardò.

«Molto divertente.» Bevvi un sorso del caffè e mi rilassai sul sedile. «Ho lavorato per Grace quindici anni.» Tenevo gli occhi fissi sul paesaggio esterno in movimento. «Non credevo che l'avrei mai lasciata, anche se Andrew mi tampina da parecchio. Non avevo mai *voluto* andarmene. Ma tutta questa storia riguardo la mamma, vedere la sua foto ieri, mi ha reso così… triste e arrabbiata. Parlava sempre di diventare qualcuno ed essere forti e invece, qualsiasi cosa sia successo quella notte ha avuto il sopravvento sulla sua vita e sul nostro rapporto, per quarant'anni. E ha lasciato che succedesse. È così stupidamente futile. Che spreco. Quindi mentre parlavo con Grace, per quanto la stimi, ho realizzato che avevo bisogno di fare quello che volevo. Non quello che Grace, mamma o Andrew vogliono che faccia.»

«E tu cosa vuoi?» Phoebe selezionò un altro pasticcino.

«Qualcosa di semplice» risposi. «Una piccola panetteria su Islington High Street. Niente di lussuoso e, per favore, niente di francese. Solo io e la cucina. A proposito, ecco la foto. Ho pensato che la volessi.»

«Ne ho fatta una copia.» Diede un colpetto alla borsa e sorrise. «Ho pensato che forse entrambe ne volevamo una. Ho fatto anche una copia della foto di tua mamma e c'era quella piccola busta con tutte le altre. Ho fatto una copia di tutto.»

Si allungò per prendermi la mano e la strinse. «Credo tu possa fare qualsiasi cosa, Addie. Vivi da sola, sei una persona indipendente. Sei una dea della pasticceria.» Sollevò quel che restava del suo ventaglietto. «Ti aiuterò io. Sono molto brava a risolvere i problemi.»

Sorrisi. In qualche modo la cosa non mi sorprendeva.

«C'è anche un'altra cosa» aggiunsi. «Finalmente ho trovato la lettera che Merck ha inviato a Rose Hill Road.»

«Davvero?» Phoebe stava frugando nella borsa in cerca di un fazzolettino di carta, ma rialzò subito la testa. «Qualche novità?»

«Sì» dissi. «È per te.»

Le porsi la lettera; la studiò fin dall'indirizzo sul retro della busta, poi la osservai leggere le poche righe sul foglio. Infine mi guardò.

«Mio Dio, Addie, alla fine lo ha fatto, ha risposto. Ma non aveva detto che aveva bruciato la lettera?»

«Deve aver cambiato idea quando lui le ha scritto per la seconda volta. In fondo, noi non l'abbiamo interrotta a metà frase?»

«Comunque avrebbe potuto dirmelo subito. Avrei potuto...» Si asciugò le lacrime.

«Non è colpa sua» dissi convinta. «È colpa di George Holloway e del dottore. Colpa di quegli anni in cui la gente era di vedute ristrette e all'antica. Ma non di tua mamma.»

Ci pensò un momento prima di rileggere la lettera.

«Ieri ho notato una cosa molto strana all'anagrafe» disse accigliandosi. «Ci ho messo un po' a trovare Constance e George. Lei è morta a quarantaquattro anni, quindi davvero molto giovane.» Mi rivolse un rapido sorriso, poi tornò alla lettera. «E quando mi sono cercata all'anagrafe... be', è saltato fuori che non esisto.»

«Non esisti?» Stavo gettando la mia tazza nel piccolo cestino ma la guardai subito. «Che intendi?»

«"Phoebe Roberts" esiste: ufficialmente registrata all'anagrafe, è nata nei primi anni Sessanta a Brighton. È la "Ragazza Holloway Numero Due" che non esiste, ce n'è solo una e devi essere tu perché hai il certificato di nascita che corrisponde. Ma la cosa veramente sospetta è il mio di certificato; quello che ti ho mostrato il primo giorno, con sopra il nome dei miei genitori e tutto il resto... be', non dovrei averlo affatto. Ne ho parlato con una signora dell'anagrafe mentre chiedevo come visionare i documenti sulla mia adozione. Mi ha spiegato che in quanto figlia adottiva dovrei avere un certificato di adozione e non un certificato di nascita. Di solito i figli adottivi hanno un certificato ridotto, che non fa riferimento all'adozione ma attesta il nome adottivo e vari dati relativi alla nascita. Lo puoi usare per tutto, ma nessuno, me inclusa, potrebbe scoprire di essere adottato a meno che non abbia il certificato di adozione in versione integrale.» Mi rivolse un sorriso ironico. «O strani vestiti da bambino e un libretto della gravidanza. Il fatto che abbia un normale certificato di nascita, come qualsiasi altro bambino, dimostra che i miei genitori mi hanno semplicemente registrato come figlia loro, come se mia mamma mi avesse davvero partorito. Questo non è tecnicamente possibile con un figlio adottivo.»

«Magari ha l'originale a casa da qualche parte» ipotizzai. «Dopotutto, anch'io ho due certificati: l'originale, che era nascosto, e quello ufficiale che riporta i nomi di entrambi i miei genitori.»

«Per me il tuo certificato nascosto non esiste. Se non è all'anagrafe, allora non c'è nessun certificato che corrisponda. L'anagrafe è come un indice di tutti i certificati. E il fatto che tu abbia due certificati, be', anche questo è un po' sospetto. Prima sei stata registrata come sua figlia e subito dopo devono aver aggiunto il nome di tuo padre al certificato di nascita. Di solito non funziona così perché, in realtà, puoi cambiare solo il tuo nome legalmente. A volte succedeva, ma solo in casi in cui il padre si faceva avanti subito dopo la nascita e reclamava la paternità.»

«Solo che non era mio padre.»

«No.» Scosse la testa. «E mia madre non era mia madre, eppure è sul mio certificato di nascita come se fosse la mia madre naturale. È...»

«Davvero sospetto» aggiunsi cupa. «Doveva essere diverso per le adozioni private. Canali diversi, ecco tutto.»

«Forse. Ma ufficialmente tutte le adozioni, incluse le private, dovevano essere approvate dal tribunale o dall'amministrazione. I certificati sospetti spiegano perché Merck non abbia trovato nulla che ci collegasse, perché in termini di documenti ufficiali non esiste alcun legame tra noi, da nessuna parte. Eccetto quello che l'infermiera e il dottore potevano sapere.»

Fece una pausa, sfiorando il nome della madre sulla busta.

«Non credi che... be', forse, che mi abbia rubato?»

«Tua *mamma*? No!» Ero talmente sorpresa da restare muta per qualche minuto. «Phoebe,» riuscii infine a dire «tua mamma era un po'...» Irrequieta. Disperata. Ossessionata. Ma rubare un bambino? «No» ripetei, ma con minore convinzione stavolta. «Dio mio, no.»

Phoebe appariva altrettanto turbata. Tirò fuori la foto dei tre giovani accanto all'acqua.

«Credi che qualcuno potrebbe riconoscere queste persone?» chiese.

Guardando i volti sfocati pensai che sarebbe stato difficile riconoscere un uomo che nella foto aveva quarant'anni meno e che magari non vedevi da allora. Ma ero stanca, così non risposi. Mi adagiai sul sedile, guardando sfilare le stazioni e chiedendomi se anche mia madre avesse fatto quel percorso quando si era recata a Hartland tanti anni prima, con una piccola valigia nella rastrelliera superiore, il cappello appeso con cura, una borsa da viaggio sulle ginocchia. Se avesse letto o dormito, con la faccia incollata al finestrino, per svegliarsi con il segno della cornice sulla guancia. Aveva viaggiato con suo padre, seduti uno di fronte all'altra, come stavamo facendo io e Phoebe? E cosa l'aveva portata a Tideford Cross, a Hartland? Una vacanza?

«Hai una foto di Hartland?» chiesi.

«Sì, ne ho trovata una in biblioteca.»

Mi porse una fotocopia a colori di un'immagine che occupava due pagine di un libro, un misto di acquerelli e penna nera, che raffigurava una casa di campagna color miele in mezzo a un giardino. La casa era bella, ma chiunque avesse fatto quel disegno aveva chiaramente amato soprattutto il giardino, perché l'edificio scompariva praticamente in mezzo alle onde verdi di quel mare di prati, alberi e cespugli. Disegnato in fretta, con pennellate quasi distratte nelle sfumature smeraldo, menta e foglia di tè, il giardino prorompeva dalla pagina, talmente rigoglioso e vivido che tutto quello che desideravi era cadere nell'immagine e passeggiare sul sentiero erboso che costeggiava la casa a destra verso l'orizzonte.

Immaginai mia madre che scendeva dal treno a Porthallow, come avremmo fatto noi tra un attimo, prima di arrivare a Hartland e camminare sul viottolo fino alla casa. Pensai a tutte le vite vissute e sprecate, e a cosa *io* volessi trovare a Tideford Cross. Capire, forse, da cosa mia madre non era riuscita a scappare. E accettare che non era così forte come era sempre apparsa, come costringeva me a essere. Cercavo un legame con lei, con quella giovane, felice, eccitata versione di mia madre, e volevo riuscire a perdonare la donna che era diventata dopo. Per non aver lottato per me e Phoebe; per non aver cercato di amarci un po' di più. Il perdono, credo, è l'unica cosa che mi avrebbe permesso di lasciare tutto alle spalle.

Un'ora dopo, scendemmo dal treno a Porthallow e attraversammo la stazione di corsa per prendere il piccolo autobus che andava a Tideford Cross. Scampoli di una grigia mattinata fluttuavano ancora nell'aria e mi sembrava di avvertire un vago odore di acqua salata, o forse era solo il verso dei gabbiani, che scendevano in picchiata e strillavano, a ricordare la prossimità del mare.

L'autista, le cui principali ambizioni nella vita non includevano chiaramente il trasporto di vecchie signore su un veicolo troppo voluminoso lungo la costa, guidava come un matto, facendo salire e scendere i passeggeri in tutta fretta, salutandoli con impazienza e chiudendo le porte quando ancora stavano scendendo, tanto che alcuni dovevano saltare dall'ultimo gradino in tempo prima che lui ripartisse con un ruggito. L'autobus era pieno zeppo di persone, borse e tutto il resto, e solo verso la fine del tragitto riuscimmo a sederci, appiccicose e leggermente nauseate, su due sedili davanti.

«Prossima fermata: Tideford Cross» urlò l'autista dal posto di guida, e svoltò. Deglutii con lo stomaco in subbuglio, ma all'improvviso Phoebe si alzò e mi afferrò il braccio. «Lì» sussurrò. «Addie, guarda, il mare.»

E poi, quasi al rallentatore, l'autobus raggiunse la cresta della collina e per un attimo sembrammo in procinto di decollare nel cielo mattutino. C'era una vago eco della risata di mia madre in cima al Ciclone Celestiale, ma niente di terrorizzante o claustrofobico: solo possibilità, occasioni e cieli luminosi e soleggiati. Le nuvole si squarciavano mostrando frammenti di cielo, tingendo l'acqua di un blu scintillante rispetto al grigio-verde del litorale. Se fossimo state in un film, la musica avrebbe accelerato in un crescendo a indicare un momento di completa e assoluta perfezione. Mi accorsi che sorridevo di felicità e quando guardai Phoebe ritrovai lo stesso sorriso. Poi le ruote davanti toccarono di nuovo terra, mi tenni forte lo stomaco mentre sfrecciavamo giù, sempre più veloce, curvando e piegandoci verso il mare sottostante. In quel punto il litorale si inchinava al mare, creando una gigantesca darsena naturale, poi sollevava le sue gonne e le spiegava in un ordinato ventaglio di tetti grigi segnati dalle intemperie, muri di granito e una trapunta di strade. L'autista affrontò le ultime curve con una mano, suonando il clacson con l'altra. Mi aggrappai al braccio di Phoebe, rimbalzando sul sedile, mentre sfrecciavamo verso Tideford Cross.

Limpsfield, 24 aprile 1959

Sono una donna perduta! Rovinata. Merce avariata, svergognata fino all'osso. E non sono mai stata così felice in vita mia. Mi domando come possa una cosa così sbagliata, così vergognosa, essere così piacevole?

Lo avevamo pianificato da un po', lo desideravamo entrambi così tanto. Stringerci la mano per 325 passi, squagliarcela nella sala da tè e parlare veloce per non sprecare neanche un attimo – stavo impazzendo. Ero smaniosa. Volevo sempre di più. Volevo stare da sola con lui, avere ore intere, un giorno intero, in qualche posto caldo e sicuro. Era diventato un'ossessione durante quel lungo febbraio e il freddo marzo che è seguito; ero ossessionata da lui e dal bisogno di calore, e a volte non sapevo cosa desiderassi di più, finché realizzai che volevo avere entrambi, e non baciarci insistentemente al cinema mentre le immagini scorrevano veloci sui nostri visi, o stringerci le mani sopra il tavolo della sala da tè dove la signora mi guardava come se fossi una poco di buono.

Ero nervosa anche solo a pensarlo perché so che è sbagliato, e non solo perché lo dice mio padre, ma anche perché so che non è quello che si dovrebbe fare, non prima di un anello e di una promessa di matrimonio. Eppure lui parla come se fosse per sempre, tutti e due lo facciamo, stringendoci, parlando e sorridendo, intuendo i pensieri dell'altro e percependo i suoi stati d'animo. Il che, per me, significa per sempre. Vederlo ogni settimana per mesi e mesi, anche se solo per qualche ora rubata o per 325 passi, significa per sempre. E io volevo trasformarlo in qualcosa di reale, volevo qualcosa di più solido, sebbene all'inizio fossi troppo spaventata per fare qualcosa. È tutto troppo veloce, troppo inconsistente. E non sono sicura che mamma sarebbe d'accordo.

Ma ora è improvvisamente scoppiata la primavera, una primavera precoce che segna la fine definitiva dell'inverno e sparge crochi, giunchiglie e fiorellini bianchi sull'erba mentre camminiamo verso la fermata dell'autobus. È il genere di primavera che esplode per prendersi la sua rivincita sull'inverno, che non si trattiene ma spinge verso l'alto, spara fuori e mette radici nella terra, perché è così piena di inebriante vitalità, che semplicemente non tollera di essere trattenuta un minuto di più.

Sono stata spesso al cimitero di St Peter nelle ultime settimane. Le tombe dei soldati affiancano quelle dei parrocchiani e la primavera lì non è così audace, credo, perché lascia le superfici tra le lapidi rispettosamente spoglie. Dentro di me avrei preferito che mamma fosse seppellita da qualche altra parte, in un posto più vivace, per questo le ho portato mazzi dei primi fiori del nostro giardino, dove la primavera ha tappezzato la terra di giunchiglie, tulipani e campanule, e li ho sistemati sulla sua tomba quasi ogni giorno.

Mio padre, tuttavia, non vuole che la sua tomba sia trasandata e mi sono accorta che ha tolto uno dei mazzi che avevo lasciato qualche giorno prima e lo ha gettato nel mucchio per il concime. Ma forse la temerarietà della primavera mi ha contagiato, perché il giorno dopo ho preso la piccola rosa in vaso che era ancora nascosta dietro alla sua tenda e l'ho piantata nella terra dove lui non avrebbe potuto rimuoverla senza combinare un disastro.

Era un punto anonimo, di lato alla tomba, dove in tarda mattinata batte il sole, ma so che a lei sarebbe piaciuto molto. Ho provato a parlarle degli incontri illeciti nella sala da tè e alla fermata dell'autobus, ho cercato di trovare le parole giuste per spiegarle la mia brama di calore e di libertà. Questa parte l'avrebbe capita, ne sono sicura, ma non so se avrebbe capito altri tipi di desideri che provo, come l'amore e la passione. E quel tipo di cose che leggi solo di tanto in tanto in quei libri che mio padre bandisce immediatamente, e che non avresti neanche dovuto pensare, non senza una promessa di matrimonio, non senza aver fatto le cose per bene. Lei non sa che la promessa c'è, che l'atmosfera intorno a noi è carica di promesse, e dopotutto lei non è qui a dirmi di non fare quello che desidero veramente fare.

Ci ho messo un po' tuttavia, immobilizzata in uno stato di perenne aspettativa e ansia, sentendomi come se lo avessi già fatto, come se avessi già commesso il crimine e mi aspettassi una punizione. Sedere per diciassette minuti e mezzo di cena la sera e andare alla scuola per segretarie è un'agonia, perché sono così sicura che la gente riesce a leggerla nei miei occhi, tutta questa brama di calore, di amore e novità.

Ma alla fine lui ha fatto succedere tutto, e lo ha fatto sembrare così facile, così normale. Immagino sia così là fuori nel suo mondo. È facile innamorarsi. Il piano era che a scuola dovevo fingere di essere malata, falsificare la firma di mio padre per la giustificazione e lui avrebbe finto di essere malato al lavoro. Gli ho chiesto come faceva a vedermi così spesso, ma lui ha risposto che veniva in treno dopo il lavoro, che era facile. I suoi genitori erano all'estero per un po' e lui adesso viveva a Hartland; tornava in treno la sera, lasciava la macchina vicino alla stazione e guidava fino a casa. Come lo invidiavo per la facilità con cui si spostava in treno e in macchina.

Avevo iniziato a pensare di nuovo a Hartland come a un posto reale e non a una strana e surreale parte del mio passato. Immaginavo la casa che si svegliava in quella meravigliosa e inebriante primavera ogni giorno, i muri color miele che luccicavano al sole, le colombe sul tetto. Nella mia mente facevo un salto nei sentieri del giardino per vedere il roseto tornare in vita dopo l'inverno e il terreno sotto gli alberi ricoperto di campanule, un oceano di vivide campanule che scintillavano ai piedi degli alberi dove avevo passato la mia ultima sera. Ma qui mi fermo, perché non voglio tornare lì. Voglio invece pensare al futuro, al futuro imminente, a quello che accadrà a Purley.

Lui conosceva un posto dove potevamo andare, un grazioso alberghetto a Purley dove io avrei dovuto registrarmi e dire che ero la signora Smith, venuta a fare visita a suo cugino. Non pensavo che avrei mai potuto sembrare la signora Smith che andava a fare visita al cugino, ma non volevo dirlo per non apparire debole. Ma così mi sentivo, molto debole, seduta accanto a mio padre a cena a fissare lo stufato perché non scoprisse tutti i segreti di Purley nei miei occhi. E poi, dieci giorni dopo averlo pianificato, ero pronta. Ero così stanca di sentirmi triste, sola e infreddolita nella casa di mio padre a Limpsfield. Volevo essere la signora Smith in una stanza d'albergo a Purley.

E ora che l'ho fatto e sono una donna svergognata, rovinata, che ha bevuto champagne, è stata baciata e ha fatto l'amore, sento, per la prima volta da quando mamma è morta, che il futuro ha qualcosa in serbo per me, che esiste qualcosa per cui vale la pena lottare.

28

«Santo cielo, hai visto quanta gente?»

Tideford Cross era decisamente affollata. Gente ovunque, che camminava sulla via principale per guardare le bancarelle disseminate in ogni angolo disponibile, che straripava dalle stradine laterali. Mi tremavano leggermente le gambe quando scesi dall'autobus e respirai profondamente per liberarmi della nausea che mi sconquassava lo stomaco.

«Oggi c'è il mercato» disse una donna dietro di noi. «È il primo della stagione quindi sarà un po' affollato. Ma troverete le migliori crocchette di pesce e patate della zona.»

«Fantastico» sospirò Phoebe, felice. Strinse forte la borsa, si girò verso di me e mi accorsi, con una certa preoccupazione, che adesso era agguerrita. «Okay, ecco come procediamo. Ci facciamo strada, chiediamo ai venditori. Ma stavo pensando che forse è meglio non spaventare nessuno. Non mostriamo la foto finché non troviamo qualcuno che sembra interessante. E forse dovremmo dire che stiamo lavorando a un progetto di ricerca sull'ascesa e il declino delle classi elevate nella società post-bellica e stiamo cercando di seguire una pista.»

Sgranai gli occhi, basita. Società post-bellica?

«Be',» disse impaziente «è ragionevolmente vago e per niente compromettente. In libreria ho visto un libro che ne parlava, e possiamo sempre aggiungere dettagli all'occorrenza. Così, se qualcuno conosce Harry non si insospettirà. Sono un po' preoccupata che non voglia parlare con noi. Non voglio dissuaderlo prima che conosca tutta la storia e che veda che siamo normali e sane di mente.»

Batteva il suo scintillante stivale sui ciottoli, ispezionando le bancarelle che vendevano prodotti agricoli, cesti e piante, sembrando tutt'altro che sana di mente; scoppiai a ridere.

«E vada per la società post-bellica. Andiamo.»

Allora Phoebe partì, saltellando tra le bancarelle, facendosi strada tra la folla come Mosè nel Mar Rosso. Stringendo forte il mio braccio sotto al suo, mi spinse verso la prima bancarella e via via più avanti attraverso il paese, esaminando attentamente le merci, scrutando i volti dei venditori. Si fermò più volte a comprare cibo e ninnoli vari, a chiacchierare con i proprietari delle bancarelle, con i capelli che volavano al vento, il viso animato e arrossato. *Bella giornata oggi, eh? Che carino! Delizioso! Lei vive da queste parti?* Ma nonostante la cordialità e il fermento nell'aria, la gente era impegnata a vendere il più possibile e solo pochi si potevano permettere di fermarsi a chiacchierare. Iniziai a sentirmi infastidita da tutti i rumori e le grida, e dopo uno scone e due crocchette di patate e pesce effettivamente deliziose, ne avevo abbastanza.

«Phoebe, questo posto è pieno zeppo.» La spinsi verso l'entrata di un piccolo cottage e le ficcai in mano le frittelle di mele che mi aveva appena allungato. «Dobbiamo procedere in modo più sistematico. Finiamo questa parte, e poi mi sembra di aver visto un negozio in fondo alla strada, chiediamo lì. E… Phoebe?» Dette un morso alla frittella. «Calmati un po', okay? Stai spaventando le persone.»

Gettò il resto della frittella in un cestino della spazzatura e mi allungò un colpetto rassicurante sul braccio. Stava per spingermi di nuovo verso la folla quando la porta del cottage si aprì e apparve una donna, vacillando all'indietro sotto una grossa cesta che si contorceva e dimenava incontrollabilmente tra le sue braccia. Quando vidi una zampa spuntare dalla cima della cesta, feci un balzo indietro verso Phoebe, che afferrò il palo della bancarella del pesce. La donna perse l'equilibrio e la cesta volò in aria. D'istinto sollevai le braccia per afferrarla, poi ci fu uno scricchiolio e precipitammo in un mucchio di braccia, gambe e artigli che si agitavano furiosamente.

Impiegammo qualche minuto a liberarci e, quando ci riuscimmo, avremmo voluto immediatamente sdraiarci di nuovo. Il danno sembrava eccessivo, considerata la piccola collisione. Metà bancarella era crollata, e ostriche, piatti di carta e tovaglioli erano sparsi ovunque.

Quando il gatto riuscì finalmente a uscire dalla cesta, affondò gli artigli nelle mie braccia facendomi sobbalzare e poi finire tra le braccia della proprietaria del felino. Stretta in un abbraccio involontario, lei iniziò a ridere e, continuando a ridere, prese in mano la situazione.

«Calmati, Hughie» disse al proprietario della bancarella. «E anche tu.» Ficcò il gatto, che miagolava e soffiava, nella cesta e la afferrò per la maniglia.

«Avrei dovuto farlo prima. Mi dispiace per i graffi. L'aggiusto in un minuto. In realtà è colpa mia, Hughie, smettila di essere così arrabbiato.» Rivolse un sorriso all'uomo adirato e Phoebe, col viso rosso e sporco di polvere, si chinò subito a recuperare le ostriche. «Mi scusi tanto» diceva. «Ovviamente le pagherò i danni.»

«Ma figurati» rispose la donna con fermezza. «Non è neanche un posto autorizzato, qui davanti a casa mia. Hughie stava solo cercando di racimolare qualche sterlina col pescato di stamattina.»

Raccolse i due pali che tenevano su la tenda e insieme li rimettemmo a posto. La copertura era riparata, ma Phoebe fissò qualche spillo di sicurezza per coprire i buchi peggiori e poi li decorò con delle collane di conchiglie che aveva appena comprato lungo la strada.

«Mi piace.» La donna aveva fatto un passo indietro per esaminare la riparazione. «Un tema marittimo, Hughie. Dai.» Di spalle, ci fece un cenno. Mentre Phoebe la raggiungeva, mi fermai per porgere a Hughie una banconota da venti sterline, poi le seguii, stringendo le braccia insanguinate.

Alla fine della via principale, che arrivava fino al porto, ci fermammo. Qui, come ovunque, la gente gironzolava. La donna mi spinse dietro a una bancarella di fiori dove una ragazzina stava saltellando sul posto. «Finalmente» l'accolse arrabbiata. «Devo andare in bagno.» E scappò via.

«Grande, Kate» le gridò dietro la donna, poi sorrise a due clienti chini sui vasi di lavanda. «Salve. Fatemi sapere se avete bisogno d'aiuto.»

Sollevò le mie braccia. «Ahi. E non è nemmeno mio il gatto, è di mia madre, ma ha una sfortunata predilezione per me e continua a spuntare nella mia cucina e a mangiare qualsiasi cosa su cui riesce a mettere gli artigli. Ora, diamo un'occhiata.»

Mi tamponò bruscamente i tagli sul braccio sinistro, ripulendo il sangue, poi fasciò con un fazzoletto la parte ridotta peggio.

Dalla parte opposta della bancarella uno dei clienti sollevò un vaso di lavanda. «Quanto viene questo?»

«Cinque sterline le medie, dieci quelle grandi col fiocco. Venti per quelle a terra» sciorinò velocemente con un altro sorriso incoraggiante. La cliente si lasciò sfuggire un sospiro scandalizzato e mise giù il vaso, sollevando un piccolo fascio di spighe di grano legato con lo spago ed esaminandolo da vicino. La donna le lanciò uno sguardo cupo, poi alzò gli occhi al cielo rivolta verso di me. «Turisti» mormorò. «Comunque, io sono Fiona Hawker.» Era minuta e curata, con la faccia tonda, i capelli corti e ricci, le guance rosse, come una matriosca. Sorrisi, dando un colpetto al mio braccio fasciato.

«Grazie mille. Io sono Addie Harington e questa è…»

«Phoebe Roberts. Tanto piacere» intervenne Phoebe. «Mi dispiace per la bancarella di ostriche. Possiamo fare qualcosa per aiutare *Hughie*? O era *Harry*?»

«Scusi, signora, quanto per questo?»

Fiona girò il suo sorriso verso la donna che ancora esaminava il piccolo fascio di grano. «Quello viene due e cinquanta, ma ci sono vasi di lavanda più piccoli che posso darle per tre.» Fece il giro della bancarella, recuperò un vaso più piccolo e incartò una pianta di fragola per un uomo con lo zaino stracarico di verdure.

Phoebe si diede da fare dietro al tavolo, riordinando la carta da regalo umida, spazzando via le piante morte, fino al ritorno della fioraia. «Vive qui da tanto, Fiona?» le chiese, prendendo una spazzola per rimuovere della terra dal tavolo.

Fiona, che stava cercando il resto nella scatola, guardò sorpresa Phoebe indaffarata dietro al tavolo e poi disse: «Venticinque anni, forse? Mio padre si trasferì qui quando avevo cinque anni. Ma mia mamma è nata qui. In realtà è la mia matrigna, sa, e…». Prima che potesse continuare, ci fu un altro miagolio, seguito dal suono del cesto che si muoveva sul pavimento.

«Dannato gatto» borbottò. «Ascolta, posso chiederti un grosso favore? Mia madre ha una bancarella giù vicino al porto. Devo solo portarle Trixie e poi torno subito. Il resto lo trovi qui, non è tanto ma dovrebbe bastare. Fantastico. Serviti pure da bere e prendi un panino.» Indicò un cesto sotto al tavolo a cavalletto, simile a quello che ci era appena crollato addosso, poi prese il suo pacco agitato e scomparve nella stradina che conduceva al porto.

Quando se ne fu andata, mi girai verso Phoebe. «Ma insomma, ti sei praticamente trasferita qui. Non sapevo dove guardare.»

Phoebe non era minimamente contrita. «Be', ormai ci siamo. Non eri tu che continuavi a ripetere di essere sistematici? È la persona perfetta per aiutarci con Harry. Sua madre è di qui, non dei dintorni, questo promette bene.» Sorrise di buonumore. «Magari possiamo offrirle un caffè o qualcos'altro. Per farci perdonare del trambusto, eh?» Mi diede un'allegra gomitata sulle costole e non potei fare a meno di ridere. Si voltò verso un'altra donna che teneva in mano un mazzo di calendule.

«Sono molto belle. E che ne dice di un vaso di lavanda? Posso dargliene due per sei.»

Quando Fiona tornò, Phoebe aveva venduto sei mazzi di fiori, due graziosi cestini e un bel fascio di lavanda secca. Fiona si illuminò di piacere.

«Santo Cielo, sei molto più brava di me.»

Approfittando di un momento di pausa nel costante avvicendarsi di clienti, Fiona si diede da fare tirando fuori altri fiori e risistemando le ceste. Girovagando intorno alla bancarella, sbirciai le sue piantine aromatiche.

«Hai molta salvia» dissi.

«Sì, viviamo sul fianco della collina, dove il tempo è mite e asciutto. Alla salvia non piace l'umidità.»

«Lo so» confermai. «Mia mamma la coltivava sempre nel suo giardino.»

Ebbi una fugace e intensa visione degli occhi grigi di mia madre che scintillavano sotto il cappello da sole mentre sorvegliava le sue piante aromatiche, inginocchiandosi per estirpare una foglia di verbena, accarezzando le vellutate foglie d'argento del piccolo cespuglio di salvia per incoraggiarla a tenere duro, alzando poi le mani perché potessi sentirne l'odore. *Ricordami, Addie, quali usi per la tua salsa verde che piace tanto a papà?* Per un'intera estate, avevo preparato la salsa verde quasi ogni settimana fino a esaurire le sue scorte di prezzemolo e crescione. *E di quale avremo più bisogno, cerfoglio o acetosella? Non riesco neanche più a distinguerli. Dai, ti va di darmi una mano con la spazzola, tesoro?*

Infilai il naso nella pianta di salvia e sorrisi a me stessa a quel ricordo, poi, quando vidi Fiona che mi guardava incuriosita, dissi: «Ne prendo una. La porto a Andrew. Gli piacciono i regali utili».

Fiona la incartò in un'allegra carta gialla con un nastro rosso. «Non annaffiarla troppo. Dunque, perché eravate davanti alla mia porta? Non siete della zona, giusto?»

«In realtà siamo qui per alcune ricerche» risposi d'un fiato prima che Phoebe avesse la possibilità di parlare. Quando incrociai lo sguardo di Fiona in attesa, farfugliai leggermente: «Per un libro sulle famiglie accademiche, una biografia su...»

Phoebe intervenne con educazione. «Sull'ascesa e il declino delle famiglie aristocratiche dopo la guerra. Uno dei nostri argomenti di ricerca è una famiglia di nome Holloway ed è emerso che Elizabeth Sophie Holloway ha trascorso del tempo qui negli anni Cinquanta, probabilmente perché in contatto con la famiglia Shaw e con un uomo di nome Harry. Abbiamo trovato alcune lettere che volevamo verificare.» Sembrava così professionale che dovetti trattenermi dalla tentazione di applaudire.

«Elizabeth Holloway? Uhm...» Fiona ci pensò un attimo, poi scosse la testa. «Ma non ero ancora nata, quindi è normale che non sappia niente, il che non significa che qualcun altro non la ricordi. Dipende per quanto tempo è rimasta qui.»

Phoebe tirò fuori una foto. «Lei è quella nel mezzo. E questo è Harry. Riconosci qualcuno di loro? Ovviamente oggi devono essere molto più vecchi.»

La sentii prendere fiato.

Esaminò la foto, poi la rese a Phoebe sinceramente desolata. «No, mi dispiace. Vi avrei aiutato volentieri.»

«E gli Shaw, la famiglia che viveva a Hartland prima che bruciasse, sa qualcosa di loro?»

«Accidenti, è successo un sacco di tempo fa. Sentii parlare dell'incendio, certo, quando ero piccola, ma non ci vive più nessuno da decenni. Sapete cosa, tra un po' qui sarà molto più tranquillo e Kate dovrebbe tornare e fare chiusura, mentre io sistemo la bancarella di mamma. Vi porto a conoscere Pat. È il proprietario dello Ship Inn vicino al molo. Lui conosce tutti. E se vi serve una camera per stanotte è l'uomo che fa per voi.»

«Be', credo che prenderemo l'ultimo treno stasera» iniziai.

«Ma il pub va benissimo!» esclamò Phoebe risoluta. «Ci vediamo lì verso le cinque?»

29

Fuori era tranquillo e l'alba faceva capolino dall'orlo delle tende quando mi svegliai, con le braccia strette al corpo per scaldarmi. Tirai la coperta invano e quando allungai il braccio verso la sveglia la mia mano tastò il vuoto.

Alba. Gabbiani. Il rumore dell'acqua. Lo Ship Inn.

Lasciai sfuggire un gemito e mi sforzai di aprire gli occhi. Nella luce grigia del mattino, la sagoma accanto a me nel letto stretto era completamente immobile. Trascinai i piedi fuori dalla coperta che avevamo diviso e trovai i vestiti della sera prima. Dopo aver attraversato lentamente la stanza, sgattaiolai nel corridoio ed entrai nel bagno sul pianerottolo.

Non c'erano segni di altri ospiti quando scesi al piano terra pochi minuti dopo. Il pub era buio e silenzioso. Sul retro, le luci e il fermento indicavano che la colazione era in corso, ma non avevo voglia di fermarmi. Un impermeabile solitario era appeso all'attaccapanni accanto alla porta e per un attimo lo guardai dubbiosa, ma sembrava da donna e abbastanza pulito. Lo indossai e aprii la porta.

Fuori il sole era ancora basso e il grigio plumbeo del cielo toccava quasi la superficie dell'acqua, tanto da sfumare sopra e sotto in un tenue grigio. Il tempo era umido e fresco ma non spiacevole, e le luci intense verso est promettevano che il sole si sarebbe fatto strada in mattinata. Il tendone di Pat e le panche si ergevano un po' desolati tra i resti della festa di fine mercato della notte prima. Lasciandomi alle spalle lo Ship Inn e le case avvolte nella nebbia, mi diressi verso il frangiflutti del molo. Si estendeva verso il canale ad angolo retto, prima di voltare bruscamente per cullare il porto, di fronte a un altro frangiflutti in mare aperto, questo con un faro a un'estremità. Me la presi comoda, evitando le pozze dove galleggiavano resti di pesce, facendomi strada tra cumuli di cime. Più mi avvicinavo al mare aperto, più era ventoso, e mi strinsi con riconoscenza nel mio impermeabile preso in prestito, sobbalzando quando un gabbiano strillò e prese il volo accanto a me.

Immagini della giornata precedente vorticavano nella mia testa. Phoebe che aiutava Pat al tendone della birra, sorridendomi mentre serviva da bere, chiacchierando animatamente con chiunque fosse nei paraggi. La folla di paesani, felici per una proficua giornata di mercato. Gli ultimi raggi di sole che scintillavano sulle acque del porto. Il più delizioso pesce fritto che avessi mai mangiato, consumato su uno scalino in fondo alla strada, ascoltando qualcuno che suonava la chitarra. Phoebe che offriva da bere a Fiona nel pub. Che offriva da bere a me quando accennai che dopotutto era meglio non tornare a casa ma fermarsi per la notte. Che offriva da bere a Pat (nel suo stesso pub, per amor del Cielo) per averci trovato un posto nella minuscola stanza del personale in soffitta. Io che sospendevo dai pensieri il futuro imminente, la salute di mio padre e il passato di mia madre, e sedevo semplicemente a osservare la mia bellissima e alta sorella gemella che era l'anima della festa e offriva da bere a tutti, salutandomi di tanto in tanto mentre parlava del dopoguerra con un felice e ubriaco bagliore negli occhi grigi. Non mi divertivo così da molto tempo.

Arrivata sul frangiflutti, mi appoggiai al muro. La luce filtrava dalle nuvole per illuminare la superficie chiara e a specchio dell'acqua, che si muoveva e si increspava attorno alle navi protette nell'abbraccio del porto. Oltre i moli, il mare si agitava e gorgogliava ansioso, piccole raffiche di vento spingevano masse di acqua grigioverde e schiuma sporca contro i macigni e le rocce accalcati sul frangiflutti. Guardai l'acqua impennarsi verso di me, poi ritirarsi in un breve momento di calma, prima di sollevarsi di nuovo e infrangersi, sibilando e schizzando ai miei piedi. Quando il movimento dell'acqua iniziò a ripercuotersi leggermente sul mio stomaco, mi allontanai e mi sedetti appoggiata al muro.

Neppure una persona aveva riconosciuto il nome di mia madre la notte prima, nonostante le domande insistenti, sebbene sempre più incoerenti, di Phoebe. A un certo punto aveva abbandonato la storia del dopoguerra e si era messa a interrogare la gente sugli Shaw e su tutti gli Harry nel raggio di venti chilometri e poi sulla popolazione maschile del villaggio in generale. Ovviamente molte persone conoscevano Hartland, ma come Fiona la consideravano una vecchia leggenda del villaggio, il nome di una casa bruciata trent'anni prima, e non avevano ricordi specifici. La gente annuiva con aria d'intesa al nome "Shaw", e uno o due anziani avevano parlato dei cavalli di Abel e ricordavano una nonna che aveva lavorato lì negli anni Venti o di una ragazzina venuta ad aiutare durante la guerra. La posizione isolata della casa, unita al loro status sociale, faceva sì che anche i più vecchi non potessero ricordare più di quanto Phoebe aveva già scoperto nelle sue ricerche.

«Sapevo che eri qui fuori» gracchiò una voce accanto a me. Phoebe aveva la faccia verde e il mascara le era colato sotto gli occhi, conferendole un'aria trasandata. Si schiarì la voce, tirando i capelli dietro le orecchie e salutandomi con un grande sorriso. «Ti stai scrollando di dosso le ragnatele?»

La sua voce melodica era arrugginita e grave, e dopo quel primo sguardo scoppiai a ridere. «Parla per te.»

Quando infine l'avevo convinta ad andare a letto, reggendola contro la parete mentre tiravo via il copriletto a fiori, era caduta in avanti e si era spalmata sul letto ancora vestita. Neppure quando ero tornata dal bagno pochi minuti dopo e avevo cercato di spostarla per farmi un po' di spazio lei si era svegliata.

«Dio mio, non ho mai bevuto così tanto. Non so cosa mi sia passato per la testa.»

«Mmm» feci, sforzandomi di non ridere.

Guardò per terra, poi diede un'occhiata disperata ai suoi pantaloni prima di accasciarsi, con la schiena appoggiata al muro, lo sguardo verso il paesino. Dopo un attimo mi sedetti accanto a lei, stringendo sulle gambe l'impermeabile preso in prestito. Dovevo essere lì già da un po' perché sul molo era iniziato il fermento mattutino. Nel pub le luci erano accese e la gente aveva iniziato a togliere le coperture dalle piccole barche. Un uomo stava strofinando un fianco del suo peschereccio. Ma qui fuori era ancora calmo, il cielo ormai chiaro era attraversato da raffiche di vento freddo e dal suono dei gabbiani che scendevano in picchiata.

«Tra un secondo la colazione sarà pronta.» Phoebe ruppe il silenzio. «Immagino che a questo punto dovremmo prendere un treno per Londra.»

Sembrava giù di morale, e quando la guardai scrollò le spalle. «Temo che sia stato un piano stupido cercare di trovarlo o persino pensare che Harry sia lui, o che l'uomo sulla foto sia Harry. È passato così tanto tempo. Aspettiamo che tuo padre stia meglio, poi magari scopriremo qualcosa di più.»

«Oh, Phoebe.» Non sopportavo di sentire la delusione nella sua voce. «Almeno chiediamo in giro ancora un po' stamattina, prima che parta il treno. Non abbiamo parlato col pastore, per esempio.

Chi sa, magari è vecchio e ricorda i bei tempi andati in cui i paesani pagavano ancora un tributo alla santa chiesa. E poi ci siamo divertite ieri sera, no?»

Fece una risata gracchiante e annuì. «Che festa.» Poi brontolò e si resse la testa.

Un gabbiano era appollaiato sull'albero di una piccola barca che ondeggiava di fronte a noi. Dall'altra parte del porto, si spalancò una finestra del pub e il vetro rifletté il bagliore del sole. Mi appoggiai al muro e guardai in alto. A Londra era piovuto così tanto che avevo praticamente dimenticato che aspetto avesse il sole. Accanto a me, sentii Phoebe fremere e lamentarsi mentre si massaggiava il collo. Poi aprì una cerniera lampo e frugò nella sua borsa.

«Il tizio dell'aviazione, come si chiama, Greg, non è un festaiolo, eh?» chiesi.

Rimase in silenzio per un attimo e alla fine aprii gli occhi. Reggeva in mano la copia della foto di mia madre e la stava osservando.

«Si chiama Craig. E abbiamo rotto.»

«Davvero?» mi tirai su, guardandola. «Ma quando abbiamo parlato di lui, aspetta, solo qualche giorno fa, stavate ancora insieme, no?»

Sollevò la testa dalla foto e scrutò il porto. «Non è quello che voglio» disse. «Tutto questo...» aggiunse indicando me, lei e la foto «mi ha fatto capire che non voglio un uomo che ha già due figli dal precedente matrimonio e non vuole mettere su una nuova famiglia.» Fece una pausa. «Voglio Charlotte e Henry, e li voglio adesso.»

«Oh, okay» risposi lentamente.

«Quel giorno, dopo che abbiamo parlato al cimitero e ti ho raccontato di Charlie e tutto il resto, quando mi sono seduta nel treno ho realizzato che in realtà cercavo qualcuno che mi rubasse il telecomando. Davvero. Sono andata a casa sua e gliel'ho detto.»

«Così su due piedi?»

«Non è stato facile.» Si agitò un po', poi si appoggiò di nuovo al muro. «Vogliamo tutti sistemarci, avere qualcosa a cui aggrapparci. È insorto il panico per tutto il tempo perso con te e con lei. Come hai detto ieri, per gli anni trascorsi e volati via. Voglio avere una famiglia mia. Voglio quello che io e te avremmo potuto avere da piccole.»

Annuii, cercando di metabolizzare. «Ma non hai nessuno con cui fare questi bambini.» Mi alzai e la guardai. «O sì?» Non escludevo che fosse rimasta incinta nell'arco di ventiquattro ore.

«Oh, per favore.» Tirò un calcio a un sasso, che rimbalzò sul bordo del molo. «È così dura trovare un uomo decente, figurati un padre di famiglia. Ma se non riuscirò a trovarne uno, lo farò da sola. In provetta, un'avventura di una notte.»

«Sei completamente pazza.» Scossi la testa. «Sarò la zia di un bambino in provetta? Santo cielo. È meglio che inizi a preparare una scorta di verdure fresche per le pappine di rapa svedese. Venetia va avanti con le rape svedesi e il latte materno congelato. Nessun mio nipote crescerà con i cibi precotti.»

Rise e si tirò indietro i capelli. «Io me la cavo piuttosto bene con i piatti già pronti. Ma tieniti stretto il tuo Andrew, lasciamelo dire.»

«Non è il "mio Andrew" e ti assicuro che sto bene come sto. Con i miei lieviti naturali. E ora ho altri progetti, come aprire la mia caffetteria. Inizia un nuovo capitolo della mia vita.»

«Certo. *Prenderò una piantina per Andrew*» mimò. «Quando posso conoscerlo? Qualcosa mi dice che rimarrà nei paraggi a lungo.»

«E qualcosa mi dice che voi due andrete molto d'accordo» risposi rassegnata. «Direi che potremmo andare a bere qualcosa insieme.»

Emise un suono strozzato. «Ti prego non parlare mai più di alcol. Andiamo, ho bisogno di un caffè.»

Mi porse la foto mentre si alzava e si metteva la borsa sulla spalla. Osservai l'acqua dietro le tre persone, alzai lo sguardo, mi girai e guardai di nuovo la foto.

«Phoebe!»

«Cosa?» Si stava spazzolando una macchia sui pantaloni, bofonchiando arrabbiata.

Guardai intorno lentamente finché non mi fermai e sollevai la foto.

«Credo che lei stesse qui» dichiarai. «Guarda, Phoebe, credo che la foto sia stata scattata proprio qui!»

Aggrottò la fronte, si voltò, incorniciò l'aria. «Sì. E questa cosa potrebbe essere quella colonnina arrugginita laggiù» disse eccitata, indicando il porto.

«E questo tondo potrebbe essere quello spiazzo rossastro laggiù. E quei pali, non somigliano a quelli vicino al muro?»

Dando le spalle al mare, Phoebe si muoveva in su e giù lungo il muro, incorniciando il paesaggio più e più volte, ricontrollando la foto fino a quando, con le braccia in alto, disse: «Il sole doveva essere dietro la macchina fotografica perché hanno gli occhi socchiusi.»

D'un tratto, ero completamente sveglia. «Forse era di prima mattina come ora, perché guarda, il sole si sta alzando da sopra l'acqua, dietro il muro.»

Ci guardammo.

«Lei era qui» ripetei meravigliata. «Nel 1958, lei era *proprio qui*, dove siamo noi adesso.»

Sentii un groppo in gola, battei le palpebre, afferrai la mano di Phoebe e la strinsi forte. In effetti, non era impossibile; dopotutto, dietro la foto c'era scritto Tideford Cross, quindi non era una grande sorpresa trovare a Tideford Cross il posto in cui era stata scattata. Ma dopo aver cercato per giorni una sua traccia, sulla scia di un anno passato a tentare di ricordarla per bene, il fatto che lei fosse stata lì quarantadue anni prima, sugli stessi sassi che stavamo calpestando, mi diede uno strano senso di infinito, come se tutte e *tre* fossimo insieme adesso, in una tersa, lucente mattinata al mare; come se fosse bastato guardare più attentamente, ascoltare più da vicino, per vederla lì, per sentirla ridere, con i suoi bei capelli che le ricadevano sul viso.

Limpsfield, 4 agosto 1959

Riesco a malapena a scrivere tanto sono eccitata, impaurita e nervosa, e non sono riuscita a farlo per giorni, temendo che potesse non essere vero, che potesse essere qualcosa di tutt'altro che meraviglioso. E sono terrorizzata, per quello che ho fatto e per quello che sta succedendo dentro di me e continuerà a succedere per altri sei mesi.

Quando ho realizzato di cosa si trattava, non vi ho prestato la minima attenzione. Ho avuto tali alti e bassi, tra la morte di mamma e la scoperta di tutta questa magia, da non essere più stata regolare. Ma quando ho iniziato a stare male poche settimane fa, con una costante e persistente nausea che arrivava appena aprivo gli occhi la mattina, e dopo che una volta sono quasi svenuta alla fine della lezione, ho iniziato a pensare, finché sono giunta all'unica spiegazione ovvia. Anche allora, all'inizio non ne ero sicura, perché mi aveva assicurato che avrebbe pensato a tutto lui.

Fino a Purley, la mia conoscenza del "tutto" era piuttosto ingenua e confusa, basata puramente su quello che mi aveva detto Judy e che avevo letto tra le righe di Elizabeth Jane Howard. A dire la verità, non sono ancora completamente sicura di cosa sia andato storto. Mamma se n'è andata troppo presto per dirmi cosa significasse esattamente quel "tutto", eccetto una generica (e piuttosto insoddisfacente) spiegazione. E poi a Purley ho capito cosa fosse esattamente e sono felice di averlo fatto, almeno il bellissimo finale, ed ero così eccitata e nervosa che ho lasciato con piacere a lui il compito di pensare al "tutto".

In ogni caso, anche con le mie poche conoscenze, sono piuttosto sicura che debba essere così, e visto che ultimamente non ci siamo visti così spesso, perché lui è molto occupato, non è difficile calcolare con esattezza le date. Non so cosa si fa in queste situazioni e non ho nessuno a cui chiedere, eccetto Ellen, che sembra esperta di questo genere di cose e potrebbe essere una valida risorsa. Quello che so è che devo esserne assolutamente certa prima di comunicarlo a lui. C'è un'unica cosa che lui può fare, tuttavia devo esserne sicura.

In realtà lo so, dentro di me ne sono sicura, e ancora una volta gironzolo in uno stato permanente di eccitazione e paura, perché è al tempo stesso magnifico e terrorizzante che io possa diventare... madre. Spero di saper essere all'altezza del compito. Prima di tutto non ho molta esperienza nel sentirmi vicina a qualcuno, perché delle uniche due persone alle quali mi sono sentita vicina una è morta e l'altra è... be', l'altra è adorabile. Quindi non c'è niente di cui preoccuparsi. Assolutamente nulla.

9 agosto 1959

Ora che lo so, improvvisamente mi sembra del tutto ovvio: la camicetta ogni giorno mi calza in modo diverso – il tessuto rimane terribilmente spalancato tra i bottoni – e la gonna inizia a essere un po' scomoda. Ho iniziato a indossare un busto, che è tremendo sempre, figuriamoci ora! Respiro a fatica e sono costretta a sedere con la schiena innaturalmente dritta in modo che non prema sul piccolo rigonfiamento, duro e tondo, che inizia a spuntare. Ma non potrò continuare a lungo a tenerlo perché tra un po' non mi starà più. Ho già paura che gli altri possano vederlo, che gli occhi di mio padre si fissino sulla mia linea quando sediamo a cena, e che inizi a sospettare. Prima di allora, molto prima di allora, dovrò presentarmi da lui con una promessa di matrimonio e un anello di fidanzamento. In questi giorni non vedo John così spesso come lo vedevo in inverno e a primavera, ma capisco, è molto occupato col lavoro ultimamente e Hartland gli porta via un sacco di tempo, così custodisco il mio segreto – il nostro segreto! – dentro di me da un po' di tempo ormai, in attesa del momento giusto per dirglielo.

10 agosto 1959

A un certo punto della giornata ho finto di stare male. La signora Phelps ha detto che effettivamente sembravo un po' smunta e mi ha consigliato di riguardarmi; è sempre così gentile. Sono andata alla stazione, ho comprato un biglietto e mi sono recata a Londra – in treno! – per vedere un medico che mi ha consigliato Ellen in gran segreto. Se fossi stata sposata sarei potuta andare alla clinica di Oxted; ci avrei trovato vitamine, succo d'arancia e la compagnia di altre donne come me. Ma vista la situazione – o almeno la mia situazione attuale – vado da un dottore che non riceve in Harley Street, ha detto, dove ricevono i medici di lusso, ma in un posto vicino alla cattedrale di St Paul. Nessuno avrebbe scoperto chi ero o fatto troppe domande, ha detto.

Non era poi così male, davvero. Si doveva entrare dalla porta posteriore, le sue mani erano fredde e non era molto amichevole, ma a me non importava affatto perché incontrarlo e avere conferma da lui rendeva il tutto ancora più vero! Gli ho chiesto quanto dovevo aspettare per fare un test di qualche tipo, ma lui mi ha rivolto un sorriso accondiscendente che sembrava intendere che non sono quel tipo di donna che chiede di fare un test. Poi mi ha detto che era chiaro come il sole, che considerando le date che gli avevo comunicato dovevo essere incinta di quattro mesi e mezzo, forse cinque. Congratulazioni, signora Smith. La donna che aveva aperto la porta mi ha lanciato una strana occhiata mentre uscivo, ma io le ho risposto col mio sorriso più smagliante perché fuori era caldo e piacevole e io avrò un bambino.

Ho camminato un po' per la strada, sentendomi piuttosto sbandata perché tutti si affrettavano in ogni direzione e sembravano sapere cosa dovevano fare, tutte quelle segretarie, operai e stenografi, mentre io indossavo la mia camicetta larga e la mia gonna che premeva sul busto e un lungo cardigan per coprire il tutto, sforzandomi di non sembrare una che era sgattaiolata via dalla scuola per avere conferma di una gravidanza inattesa nello studio clandestino di un medico. Non mi era piaciuto molto il modo in cui mi aveva guardato la sua segretaria. Mi aveva giudicato in qualche modo, sprezzante e un po' altezzosa, e mentre me ne stavo lì sul ciglio della strada, guardando gli autobus rossi che avanzavano lungo lo Strand, la gente che saliva e scendeva e un uomo aggrappato al palo che sollevava il cappello verso di me, mi agitavo ansiosa perché sapevo, certo che sapevo, anche se non sapevo "tutto", che non era così che doveva andare. Che avrei dovuto essere alla clinica di Oxted, col mio nome, e non come la signora Smith che alloggiava segretamente negli alberghi di Purley.

C'era una cabina telefonica proprio all'angolo e io l'ho guardata a lungo mentre la gente si affrettava tutto intorno verso i posti in cui dovevano andare. Volevo parlare con lui, con una certa urgenza adesso, almeno per sentire la sua voce ed essere rassicurata. Ma si dà il caso che non avevo mai cercato di contattarlo prima d'ora. Lui c'era sempre stato. Mi sono diretta verso la cabina telefonica e mi sono fermata dietro a un uomo che aspettava che la persona all'interno finisse la sua conversazione. Molte persone si erano fermate dietro di me e io frugavo con riluttanza nella borsa alla ricerca di alcuni vecchi penny, perché non ero molto felice all'idea di dovergli dire, mentre si formava la coda fuori dalla cabina telefonica, che aspettavo un bambino da lui.

Alla fine me ne sono andata senza fare nulla. L'uomo che stava aspettando mi ha rivolto uno sguardo curioso e so di essere arrossita, di essere apparsa quasi colpevole, convinta che anche lui mi vedesse per quella che ero. Mi sono dovuta fare una severa ramanzina mentre mi dirigevo verso la cattedrale. Era tutto a posto, sarebbe andato tutto bene. Dovevo solo aspettarlo, l'indomani o il giorno dopo ancora. Avevo già portato il bambino per settimane e mesi. Di sicuro potevo aspettare un altro giorno o due per dirglielo, per fare in modo che lui aggiustasse le cose.

Sapevo che sarei dovuta rientrare a casa, che stavo rischiando di essere scoperta da mio padre, ma la cupola di St Paul era così vicina che era impossibile resistere. La cattedrale aveva resistito quando Londra era andata in fiamme durante la guerra. Era un segno di speranza, di un futuro per tutti noi, diceva la mamma. Mi aveva mostrato una foto che aveva ritagliato dal giornale l'anno prima che io nascessi, e ritraeva la grande cupola della cattedrale che spuntava orgogliosa dalle fiamme e dal fumo mentre Londra veniva devastata e terrorizzata dai bombardamenti aerei.

Ho salito i gradini, reprimendo ogni ricordo di quando ero andata lì con la mamma qualche anno prima, dei suoi progetti di una gita di compleanno che non si era mai attuata. Avevo semplicemente sgombrato la mente ed ero entrata nella chiesa come se vi appartenessi, come se non fossi affatto una peccatrice, ma solo una madre che guardava al futuro con il suo bambino. Ho infilato i miei vecchi penny nella scatola delle offerte e mi sono incamminata nella navata.

Poi mi sono fermata sotto la bella cupola che mamma considerava un accesso al paradiso, concedendo infine alla mia felicità, alla mia eccitazione e a questo radioso futuro che includeva anche mio marito, di diventare reali.

30

Io e Phoebe non potevamo affatto tornare a Londra adesso. Dopo una colazione frettolosa, raccogliemmo le nostre borse e la mia pianta di salvia e riportai l'impermeabile all'attaccapanni accanto alla porta. Poi ci dirigemmo verso l'emporio del paese per chiedere del vicario o di altre possibili fonti di informazione.

Il locale era piccolo e affollato di gente che comprava il giornale del sabato, così decisi di mandare avanti Phoebe. Sembrava occupare molto posto lì dentro, torreggiando sugli scaffali traballanti stipati di scatole di cereali e barrette di cioccolata. La vidi parlare con un ragazzo dietro al bancone, agitando le mani e facendo oscillare la luce al neon con un gesto particolarmente enfatico. Il ragazzo annuì più volte, poi scosse la testa e indicò una cliente, una donna anziana con una sciarpa a motivi cachemire che aveva in mano una scatola di bustine di tè. Notai il sorriso leggermente forzato sul viso di Phoebe, mentre l'anziana le faceva cenno di parlare più forte e le dava un colpetto impaziente sulla mano perché ripetesse. Phoebe tirò fuori la foto e la donna si chinò per osservarla da vicino. Ridevo dentro di me, perché anche da fuori vedevo Phoebe agitarsi impaziente e in preda ai postumi della sbornia. Mi spostai di lato fino a quando ogni centimetro di me era al sole.

In questo posto fresco e soleggiato che profumava in modo così delizioso di mare e dove mia madre era stata quarantadue anni prima, essere libera non mi spaventava affatto. Senza Grace ad aspettare il mio ritorno, avrei potuto prendere il largo, andare ovunque, fare qualsiasi cosa, *essere* qualsiasi cosa. E senza mia madre che era stata costantemente concentrata su di me perché diventassi qualcuno sarebbe stato abbastanza facile, perché alla fine niente nella vita di mia madre era stato come avevo immaginato.

All'improvviso, con una scarica di adrenalina che mi colpì come un mattone, ricordai una cosa, o mio Dio, qualcosa che avevo completamente ignorato, qualcosa che significava che – oh, no – il mio caro amico, che non meritava minimamente di essere ignorato, mi stava aspettando davanti al "posto perfetto" insieme al venditore. Come diavolo avevo fatto a dimenticarlo? Frugai in cerca del telefono, col viso viola e incandescente per i sensi di colpa, quando vidi le telefonate perse, perché in qualche modo le ultime ventiquattro ore erano volate via e io avevo avuto intenzione di chiamarlo, avrei *dovuto* chiamarlo ed ero proprio una stupida indecisa...

«Addie!» C'era il rumore del traffico all'altro capo della linea, e la voce di Andrew, che urlava per farsi sentire sopra il baccano, irruppe nella fragrante aria mattutina. «Stai arrivando? Il venditore ha appuntamento con un'altra persona alle undici e mezzo e ti stiamo aspettando.»

«Eh, Andrew, sai... mi dispiace moltissimo» esordii.

«Puoi parlare un po' più forte? Non riesco proprio a sentirti» urlò al telefono.

«Be', il fatto è che... mi dispiace tantissimo. Non sono a Londra. Non posso venire.»

«Cosa? Possiamo parlarne quando arrivi qui?»

«Non sono a Londra» urlai. «Mi dispiace moltissimo, Andrew, ti prego, non odiarmi. Non posso venire.»

Ci fu una pausa, poi Andrew ringhiò irritato.

«Cavolo, Addie, pensavo che… dove sei, allora? Fisso un altro appuntamento?»

Riuscivo a immaginarmelo in Kensington Street, mentre si passava le mani tra i capelli con quel gesto di irritazione che faceva sempre quando cercava di mantenere la calma.

Scivolai giù lungo il muro, travolta da un'altra ondata di sensi di colpa.

«Avrei dovuto dirtelo» urlai disperata, poi, subito dopo, prima di farmela sotto: «Ho lasciato Grace».

«Davvero? Wow, è fantastico. Allora sbrigati e…»

«Ma non posso mettermi in società con te, Andrew. Mi dispiace davvero.»

«Dai, Addie, è già tutto organizzato e pensavo…»

«Ti spiegherò tutto domani, okay? Capirai. E, Andrew, mi dispiace davvero.»

«Al diavolo.»

Riagganciò senza aggiungere altro. Mi accasciai contro il muro e chinai la testa dalla vergogna, dimenticando completamente la bellezza di quella mattina di sole. Perché diavolo non avevo preso una posizione, perché non glielo avevo detto subito? Invece avevo tergiversato, avevo rimandato e avevo semplicemente lasciato fare, come sempre, sperando che in qualche modo si risolvesse.

Phoebe stava ancora parlando nel negozio. Una donna, che indossava un grande cappello rosso a tesa larga che gli sbatteva sul naso, la spinse di lato per uscire. Armeggiò con le buste mentre cercava di aprire la porta e io mi riscossi per afferrare la maniglia. Ma il commesso mi precedette.

«Arrivederci, signora Sinclair.» Tenne aperta la porta e fece un inchino. «A domani.»

La donna a cui si era rivolto sollevò la testa, col cappello che si agitava nella brezza, e sorrise per ringraziarlo. Il suo volto era un agglomerato di piccole rughe, ma gli occhi erano di un azzurro intenso e si avviò per la strada a passo svelto.

«Posso aiutarla?» mi chiese il commesso, guardando la mia faccia rossa e i miei capelli ribelli con sospetto.

«Sto aspettando una persona.» Infilai il cellulare in tasca.

L'acceso cappello rosso tornò in vista lungo la via che portava alle scogliere, flutturò sulla scalinata fino alla sommità e ondeggiò sul sentiero che fiancheggiava la costa. Dietro di me, la porta del negozio emise di nuovo un tintinnio e spuntò Phoebe, che teneva in mano una busta di scones e due bottiglie di Coca-cola, e non sembrava affatto felice.

«Allora?» Le presi di mano gli scones.

«Niente» disse, svitando il tappo di una Coca-cola.

«Non credi di aver assunto abbastanza caffeina per oggi?» dissi, guardandola scolarsi la bottiglia tutta d'un fiato.

«Perché?» Si massaggiò e si schiaffeggiò le guance, poi tirò indietro i capelli e sistemò due ciocche vaganti nella coda di cavallo.

Indicai con lo sguardo il tremore delle sue mani, ma lei stava già ispezionando la strada, stringendo un pezzo di carta.

«Nessuno sa niente di interessante in questo inutile negozio. Tuttavia una signora ha disegnato questo per me, guarda: qui c'è la chiesa, ha detto che il vicario a quest'ora dovrebbe occuparsi dei fiori, e a quanto pare c'è un certo signor McEllen che scrive per il *South Coastal Observer*, ma oggi non è in città. A dire il vero, nessuno qui sembrava sapere niente. Non ci resta che tornare a casa, non credi?»

«Ormai siamo qui» ribattei risoluta. «Andiamo almeno dal vicario. E cerchiamo la mamma di Fiona, magari sa qualcosa e...»

Ma il resto delle mie parole fu coperto da uggiolii di eccitazione e da improvvisa grida di stupore da parte di Phoebe, che aveva lasciato il mio braccio e si era chinata su un minuscolo bassotto.

«Oh, che bello, che tenero» commentò.

Dietro al cane c'era la donna col grande cappello che si trovava nel negozio poco prima, la signora Sinclair. Ora non aveva più buste, rimpiazzate da un logoro guinzaglio attaccato al bassotto che stava annusando eccitato il muro davanti al negozio. Phoebe allungò le mani e, abbaiando di felicità, il cane si fece accarezzare la testa.

«Come si chiama?» chiese Phoebe, facendo salire il cagnolino sulle ginocchia per portare il suo naso all'altezza del proprio. Si voltò verso la donna, che le rivolse un lungo sguardo prima di rispondere:

«Scully. È una femmina».

Legata al cane dal guinzaglio, la donna era costretta a stare vicino a Phoebe, ma guardandola notai che in realtà cercava di allontanarsene, inclinando la parte superiore del corpo verso la direzione da cui era arrivata, con una strana espressione sul volto.

«Phoebe» dissi, guardandola accarezzare le orecchie della cagnolina e farle il solletico sotto il naso. «Forse dovremmo lasciare andare la signora Sinclair, vero? Ho sentito il negoziante chiamarla prima...»

Il cane abbaiò ripetutamente di gioia e strofinò la testa sulla mano di Phoebe. La donna tirò il guinzaglio con gli occhi fissi sul volto dell'intrusa.

«Adoro i cani» disse Phoebe. «Ne avrei sempre voluto uno, ma viaggio troppo.»

Quasi volesse rispondere, il cane le porse una zampetta.

«E conosce già qualche trucchetto» commentò Phoebe incantata. «Che cane sveglio che sei, sì, tu, splendida palla di pelo.»

Sentendo che la situazione ci stava decisamente sfuggendo di mano, aggrottai le sopracciglia in direzione della signora Sinclair che fece una smorfia e disse: «A volte è un po' troppo entusiasta».

Stavo cercando di capire se si riferisse al cane o a Phoebe quando aggiunse: «Ho sentito che chiedevate notizie sugli Shaw».

«Sì» risposi all'istante.

«Cosa cercate esattamente?»

Phoebe si tirò su, con grande disappunto del cane, e fece un profondo respiro. Ma prima che potesse lanciarsi in una delle sue filippiche, le posai una mano sul braccio.

«Stiamo facendo delle ricerche sulle famiglie di ceto alto dopo la guerra. Stiamo cercando informazioni sugli Shaw e, in particolare, stiamo cercando di rintracciare una donna che era qui, in visita da loro tra il 1958 e il 1960.»

«Una donna?» ripeté la signora Sinclair. Il cagnolino stava fiutando ai nostri piedi.

«Si chiamava Elizabeth Holloway» dissi. Lei chinò la testa, tirando via Scully dalle scarpe di Phoebe in modo che non potessi vederle gli occhi. Ma al nome di mia madre fu percorsa da un fremito, un lieve ma inconfondibile movimento, e accadde qualcosa alla sua bocca, un irrigidimento che m'indusse a fare un passo verso di lei. «Per caso ricorda se lei è stata qui?»

La signora Sinclair si chinò per prendere il cane. «No, mi dispiace, non la conosco» disse. «È solo che non sento parlare degli Shaw da anni ed è strano che qualcuno venga a cercarli, dopo che se ne sono andati da così tanto tempo. Non si integrarono molto nel...»

«Villaggio, sì, lo sappiamo» tagliò corto Phoebe. «Ma se ricorda qualcosa...»

«Mi dispiace, non credo di potervi aiutare. Ma vi auguro buona fortuna.»

Posò delicatamente il cane a terra e si mise in marcia lungo la strada.

Tuttavia non sapeva di aver a che fare con Phoebe.

«Mi scusi se insisto...» Phoebe si affrettò dietro la donna. «Ma conosceva gli Shaw personalmente? Stiamo cercando qualcuno che li abbia conosciuti. Stiamo solo cercando qualche informazione.»

«Mi dispiace.»

La donna allungò il passo, rimpiangendo chiaramente di essersi fermata a parlare con noi. Sparì rapidamente su una ripida scalinata e dietro a un angolo, sollevando il cane sulle zampe posteriori per salire i gradini. Scully abbaiò, guardandosi indietro implorante in direzione di Phoebe che li seguiva. Mi lanciai al suo inseguimento sulla collina, stringendo la borsa e la piantina di salvia. Avevano quasi raggiunto l'ultima casa quando la donna si fermò davanti a un piccolo cottage grigio. Scully si scontrò contro il retro delle sue scarpe, poi si accasciò sulla pancia, con la lingua ciondoloni. Phoebe si fermò fuori dal cancello, pronta ad afferrare la maniglia. La donna appariva piuttosto minacciosa adesso, accigliata, e Phoebe tirò via subito la mano. Percorsi gli ultimi metri e mi fermai accanto a lei.

«Ci dispiace moltissimo disturbarla» dissi senza fiato. «Stiamo solo cercando di mettere insieme i pezzi. Elizabeth Holloway è stata in visita qui nel 1958. È morta lo scorso anno e, vede, ha lasciato delle domande senza risposta…»

All'improvviso, nonostante il cancello che ci separava, il viso della donna era vicinissimo al mio, così vicino che dovetti indietreggiare. Parlò lentamente.

«Liz è morta?»

31

Feci un passo indietro e la donna si sporse verso di me oltre il cancello. Poi allungò la mano verso Phoebe, che era al mio fianco, e afferrò il suo braccio.

«È vero? Liz è deceduta?»

Phoebe sembrava completamente sbalordita. «Sì, lo è, ma cosa...»

«Devo andare» disse la donna con un filo di voce. Si voltò, si frugò nella tasca. Vidi il luccichio di una chiave mentre cercava di aprire a tentoni la serratura, sentii il clic della maniglia.

«No, la prego» dissi, ansimando dallo sforzo e dalla sorpresa; le toccai una manica. «Se lei sa qualcosa, significherebbe così tanto per noi. Non abbiamo cattive intenzioni, mi dispiace molto per questa storia della ricerca. La verità è che, be'...»

Phoebe mi guardava e riuscivo a sentire il suo alito sulla guancia. La donna ci dava le spalle, con un piede in procinto di varcare la soglia. Il cane, chiaramente eccitato di essere tornato a casa, si era lanciato verso una ciotola piena d'acqua in un angolo e iniziò a bere rumorosamente.

«Vede, Elizabeth era mia madre.» Phoebe fece un lieve sospiro. «Nostra madre.»

Quell'attimo parve durare un'eternità. Il sole del mattino aveva consumato gli ultimi banchi di nebbia e solo poche nuvole facevano a gara nel cielo azzurro. Un vecchio muro di mattoni al lato del giardinetto anteriore era ricoperto di fiori. La donna teneva la mano sul pomello. Alla fine rilassò le spalle ed entrò in casa, girandosi per tenere la porta aperta.

«Dovreste entrare, immagino.»

Una volta all'interno, ci guardammo intorno incerte, mentre la signora Sinclair appendeva la sua giacca e scompariva dietro una porta sul retro. Dopo il bagliore del sole, lì dentro era buio e rabbrividii. Facendo capolino dalla porta, la donna fece un cenno verso un salottino sulla destra.

«Mettetevi comode.» Guardai Phoebe. Aveva ancora uno sguardo stupefatto e si sedette docilmente su uno dei divani dallo schienale rigido. Allungai il collo e vidi la donna muoversi in quella che doveva essere la cucina. Poi sentii aprire la porta posteriore e un tintinnio di bottiglie. Phoebe aveva preso in braccio Scully e la stava carezzando, lisciando in modo meccanico le sue orecchie con le mani.

Il cottage non era ampio. Un tempo dovevano esserci stati due salotti, ma una parete era stata eliminata per creare uno spazio più grande. I divani erano incastrati accanto a una minuscola e scura finestra e i raggi di sole venivano incanalati violentemente sul tavolino di vetro, mettendo in risalto il castano dei capelli di Phoebe e la pelle bianca della sua mano che carezzava il cane. A sinistra della porta c'era un tavolo da pranzo e qualche sedia dallo stile elaborato. A giudicare da come le sedie erano incastrate così saldamente sotto di essa, non dovevano essere usate spesso.

Posai la pianta e la borsa, poi mi aggirai furtivamente nella stanza, tra i divani, gli scaffali e il tavolo, finché non decisi di fermarmi accanto al grosso caminetto sulla parete in fondo. Notai solo un'altra stufa e mi domandai subito come diavolo faceva la donna a scaldare quel posto quando i venti di burrasca sferzavano la costa. C'erano dipinti appesi alle pareti ma solo poche foto. Due bambini. Una famigliola davanti a una capanna di tronchi. Una foto in bianco e nero di una famiglia davanti a una grande casa, in cui riconobbi una versione più giovane della signora Sinclair, in piedi di fronte a un uomo che doveva essere suo padre. Nessuna di quelle facce mi diceva qualcosa, non che dovessero, ma le esaminai comunque, sperando in una qualche illuminazione. Poi proseguii, seguendo con le dita le costole dei libri, scrutando i pesanti dipinti a olio sulle pareti basse, i gingilli e le statuette disseminati dappertutto. Non ero un'esperta, ma immagino che la maggior parte dei dipinti fosse di valore. C'era una bella zuppiera d'argento, che conteneva una piccola collezione di conchiglie e sassi levigati dalla schiuma e dalla sabbia, e una vecchia vetrinetta stipata di fragili piatti e antichi vassoi.

Avevo appena sollevato una serie di spazzole d'argento posate sulla piccola scrivania a sinistra quando un lieve colpo di tosse di Phoebe me le fece cadere, per cui mi mossi in avanti, urtando il vassoio della signora Sinclair. Ci mise un po' a sistemare il servito da tè, raddrizzando i cucchiaini d'argento, girando la grande teiera affinché le macchie peggiori non fossero visibili ai nostri occhi.

«Ricevo raramente visite» disse scusandosi, spingendo il bricchetto del latte e la zuccheriera verso di noi. «Prego, servitevi pure qualche biscottino.»

Alla vista dei piccoli "brutti ma buoni" rifiutai l'offerta, però accettai con piacere una tazza di tè. Per un attimo ci tenemmo occupate col latte e lo zucchero, e il pensiero tornò inevitabilmente al nostro pomeriggio con la signora Roberts. Accanto a me, Phoebe sedeva con gli occhi fissi sulla donna e quando abbassai lo sguardo vidi che Scully vibrava leggermente sotto le sue mani tremanti. Il cagnolino lo trovava così piacevole che si addormentò, muovendo solo occasionalmente l'orecchio.

Seguendo il mio sguardo, la donna disse: «Può rimetterla giù. Ha una cuccia, anche se la maggior parte del tempo sembra ignorarlo.»

«Nessun problema» replicò Phoebe, stringendo il cane. La signora Sinclair stava esaminando i nostri volti.

«Siete le figlie di Liz.» Non era una domanda. La sua faccia era percorsa da linee tese che le correvano lungo la fronte e scavavano solchi profondi attorno alla bocca.

«Io sono Adele e questa è Phoebe» ci presentai.

Lei annuì. Ora che si era tolta il cappello notai i suoi occhi, blu scuro e imperturbabili. Era davvero bella, ma di una bellezza statuaria e particolare, con le spalle squadrate, una faccia robusta. La fine ragnatela di rughe risultava più pronunciata nella luce tenue, ma si intuiva che la sua pelle un tempo doveva essere stata meravigliosa e, anche se erano vecchi e stinti, i suoi vestiti erano tagliati bene e le donavano.

«Quando è il tuo compleanno? Insomma, il vostro compleanno?» Parlava adagio e visibilmente con qualche sforzo. Quando risposi «Il 14 febbraio 1960» la sentii sospirare, come se sapesse già la risposta.

«Siamo gemelle» aggiunsi.

Respirò di nuovo e tutta la tensione sembrò abbandonare il suo viso, facendolo afflosciare e sgualcire.

«Gemelle?» disse con voce tremante, sollevando la tazza e stringendola. Ancora una volta i suoi occhi si posarono su Phoebe. «Non ci posso credere. Quindi… o mio Dio.»

La signora Sinclair ascoltò il resoconto di quello che era successo senza dire una parola.

«Ma quando abbiamo trovato i messaggi e la foto, abbiamo fatto due più due e abbiamo deciso di venire qui a cercarla.»

«Messaggi?» chiese infine la signora Sinclair. Stava seduta dritta sulla sedia, stringendo i gomiti nelle mani.

«Sì, da parte di un certo Harry per mia madre, che le chiedeva di incontrarla.»

Presi la mia tazza. Il cucchiaino risuonò contro il piattino e Scully sollevò la testa. Il sole si era leggermente spostato, gettando un'ombra sulla bocca e il mento della signora Sinclair.

«I messaggi» ripeté. «Ce li avete? Qui?» Parlò con voce tesa e pronunciò l'ultima parola con un certo sforzo. Phoebe si accigliò, sollevò la borsa, cercò il suo quaderno ed estrasse con cura i biglietti. Stava per leggere le poche righe quando la donna allungò la mano.

«Posso?» disse. «Per favore.» Dopo una lieve esitazione, Phoebe li porse alla signora Sinclair, che allungò il braccio verso il tavolino in cerca degli occhiali.

Non doveva averci messo molto a leggere i messaggi, ma li trattenne per un attimo e alla fine rimise insieme i biglietti e li posò sul tavolo. Quando si tolse gli occhiali, sul suo viso l'espressione attenta lasciò spazio a qualcosa di completamente diverso. Mi agitavo a disagio sulla sedia.

«Cosa vorreste sapere?»

«Phoebe pensa, e be', lo penso anch'io, che Harry potrebbe essere nostro padre.»

La signora Sinclair sollevò di botto la testa. «Vostro *padre*?»

«Sì, be', è quello che crediamo» dissi sulla difensiva.

«Perché diavolo credete che Harry sia vostro padre?»

Accanto a me Phoebe si sporse dalla sedia, facendo cadere il cane a terra e aprendo la bocca per la prima volta da quando eravamo entrate nel cottage.

«Lo conosce? Come fa a sapere che non è…»

«Ne sono sicura» disse categoricamente. «Perché *io* sono Harry.»

Limpsfield, 13 agosto 1959

In questa data, l'anno scorso, mia madre è morta. Ed è anche il mio compleanno, così ancora una volta mi sono alzata la mattina della mia festa troppo piena di aspettative perché il mondo possa tollerarlo. Ancora una volta sentivo cose che chiaramente non dovrei sentire, non oggi, non quando mia madre è morta 365 giorni fa.

A fine giornata, comunque, era tutto finito. Forse non doveva essere una sorpresa, ma mi meraviglio tuttora che sia possibile, ancora una volta, che sia cambiato così tanto in così poco tempo. Essere passata dalla cattedrale di St Paul e dalla sua meravigliosa cupola, con le vorticose e intense pitture e il sole che filtrava dalle piccole finestre, godendone al culmine dell'eccitazione e delle possibilità. E poi aver sentito, con la stessa assoluta certezza con cui so che mia madre è morta e scomparsa per sempre, che quel futuro non si sarebbe mai verificato.

Perché lui è sposato, era già fidanzato la prima volta che è venuto a trovarmi, e si è sposato quest'estate, e io non l'ho mai saputo, non ne ho mai avuto il sospetto perché se così fosse stato, non avrei mai fatto quel che ho fatto. Non avrei permesso a me stessa di sentirmi come mi sono sentita.

Quando l'ho incontrato e gli ho detto del bambino, sapevo che i miei occhi scintillavano e che con tutta me stessa aspettavo che mi stringesse tra le braccia e che mi mettesse un anello al dito. E che mi portasse subito a Hartland, o in un posto lontano da Limpsfield, ovunque, non mi importava, purché fosse caldo e soleggiato, dove avremmo giocato con nostro figlio e preso il treno per ovunque volessimo andare e vissuto per sempre felici e contenti.

Come ho fatto a essere così stupida, così incredibilmente ingenua, senza chiedergli nulla della sua vita a parte i nostri 325 passi attraverso la piazza e le nostre ore furtive nell'albergo di Purley. Come ho fatto a non vedere la nostra relazione per quello che era, minuscoli frammenti che per me rappresentavano tutto perché non avevo molto altro, ma per lui erano solo questo, frammenti alla periferia della sua vita, una vita piena di relazioni da adulti, un impegno che lo legava alla moglie, alla famiglia e a Hartland.

Non è stato facile per lui dirmelo, almeno questo, e sembrava desolato, in preda ai sensi di colpa, squallido, impotente e persino un po' patetico. Non lo avevo mai visto impotente, sempre e solo sorridente e sicuro di sé, tutto gli veniva facile, sistemava tutto con cortese facilità. Ma quando ha parlato di Hartland e dei problemi di soldi della famiglia e del suo matrimonio di convenienza che ha salvato la casa e i suoi genitori, che ha garantito agli Shaw un futuro, borbottava e si divincolava. Provava vergogna.

Io non potrei mai garantire un futuro agli Shaw. Non faccio neanche parte davvero del loro presente. Sono solo un'intrusa in questo mondo affascinante, costoso, adulto, dove uomini sposati portano le ragazzine di diciassette anni negli alberghi di Purley, dicono di avere "tutto" sotto controllo e poi le abbandonano con un bambino nella pancia.

Quindi nell'arco di pochi giorni sono diventata un pericolo per lui, una minaccia per il suo matrimonio di convenienza, perché per lui non c'è altra possibilità, anche se io ho bisogno di lui e anche il bambino ne avrà. Mi ha detto che mi amava dalla scorsa estate, che ero così diversa dalle donne agghindate con cura e artificiali da cui era circondato ogni giorno. Io ero vera e piena di vita, così sensibile rispetto a loro, capivo come andavano davvero le cose. Mi ha detto che non aveva potuto farci nulla, sebbene suo padre gli avesse detto di smettere, che aveva dovuto cercarmi e vedermi, che mi amava ancora nonostante tutto.

Non so cosa credere. Forse ha sentito davvero tutte queste cose e forse dall'altro lato di quell'amore c'ero io: così impaziente di scappare, così bisognosa che quel piccolo raggio di sole squarciasse la mia tristezza dopo la morte di mamma, che avrei creduto a qualsiasi cosa. Ero bramosa di essere amata a ogni costo.

Guardando indietro, mi domando se i segnali non fossero evidenti fin dall'inizio, se uno avesse saputo dove e cosa cercare. Dalle parole del signor Abel udite per caso nella stalla quel giorno, al fatto che non l'ho mai chiamato, non gli ho mai scritto, l'ho tenuto nascosto nelle pagine del mio diario dietro a un vecchio vaso di fiori secchi. Forse il mio bisogno di segretezza e illegalità mascherava opportunamente il suo bisogno di discrezione, forse a lui andava bene così? In ogni caso, non importa se mi amava o se mi ama ancora, perché non è pronto a prendersi cura di me o del bambino. Vuole disfarsi di me. Teme che qualcuno lo scopra e che sarebbe la fine per il suo matrimonio e per Hartland. Mi ha detto che ci sono dei modi per farlo, anche ora a questo stadio avanzato. Facendo bagni bollenti con una polvere di mostarda, bevendo gin o facendo la doccia con un sapone speciale. Tutti lo fanno, ha detto, è così comune che ci sono donne che aiutano donne come me. Era rosso e si sentiva in colpa, perché queste donne sono delle criminali e lui lo sapeva benissimo. E come osa dirmi "donne come me", come può starsene lì a sminuire quello che c'è stato, non assumendosi nessuna responsabilità? Mi ha reso felice, in modo terribile e amaro, dirgli di no. Non potrei mai farlo, a prescindere dal fatto che sia un crimine, a prescindere da quella che sarà la mia vita d'ora in avanti. Come posso venire fuori dalla nube di agonia, malattia e morte dell'anno scorso, come posso disfarmi di questa nuova vita, qualcosa di completamente mio? Ultimamente non ho molte ragioni di credere nella misericordia di Dio, ma la parte di me che crede e che è cresciuta per diciotto anni credendo, quella parte sa che non posso e non voglio farlo. Mamma non avrebbe approvato quello che ho fatto nell'albergo di Purley, e mi va a fuoco la faccia se penso a come avrebbe gestito la mia attuale situazione. Ma so, nel profondo del mio cuore e con assoluta certezza, che non avrebbe mai voluto che mi sbarazzassi di questo bambino.

E poi ho salito i gradini dell'autobus, mi sono seduta dietro il conducente e sono partita nella notte, sentendo come se qualcosa si fosse rotto dentro di me. Quando mamma è morta ho provato una brama che non se n'è mai più andata, un misto di desiderio, dolore e ricordi, un'ardente nostalgia come un gemito acuto e insistente da cui non puoi scappare. Quando ho sentito la parola "sposato" è stato completamente diverso. È stato come un forte pugno nello stomaco che mi ha lasciato stordita per l'impatto e disorientata dallo choc. Seduta sull'autobus, e per la prima volta senza guardarmi indietro mentre mi allontanavo, mi sono sentita come se le mie viscere si fossero lacerate di netto, lasciando i margini seghettati che rendevano il dolore ancora più acuto, oltre il bambino, finché non mi sono piegata in due, sperando che la corsa in autobus potesse durare per sempre, perché alla fine di essa avrei dovuto uscire, camminare fino a casa e trovare il modo di dire a mio padre nell'arco di diciassette minuti e mezzo che ero rimasta incinta di un uomo sposato.

32

«Li ha scritti *lei*?» chiesi incredula. Per me Harry era un uomo alto che dava le spalle al frangiflutti e non questa donna ben piazzata con i capelli grigio castano e le mani arrossate.

«Mi chiamavo Harriet Shaw, sebbene non credo nessuno lo sappia perché ho ripreso il mio nome da nubile quando mio marito è morto e mi sono trasferita qui. Quando ero giovane, mi chiamavano Harry, uno di quegli stupidi diminutivi del liceo che ti rimangono incollati. In realtà mi piaceva, mi faceva sembrare molto più allegra di quanto non fossi.»

Aprì di nuovo la bocca, ma Phoebe la interruppe. Aveva in mano la foto, la sollevò e la sventolò.

«Ma guardi qui, quest'uomo. Chi è?»

Harriet Sinclair prese la foto e la osservò a lungo. Scully si rimise a dormire mentre un gruppo di escursionisti passava sul sentiero costiero. Quello che avevo visto sul viso di Harriet un minuto prima era tornato ma un po' diverso: un misto di angoscia, incertezza e riluttanza. Ma mentre la guardavo, si stava ricomponendo, addolcendo la sua espressione, e quando parlò di nuovo la voce era bassa e controllata.

«Non la vedevo da molto tempo. Sì, lui è vostro padre. Avete ragione. Non si chiama Harry, ma John, John Shaw, mio marito. E questa...» disse indicando la giudiziosa ragazza sulla sinistra, col viso nascosto sotto un gigantesco cappello da sole «questa, che ci crediate o meno, sono io. Ho sempre amato portare i cappelli.»

Harriet Sinclair afferrò la teiera, riempì la tazza di Phoebe e, senza chiedere, aggiunse zucchero.

«Hartland apparteneva ai genitori di John. Non ci ho vissuto a lungo, meno di un anno. Avevo un appartamento a Londra ma poi, be'… Conoscevo John da una vita quando ci siamo sposati. Sono originaria del Somerset, sono andata a scuola alle Chinters, vicino alla scuola di John, e avevamo molti amici in comune. Trascorrevamo insieme il weekend in varie case di campagna o a Londra. Non consideravo noi una coppia, sebbene fossi abbastanza innamorata di lui, per quanto ricordi. Non potevi non esserlo, era incredibilmente facile innamorarsi di lui… carismatico, vivace, sicuro di sé, e quando ti guardava ti faceva sempre sentire come se avesse scelto te tra tutte le altre. Gli Shaw ebbero un periodo difficile durante la guerra e ci misero molto a riprendersi dopo che Christopher, il fratello più grande di John, morì nel '45. Aveva solo diciannove anni.»

Accanto a me Phoebe fremeva e quando la guardai di sfuggita vidi che era chinata in avanti.

«Ma quell'estate,» Harriet picchiettò sulla foto «l'estate del 1958, fu assolutamente fantastica. Io lavoravo per mio padre, era un commerciante di lana; John era appena tornato da Cambridge e in autunno doveva iniziare a lavorare nella banca di suo zio a Londra. Gli Shaw avevano una grande casa dove trascorrere l'estate a Hartland. Mia mamma, che era una cara amica di Janet Shaw, portò me e mia sorella lì, e ci raggiunsero anche degli amici di scuola di John. Janet amava avere la casa piena: adorava i giovani. Credo che trovasse rilassante passare lì l'estate; troppo tempo trascorso a pensare a Christopher, troppi ricordi. E questa fu una di quelle estati che ricordi per sempre, in cui non potevi essere triste. Il cielo era azzurro e anche se ogni tanto c'era la nebbia mattutina, ci dormivi sopra. Un'infinita sequenza di giornate d'oro, da riempire con attività o con l'ozio. C'era la netta sensazione, quell'estate, di essere tutti sull'orlo di qualcosa, che dopo le cose sarebbero cambiate; noi ragazze avremmo lavorato e prima o poi ci saremmo sposate, e i ragazzi sarebbero diventati terribilmente seri per via del lavoro. Saremmo stati troppo grandi per bighellonare e giocare. Ma in quell'estate non dovevamo pensare al futuro, e le serate erano calde e stavamo seduti nella terrazza di Hartland, guardando il sole che tramontava sui suoi magnifici giardini, consapevoli che un altro giorno perfetto ci aspettava l'indomani.»

I suoi occhi scintillarono a quei ricordi e per un attimo parve giovane e felice. Ma quando vide le nostre espressioni d'attesa sembrò ricordarsi perché eravamo lì e in un lampo la vitalità e l'illusione della giovinezza svanirono, finché non tornò a essere di nuovo una bella donna dalle spalle squadrate e dai capelli grigio castano.

«Naturalmente le cose belle non durano mai. Non ne sapevo molto finché mio padre non arrivò e parlò con me, ma gli Shaw avevano già gravi problemi finanziari. I cavalli di Abel erano cari da mantenere e Janet era drogata di vestiti, gioielli e feste. Hartland era costosa e avevano anche un appartamento a Londra. Janet era adorabile, lo era davvero, ma era troppo generosa, spendeva più soldi di quanti ne entrassero, a Londra frequentava i ceti altolocati, dilapidando enormi somme di denaro con le sue amiche in vista. Quindi...» sorrise impercettibilmente «quando mia madre arrivò quell'estate, lei e Janet Shaw iniziarono a vagliare l'ipotesi di un mio matrimonio con John.»

Vide il mio stupore e mi rivolse un sorriso ironico. «Difficile credere che fosse solo quarant'anni fa, lo so, ma non era così strano allora. I genitori non ti costringevano necessariamente a sposarti, ma erano contenti di un matrimonio strategico se questo risolveva le cose. Non mi dissero nulla lì per lì, ma pianificavano alle mie spalle, e quando lo annunciarono qualche mese dopo, non mi dispiacque affatto, perché sposare John mi sembrava la cosa più fantastica ed eccitante del mondo. Avrei preferito che fosse una sua idea, immagino; non mi piaceva che fosse legato ai nostri soldi, ma c'erano cose peggiori nella vita, e se in cambio potevo avere John, tanto meglio.» Scrollò le spalle, giocherellando con il manico della teiera.

«Poi, un giorno, dopo circa una settimana che eravamo lì, arrivò Liz. Constance era la mia madrina. Lei e mia madre erano care amiche, sebbene non la vedessimo da tempo perché era malata di cancro: per un periodo era entrata e uscita dagli ospedali, e alla fine era stata ricoverata di nuovo quando era chiaro che sarebbe morta di lì a poco. Liz aveva attraversato un periodo molto brutto per via della lunga malattia della madre e Constance non la voleva con sé in quelle ultime settimane. Quindi aveva parlato con mia madre e aveva chiesto se Liz poteva passare l'estate con me.

«Janet e Abel erano molto generosi ed estremamente ospitali. Certo che poteva. Più siamo meglio è. E credo che Janet, avendo perso suo figlio, poteva capire Liz meglio di chiunque altro. Così ci raggiunse anche lei, appena uscita dalla scuola e molto più giovane di tutti noi.» Mi rivolse un sorrisino. «L'avevo incontrata un'altra volta, quando aveva dodici anni, forse; piuttosto adorabile, molto intelligente e assolutamente naturale. Era davvero buffa. George Holloway era molto severo con lei. Era figlia unica e doveva aver passato così tanto tempo sola con sua madre che era cresciuta quasi con le sue maniere. Non aveva niente della goffa stupidità che hanno spesso le ragazze adolescenti. Si capiva che la malattia della madre l'aveva cambiata molto, perché era assai più silenziosa dell'ultima volta che l'avevo vista. Non per forza timida, ma diffidente, credo. In attesa che la vita le desse il colpo finale. Janet era preoccupata perché Liz stava troppo da sola, sgattaiolava sempre per passeggiare in giardino o per andare in biblioteca a prendere in prestito i libri. Ci era stato chiesto a tutti di portarla fuori, di assicurarci che avesse compagnia e che non si intristisse per sua madre. A volte la accompagnavo a passeggiare, perché mia madre conosceva bene sua madre, ma non forzai troppo la mano. Credo che la situazione a casa fosse molto pesante per lei e immaginavo che avesse bisogno di tempo per ricaricarsi.»

Mi accigliai. Questo non corrispondeva affatto a quello che ricordavo di mia madre, la sua fretta, la sua impazienza. Ma non sembrava neanche così diverso dal modo in cui difendeva la sua privacy e la sua libertà, solo che Harriet aveva scambiato la sua solitudine per un bisogno di ricaricarsi, mentre io avevo supposto che fosse un modo di fuggire dai confini domestici. Mi sentii un po' in colpa per aver invidiato quella solitudine, perché, dopotutto, quel bisogno prevalente di stare da sola era quasi esattamente quello che sentivo io, dopo ogni weekend indaffarato in cucina.

«Constance era fantastica. Era una vecchia compagna di scuola di mia madre, che non si è mai spiegata come diavolo l'allampanato George Holloway fosse riuscito a incastrare, visto che erano così diversi. Lei era istruita, divertente, calorosa, intelligente. Lui, terribilmente conservatore – soprattutto sulle donne e i figli –, non l'avrebbe mai lasciata lavorare; non voleva che Liz andasse all'università, le teneva a ciondolare in quella casa a Limpsfield. E sicuramente non aveva la minima idea di come comportarsi con una ragazzina che stava per perdere la madre adorata, perché Liz era devastata e non voleva affatto venire a Hartland. Una volta disse a Janet che era costantemente preoccupata che a casa cambiasse qualcosa, e che succedesse troppo in fretta perché lei potesse tornare a dirle addio. "Che a casa cambiasse qualcosa...", così diceva. Credo che a George non piacesse che lei parlasse della malattia, perché... be', non ne ho la minima idea del perché, ma George era un uomo strano.»

Scossi la testa, sentii aumentare il groppo in gola e pizzicare gli occhi. «Sembra terribile» dissi. «*Lui* sembra terribile.»

«Sì» confermò Harriet. «Ma la vacanza a Hartland sembrava farle bene. Uscì dal guscio con il passare dei giorni, ed era così eccitata per tutte le cose che noi davamo completamente per scontate, come uscire in barca, per i giardini, alle rovine dell'abbazia. Era piuttosto gradevole. Si poteva pensare che non sarebbe mai più tornata a casa. Questo fu un giorno davvero speciale.» Indicò la foto. «Alcuni di noi uscirono con la piccola barca che tenevano giù al porto. Felicity aveva portato una macchina fotografica e facevamo gli scemi, lungo il muretto del molo. Bea cadde quasi in acqua, era così imbranata.

«Erano tutti molto attenti a Liz. John e mia sorella Beatrice, e gli amici di John, i miei genitori e Janet, perché era così piccola e graziosa e all'inizio era sembrata tanto triste, ma poi era stata evidentemente incantata da Hartland e da tutto quello che facevamo. La gente faceva a gara a prendersela sotto la propria ala. John non faceva eccezione. Ero gelosa, certo che lo ero, anche se io e John allora eravamo solo amici. Io e Liz non potevamo essere più diverse. Io ero più seria, terribilmente sensibile. Lei era così indipendente, vigile e per niente precoce. Attirava la gente anche se era chiaro che voleva starsene da sola. Io ero troppo noiosa e riflessiva.»

Le rivolsi un cenno di complicità perché sapevo che si riferiva alla difficoltà di sentirsi all'altezza di mia madre, ma Harriet scrollò le spalle con filosofia. «Ormai sono troppo vecchia per preoccuparmi di essere interessante. Comunque sia, mi dissi che era solo per l'estate, che alla fine saremmo tornati tutti a Londra. Liz era solo una ragazzina, aveva solo diciassette anni. Noi avevamo circa venticinque anni, facevamo una vita completamente diversa. Non pensai che potesse essere un problema.»

Inarcò un sopracciglio verso di me e io guardai Phoebe, che non aveva aperto bocca da quando Harriet aveva iniziato a parlare.

«Poi arrivò il suo compleanno e Janet organizzò una festa a sorpresa in suo onore. Mettemmo tutti i dischi di Bea e danzammo e bevemmo, fumando quelle sigarettine francesi di cui andavamo pazzi. Un attimo prima John era lì, e quello dopo non c'era più. Gironzolai e cercai di evitare il cugino di John, Bert, che era un verme schifoso che dovevamo sopportare per tutta l'estate. In seguito, mi sono chiesta più volte se in realtà non li stesse seguendo, perché Liz gli piaceva molto. In ogni caso, fu il primo a vederli e mi trascinò con lui perché li vedessi anch'io. Ed eccoli lì, in mezzo agli alberi.» Si interruppe. «Vidi John baciare Liz e lei ricambiarlo, abbracciandolo. Lei era piccola, lui alto. Come te» disse accennando a Phoebe con un sorriso teso. «Somigli così tanto a tuo padre, è scioccante. Tranne gli occhi. John aveva gli occhi blu, blu scuro, quasi neri. Ma per il resto… Quando ti ho visto in negozio prima, e ho sentito che chiedevi di Liz, ho capito subito. Tu invece somigli più a tua madre.» Mi rivolse un sorriso tremante, trascinando la mano sotto gli occhi. «Come dimenticare quei capelli?»

«Non mi videro; si guardavano negli occhi, concentrati solo l'uno sull'altra, ignari di tutto il resto. Bert era eccitato a spiarli, ma io ero mortificata. Non era stato ancora reso noto niente su me e John, quindi nessuno poteva sapere, ma John di sicuro era al corrente di cosa stessero escogitando le nostre mamme. Trascinai via Bert prima che potesse dire qualcosa e fargli sapere che li avevamo visti… sarebbe stato troppo umiliante. Tornammo indietro correndo, io caddi e mi tagliai con un ramo… qui, ho ancora la cicatrice.» Sollevò la mano e noi annuimmo alla vista della sottile linea argentata sul lato del palmo.

«Il mattino successivo, Liz non c'era più. Sapemmo che aveva ricevuto un messaggio dal padre la mattina presto. Sua madre era peggiorata improvvisamente ed era morta quella notte.»

Io e Phoebe sospirammo all'unisono.

«Quindi alla fine successe» commentai affranta. «Non ebbe la possibilità di dirle addio.» Trattenni un singhiozzo, mentre Harriet proseguiva.

«Non la vidi più. Arrivò l'inverno e a un certo punto seppi che frequentava un corso per segretarie. Viveva ancora con George ovviamente, questo è quello che facevano allora le ragazze finché non si sposavano.»

Fece una pausa, bevve un sorso di tè. «E non mi importava affatto, perché a Natale io e John ci eravamo fidanzati, ed ero così impaziente per le cose belle che mi aspettavano che non ci pensai più. Il matrimonio era previsto per quell'estate, nel mese di giugno del 1959. Non era esattamente il lungo fidanzamento che desideravo per pianificare il matrimonio e prepararmi a trasferirmi con lui, ma Janet e Abel avevano deciso di partire per il Sudafrica per qualche anno e volevano che nel frattempo noi vivessimo a Hartland. Io e Janet andavamo molto d'accordo, ma non sapevo che lei volesse mandare avanti Hartland come aveva sempre fatto, usando i nostri soldi. In ogni caso, John voleva vivere lì, così dopo il matrimonio lasciai la casa che dividevo con Felicity...»

«Ma Liz» la interruppi. «Insomma, mia madre, che fine fece?»

Era strano chiamarla "Liz" dato che era sempre stata Elizabeth per tutti noi o "Lizzie" per mio padre, che pronunciava il suo nome con una lenta e affettuosa cadenza. In qualche modo, non riuscivo a sovrapporre questa sobria e smarrita "Liz" che Harriet stava descrivendo alla "Elizabeth" o alla "Lizzie" che ricordavo. Dalla strada giungevano voci, risate di bambini, ma di fronte a noi Harriet taceva ed era calato un lungo silenzio. D'un tratto, si alzò per recarsi in cucina. Guardai Phoebe e lei ricambiò il mio sguardo.

«Ho quasi paura che adesso...» dissi.

«Anch'io» disse fissando le sue mani. «È come guardare una persona che cammina verso un treno che avanza.»

Brighton, 18 novembre 1959

Credono di avermi spezzato: mio padre, le Caritevoli Sorelle della Speranza, che erano tutt'altro che predisposte alla carità o a infondere speranza a chicchessia, il terribile medico abusivo da cui mi aveva trascinato mio padre per vedere se era possibile disfare ciò che avevo fatto. Il dottore, senza dirlo chiaramente, ha accennato che non era sicuro perché la gravidanza era già troppo avanzata, senza contare il crimine punibile dalla legge e, in ogni caso, mio padre era troppo preoccupato del parroco, di Dio e dello stato della sua anima mortale per avere una cosa simile sulla coscienza. Così invece mi ha spedito in questo posto, che è fatto per donne come me, che sono macchiate dal peccato e non possono rientrare nella società normale finché non si sono debitamente pentite e hanno purificato l'anima dalle macchie.

Sono spezzata? Non lo so. Sento spesso di esserlo, come quel giorno sull'autobus, vacillante come dopo aver preso un pugno. Ma le mie ferite interiori si sono rimarginate generando una sorta di torpore compatto, come se procedessi lentamente attraverso una densa nebbia che preme su di me da tutte le parti, un misto di sfinimento, paura e disperazione. So di dover trovare la forza di volontà per affrontarli tra non molto, di dovermi riprendere in modo da capire cosa fare.

Ho rimosso la maggior parte delle settimane e dei mesi passati dopo che ho preso quell'autobus verso casa e ho detto a mio padre cosa era successo. Ho raccontato tutto prima che succedesse qualcos'altro o che cambiassi idea, perché anche dopo essere precipitata dalla felicità al tradimento non mi vergognavo. Mi dispiace per come sono andate le cose, ma non mi dispiace di aver voluto un briciolo di felicità. Non sono dispiaciuta per aver desiderato di essere amata e per aver ceduto alla prima cosa che sembrava reale.

Mio padre si è preso una settimana di permesso dal lavoro: ha camminato avanti e indietro per la casa, torreggiando su di me in preda alla rabbia o cercando di decidere la cosa migliore da fare, come punirmi adeguatamente mantenendo però tutto segreto: decidere come e dove avrei partorito, per poi farmi tornare qui a sposarmi velocemente senza che nessuno sappia che da qualche parte nel mondo un bambino illegittimo Holloway è stato affidato a un'altra famiglia. Provavo quasi pietà per mio padre, perché se non sapeva cosa fare con me quando ero ancora integra e pronta a essere sistemata in modo decoroso, figuriamoci se sapeva cosa fare ora quando ero rovinata. Credo che sia stato il parroco a suggerire le Sorelle della Speranza, che erano timorate di Dio, lungo la costa e avrebbero saputo come "rimettermi in riga". Tuttavia era troppo presto per andare da loro, mi avrebbero preso solo più avanti; così mi hanno spedito da un'altra donna, una conoscente della moglie del parroco, e lì sono rimasta seduta nella mia camera ad aspettare per settimane. È stato proprio lì, in mezzo al nulla, senza niente da fare e niente da leggere, che è piombata quella fitta, scura, amara nebbia di desolazione. Prima che mamma morisse ero triste e innocente e dopo la morte di mamma ero affranta e bramosa. Ma una parte di me continuava a credere nella Speranza, una parte di me era ancora capace di muoversi, per quanto facesse male e fossi sempre in attesa di quel qualcosa che la vita doveva avere in serbo per me. Quando infine ho lasciato la donna per essere trasferita dalle Sorelle della Speranza, sono uscita dalla mia nebbia cambiata, rancorosa, disillusa, dura.

Le Sorelle della Speranza alloggiano in una decrepita casa edoardiana, alla periferia di Brighton; all'esterno si riesce a sentire l'odore del mare portato dall'umida brezza autunnale. Tuttavia non ci è permesso di uscire molto, quindi ancora non l'ho visto, ma ho sentito i gabbiani e il vento sulla faccia quando per un attimo mi sono affacciata alla finestra in cima alle scale. Le folate salmastre evocano vecchi ricordi, indesiderati e acuti, di un vento estivo che profumava di mare, e sebbene cerchi di scacciarli, segretamente li desidero. Che ironia che mio padre mi abbia mandato qui, così vicino a dove tutto è iniziato, così vicino a Hartland. Mi ha assillato all'infinito perché gli dicessi il nome del padre, intenzionato senza dubbio a costringerlo a fare la cosa più onorevole, che io sapevo già impossibile, così mi sono rifiutata di dirglielo, ripensando a come si contorceva a disagio davanti al cancello di Hartland il giorno che siamo arrivati, e non volendo dargli la soddisfazione di incolpare mamma per questa storia.

Ci sono circa quindici donne qui, ma cambiano spesso, perché dopo aver avuto il bambino se ne vanno. Dormiamo in sei in una stanza, che somiglia più a un reparto di ospedale, con i letti vicini e allineati da entrambe le parti, armadietti che non possono essere chiusi a chiave e coperte bitorzolute che non proteggono affatto dal freddo novembrino. Alle finestre non ci sono tende e con la luna piena il reparto è illuminato da una spettrale luce bluastra che mette in risalto le crepe sul gelido pavimento di pietra, il caminetto vuoto, le grandi pance che si sollevano sotto le coperte e una o due flaccide pance vuote di quelle appena rientrate dall'ospedale.

Le nostre giornate sono tutte uguali. Ci alziamo e svolgiamo le faccende, poi facciamo colazione, un pasto così orribile da farmi quasi rimpiangere i miei diciassette minuti e mezzo a Limpsfield, anche se significava dialogare con mio padre, solo per avere porridge caldo, zucchero e la scrematura del latte. Qui ci danno cereali e a volte pane tostato, le cui croste vengono date alle donne che hanno appena partorito. E poi, per tutto il giorno, ogni giorno, facciamo qualsiasi cosa ci dicono di fare: pulire, rammendare e lavorare perché la casa non cada a pezzi. Mi è stato assegnato il compito di pulire le scale d'ingresso, tutti i trentasette gradini della scalinata che in un grazioso e ampio arco conduce dall'atrio fino al primo piano, da cui a volte immagino le figlie della casa padronale scendere, in mezzo al traffico di crinoline edoardiane. "Usa le scale sul retro" mi ha detto la superiora senza mezzi termini. A causa di quello che siamo, una disgrazia per il resto della società, uno sporco ammasso di peccatrici degradate e immorali, non ci è concesso salire le scale principali. Usiamo le scale posteriori, lo meritiamo. Anche queste vengono pulite: è il compito di una ragazza che viene da qualche parte a nord di Bristol, che è stata messa incinta da uno zio durante un ritrovo di famiglia, ed è stata mandata qui dai genitori. Poi ci sono una donna, credo si chiami Rosie – stava per sposarsi finché non è rimasta incinta e il suo fidanzato l'ha lasciata –, che si occupa della lavanderia, e una ragazza, di cui si dice che porti in grembo un bambino nero, il peccato massimo, che sta in cucina. Non sono tutte ragazze, ovviamente. Alcune sono più giovani di me, però altre hanno diciannove anni, e c'è persino una ventiquattrenne. Ma ci chiamano tutte "ragazze", forse per farci vedere che non siamo donne, solo cattive ragazze che avrebbero dovuto stare più attente. Le Sorelle della Speranza non prendono recidive, quindi siamo tutte al nostro primo figlio e nessuna di noi sa davvero cosa ci aspetta. La ragazza di Bristol mi ha detto che i bambini escono dall'ombelico e che è preoccupata di cosa succederà poi al buco.

Inizio dal primissimo scalino all'ingresso, raschiando la polvere e la sporcizia da ogni fessura con una spatola di metallo, curva sulla mia pancia, che sembra incredibilmente grossa considerato quanto poco ci danno da mangiare. Spolvero e pulisco ogni scalino, su e giù, strofino ogni millimetro di ringhiera, su e giù, poi lucido ogni scalino, su e giù, poi rilucido ogni scalino. Su e giù. Ogni giorno. Mi ci vuole tutta la mattina e una parte del pomeriggio, perché se finisco prima arriva una suora che mi fa ricominciare. Ci sono lavori peggiori, come la lavanderia, che puzza del sudore degli altri e di sapone al fenolo, ed è sorvegliata da una donna terribile con occhi piccoli e meschini. Mi piacerebbe che mi venisse affidato il giardino, solo per poter annusare l'aria di mare, ma cerco di non farlo vedere perché se sanno che ti piace qualcosa, non te lo faranno mai fare. Il soggiorno qui non è pensato per essere piacevole. È un'occasione per ripulirsi dalle macchie del peccato.

Come posto in cui stare quando il tuo amante sposato ti ha lasciato nei guai, poteva andare peggio. C'è spazio per respirare e ci sono altre donne come me. Dentro di me penso che sia abbastanza piacevole essere circondati da altre donne, avere qualcuno con cui sedersi e consumare insieme i pasti, sebbene nessuna sia molto loquace. Quasi tutto è meglio che stare a casa, dove mio padre si sarebbe accanito implacabilmente contro di me e la mia vergogna, dove la gente avrebbe parlato e bisbigliato. Qui sono solo una nel mucchio sgangherato in cui si confluisce da diversi percorsi di vita e diverse situazioni. A dire il vero non facciamo molto caso le une alle altre, ma condividiamo tutte un'unica cosa, questa enorme realtà al centro delle nostre vite, e anche se non ti piace ogni ragazza qui dentro e non leghi con nessuna, o almeno non in modo duraturo, ci trattiamo ragionevolmente bene. Siamo tutte sulla stessa barca, dopotutto, un'associazione di peccatrici unite all'ombra della società normale a cui un giorno torneremo per ricominciare, lasciandoci alle spalle il nostro sbaglio e andando avanti. Perché è quello che si fa qui: finisci di far crescere il tuo bambino, partorisci nell'ospedale in città, poi rientri e lo accudisci per sei settimane prima di affidarlo a un'assistente sociale o a una famiglia che spunta fuori apposta per aggiungere un nuovo membro alla loro vita. Così vanno le cose: non ti viene detto niente del "tutto", però ti lasciano libera in un mondo di uomini sposati e alberghi a Purley senza nessuna protezione, e poi ti fanno dare via il tuo bambino a un'altra famiglia, che lo prende in cambio di una donazione a questa fatiscente e decrepita casa con i suoi trentasette scalini dell'atrio perfettamente lucidati.

Mio padre ha sempre parlato del bambino indirettamente, in modo criptico, le poche volte che ha parlato con me, e nel miasma della disperazione ho prestato poca attenzione a quello che diceva il dottore, il parroco o l'assistente sociale su quello che sarebbe accaduto. Ma solo tre giorni dopo il mio arrivo, ci hanno radunato in una stanza e ordinato di non farci vedere alla finestra. Stavamo accalcate, goffe in mezzo alla stanza, e la maggior parte delle ragazze più giovani ha dato, obbedendo agli ordini, le spalle alla finestra mentre le altre scrutavano il soffitto o il pavimento. Nessuna parlava. Qualcosa tuttavia mi ha fatto girare la testa per dare un'occhiata. Non era una stanza grande e io ero la più vicina alla finestra e abbastanza stupida da voler guardare. Ho visto una macchina arrivare, una bella e grande macchina familiare. Si è sentito il cigolio del portone che si apriva. Avevo lucidato le scale solo due volte ma odiavo già quel cigolio. Poi il suono delle voci, passi sulle scale. E, infine, un pianto giunto dal nulla e uno straziante urlo, acuto e penetrante, che ha attraversato la stanza come una corrente elettrica, facendo muovere e borbottare il nostro gruppo di donne che evitavano di guardarsi. Il singhiozzo sembrava non finire mai mentre i passi tornavano indietro sui gradini, il portone cigolava di nuovo e la macchina tornava in vista, ripartiva e imboccava la strada. Sopra di noi si sono sentite altre parole e il singhiozzo è cambiato, e poi non l'ho più udito per via del ronzio nelle orecchie, perché all'improvviso ho realizzato esattamente cosa era appena successo al piano di sopra. Ho sentito che barcollavo e una delle donne ha allungato il braccio per sorreggermi, una più vecchia di me, Edith, che mi ha accompagnato quando abbiamo lasciato la stanza per riprendere le nostre mansioni, ed è venuta a prendermi dopo, quando ci siamo fermate per il tè. Mentre continuavo a lucidare gli scalini dove pochi minuti prima una coppia felice era uscita col suo bambino nuovo di fabbrica, cercavo di udire la donna che aveva pianto al piano di sopra. Ma non l'abbiamo mai più rivista.

Nelle settimane trascorse da quando sono arrivata qui, ho smesso di imprecare contro la mia ingenuità. Invece mi domando quante altre volte quest'anno perderò un pezzo della mia innocenza, quante altre cose imparerò del mondo che mi faranno passare la voglia di farne parte. Talvolta, quando passeggiamo in giardino e riesco a sgattaiolare via per conto mio, mi concedo di pensare al roseto di Hartland e al buffo scivolone di una ragazza che passeggiava da quelle parti, recitando trionfalmente a se stessa Christina Rossetti perché sua madre stava morendo. Ora che sono qui e che la mia pancia sta diventando enorme, ora che sono in procinto di diventare una madre, la mia vita di prima inizia a sembrare così distante, quasi estranea, e non ricordo più quella ragazza molto bene, solo che non posso sopportare di pensarci, o di pensare a Hartland o ai 325 passi in mezzo alla piazza o a qualsiasi cosa mi succederà dopo le Sorelle della Speranza. Il che non mi lascia molto altro da pensare, quindi mentre trascino il mio secchio su e giù per le scale cerco accuratamente di tenere la mia mente sgombra.

La sera ci fanno confezionare vestiti per i bambini. Ci sono modelli e un sacco di orribile e ruvida lana verde proveniente dai vestiti usati e dalle coperte dell'esercito e un filo rigido con cui cucire. Alcune donne hanno comprato cose o portato vestiti da casa per preparare il corredino. Alcuni sono carini e piuttosto costosi, ma non voglio spendere i pochi soldi che mi sono portata. Così ho preso la lana che ci hanno dato e, cercando di ricordare le nostre saltuarie lezioni di economia domestica a scuola, ho iniziato un maglione, un pigiamino, un paio di pantaloni e dei calzini. E vorrei fare anche una coperta se ci riesco, perché nessun mio bambino dovrà mai avere freddo. Pizzicherà da morire perché la lana è terribile, ma almeno terrà caldo.

Alcune donne pensano che sia il culmine dell'umiliazione dover confezionare i vestiti per la nuova famiglia dei bambini, ma a me non interessa, perché so, con una gelida calma che smorza ogni dubbio, che quando arriverà il momento, troverò il modo di non lasciarmi spezzare e non darò via il mio bambino.

Brighton, 31 dicembre 1959

Ora sono preoccupata. Ho iniziato a preoccuparmi dopo che Angela è tornata dall'ospedale pallida, con le occhiaie e molto silenziosa. Come Gwen la settimana scorsa e Charlotte prima di lei. Alcune di loro sembrano recuperare più rapidamente, altre hanno una famiglia da cui tornare, e altre ancora appaiono quasi sollevate di rimettere insieme i pezzi delle loro vite. Ma sono tutte perse, in un modo o nell'altro, e ora che quest'anno sta per finire e febbraio si sta avvicinando, inizio a temerlo, non tanto il parto ma quello che succederà dopo. Non posso non temerlo: anche la più forte determinazione a non fare quello che dovrei si affievolisce dopo sei settimane trascorse a lucidare le scale. Sei settimane passate a camminare in fila, due a due, in chiesa la domenica, la mattina e la sera, sfilando davanti a tutti gli sguardi di disapprovazione delle oneste casalinghe che allontanano i loro figli mentre raggiungiamo l'ultima panca e ci accalchiamo, e da lì sentiamo, più chiaramente dei nostri pesanti respiri, tutti i bisbigli e le risatine che giungono da dietro i libri dei canti. Sei settimane di gelide nottate ad ascoltare le altre donne piangere. Qui c'è sempre qualcuna che piange, e mi ricorda le notti passate sveglia ad ascoltare mamma che tossiva. Ora rimango sveglia ad ascoltare i singhiozzi, i gemiti e i pianti soffocati nei cuscini, un'inquietante e desolata cacofonia di suoni che ha iniziato a intaccare qualsiasi cosa abbia avvolto il mio cuore rendendomi insensibile a tutto questo desiderio e alla tristezza, e che mi ha dato questa solida determinazione a tenermi il mio bambino.

Edith Cuthbert, che è diventata una sorta di amica, così allegra e piena di senso pratico, all'inizio era meravigliata di quanto fossi calma, decisa, finché ha realizzato che era perché non mi consideravo una di queste donne. Che sarò libera. Che mi rifarò una vita col mio bambino, in qualche modo, sebbene non sappia ancora bene come. E poi mi ha fatto sedere e mi ha detto esattamente cosa sarebbe successo, dei dottori che costringono le donne a firmare i documenti dell'adozione, mandandole in un ospedale psichiatrico se si rifiutano, delle infermiere che ti portano via il bambino, strappandoli letteralmente dal tuo seno e dandoli alle famiglie adottive che sono in lista per avere un figlio, con la donazione in mano. Edith ha parlato a lungo e quando ha finito non ero più calma, ma molto, molto spaventata.

Brighton, 1° gennaio 1960

Ci dev'essere un modo, ci dev'essere qualcosa che posso fare. Mi concedo di ripensare a Hartland, non come dev'essere adesso, inzuppata di pioggia, grigia e fredda, ma come era allora, aperta, libera e scintillante di sole e possibilità, e sono assolutamente sicura che se John sapesse cosa succede qui, non vorrebbe che succedesse. Dopo tutto quello che ha detto, dopo tutto quello di cui abbiamo parlato, dopo la vita e l'amore che ha vibrato tra noi per così tanti mesi, di sicuro non poteva volere che questo bambino – il suo bambino – venga strappato dal mio seno e dato a degli estranei perché sparisca. Non riesco ad associare i suoi occhi ridenti, il suo viso così caldo sopra i panini e il tè, a quello che sta per succedere al suo bambino. E voglio vederlo. Per la prima volta da quando ci siamo separati alla fermata dell'autobus, desidero ardentemente rivederlo. Dev'essere così vicino, giù verso la costa, e anche con la moglie lì, potrebbe trovare una soluzione, potrei convincerlo a prendersi cura di me, a tenermi nascosta in una stanza da qualche parte a Londra, dove suo figlio potrebbe crescere. Rimarrei al mio posto e non creerei problemi di nessun tipo.

Ero così inquieta dopo aver lasciato Edith che sono scesa in giardino, anche se era freddo e molto buio e avrei passato dei guai se qualcuno mi avesse scoperto. Ma avevo bisogno di stare fuori per pensare con lucidità. A parte Hartland, quali altre opzioni avevo? Edith ha dipinto un quadro molto brutale e realistico della vita di una ragazza madre nella società. Sarebbe evitata da tutti, considerata la feccia della società, e nessuno le darebbe un lavoro dove può tenere il bambino con sé o un posto in cui vivere da sola col figlio; come nessuno perdonerebbe mai una ragazza madre per quel che ha fatto se tiene il bambino come prova. Nessuno vorrebbe occuparsene, né lo stato, né le organizzazioni benefiche, neppure la chiesa la aiuterebbe o farebbe il minimo sforzo per comprenderla, se lei non è pronta a ricominciare da zero, se lei non mette suo figlio davanti a tutto e non lo affida al futuro che loro credono meriti.

Sono troppo giovane per fingere di essere quello che non sono, una stupida ragazza caduta in disgrazia per via di un bambino a cui non può assicurare una vita migliore lontano dalla sua madre degenere, presso una buona e rispettabile famiglia. Mio padre è venuto a trovarmi solo una volta, soprattutto per assicurarsi che il bambino sarebbe scomparso in modo rapido e definitivo, e che sarei tornata a casa prima possibile. La gente a Limpsfield ha chiesto di me, e più sto via, più i pettegolezzi e lo scandalo prenderanno piede. È preoccupato di questo e ha cercato di trasmettermi la necessità di mantenere una facciata. Quando gli ho detto che non avrei dato via il mio bambino senza combattere, si è chiaramente spaventato e ha parlato a lungo con la superiora.

Se solo mamma fosse qui, se solo fosse ancora viva per proteggermi… Ma ora diventerò madre, sarò io a dover proteggere. È dura, tuttavia, ed è così freddo qui, e io stessa mi sento così piccola.

Brighton, 15 gennaio 1960

Non riesco a togliermi dalla testa che Hartland è la mia unica speranza. Tra due anni e mezzo avrò ventun anni e se riesco a tenere duro fino ad allora, a trovare un posto sicuro dove potermi nascondere finché mio padre non avrà più il controllo su di me… ma poi? E prima? A volte, quando a notte fonda sento i pianti che giungono dagli altri letti, mi sorprendo a pensare di arrendermi, di lasciare andare il bambino a una vita migliore, di lasciarlo salire su una grande e scura macchina familiare, imboccare la strada ed essere portato in una bella casa dove stravedranno per lui e verrà adorato da estranei. Forse sarebbe la cosa migliore da fare. Ma per qualche ragione non posso, non posso lasciare andare via questo bambino. Tra l'estate a Hartland, la morte di mamma e l'albergo di Purley, questo bambino sembra essere l'unica cosa buona di tutta questa miseria, l'unica cosa decente e innocente al mondo. Muovendosi continuamente nella mia pancia, questo piccolo fulcro di calore, amore e possibilità è la Speranza, davvero, come se qualcosa di me e mamma fosse tornato, in altra forma, ma fosse ancora qui. Non posso darlo via, semplicemente non posso. Devo scappare. Devo andare a Hartland e, in mancanza di meglio, escogitare un piano. Trovare un posto per nascondermi. E ormai non c'è più molto tempo, quindi devo farlo presto.

Brighton, 1° febbraio 1960

Ho avuto delle novità, oggi, delle novità che mi hanno attraversato come una corrente elettrica, che mi hanno tenuta col fiato sospeso, in preda all'agitazione finché suor Mary Claire mi ha messo in isolamento. Con molta probabilità non porto in grembo un bambino ma due! Oggi è venuta l'ostetrica e ha impiegato molto a prendere le misure, ad auscultare col suo strano tubo. Mi ha fatto un sacco di domande e alla fine ha fatto entrare la superiora per dirle che quasi sicuramente aspettavo due gemelli. Gemelli! Io sorridevo, perché era eccitante, non è vero?, ma vedevo la mente della superiora elaborare i dati, due bambini da sistemare, due bambini a cui dover trovare una famiglia, due bambini per cui ricevere donazioni. L'ostetrica ha appuntato alcuni dati sul mio libriccino della gravidanza e ha aggrottato le sopracciglia quando ha visto la lista di nomi di bambini che vi avevo annotato. Prima di andare via, ha lanciato un'ultima occhiata dubbiosa ai miei fianchi stretti e al mio corpo che è diventato così magro a furia di preoccupazioni e pane tostato senza crosta. Ha detto che dovrò andare di certo in ospedale a partorire, perché avrò sicuramente dei problemi, e poi è andata via.

Il tempo già stringe e se voglio farlo, se voglio filare via per salvare questi bambini, allora devo farlo adesso. Ormai riesco a malapena a dormire. Sono nervosa e impaurita, animata solo dal pensiero di scappare via da qui, di scappare da mio padre, dalla direttrice e dalle casalinghe della domenica, di trovare un posto in cui sentire infine caldo e riuscire a riposare.

Sto cercando di capire di cosa avrò bisogno. Prima, durante i miei primi giorni alla deriva al numero sette di Bough Road, chiusa a chiave e lontana da occhi indiscreti, prima che mio padre mi mandasse via e calasse la nebbia del torpore, ho escogitato ogni tipo di folle piano per scappare. Così ho preso il mio certificato di nascita dalla scatola in cui sapevo che veniva custodito, la foto mia e di mamma sul comodino e quella scattata a Tideford Cross, che ho fatto scivolare subito sotto, perché a un certo punto, in futuro, il mio bambino avrebbe potuto chiedere chi era suo padre. Ho preso tutto il denaro che avevo raccolto negli anni e il paio di sterline che mio padre aveva dovuto darmi per il corredino che, come gli aveva detto la superiora, eravamo tenute a fornire alla famiglia adottiva. I vestitini che ho fatto sono sgraziati e scomodi, ma caldi, e ora che a quanto pare avrò due gemelli posso fare più vestiti senza destare sospetti. Così ho fatto un terzo cappello ma più grosso, per me, e ho maledetto la mia sconcertante inettitudine a svolgere lavori domestici. E ho fatto dei calzini più lunghi, in modo da coprirmi i piedi e le gambe.

Tengo sempre tutto questo nella mia borsa e ho rubato ago e filo e ho cucito il mio certificato di nascita e un po' del mio denaro nella fodera della mia giacca invernale. Ho quasi finito di lavorare a maglia il mio ultimo pezzo, una grande coperta. Perfetta per due, ho detto alla suora, ma la userò sopra la mia giacca perché fuori farà freddo. Un buio e gelido freddo di febbraio.

Brighton, 6 febbraio 1960

Sono riuscita a rubare un orario dei treni a una delle donne in cucina, quando sono andata a svuotare il secchio. Ho scoperto come arrivare a Hartland, anche se dovrò camminare un po', e oltre a questo ho memorizzato gli orari dei treni per quante più destinazioni possibili. In chiesa, quando pensano che mi inginocchi a pregare per salvarmi dai miei peccati, in realtà recito i diversi tragitti di cui potrei aver bisogno: da Brighton a Crawley, da Brighton a Haywards Heath e da Haywards Heath a Redhill; da Brighton a Lewes e da Lewes a Croydon e da Croydon a Victoria. 10.00, 15.15, 17.10, 18.20, 19.10, 20.05. Mille volte.

Ho controllato anche gli autobus, e con discrezione, perché non voglio che qualcuno tenti di scoraggiarmi, ho chiesto in giro di posti a Londra dove una ragazza come me possa avere la possibilità di sparire. Case dell'Esercito della Salvezza o enti caritatevoli per donne in difficoltà. Ho memorizzato un indirizzo e l'esatto tragitto dell'autobus per raggiungerlo dalla stazione, sebbene un posto come Dulwich appaia incredibilmente lontano e temo di non riuscire a farcela, senza una carrozzina e senza aiuto. Ma ora ripongo molte speranze su Hartland: quando lui mi vedrà, mi aiuterà. È un esile barlume di speranza, un'eco disperata di Speranza, ma è meglio di nulla, e sicuramente meglio che stare seduta qui, a guardare una macchina famigliare risalire la strada e portare via i miei bambini.

Brighton, 8 febbraio 1960

Sto ancora aspettando il momento giusto. Credevo potesse essere stanotte ma una ragazza è arrivata piangendo e facendo storie e suor Marie Claire è rimasta con noi la maggior parte della notte.

Brighton, 11 febbraio 1960

Sto aspettando il mio momento. Sono pronta in qualsiasi ora della giornata, sempre in allerta, in attesa di scappare, ma devo emanare qualcosa perché suor Marie Claire non fa altro che guardarmi. Sto persino più attenta a nascondere il mio diario e tengo sempre gli occhi bassi quando è nelle vicinanze, fissando i pavimenti lucidi o le scale o il libro di preghiere, così che non si accorga quanto mi trattenga dal fuggire subito.

Brighton, 12 febbraio 1960

Non ho più molto tempo adesso, non ho affatto molto tempo. I bambini si stanno agitando, forse perché io stessa sono così agitata. Li sto scongiurando di restare dove sono, al sicuro per un altro po', finché non arriverò a Hartland. Stavo per scappare oggi ma mi sono imbattuta in un operaio e non ci sono riuscita. Il mio coraggio si sta sfilacciando ogni giorno di più. Non so per quanto tempo ancora potrò sopportare la paura.

Brighton, 13 febbraio 1960

Dovrà essere oggi. A un gruppo di noi è concesso di andare in città e scapperò via. O Dio, dammi il coraggio di farlo.

33

Realizzai solo quando Harriet tornò, con una pagnotta in una mano e un piatto di formaggio e di salumi nell'altra, che era passata l'ora del pranzo. Versò acqua da una brocca e affettò il pane.

«Non ho altro» disse, quasi scusandosi.

Non avevo molto appetito, sebbene avessimo fatto colazione secoli prima, ma accettai un pezzo di pane e un po' di formaggio, felice di avere qualcosa che tenesse le mie mani occupate.

Harriet portò due bicchieri e una brocca d'acqua. Poi disse: «Quell'estate, poche settimane dopo il nostro matrimonio, Liz tornò nelle nostre vite».

Ero sul punto di alzarmi per raggiungere la brocca ma mi risedetti immediatamente, lasciando il pane intatto.

«E allora realizzai perché John desiderasse così tanto vivere a Hartland, e per anni non sono riuscita a pensare a quei mesi senza arrossire dall'imbarazzo per essere stata così ingenua, così cieca.» Fece una pausa prima di proseguire. «Era molto difficile resistere a John, era una sua dote: era così socievole, sempre ottimista; anche se aveva perso il fratello, anche se Hartland era sull'orlo del collasso, lui andava avanti allegramente, fingendo che tutto andasse bene. E Liz era a pezzi perché avrebbe perso sua madre e vivere con George era terribile. Quindi non è così difficile capire come sia potuto succedere qualcosa tra Liz e John, sebbene abbia cercato di non rimuginarci troppo perché era davvero doloroso per me. Andava a trovarla, appena dopo il nostro fidanzamento, e mentre preparavo il matrimonio, che avrebbe salvato lui e la sua eredità, mentre spedivo le partecipazioni, sceglievo i fiori e facevo le prove del vestito, lui sgattaiolava da Liz, la piccola, divertente e triste Liz... Tutto questo me lo ha detto dopo, come per mesi l'aveva aspettata fuori dalla scuola per segretarie, una volta a settimana o anche di più. Era facile, mi disse: lei doveva rientrare entro una certa ora e io ero occupata, e vivevamo ancora separati. Non la vide spesso dopo che ci trasferimmo a Hartland. E poi, naturalmente, li scoprii. Certe cose vengono sempre a galla. Non trovarlo al lavoro dove diceva di trattenersi fino a tardi, uno scontrino di qualche regalo o di qualcos'altro nella tasca. Una storia vecchia come il mondo. Ed eccomi lì, appena sposata, desiderosa di avere un bambino, per poi scoprire che mio marito mi tradiva da quando eravamo fidanzati.

«Lo affrontai e minacciai di lasciarlo. Come era prevedibile, andò nel panico. Finanziariamente la famiglia era sul lastrico, la casa era completamente ipotecata e Janet e Abel erano spariti in Sudafrica. Aveva bisogno di me e del denaro della mia famiglia per mantenere Hartland, persino per pagare le bollette. Non poteva assolutamente permettersi di perdermi. Quindi giurò che avrebbe rotto con Liz se gli avessi dato un'altra chance. Cosa dovevo fare? Divorziare era tecnicamente possibile, certo, ma nel 1959 non rappresentava davvero un'opzione, non per qualcuno come me, e l'umiliazione sarebbe stata insopportabile. E amavo John, nonostante tutto. Non sarei mai stata quel tipo di ragazza che baci tra gli alberi con passione travolgente, ma ero una buona moglie, una buona compagna. Io e John eravamo adatti l'uno all'altra, venivamo dallo stesso ambiente, ci conoscevamo bene.

«Così gli diedi un'altra possibilità. Per alcune settimane sembrò andare tutto bene, John arrivava a casa puntuale, andavamo d'accordo. Ma quando trovai una ricevuta di un albergo a Purley, dove avevano soggiornato il "signor e la signora Smith", cambiai strategia. Contattai George. Era luglio, agosto, credo… Non volevo farlo davvero, non mi piaceva molto, ma gli chiesi di tenere sua figlia lontana da mio marito. Era rigido come sempre ma stranamente non sembrava sorpreso. Non capii subito che lo aveva già scoperto. Comunque sia, quando qualche settimana dopo chiesi a John, mi disse che Liz aveva lasciato Londra.»

Fece una pausa e si versò un altro po' d'acqua. I suoi capelli erano sfuggiti dal fermaglio a forma di farfalla. I riccioli incorniciavano il suo viso teso e le occhiaie scure, e avrei voluto allungare la mano e stringerle il braccio.

«Fu circa sei mesi dopo che accadde. Ero incinta, di quasi cinque mesi e mezzo, ed ero elettrizzata perché alla fine avevamo la famiglia che avevamo voluto. Tutto si stava sistemando. Avevo appena messo il bollitore sul fuoco e sbrigato delle faccende in cucina, in attesa che John tornasse a casa, quando sentii bussare al portone. Hartland era abbastanza lontana e John sarebbe entrato in cucina dalla porta posteriore, quindi sulle prime ero incerta se aprire o meno. Fuori c'era un'aria buia e fredda, inquietante, e la casa era molto grande e silenziosa dopo che la governante se ne andava nel pomeriggio. Bussarono di nuovo e aprii. Era Liz. La riconobbi a stento. Aveva i capelli molto più corti ed era avvolta in una coperta di lana. Aveva un aspetto terribile e batteva i denti nel suo cappotto leggero. L'orlo del vestito era zuppo d'acqua e fango e la sua pancia era gigantesca. Non posso spiegarvi quanto fossi scioccata. Era come se per alcuni attimi la mia mente avesse smesso di funzionare e continuavo a fissarla senza capire. Ma un attimo dopo avevo fatto due più due.»

Distolse lo sguardo, visibilmente commossa, e tacque per un momento così lungo che alla fine la sollecitai: «Harriet?».

Ma lei non sollevò lo sguardo e attesi in silenzio finché alla fine non ricominciò a parlare, con le parole che le uscivano a scatti.

«Fu terribile. Mi comportai malissimo e dopo tutti questi anni lo ricordo ancora. Ero così arrabbiata. È difficile da spiegare bene, era come se mi fossi chiusa all'improvviso. Le dissi di andarsene e di lasciarci in pace. Sembrava scioccata quanto me di vedermi lì, e credo che John non le avesse detto che ero io la ragazza che aveva sposato. Era lì ferma. Le urlai contro, cercai di chiuderle la porta in faccia. Lei piangeva.

«"Ho bisogno di vederlo" disse, e anche che era molto dispiaciuta; non ci avrebbe disturbato né si sarebbe messa nel mezzo, aveva solo bisogno di aiuto per rimettersi in piedi dopo la nascita, non sapeva dove altro andare. E poi vide che ero incinta anch'io, di pochi mesi ma era comunque visibile, e credo che questo la colpì, glielo lessi in faccia. All'improvviso tutta l'infelicità dell'anno precedente e il tradimento di mio marito, quei due che si erano presi gioco di me e io tappata quaggiù mentre lei si faceva mettere incinta… venne fuori tutto e la spinsi indietro, giù dallo scalino e fuori dalla porta. Non cadde lontano, ma si piegò in due e si toccò subito la pancia.

«"Mi sa che ci siamo" disse. "Devi aiutarmi", o qualcosa del genere. Sembrava così spaventata. All'inizio non le credetti, e immagino che dissi qualcosa di feroce, ma quando mi strinse il braccio e si piegò in due dal dolore mi spaventai. Non sapevo nemmeno come avesse fatto a venire da Limpsfield. E cosa avrei dovuto fare con lei adesso. Pensai di chiamare l'ostetrica, ma non avevo ancora familiarizzato con la gente del posto e l'ultima cosa che volevo era che l'ostetrica facesse nascere il figlio illegittimo di John prima del mio. E neanche Liz lo voleva, continuava a supplicarmi di non farlo perché altrimenti l'avrebbero portata via. Sapevo che c'era un piccolo ospedale a Porthallow, me ne aveva parlato l'ostetrica. Era molto piccolo ma gli ospedali più grandi si trovavano sulla strada per Brighton. Alla fine feci l'unica cosa che mi venne in mente, chiamai George. Ma al telefono rispose la domestica e disse che George era partito poco prima per Brighton.»

«Per andare alla casa per ragazze madri» dissi.

«Suppongo che lo avessero chiamato non appena si erano accorti della sparizione di Liz. Dissi alla domestica che era urgente, che Liz era con me a Hartland, e che George avrebbe dovuto chiamarmi subito perché doveva andare in ospedale. Liz aveva le doglie, camminava su e giù nell'ingresso, così decisi di portarla al piccolo ospedale di Portallow. Poi richiamò George. Era a Brighton e voleva che la portassi all'All Saints Hospital, dove ci avrebbe raggiunti. Pensai che fosse troppo lontano per arrivarci in quel frangente, che dopotutto avrei dovuto chiamare l'ostetrica perché Liz sembrava sul punto di partorire nell'ingresso. Ma lui la voleva lì, era l'ospedale associato alla casa per ragazze madri, avevano posto per lei. Quindi feci salire Liz sulla mia jeep. Ma non ci misi molto a rimpiangere amaramente di dover giungere fino a Brighton, perché in macchina si congelava e Liz soffriva troppo, piangeva accanto a me, e dovetti fermarmi varie volte per farla vomitare. Poteva succedere di tutto. Di tutto.»

Fece una pausa. Sentivo freddo dappertutto, poi troppo caldo, il panico e la paura per quella storia sguazzavano in fondo al mio stomaco. Odiavo pensare a mia madre così, impaurita e sofferente. Voleva essere forte, voleva tenere testa a suo padre e prendersi cura di noi, ma sapevo come sarebbe finita la storia e non riuscivo a sopportarlo.

«In ospedale, un'infermiera che era lì ad aspettarci portò via Liz. C'era anche George e sembrava molto arrabbiato. "Mi dispiace così tanto per tutto questo" disse.» Harriet fece una risata amara. «E ricordo che pensai: Arrabbiato per cosa? Perché tua figlia sta per partorire il figlio di mio marito nella mia auto?»

Udii un singhiozzo e realizzai che Phoebe stava piangendo.

«Mi dispiace» disse Harriet, ma con tono tagliente. «Ci sono cose che non dimentichi.»

«Certo» risposi. «La prego, vada avanti.»

«Era ansioso di andarsene, tuttavia, perché voleva parlare col medico, e gli feci promettere di chiamarmi più tardi per dirmi... be', com'era andata. Stava facendo buio mentre tornavo a Hartland. Sapevo che John sarebbe rientrato presto a casa e quello fu uno dei viaggi in auto più angoscianti e snervanti della mia vita. Spingere Liz fuori dalla porta, tutto il suo dolore, il bambino di John che stava per nascere. E se avesse partorito in macchina? Noi due da sole? Quando rientrai a casa sedetti accanto al telefono perché dovevo sapere se era ancora viva e, be', dovevo sapere cosa ne sarebbe stato del bambino, perché dopotutto – essendo il figlio di John – ci avrebbe forse perseguitato per tutta la vita.»

Fece una pausa. I suoi occhi fissavano Phoebe. «Alla fine George mi chiamò. Disse che c'erano state delle complicazioni e che l'avevano portata direttamente in sala operatoria per il cesareo, ma sarebbe andato tutto bene. Grazie a me.»

Scossi la testa, le immagini mi vorticavano nella mente. Mia madre su un letto di ospedale. E...

«E i bambini?» chiesi.

«I bambini?» ripeté Harriet quasi riluttante, come se avesse sperato che non gliel'avremmo chiesto. «Non disse mai che i bambini erano *due*. Mi disse che non avrei dovuto preoccuparmi mai più di Elizabeth, che il problema si era risolto da solo perché *aveva* partorito una bambina, ma era nata morta.»

Brighton, 16 febbraio 1960

Negli ultimi due giorni, il dolore ha preso il sopravvento su tutto e si rifiuta di lasciarmi andare. Mi giro e mi rigiro nel letto di ospedale per sfuggirgli e a volte cerco di stare completamente immobile, nella speranza che svanisca, nella speranza che passi a una delle altre donne che sussurrano e sospirano nel sonno. Ma cerca sempre me, e credo che adesso il mio corpo abbia raggiunto il capolinea, quel punto in fondo alla strada in cui abbandoni ogni legame col mondo e semplicemente ti stendi, molli gli ormeggi, chiudi gli occhi e muori.

Ma non mi è concesso neanche questo, perché mi tengono in questo reparto, dove la gente viene e mi guarda con occhi freddi, attenti, troppo indifferente per recarmi un conforto che non si limiti alle necessità primarie, invece mi osserva intrappolata dentro a questa guscio di corpo, che è al tempo stesso intorpidito, pesante e tormentato dal dolore. Credo che sia questo che si patisca all'inferno, come se ti seppellissero viva dentro il tuo corpo, avvolta in una nube di dolore che ti schiaccia, pulsa e ti fa contorcere, e lascia la tua mente febbricitante e malata per la preoccupazione e la pena, scalpitando per uscirne, per trovare sollievo, consapevoli allo stesso tempo che il sollievo non sarà mai più possibile.

Ho chiesto di vedere la mia bambina sopravvissuta, che credo si trovi nella stanza dei neonati in fondo al corridoio, e ho chiesto di vedere il corpo della bambina morta. Ho chiesto di vedere l'ostetrica o il medico o qualcuno che potesse dirmi almeno com'era. Era una femmina, questo è tutto quello che hanno detto, ma per il resto non posso sapere nulla, non mi è concesso toccare il suo corpo né vederlo. È così che fanno quando muore un bambino, hanno detto, è meglio così, e non posso alzarmi per combattere questa battaglia. Mio padre è venuto e se n'è andato, e darei qualsiasi cosa per non rivederlo mai più. Era qui quando sono arrivata in ospedale, ma non mi ricordo di lui dopo, perché tutto è avvolto in un'enorme, soffocante nube di dolore che aggroviglia le budella. Hanno detto che la bambina era già morta dentro di me e hanno dovuto tirarla fuori dalla mia pancia, insieme alla sorella che era sopravvissuta a malapena. Hanno detto anche che è stata colpa mia, per essere stupidamente scappata via, che ho ucciso la mia bambina. Non ricordo molto, né la sala operatoria né le ore successive, quando alla fine mi sono svegliata, ma queste parole le ricordo e le ricorderò per sempre, perché ho iniziato a ripeterle nella mente. Colpa mia, colpa mia, colpa mia. Finché non mi sono messa a gemere dal dolore e dal senso di colpa e suor Marianna è arrivata e mi ha detto di non disturbare.

Sono passati tre giorni e non ho ancora visto la bambina sopravvissuta. Mi è arrivato il latte che ha aggiunto un altro strato di dolore, i miei seni pulsano e formicolano quando sento i bambini arrivare in reparto dalla stanza dei neonati, quando le altre mamme normali li prendono in braccio, li nutrono, li ricoprono di attenzioni e li mostrano ai familiari durante l'orario delle visite. Non mi hanno ancora concesso di allattare il mio bambino. La capoinfermiera e la suora del reparto mi considerano troppo debole, o forse se ne fregano e vogliono solo punirmi. Temo che le facciano patire la fame solo perché alla capoinfermiera non piace che io sia nel suo rispettabile reparto, facendo storie perché me la sono cercata e sono stata peggio di quanto avrei dovuto. Non riescono a decidere dove mettermi, se sotto i loro occhi, in modo da potermi vedere sempre, o nascosta così da non offendere la sensibilità delle altre mamme. Per un po' mi hanno messa in una sorta di disimpegno, fuori dal reparto, ma serviva a qualcun altro e così mi hanno spostata in fondo alla corsia, circondata da un paravento. In questo modo non posso vedere o essere vista, non posso far parte della normalità, della semplice routine fatta di pasti, poppate e attenzioni, ma riesco a sentire quello che accade dall'altra parte del paravento e questo mi ricorda costantemente cosa ho combinato.

C'è solo un'infermiera, molto giovane, anche lei spaventata dalla capoinfermiera e dalla suora del reparto: è gentile mentre gli altri sono tutti sprezzanti, e credo che sia perché è giovane, e ha un aspetto dolce nonostante l'uniforme inamidata. Mi porta cibo, acqua e tazze di tè, sebbene la suora del reparto la rimproveri perché trascura le sue vere mansioni. L'ho supplicata di darmi notizie della mia bambina ed è stata talmente gentile da sgattaiolare via e andarla a trovare quando la suora del reparto non stava guardando. Poi è tornata a riferirmi che la bambina sta bene ed è in salute, così almeno so che le danno da mangiare. Voglio disperatamente vederla, ma non mi è permesso scendere dal letto e, in ogni caso, non mi muovo ancora bene, e non sarò capace di fare molto da sola per almeno qualche giorno. Sono dieci giorni che stiamo qui, io e le mamme normali. Da quanto ho sentito dalle loro chiacchiere, sono abbastanza sollevate di non dover tornare troppo presto al mondo reale e di ricevere invece aiuto per i bambini, così da rientrare con calma nelle loro rispettabili vite insieme ai mariti e ai piccoli. A me, invece, dieci giorni sembrano un'eternità, perché alla fine dovrei riportare la bambina alle Sorelle della Speranza e aspettare lì con lei finché un'altra macchina giungerà dalla strada e io cederò la mia bambina, e poi tornerò a vivere nella casa di mio padre.

E allora ricomincia l'inferno dei pensieri, con il senso di colpa e il dolore. La notte è ancora peggio, quando la fioca luce dalla postazione delle infermiere rende distinte e inquietanti le ombre tra le pieghe del paravento, quando i sibili dello sterilizzatore e gli spifferi dalle finestre fanno muovere le tende, proiettando ombre sui pavimenti lucidati. Le altre donne sospirano e tirano su col naso nel sonno, mentre io giaccio nel mio letto con un pugno in bocca per non urlare.

Ho chiesto all'infermiera gentile dove fossero la mia borsa e la giacca. Me le ha portate e le ha riposte accanto al letto in un armadietto di metallo a portata di mano. Le ho dato il corredino con cui seppellire la bambina e lei lo ha preso. Ma ho capito dal suo sguardo sfuggente che l'avevano già portata via; non saprò mai dove è stata seppellita. Appena se n'è andata, ho controllato i documenti e i soldi, che per fortuna sono ancora dove li avevo nascosti, così come il diario. Lo nasconderò sotto il cuscino appena finisco di scrivere, perché se la suora lo porta via la sua perdita sarebbe devastante. Questa raccolta di pagine grigio antracite che ha visto una stupida ragazzina di sedici anni uscire da scuola e correre a casa da sua mamma con un *Radio Times* tutto sottolineato, con dei piani per l'estate, che poi è stata stravolta da Hartland e dal primo amore, che ha visto la morte, è stata esiliata, è scappata e ha partorito, da qualche parte qui dentro, dev'essere rimasto qualcosa di me e, se ho qualche speranza, ho bisogno di ritrovarlo.

Brighton, 22 febbraio 1960

Si avvicina il giorno del mio rientro a casa e non posso più evitare di pensarci. Tuttavia sono così stanca e peggioro ogni giorno di più. È come se il dolore mi avesse tenuto in vita in quei primi giorni terribili, e adesso che il mio corpo sta guarendo e il dolore si sta affievolendo, la mia mente rimanesse sola con tutta questa storia e volesse eclissarsi nell'oblio del sonno, in un posto in cui possa dimenticare quello che è successo e quello che mi attende. È uno strano dormiveglia, una grigia foschia dove niente può toccarmi, niente può avvicinarmi, dove vado alla deriva al crepuscolo, senza peso e quasi libera. Ma nei momenti di lucidità so che devo essere forte per la mia bambina. Non posso concedermi il lusso di un oblio nebbioso, perché anche dopo tutto quello che è successo, non posso lasciare andare la bambina, non quando ho già perso l'altra per negligenza ed egoismo. Mi sentirò responsabile per la morte della mia piccola per il resto della vita e so che non potrei perdonarmi se lasciassi andare via anche l'altra.

Ho un piano semplice, davvero, talmente semplice che probabilmente non ha molte possibilità di funzionare, ma è tutto ciò che mi viene in mente, quindi dovrà bastare. Domani dovrei riportare la bambina alla casa per ragazze madri, ma invece di andare lì, raggiungerò la stazione e prenderò il treno per Londra. Ricordo l'indirizzo del posto a Dulwich che mi ha dato una delle donne del centro, ricordo ancora a memoria gli orari degli autobus e dei treni, e una volta a Londra non riusciranno a trovarmi. È la mia ultima possibilità e prego affinché qualcuno alla missione di Dulwich possa aiutarmi. Ho chiesto a Sarah, la giovane infermiera delle lenzuola di ricambio. Non oso dirle per cosa mi servono, per paura che lo dica alla capoinfermiera o a qualcun altro, e lei non ha chiesto, ma deve averlo intuito perché oltre al lenzuolo mi ha portato anche un pacco con dentro alcuni pannolini e due bottiglie di vetro piene d'acqua e del latte in polvere da sciogliercі. Ancora una volta faccio le valigie, sebbene non abbia quasi più nulla ormai. Il mio diario, la foto di mamma, il mio certificato di nascita, i soldi. Ho impacchettato il secondo corredino, avvolto le bottiglie nei pannolini in modo che non tintinnino e non si rompano. Userò il lenzuolo come fascia per portare mia figlia, che infilerò dentro il mio vestito, con la giacca sopra per uscire. Sono dimagrita così tanto nell'ultimo anno e la mia giacca è così grande che ci starà bene dentro e, se tutto va bene, non si vedrà troppo.

Sono stanca, stanca, sempre. Mi sento scivolare costantemente nel grigiore e il mio corpo sembra troppo pesante per questo mondo. Non vuole sfidare la gravità, non vuole neanche stare in piedi, vuole scivolare, slittare e andare alla deriva; mi spinge a lasciarlo andare nel grigio dove niente sembra importare, dove tutto è sfocato e senza peso. Forse è il mio modo per cercare di guarire; devo sforzarmi di più di guardare al futuro e di vivere il presente. Quanto vorrei esserne capace. Di scrollare via la notte senza vita. Di annullare la consapevolezza che la bambina è morta per colpa mia. Se non avessi lasciato l'istituto, lei adesso sarebbe viva, ma siccome ho camminato nella neve per vedere il mio amante, che era il marito di un'altra, la mia bambina è morta.

E adesso mi rimane solo questa figlia e devo lottare per lei, sebbene dentro di me sappia di aver perso il diritto di essere madre. È giunto il momento di lasciarmi alle spalle la bambina morta, il momento di incontrare quella che è sopravvissuta, il momento di prenderla e scappare. Avrei preferito avere un inizio più tenero con lei, ma quel che è fatto è fatto.

Mi sento di nuovo debole e lotto contro questa sensazione, anche se richiede un'estrema forza di volontà non soccombere alla spinta della foschia che mi richiama. Ma devo stare all'erta, devo concentrarmi. Ho fallito con una bambina e ora l'altra ha il diritto di essere salvata.

34

«Morta?» chiesi incredula, con un tono acuto. «Morta?» Guardai Phoebe sgranando gli occhi. «*Ecco* perché non è venuta a prenderti, Phoebe. Devono averle detto la stessa cosa, che eri morta!»

«Ma chi farebbe una cosa simile?» sussurrò Phoebe, cerea in volto. «Chi farebbe una cosa simile alla propria figlia?»

E a te, pensai disperata. *George Holloway lo ha fatto a te, solo per salvare la reputazione di sua figlia.*

«Non capisco, Harriet, non capisco proprio» dissi, pronunciando le parole con un certo sforzo. «Che cosa è successo a Liz?»

«È scomparsa.»

«Scomparsa?» ripeté Phoebe mentre chiedevo: «Dove diavolo è scomparsa?».

Harriet si chinò, raccolse i biglietti che erano sul tavolo e li guardò. «Non ne ho idea.» Sollevò due dei biglietti. «Le ho scritto un paio di volte, e scrissi a George,» spiegava sollevando il terzo «perché le settimane dopo quel giorno furono terribili. In qualche modo ero sollevata che la bimba fosse morta, ma al tempo stesso mi sentivo in colpa, e poi in colpa per sentirmi sollevata: tutto ruotava intorno alla bambina, la figlia morta di John, che mi ossessionava e che era morta per colpa mia.» Raccolse le mani in grembo, intrecciando strette le dita. «Non ho mai più parlato con Liz, il che mi sembrava giusto, ma George mi rispose, chiedendo di incontrarlo.»

Posò con cura i biglietti. «Andai da lui prima di partorire e mi disse che Elizabeth aveva preso male la notizia della bambina morta, che aveva lasciato l'ospedale alla fine del ricovero ed era sparita. Sulle prime non gli credetti, pensai che l'avesse cacciata o che l'avesse fatta rinchiudere in un manicomio o qualcosa di simile. Allora si sentivano delle storie terrificanti. Ma aveva un aspetto orribile, mentre si aggirava nella loro casa, smunto e stanco, e capii che stava dicendo la verità, almeno riguardo a Liz. Allora non sapevo della seconda bambina, ovviamente, non sapevo che eravate due finché non me lo avete detto oggi, quindi per me era rimasta sola. Era ancora minorenne e avrebbe dovuto agire con prudenza, ma con un po' di soldi e di fortuna poteva rifarsi una vita, trovare una stanza da qualche parte, un lavoro. Ma andarsene con una bambina rende le cose diverse. Deve essere stata molto dura.»

«Ma come è potuto succedere?» continuai, ancora sbalordita. «Avrebbe dovuto chiedere di vedere il corpo. O di vedere la tomba. Dei documenti. Di sicuro non potevano essere scomparsi così. È un crimine.»

«Lo è,» concordò Harriet «ma le ragazze madri venivano trattate veramente male all'epoca, e i medici avevano moltissimo potere, erano quasi venerati. Se la situazione era presentata in modo appropriato, nessuno avrebbe osato mettere in dubbio la parola del medico né si sarebbe precipitato a difendere una ragazza madre. È difficile capirlo adesso,» scosse la testa «con tutte le consulenze, le visite prenatali e l'affermazione dei diritti delle donne. Ma allora, che il padre decidesse cosa era meglio per una figlia era perfettamente normale, persino scontato.» Rifletté un attimo. «L'unica cosa che mi viene in mente è che, sebbene dovesse dare in adozione la bambina all'istituto per ragazze madri, si è presentata un'occasione in ospedale e hanno dato via una delle due bambine sul momento. Forse George fu colto impreparato, forse non si aspettava due gemelle e voleva agire velocemente. Credo che il fatto che io fossi coinvolta rendesse le cose più complicate per lui. Doveva dirmi qualcosa ma voleva evitare a tutti i costi lo scandalo, quindi mi raccontò semplicemente che la bambina era morta, magari pensando di poter sistemare il resto. Come avrei potuto scoprirlo? Se il dottore avesse certificato la morte della bambina e autorizzato lo scambio, sarebbe stata un'adozione privata e la neonata sarebbe semplicemente scomparsa senza la possibilità di risalire a John e a me.»

Phoebe aveva ancora uno sguardo gelido. Il cane si svegliò e si infilò tra le nostre gambe, inquieto per la tensione che si percepiva nella stanza.

«Il dottor Miller» pensai a voce alta. «Ecco perché ha provato così tanto a cercarlo. Deve aver capito cosa aveva fatto, forse ha trovato qualcosa a casa dopo la morte di George Holloway che le ha fatto pensare che le avesse mentito.»

Posai il braccio sulle spalle curve di Phoebe.

«Ti ha cercato così tanto perché voleva trovarti a tutti i costi.» Pensai alla corrispondenza scambiata, ai suoi anni di scrupolosa, dolorosa ricerca. «Oh Phoebe, mi dispiace tanto. Mi dispiace che sia successo troppo tardi. È...»

Di colpo si alzò. Harriet disse molto gentilmente: «Perché non vai un po' in giardino? È piacevole e tranquillo lì fuori».

Dopo che Phoebe fu uscita con il cane alla calcagna, mi alzai anch'io, ma Harriet mi posò una mano sul braccio. «Lasciala in pace» disse. «È molto da digerire tutto insieme.»

Affondai di nuovo nel divano e bevvi un sorso del mio tè freddo. «Ha mai rivisto George Holloway?»

«Solo quella volta.» Fece una pausa. «Perché un'altra cosa che mi disse fu che John aveva chiamato, chiedendo di Liz. Fu allora che decisi che doveva finire. Dissi a John che stavolta lo avrei lasciato davvero, lui e i suoi genitori in bancarotta, che avrei ripreso tutti i miei soldi e abbandonato Hartland e la sua famiglia, se non avesse acconsentito a ricominciare da zero quando sarebbe nato nostro figlio. Così alla fine chiudemmo la casa e ci trasferimmo in America nel dicembre del 1960. Avevo uno zio che viveva lì e John trovò lavoro nella sua azienda. Ricominciammo da capo.» Fece un sorriso beffardo. «A un certo punto Janet e Abel tornarono a Hartland, ma tutto finì con l'incendio negli anni Settanta. E la vita va avanti, no?, nonostante tutti i drammi. Io e John abbiamo dato al nostro matrimonio una nuova possibilità. Non era un rapporto idilliaco ma ce la cavavamo bene, vivevamo a Buffalo, nello Stato di New York. Sono tornata definitivamente in Inghilterra quando John è morto, qualche anno fa. Nostra figlia, Caroline, ha trovato lavoro a Londra e ho deciso di seguirla. Per stare vicina ai miei nipoti. Ho ripreso il mio cognome da nubile, Sinclair, e...» fece un altro sorriso beffardo «non mi chieda perché, ma ho deciso di trasferirmi qui.»

«Quindi John è morto» dissi lentamente, elaborando quest'ultima e importantissima informazione. Una parte di me si sentiva sollevata perché non dovevo più occuparmi di quel *Padre: spazio bianco*. «Dobbiamo dirlo a Phoebe.»

«Lo farò io» propose Harriet. «Sebbene spero non rimugini troppo su di lui. Non so che razza di padre sarebbe stato con voi due, vista la situazione, e sicuramente non sarebbe stato meglio o peggio di coloro con cui siete cresciute pensando che fossero i vostri veri padri.»

«Mia madre ha mai cercato di contattare lei o John?» chiesi.

«Non abbiamo mai più sentito parlare di lei» rispose Harriet. «Mi sono chiesta a volte che fine avesse fatto.»

Il sole iniziava a calare dietro il tetto di paglia mentre le ombre coprivano il muretto e le siepi, quando uscii a cercare Phoebe. Il giardino posteriore di Harriet era verdissimo e profumato, un piccolo quadrato di erba delimitato da friabili muri di pietra, qualche albero e una panca riarsa dal sole. Al riparo del muro posteriore crescevano fiori selvatici, macchie di colori che contrastavano con le più ordinate file di erbe aromatiche e carote. Un giardino che mia madre avrebbe amato.

Phoebe voleva restare per il weekend. Le proposi, all'inizio titubante, poi con più insistenza, di venire con me, ma lei aveva già deciso. Voleva restare da sola e magari, se lei e Harriet ne avessero avuto voglia, avrebbero potuto parlare ancora.

Così presi l'autobus fino alla stazione e mi sedetti accanto al finestrino mentre ci allontanavamo dal mare. Sorrisi soprappensiero, ripensando all'urlo di gioia di Phoebe quando avevamo raggiunto la cima della collina. Mentre aspettavo il treno per Londra provai a chiamare Andrew, ma non rispose. Pensai che mi stava bene per aver dato troppo per scontato la sua allegria, il suo pragmatismo e tutta la sua intraprendenza, che a quel punto avevo fatto esaurire. Lasciai un messaggio biascicato e confuso in cui lo informavo che stavo prendendo il treno per Victoria, che avrei voluto vederlo presto e che ero molto dispiaciuta. Poi, quando il treno arrivò, mi sedetti e con lo sguardo seguii le forme sfocate che scorrevano oltre il finestrino.

Mi ripetevo il racconto di Harriet, senza pensare al nonno, a John Shaw, a Harriet o persino a Phoebe: avrei avuto tutto il tempo di pensare a loro più tardi. Invece immaginavo Liz Holloway, una diciassettenne ansimante in una buia serata in mezzo ai frutteti di Hartland, una giovane che si infilava in un albergo di Purley, una donna incinta che lavorava a maglia una rabberciata coperta da bambino, che arrancava nella notte innevata verso la casa del suo amante, poi malata e indifesa in un letto di ospedale. E poi in fuga con la sua bambina, trovando alla fine mio padre e trasformandosi in qualche modo, strada facendo, nella madre che *io* avevo conosciuto. Questa persona difficile, esigente, chiusa, che si sforzava costantemente di migliorare se stessa, che si sforzava costantemente di essere libera. E adesso ne capivo il motivo, perché quando l'avevo conosciuta, quest'intera altra vita era già stata vissuta: il dolore per una bimba morta, il recupero dopo il trauma, un padre estraneo.

In maniera vorticosa, i pezzi tornavano al loro posto e si sganciavano di nuovo per tornare a fluttuare nel mulinello di domande e risposte. Ricordavo scene, momenti e conversazioni con mia madre, che si presentavano completamente diversi e terribilmente toccanti, e cose che non avevo mai capito, ora divenivano chiare. Forse leggeva il giornale nella speranza o con la paura di trovare notizie su suo padre? Forse visitava i cimiteri ovunque andasse, alla ricerca della tomba di una bimba morta? Forse comprava vestiti, sciarpe, giacche e calzini spessi perché aveva trascorso l'inverno che avrebbe cambiato la sua vita patendo il freddo e, quarant'anni dopo, stava ancora cercando di scaldarsi? Forse la sua bocca si era contratta con impazienza quando le avevo detto che volevo diventare una pasticciera, perché per una ragazza cresciuta in una casa claustrofobica, con un padre di mentalità ristretta e retrogrado, non godere della libertà, dell'avventura e delle possibilità quando ti vengono servite su un piatto d'argento, equivaleva a un crimine?

Sedevo sul treno infuriata con George Holloway, col fato e la vita stessa, tutti accaniti contro questa giovane donna che aveva fatto delle scelte sbagliate e le aveva pagate care. Infuriata un po' con mia madre, per aver continuato con determinazione a pagarne il prezzo, anche quando si era rifatta una vita, con un marito affettuoso, una bella carriera e tre figlie. Avrebbe potuto far funzionare il nostro rapporto in maniera diversa, avrebbe potuto abbandonare i fantasmi di Phoebe e tenermi più vicina. Ma soprattutto, ero contrita dal rimorso e dal senso di colpa non appena realizzai quanto velocemente, solo una settimana prima, l'avevo giudicata per averci ostinatamente separato, per avere egoisticamente abbandonato un bambino, solo per essere libera.

Se ero andata a Tideford Cross alla ricerca di comprensione, approvazione e perdono, non so quali tra questi avessi ottenuto, perché adesso ero soprattutto triste. Di una tristezza tremenda, schiacciante. Per lei e per noi, e per il fatto che non si sia mai sentita disposta a raccontarmi quello che era successo. E non abbia mai avuto la consapevolezza che avrei potuto capirla e amarla in modo diverso. Avrei dato qualsiasi cosa per rivederla di nuovo, solo un'ultima volta, per stare con lei, per imprecare contro di lei e, chissà, avere una seconda possibilità di parlare apertamente con lei, come se fosse stato il mio destino, come se lei lo meritasse.

Nella penombra della carrozza, sentii prudere e bruciare gli occhi. E quando smisi di oppormi, smisi ogni pensiero e mi aprii a tutto quello che era stato e a tutto quello che poteva ancora essere, arrivarono infine le lacrime, felici e purificatrici, e non riuscii a smettere di piangere fino alla fine del viaggio.

Quando scesi dal treno a Victoria Station, mi sentivo completamente esaurita. Solo mettere un piede di fronte all'altro sembrava richiedere uno sforzo enorme e quando finalmente arrivai alla fine del binario, la maggior parte dei passeggeri si era già dispersa. Una familiare ombra allampanata arrivò dai tornelli, mi afferrò e allungò una mano verso la mia borsa. Andrew indossava ancora la sua uniforme da chef e portava un pacchetto appiccicoso.

«Ehi, straniera» disse, sorridendomi. «Viaggi con le piante ultimamente?»

«Per te, scusami» risposi porgendogli il vaso ormai malconcio, e scoppiai di nuovo in lacrime.

«Cristo santo!» esclamò, e posò le borse. «Stai piangendo! Fantastico! Questo è il primo passo, Ads, hai fatto un bel salto. Vieni qui, vieni qui.»

Mi diede delle pacche sulla schiena per consolarmi e io piansi nella sua giacca per un po' finché lui non mi allontanò e si chinò per guardarmi in viso. Il suo sguardo era caldo e azzurro mentre mi tamponava le guance e gli occhi con un fazzoletto spiegazzato, lisciandomi i capelli e sistemandoli dietro le orecchie, fino a porgermi infine il fazzoletto per soffiarmi il naso.

«Mi dispiace davvero molto, Andrew. Avrei dovuto dirtelo del Grand Bleu» dissi con voce roca, piangendo e soffiando il naso contemporaneamente, così forte da far voltare un controllore.

«Va bene, Addie.»

«Davvero?» Mi ficcai il fazzoletto in tasca.

Lui sollevò la mia borsa. «Dovevi dirlo subito che non volevi farlo.»

«Ci ho provato. E poi ho pensato che ti saresti arrabbiato» spiegai sconsolata.

Andrew sbuffò sdegnato. «Addie, ci conosciamo da trent'anni. Posso rimanerci male, ma poi mi passa. Tuttavia sono furioso che tu non mi abbia tenuto informato su Phoebe e tutta questa eccitante storia.»

«Sì» dissi. «È successo tutto così velocemente.»

«Certo, insieme saremmo stati grandi» disse en passant. «Lo sai. Ma l'unica cosa che voglio è che tu sia felice» affermò con sicurezza. «Davvero, è l'unica cosa che ho sempre voluto. E ora mi piacerebbe andare a casa con te, bere qualcosa e ascoltare le tue avventure sulla costa. Andiamo.»

E con queste parole, mi mise un braccio intorno alle spalle e mi spinse giù per gli scalini che portavano alla metropolitana.

35

«Addie, hai messo la limonata in frigo? E sei sicura che ci siano abbastanza sedie lì fuori? Potresti spostare la sedia marrone in fondo? Così c'è spazio. Ciao, Jas, sono io. Stai arrivando? Cosa? Che significa che non puoi usare il telefono in ospedale? No, quella, Addie, lì, la sedia marrone sulla sinistra. O mio Dio, Adele Harington, mi vuoi far davvero alzare, incinta di nove mesi e mezzo, per spostare quella sedia? Va bene, va bene, Jas, sono ancora qui, stai calmo. Quando arrivi? Tra mezz'ora? Sta bene? Fantastico. Bene. Okay, ciao. Ora, dove sono i palloncini?»

Accadeva due giorni dopo ed erano successe un sacco di cose da quando ero andata via da Tideford Cross.

Prima di tutto a Londra l'estate era esplosa con la sfacciata irruenza che solo il tempo inglese può sfoggiare a fine maggio, quando tutti avevano iniziato a disperare. Gli uccelli cinguettavano, il cielo era di un azzurro luminoso e il sole affondava riluttante a tarda sera, riaffiorando con una fretta quasi indecente il mattino successivo per risplendere dalla finestra della mia mansarda.

Quando eravamo tornati da Victoria Station nel mio appartamento quella sera, Andrew e io eravamo stati accolti dal gatto della signora Emmet, che stava aspettando davanti alla mia porta e sembrava intenzionato a farsi adottare definitivamente. Poi Andrew e io ci eravamo seduti per cenare con delle costolette di agnello molto appetitose, accompagnate da patate gratinate. Io avevo pianto un po' mentre parlavamo, a lungo, soprattutto di Tideford Cross e Harriet, ma anche di mio padre e Phoebe, e di cosa ci avrebbe riservato il futuro. Alla fine ero crollata addormentata a metà frase. Al risveglio era mezzogiorno del giorno successivo e Andrew se ne era andato.

Il giorno dopo ero rimasta nascosta nel mio appartamento. Meno male che avevo dormito sedici ore perché avrei passato la maggior parte della notte successiva in cucina, col gattino raggomitolato vicino alla pianta di salvia che Andrew aveva dimenticato di portare via con sé. Non facevo altro che lucidare il piano di lavoro e cucinare una torta o qualcos'altro, seduta sopra il sottile volume di poesie scelte di Christina Rossetti, mentre mi sforzavo di ricordare mia madre e di elaborare le nuove rivelazioni riguardo al suo passato. Avevo pianto molto, ma mi abbandonavo a ogni lacrima con gusto, contenta che le mie cascate del Niagara fossero tornate e avendo l'impressione che mi purificassero interiormente.

Phoebe aveva trascorso la notte a Tideford Cross e ci eravamo telefonate più volte – lunghe, spontanee conversazioni su tutto e nulla che mi lasciavano esausta ma felice.

Sarei voluta andare a trovare mio padre in ospedale quasi subito, ma poiché mi ero svegliata così tardi il giorno dopo, e l'avrebbero dimesso il giorno successivo, avevo deciso di rimandare la nostra conversazione a un momento tranquillo per parlare. I segreti di mia madre erano rimasti tali per così tanto tempo che papà poteva essere lasciato in pace per un altro po'.

Venetia non era cambiata affatto nelle ventiquattr'ore in cui avevo visto la mia vita ribaltarsi. Mi aveva telefonato il giorno dopo chiedendomi dove diavolo ero finita, se ero andata a trovare papà, dicendomi che dovevo assolutamente occuparmi di un po' di cose, che il bimbo era calato e che doveva fare pipì ogni trenta secondi, e che avremmo dovuto organizzare una merenda di benvenuto per le dimissioni di papà. Avere un po' di familiari intorno, farlo sentire di nuovo a casa, che ne pensavo, niente di grosso, magari dodici o quindici persone? Avevo smesso di ascoltare non appena era spuntato il nome di Hamish McGree, e quando tacque avevo iniziato a piangere. La sorpresa era stata tale che, per una volta nella sua vita, era rimasta senza parole. Allora avevo invitato la signora Baxter, lo zio Fred, Jas e Andrew a Rose Hill Road per il pomeriggio successivo. Il giorno dopo avevo raccolto tutte le torte che avevo cucinato ed ero arrivata al numero 42 ben prima che mio padre fosse a casa.

Ora che avevo lasciato la signora Baxter uscire fuori per una sigaretta, lo zio Fred a spostare le sedie e Venetia seduta al tavolo a dire a tutti cosa dovevano fare, ero stata spedita al piano di sopra per cercare qualche palloncino nella scatola delle feste di mia madre, che secondo Venetia potevamo appendere all'ingresso e in cucina per dargli il benvenuto.

«Addie, guarda se riesci a trovarne soprattutto di blu e di gialli. Secondo Hamish sono tonificanti e danno sollievo. Niente verde, per favore. Mi hai sentito? NIENTE VERDE.»

«Va bene, va bene» borbottai tra me, sollevando gli occhi al cielo. «Solo verde.»

Il piano superiore era molto diverso dall'ultima volta che c'ero stata. Si presentava luminoso e arioso, e la brezza penetrava dalle finestre aperte profumata dalle nuove piante di lavanda e melissa che la signora Baxter aveva messo nei vasi del davanzale. Nell'oltrepassare la stanza dei miei genitori, mi guardai un attimo alle spalle ed entrai dalla porta socchiusa. La camera era più o meno uguale, la coperta intatta, l'armadio chiuso, ma anche qui la finestra era stata lasciata aperta per fare entrare la luce; profumava di fresco e di pulito. Sentendo i rumori al piano di sotto, infilai una mano nella borsa e tirai fuori una cornice decorata con conchiglie e brillantini che avevo fatto quando avevo dieci anni. Scelsi una foto con noi cinque, in abito da sera per le nozze di rubino dei miei genitori, Venetia in un vestito di seta rosso scuro e io in un avvolgente abito viola di Diane von Fürstenberg che usavo da vent'anni, mia madre e mio padre nel mezzo. Avevamo bevuto abbastanza Martini al melograno da sorridere davanti alla macchina fotografica con un allegro rossore, i visi vicini, e i miei capelli sparati a incorniciare lo scatto. Posai la cornice, non dal lato di mia madre, che lasciai vuoto, ma da quello di mio padre, e la nascosi dietro la sua sveglia perché la vedesse quando avrebbe spento la luce quella sera. Spazzai via alcuni brillantini dalla superficie del comodino, passai una mano sulla coperta e lasciai la stanza in silenzio.

I palloncini erano in una scatola etichettata "Materiale feste", riposta in uno degli armadi in mansarda. Con cura tirai fuori dal mucchio tutti i palloncini verdi, sorridendo alla vista delle vecchie stelle filanti, delle bandierine e di tante candeline mezze usate che mia madre continuava a riproporre a ogni compleanno fino a quando non si riducevano a un mozzicone. Trasalii quando mi imbattei in un cappello da festa che aveva accanto una corona con su scritto "Favolosi Quaranta". Lo sollevai per un attimo, poi lo rimisi sotto le bandierine rosse e blu.

Assorta, mi avviai verso il piano inferiore. Udii il campanello e, debolmente, la voce imponente di Venetia che proveniva dalla cucina. Era troppo presto perché fosse mio padre, così mi attardai nel bagliore che proveniva dalle scale della mansarda, girellando lungo gli scaffali che ospitavano la maggior parte dei libri di mia madre, fermandomi ogni tanto quando vedevo spuntare un pezzo di carta, una mezza busta vuota che faceva da segnalibro, un pezzo di carta igienica infilato tra le pagine, sottile e consumato dal tempo. *Pamela. La fiera delle vanità. Donna a bordo.* Vera Brittain. Ma anche più recenti. Margaret Atwood. Maeve Binchy. *I cercatori di conchiglie. Ho un castello nel cuore.* Anita Shreve. Joyce Carol Oates. Georgette Heyer.

Io, Venetia e mia madre, stranamente d'accordo, eravamo tutte ossessionate da Georgette Heyer e almeno metà dello scaffale era stipato dalla sua serie di romanzi. Era tutto in fondo, infilato sotto le scale della mansarda, file di colorati tascabili appena ripubblicati accanto a quelli più vecchi dalla copertina rigida, che ci era proibito toccare perché erano troppo fragili, con la loro rilegatura friabile, i dorsi sbiaditi in un indefinito marrone-grigio. Guardai la sovraccoperta viola del tascabile di *Frederica*, che era il mio preferito, e la sua sbiadita prima edizione appena sotto. Era tanto che non leggevo la Heyer e mi rendeva triste pensare che quei libri adesso sarebbero rimasti lì per anni, senza essere né letti né amati, un'intera e preziosa raccolta di ricordi e chiacchiere pomeridiane su quale carrozza avremmo scelto se avessimo dovuto fare una passeggiata in Hyde Parke e chi avremmo sposato se avessimo potuto scegliere. Magari se Venetia avesse partorito una bambina li avrebbe dovuti prendere tutti, passarli a sua figlia. O forse dovrebbe farlo Phoebe, per la piccola Charlotte. O io? Chi lo sapeva cosa ci aspettava?

«Addio» urlò una voce.

«Arrivo!» risposi. Mi congedai in silenzio da *Frederica* ma all'improvviso il mio sguardo fu catturato da qualcosa di diverso. Era in fondo, nascosto alla vista dall'ombra dello scaffale e dal dorso sbiadito di *La carta vincente* che sporgeva lì accanto. Se uno ci fosse passato vicino e avesse guardato dall'alto non l'avrebbe mai notato, ma ora che la luce del tardo pomeriggio penetrava trasversale dal lucernario ed ero mezzo acquattata a riallacciare la mia speciale amicizia con *Frederica*, spuntava fuori un dorso argentato. Incuriosita, lo toccai, standо attenta, con istintivo rispetto, ad attenermi alle istruzioni di mia madre per non sciupare quella malconcia copertina. Quando infine riuscii a staccare il volume da quello vicino, lo aprii con cura, girai la prima pagina, e mi sedetti così rapidamente da battere quasi la testa sullo scaffale.

Era un diario.

36

Era grigio scuro, molto semplice e sobrio. Lo aprii e nelle pagine riconobbi la scrittura da giovane di mia madre, minuziosa e femminile.

«Ehi? C'è nessuno? Adele?»

Richiusi il volume e lo rinfilai nello scaffale, col cuore che mi batteva all'impazzata. Sentii i passi percorrere il corridoio e, molto più in forma di quando l'avevo visto l'ultima volta, dietro l'angolo comparve mio padre.

«Papà!» esclamai, balzando in piedi e sforzandomi di non guardare lo scaffale. Ce n'era forse un altro? Erano molti? «Non ti ho sentito arrivare.»

«Venetia mi ha detto che ti eri persa quassù. Tutto bene?»

«Palloncini» dissi. «Sono salita a cercare dei palloncini.» Sollevai una manciata di palloncini sgonfi. «Dovevano essere gonfiati prima che tu arrivassi, mi dispiace molto.»

Sorrise. «La casa è bella così com'è.»

«Sono così felice di vederti. Ti vedo in forma.»

Era la verità. Sembrava riposato e aveva un colorito sano, ma, soprattutto, aveva perso quello sguardo provato a cui mi ero abituata negli scorsi dodici mesi. Si muoveva con precauzione, tastandosi di tanto in tanto il petto come per assicurarsi che lì dentro andasse tutto bene, ma i suoi occhi erano limpidi e mentre parlava mi guardava, *mi guardava* veramente.

«C'è anche Andrew. E Fred. Che bella rimpatriata.»

Mio padre stava formulando intere frasi! E tante, da formare un'intera *conversazione.*

«Papà» balbettai. «Mi… mi dispiace così tanto. Per quello che ho detto. E…»

Lui mi interruppe. «Ti devo una spiegazione.» Una parte della tranquillità svanì dal suo viso. «Ho detto agli altri di iniziare pure a mangiare la torta e a bere. Tanto temo di non potermi più permettere molto ormai. E così saranno occupati per un po'.»

Si sedette sugli scalini che conducevano alla mansarda e mi fece cenno di sedere accanto a lui.

«Ho avuto molto tempo per pensare quando ero in ospedale, dove, a proposito, non voglio mai più tornare. Tutte quelle inutili preoccupazioni e quel riposo sfinirebbero chiunque.»

«Hai avuto un infarto» risposi decisa. «C'era da preoccuparsi e da riposare.»

Fece un gesto di noncuranza e fece un profondo respiro. «Tutto ciò che hai detto è vero. Be', quasi. Lizzie aveva conosciuto quell'uomo nel Sussex e…»

«Sì, lo so» lo interruppi. «John Shaw. Ho incontrato, be', sua moglie, a Tideford Cross e ci ha raccontato tutto fino alla nostra nascita.»

«Moglie?» Inarcò le sopracciglia. «Tideford Cross?»

«Sì. Senti, magari è meglio che mi racconti solo quello che successe subito dopo la nostra nascita, quando avevo una settimana o poco più, e dopo ti racconterò il resto. È solo che non credo che abbiamo molto tempo e Venetia…»

Per fortuna, papà aveva il dono della sintesi.

«Be', okay, avevi una settimana la prima volta che ti ho visto. Studiavo alla London School of Economics, sai, avevo una borsa di studio, e vivevo con mia zia a East Dulwich. Viveva da sola ed era felice che la aiutassi in casa, e io ero contento di avere un posto in cui stare. Gli affitti erano molto cari a Londra e non avevo tanti soldi.

«Così ero seduto nella mia stanza quando lanciai un'occhiata giù in strada e vidi qualcuno che camminava, una donna, sebbene fosse talmente imbacuccata che era difficile dirlo. Era una giornata fredda e stava già facendo buio quindi non c'erano molte persone in giro. Io continuai a guardarla mentre superava la mia casa. C'era qualcosa in lei che sembrava strano, poi, appena superato il mio portone, inciampò e cadde. Aspettai che si rialzasse, ma non lo fece, rimase sdraiata lì, raggomitolata per terra. Così corsi giù e uscii. Fuori era ghiacciato perché aveva nevicato a sprazzi tutta la settimana. Cercai di tirarla su prima che la neve le bagnasse i vestiti. Ma era così debole che non riusciva a stare in piedi, così la feci sedere per un attimo sul marciapiede. E fu allora che ti vidi. Ti teneva in una fascia stretta al corpo, un pezzo di tessuto, che si era un po' allentato nella caduta ma lei era riuscita a non farti colpire il selciato. Avevi un sacco di capelli, già dopo due giorni» sorrise «e un visino tondo che spuntava dallo scialle. Non piangevi neanche un po'. Sei sempre stata una brava bambina.»

Il suo sorriso svanì. «Tua madre non stava affatto bene tuttavia, ed ero preoccupato che svenisse di nuovo se la lasciavo andare. Così la portai in cucina e volevo chiamare un medico ma non appena si riprese un po', si intestardì che non dovevo farlo. Stava cercando di raggiungere un posto che conosceva, una missione per donne in difficoltà, ma non riusciva a trovarla e non sapeva dove andare. Non ero sicuro di aver fatto la scelta giusta a raccoglierla dalla strada, e avevo paura di cosa avrebbe detto mia zia quando fosse tornata, ma tua mamma era così giovane e sembrava tanto triste, e ti teneva come se non sapesse davvero cosa fare con te. Quindi non potei fare nient'altro che lasciarla in cucina a scaldarsi. Quando mia zia tornò a casa cercammo di decidere cosa fare. Mia zia – non l'hai mai conosciuta, ma era tipo tua nonna, molto pratica e davvero una persona buona e di cuore – improvvisò un letto spartano, aiutò tua madre a spogliarsi, nutrì il bambino, riempì una scatola di coperte a mo' di culla e disse che ne avremmo parlato il mattino successivo. Il giorno dopo non aveva il coraggio di mandarla via, e così la fece restare un'altra notte e la aiutò col bambino. Tra una cosa e l'altra ci mettemmo qualche giorno a farci raccontare la sua storia, della bambina morta e di quella che era riuscita a salvare dall'istituto per ragazze madri e dall'adozione. Quando cercammo di individuare la sua famiglia e di capire se la stavano cercando, lei tacque. Era traumatizzata, ferita e spaventata: non potevamo sbatterla in strada. Era malata, in parte nel fisico, ma soprattutto psicologicamente. Oggi avrebbe ricevuto ogni tipo di consulenza e di terapia del lutto, ma allora non era affatto facile. Mia zia Lavinia la prese sotto la sua ala, la nutrì, la riempì di attenzioni, cullò il bambino e quando Lizzie si rimise in forze, lavorò in casa, seguendo mia zia come un'ombra. Ci inventammo tutta una storia dicendo che era una cugina alla lontana che era venuta a trovarci con la figlia, in modo che potesse uscire e non si sentisse in imbarazzo con i vicini. Ma Lizzie non voleva vedere nessuno, non voleva neanche uscire di casa, perché era assolutamente terrorizzata all'idea che suo padre potesse spuntare e portarla via. Sedevo con lei a lungo e parlavo con lei quando si sentiva così, e giocavo con te e ti portavo a fare delle passeggiate in carrozzina nel parco di quartiere perché zia Lavinia era categorica sul fatto che avevi bisogno di aria fresca.»

Il suo viso era triste. «Ci volle del tempo per migliorare. Era dura per lei, perché era stata ferita così duramente ed era ancora così giovane: aveva perso la madre, aveva perso una bambina… ma sentivo che voleva uscire da quella situazione, e ce la mise davvero tutta. Noi quattro diventammo una squadra e tu eri una bambina fantastica. Così felice e tranquilla. Sembrava quasi che non volessi creare problemi a tua madre. Bevevi il tuo latte tutto d'un fiato, dormivi quando dovevi o al massimo farfugliavi nel tuo lettino. Ed eri così felice quando ti leggevamo qualcosa o giocavamo con te. Non dimenticherò mai quei primi giorni. Amavo Lizzie, l'ho amata da subito in realtà, e anche se lei non mi amava allo stesso modo, ce la metteva tutta per tornare a essere parte di un mondo dove l'amore era almeno possibile, e questo mi bastava. Volevo molto bene anche a te,» disse con la maggiore semplicità possibile, ma sbatté le palpebre «e credo che lei me ne fosse grata perché non aveva più molto da darti.»

Deglutii con disagio. «Questo sembra, be'… complicato.»

Sospirò. «Non era facile. Ma era molto speciale.»

«Ma non ti dispiaceva che io… che io fossi di un altro?»

Lui tacque per un bel pezzo e iniziai ad agitarmi, sperando che i nove mesi e mezzo di gravidanza impedissero a Venetia di salire le scale. Miracolosamente, invece, a giudicare dai borbottii e dalle risate che giungevano dal basso, sembrava che nessuno avvertisse la nostra mancanza.

«Non mi importava molto, e questo perché non sei mai stata sua. Questo è il motivo per cui ho insistito per aggiungere il mio nome al certificato di nascita. Non volevo che ci fossero dei ripensamenti, delle complicazioni, una volta sposati.» La sua voce era più dura adesso. «Era impegnato e non era una persona perbene con cui rifarsi una vita, dal momento che aveva avuto una relazione con una diciassettenne, mentre aveva una moglie a casa. Povera Lizzie, stava lottando su così tanti fronti, cercando di non perdere la testa, davvero, cercando di stare meglio. Lui non sapeva nulla e per me le cose dovevano restare così.» Il suo tono era fermo. «Quando le chiesi di sposarmi, non so se fosse già pronta. Ma lo voleva, molto, perché credo che avesse bisogno di un luogo in cui riposarsi, di una casa. Era ancora così giovane, sai, aveva solo diciotto anni. Così facemmo un accordo. Lei si sarebbe lasciata lui alle spalle, mentalmente, sentimentalmente, e avremmo vissuto la nostra vita insieme. In modo pieno e completo. Senza guardarci indietro. In cambio ti avrei riconosciuta come mia figlia e avremmo formato una famiglia. Non avremmo più riparlato del passato e ti avremmo cresciuta come se fossi mia.»

Guardai il corridoio, ricordando quanti pochi effetti personali avesse, il suo senso dell'ordine, l'assenza di gingilli dal valore sentimentale, di scompigli emotivi. Chiaramente, lei aveva dovuto attenersi a questa clausola. Aveva forse desiderato segretamente appendere più foto, conservare le vecchie lettere, accumulare ricordi? O era talmente triste e desiderosa di cancellare il passato da cedere facilmente alle condizioni del marito, magari anche con un certo sollievo, finché non divenne parte di lei?

«E George Holloway?» chiesi.

Mio padre rifletté con espressione triste. «Non lo rivide mai più. Ci sposammo pochi mesi dopo, noi due soli all'ufficio di Stato Civile di Southwark mentre zia Lavinia si occupava di te a casa. Dopo continuammo a vivere con lei, per un po', e una cosa va detta di tua madre, il giorno dopo uscì a cercare un impiego e lavorò sodo per diventare qualcuno, andando infine all'università e guadagnandosi la laurea. Tutto questo sembra facile oggi, ma all'epoca non lo era neanche un po'. Lavorò per ognuna di queste cose e non diede mai niente per scontato. Fu dura, certo, ma non dimenticherò mai quei primi anni. Tu andavi a scuola e noi lavoravamo entrambi, poi tornavi a casa, sempre piena di storie, sempre interessata, così brillante e allegra. Fu una cosa un po' strana, prima il matrimonio, poi l'amore; ma in quei primi anni formammo la nostra famiglia e alla fine arrivò anche il sentimento. Suo padre non faceva parte di tutto questo e l'altro uomo di sicuro non ne avrebbe mai fatto parte finché c'ero io.

E tu eri mia figlia, Addie, la mia bambina, dal primo giorno che ti avevo visto. Io sono quello che ha salvato lei, insieme a te. Non avrei mai permesso a niente e a nessuno di portarmi via tutto questo.»

Rabbrividii, ricordando le parole, molto simili, pronunciate dalla signora Roberts. Cosa non siamo disposti a fare per la sicurezza delle nostre famiglie.

«Hai mentito riguardo alle tue nozze di rubino» dissi inarcando le sopracciglia.

«Sì» ammise. «E riguardò all'età di Elizabeth. Doveva avere ventun anni per sposarsi. Ma era facile perché allora bastava dire al segretario la tua età e con un po' di fortuna non indagava oltre. Il giorno dopo il matrimonio andammo ad aggiungere il mio nome al tuo certificato di nascita, gli dicemmo che ero il tuo padre biologico e che ero pronto a riconoscerti.»

«E come spiegasti alla tua famiglia che improvvisamente c'ero anch'io?»

«Barammo: dissi solo ai miei genitori e a Fred che avevamo avuto una bambina, un incidente in realtà, che dovevamo subito sposarci. Mia mamma reagì con rassegnazione e mia zia ci sostenne, poi le acque si calmarono.»

Conoscendo nonna Harington non mi stupiva.

«E Phoebe? Mamma ti ha mai raccontato cosa era successo?»

«All'inizio sì» disse. «Lizzie parlava di continuo della bambina morta, che era colpa sua, che l'aveva uccisa. Era davvero terribile. Terribile il modo in cui l'avevano fatta sentire in ospedale. Non se ne liberò mai più, davvero.»

«Ma non capisco *perché* le dissero che Phoebe era morta; non poteva George Holloway semplicemente dare la bambina in adozione e dirle quello che aveva fatto?» Battei le palpebre per il sole, che filtrava attraverso l'abbaino, troppo forte e troppo allegro per tutta quella infelicità.

Mio padre scosse la testa. «Non lo so. Quello che penso è che avesse molta fretta perché sapeva che lei non avrebbe acconsentito facilmente all'adozione. Deve aver avuto paura che il problema non si risolvesse tranquillamente e deve aver agito d'istinto, mentre lei non era cosciente. Così restavi solo tu.»

«Perché la signora Roberts ne prese solo una» sospirai. «E mamma non parlò mai più con suo padre. Sapevi che è morto, che lei è andata al suo funerale?»

«Sì» disse. «Lo sapevo. Fu la prima volta che riparlò di lui dopo anni; l'accompagnai al cimitero. Una storia squallida.» Fremette. «Fu seppellito accanto alla moglie, sebbene Lizzie non volesse, nel cimitero del villaggio. L'avvocato le parlò anche della casa, ma all'inizio lei non voleva andarci, non voleva nemmeno vederla.»

«E sapevi che aveva assunto Merck per cercare Phoebe? L'ha cercata per almeno tre anni. Mi dispiace, papà, tutte queste domande, ma sono successe così tante cose, e sto ancora cercando di mettere insieme i pezzi.»

«Va bene. No. Non sapevo che avesse ingaggiato un investigatore privato» rispose con un tono molto triste. «Avrei preferito me l'avesse detto. L'avrei aiutata. Avrei voluto starle accanto.»

La sua voce era rotta dal pianto perciò aggiunsi rapidamente: «Non me ne faccio una ragione, come puoi convivere con un trauma così grande e andare semplicemente avanti per la tua strada?»

«Una volta sposati smise completamente di parlarne.» Si schiarì la gola. «Era come se avesse deciso di lasciarsi alle spalle questa parte della sua vita.» Mio padre vide la mia espressione accigliata e aggiunse con tono fermo: «Non solo perché glielo *feci* fare io. Credo che a quel punto lo avesse accettato. *Voleva* guardare avanti. Non nominò mai più la bambina morta. E, a essere onesti, avevamo abbastanza cose a cui pensare – giovani, sposati e poveri in canna, con una bambina di cui occuparci, facendo vari lavori. Restava poco tempo per pensare alle cose. E poi in seguito, sì, a volte vedevo che non stava bene ma…»

«La signora Baxter credeva che fosse depressa» dissi.

Annuì pensieroso. «Qualche volta ho insistito perché ne parlasse con qualcuno, in un'occasione la convinsi anche a vedere un medico. Ma sai com'era tua madre, si teneva tutto dentro.»

«Povera mamma. Era al contempo così forte e debole.»

Iniziai a piangere, ma mio padre non sembrò particolarmente scosso dalla cosa. Mi carezzò la schiena e mi sussurrò parole di conforto, che probabilmente era esattamente quello che aveva fatto quarant'anni prima quando mia madre piangeva la sua bambina morta. Dopo tutti quei racconti, mi sentii felice che, invece di trovare qualcun altro a Londra, avesse trovato mio padre, che le era stato accanto per quarant'anni. *Dono, a colui che donò se stesso a me; che dona se stesso a me, e mi offre di cantare una nuova dolce canzone.* È quello che aveva fatto, mio padre, le aveva dato la speranza, un nuovo inizio, ed è quello che le aveva fatto incidere sulla tomba alla fine. *Una nuova dolce canzone.*

«La incontrerai, Phoebe, papà? Può essere parte di noi, parte di questo posto? Se lei lo desidera e se Jas e Venetia saranno d'accordo?» Cercai un fazzoletto e mi tamponai gli occhi.

Rimase in silenzio così a lungo che sollevai lo sguardo per vedere se stesse bene. Poi disse: «Sì. Sì, certo. Era quello che Lizzie avrebbe voluto più di ogni altra cosa, avervi insieme. Portala presto. Mi piacerebbe incontrarla.»

Mi chinai verso di lui, tamponando gli occhi e facendo scivolare i piedi lungo il logoro pavimento. L'ambiente era caldo per il sole e luminoso; per un attimo guardammo i granelli di polvere danzare nella luce.

«Avrei preferito che me l'avesse detto» mormorai anch'io. «Avrei preferito saperlo. Avrebbe reso le cose più facili, credo.»

«Reso più facili?» C'era tanto affetto nella sua voce.

«Tra me e mamma. Era così diversa con me. Si aspettava che le cose fossero diverse con me.»

«Dovevi essere il doppio di quello che potevi essere» concordò. «Questo è pesante per un figlio. La vostra relazione era, be', a dir poco complicata, eh?»

«Se solo potessi parlarle di nuovo» proseguii. «Avrei così tante cose da dirle.»

«Lo so» sussurrò. «Più di tutto vorrei che fosse ancora qui. Ho sempre pensato che saremmo invecchiati insieme. Mi manca tantissimo.»

«E a volte è così difficile ricordarla, è come se fosse già svanita.»

«Dovremmo parlare di più di lei» disse papà. «Dovremmo parlare di lei sempre. Parlarne è l'unico modo per ricordare le persone. Ora credo che gli altri ci stiano davvero aspettando.» Si alzò.

«Vai pure, papà.» Mi soffiai il naso e asciugai gli occhi.

«Sei sicura?» Esitò.

«Ho solo bisogno di stare un po' da sola.»

«Certo. Ci penso io a Venetia.» Si chinò e mi carezzò maldestramente la spalla, poi si allontanò. Lo guardai: era ancora curvo, trascinava un po' i piedi, però era più calmo e presente adesso. Indipendentemente da quello che sarebbe ancora accaduto, la comparsa di Phoebe lo aveva almeno scosso dalla sua dolorosa trance. Lei lo aveva riportato tra noi.

Londra, 9 maggio 1960

Domani mi sposo. Ho diciotto anni e mi sposerò in una bella giornata di primavera all'ufficio di Stato Civile di Southwark. Sposerò un brav'uomo, un uomo molto gentile, che so che finirò per amare. Presto. So che accadrà perché, in un certo senso, lo amo già. Lui è tutto quello che né John né mio padre potranno mai essere e questa è davvero una cosa buona. Ora cerco di non pensare a quel bacio nei frutteti di Hartland o ai pomeriggi nell'albergo di Purley, perché quell'imprudente eccitazione e intensa passione non sono fatte per costruire un futuro. Bello, sì, ma anche fuggevole, imprevedibile e instabile e niente a che vedere con "l'amore che ci rende una cosa sola" di cui a volte parlava la mamma. Sono un po' triste per lei, perché non posso neanche immaginare come sono finite le cose tra lei e mio padre, considerato che tipo di persona è, ma Graham è diverso. È caloroso, fermo e forte, ma con maniere calme e affidabili che mi appaiono più reali e concrete di qualsiasi cosa abbia mai provato per John. È il tipo di vita in cui potrò scrivere il mio diario senza alcuna paura che lui lo legga, in cui potrò stare in silenzio se lo desidero e parlare se ne avrò voglia, e lui sarà lì, per stare in silenzio o ascoltare. Posso chiudere la porta e restare sola, conscia al tempo stesso che con lui non sarò mai sola, e questo è un pensiero meraviglioso.

Non c'è nessuna porta da chiudere al momento e il nostro futuro sembra abbastanza misero, perché possiedo poco di più della borsa con cui sono arrivata, dei vestiti con cui ho lasciato l'ospedale. La bambina ha pochissime cose e sta crescendo rapidamente, ma appena sarò diventata la signora Graham Harington potrò uscire, cercare un lavoro, costruirmi una famiglia e sentirmi al sicuro nella piena rispettabilità. Zia Lavinia è colei che ha permesso che tutto questo accadesse e non potrò mai ripagarla per la sua gentilezza, così salda, irremovibile e semplice, proprio come Graham. Mi sono talmente legata a lei, che ora quasi mi spaventa l'idea di diventare parte di un nuovo nucleo, un nucleo diverso con Graham. Ma è una buona cosa sposarsi a diciotto anni quando il passato è carico solo di cose cupe e fredde, perché significa andare avanti, lasciarsi tutto alle spalle.

Graham è stato molto gentile oggi, mi ha lasciato sola quasi tutto il giorno e io ho pensato a mamma. Vorrei che fosse qui, in una giornata in cui ogni madre vorrebbe aiutare la figlia a prepararsi la sera prima del matrimonio. Avremmo riso dei miei capelli come abbiamo sempre fatto, si sarebbe preoccupata del mio vestito e avrebbe tirato fuori i suoi orecchini e la sua collana di perle per entrare nella parte, mi avrebbe preparato una tazza calda di latte e malto e si sarebbe seduta a parlare con me se fossi stata nervosa.

Niente di quello che mi è successo sarebbe andato così se ci fosse stata la mamma, ma ho smesso di inveire contro la sua scomparsa, perché mi affatica troppo essere sempre arrabbiata col mondo. Graham le sarebbe piaciuto, molto, ma mi domando che cosa avrebbe fatto di questa nuova me, più dura e calma, che ha smesso di sorprendersi di tutto ciò che la vita ha il potere di fare. Quando guardo Adele, anche se è solo una bambina, talvolta colgo un barlume di qualcosa che mi ricorda i miei anni con la mamma, il calore e l'affetto, incondizionato ed elementare, un semplice dono, una gioia. Ma mi è difficile farla avvicinare a quello spazio interiore che un tempo aveva la capacità di afferrare questi concetti.

In un certo senso, lasciando alle spalle Limpsfield e mio padre, John, Hartland e la sciocca, impressionabile, emotiva giovane me, devo chiudere la porta a mia madre e al suo ricordo. Non mi occuperò presto della sua tomba, non tornerò a Bough Road dove era così presente. Ora sono grande e lontana da tutto questo; devo essere me stessa, devo essere io stessa una madre. Devo a lei questa nuova vita, la capacità di trovare il modo di andare avanti, anche se questo significa separarmi da tutti i suoi ricordi, anche se questo significa lasciarmela alle spalle.

E io voglio andare avanti. Non voglio più pensare alla bambina morta o alle cose che avrei potuto fare diversamente. Non voglio più vedere mio padre o ripensare a John e ai 325 passi nella piazza. Non voglio più misurare la vita in termini di poesie sull'amore, la morte e il peccato. Voglio vivere.

37

Non appena mio padre girò l'angolo, mi inginocchiai davanti allo scaffale più basso, raspando in cerca del volumetto grigio e tirandolo fuori. *La carta vincente*, privato del suo appoggio, cadde sulla destra, e altri libri seguirono, espandendosi nello spazio liberato dal diario. Mi accigliai, scorrendo i libri con la punta delle dita. *Incontro a sorpresa. Pecora nera. Cotillion. Gli inganni del cuore. Arabella.* Poi, un dorso vuoto. Un altro dorso vuoto. Altri cinque diari che, avendo preso la luce diretta del sole, erano sbiaditi in una tinta uniforme grigio giallastra, quasi esattamente la stessa degli altri libri di Georgette Heyers privati delle lettere dorate. Ispezionai gli altri scaffali, giusto per assicurarmi che non ce ne fossero altri; poi, respirando a fatica, aprii quello che avevo trovato quando papà era salito, stavolta iniziando dalla prima pagina.

Limpsfield, 17 luglio 1958
Oggi ho comprato un diario nuovo, dal gentile signor Clark sulla via principale. Gli era arrivato di un nuovo colore, rosa satinato, e mi ha mostrato il piccolo fermaglio in copertina e i fiori su alcune delle pagine. "Perfetto per una ragazza carina come te", mi ha detto facendomi l'occhiolino. Le sue intenzioni erano buone, ne sono sicura, ma io non lo volevo. Ho invece preso quello grigio scuro, quasi nero, perché sapevo benissimo

che non sarebbe stato un anno rosa satinato. Ho scelto quello con la carta un po' più spessa, anche se era più costoso, perché avevo la sensazione che quest'anno avrei avuto bisogno di una carta più spessa. Una carta spessa e assetata, che possa assorbire tutti i miei pensieri, le lacrime e le vicende terribili che stanno succedendo nella mia casa.

Guardai la data e mi lasciai sfuggire un lungo e lento respiro. Rilassai le spalle mentre spalancavo la bocca. Eccola lì, nel 1958, la ragazza della storia di Harriet, già triste e turbata. Persino in quelle prime e poche righe sentivo la piega della sua storia, l'arrivo del crollo e il mio cuore si aprì subito a lei.

Sapevo che di sotto mi stavano aspettando, ma non resistevo alla tentazione di sfogliare le pagine lentamente, di leggere la storia di mia madre da giovane. Elizabeth che arrivava a Hartland, cauta e triste, poi le gloriose giornate al mare, Constance che stava morendo e John che la aspettava alla fermata dell'autobus. Mi giungevano frammenti… mia madre che si nascondeva nel roseto perché la gente insisteva a tenerle compagnia, mia madre a bordo di una decappottabile col suo nuovo foulard e la sua prima coppa di champagne. Ridevo e piangevo contemporaneamente, perché lì, finalmente, come un dono inaspettato, c'erano ricordi da tenere stretti, da collezionare e di cui ridere per decenni come piccole perle. Mi tamponai gli occhi, ma erano asciutti, e sentii il cuore talmente sollevato che pensai potesse esplodere.

Noncurante dei minuti che passavano, presi un altro diario e lo sfogliai.

Dulwich, 8 aprile 1969
Giornata perfetta al parco. J. un po' irritabile. Sta spuntando un altro dentino?

Dulwich, 12 aprile 1969
Varicella! Avrei dovuto capirlo.

Dulwich, 14 aprile 1969
Avevo dimenticato quanto sono noiose le malattie dei bambini, soprattutto in un posto così piccolo. Io e G. l'abbiamo già avuta, menomale.

Londra, 28 maggio 1969
Sono andata a rivedere la casa in Rose Hill Road, è ancora più bella di quanto ricordassi. Graham la adora. Ora che abbiamo i soldi della zia Lavinia, possiamo permettercela. Anche se avrei preferito avere zia Lavinia che una casa. Mi manca così tanto.

Londra, 3 settembre 1972
Oggi sarebbe stato il compleanno di mamma e ho portato i bambini alla cattedrale di St Paul ad ascoltare il coro. Non siamo saliti sulla balconata sebbene A. mi abbia supplicato di andarci. Ci dovrà salire durante una gita scolastica o in qualche altro modo perché in vita mia non mi avvicinerò più a quelle vetrate e a quei vecchi ricordi. La funzione è stata magnifica, però, e persino Venetia è stata buona per un'ora intera! *Resta con noi* era bellissimo come sempre, di gran conforto. Le sarebbe piaciuto tanto.

St Paul. Un altro piccolo pezzo del puzzle che trovava il suo posto. Presi il diario successivo e un altro ancora, senza leggerli perché volevo assaporarli più tardi, ipnotizzata dai piccoli dettagli della mia vita familiare. Ogni diario conteneva svariati anni e gli scritti più recenti non erano mai molto lunghi. Frammenti annotati a lettere minuscole, piccole pillole su giornate e settimane, alcune così brevi da essere chiaramente state scritte solo come memorandum. Avanti e indietro nel tempo, gli scritti zigzagavano. La nascita di Jas. La laurea di mamma. La promozione di papà. Persone che conoscevo da anni riempivano quelle pagine come i personaggi di un libro, e io ero presente quasi in ogni pagina. Trovai i pezzi sul mio primo giorno di scuola, sulla prima volta che ero andata in bicicletta, compleanni, Natali. 1975. 1980. 1985. 1990. 1995. Un nuovo rettore. La moglie di Jas che era incinta. L'operazione alla schiena.

E poi, all'improvviso, il funerale di George Holloway. Smisi di scorrere gli incipit, avvicinai il diario agli occhi.

> Londra, 20 aprile 1996
> Mio padre è deceduto. Mi ha chiamato l'avvocato. Il funerale si terrà la prossima settimana.

Poi, più avanti:

> Oggi sono stata al funerale di mio padre, mi sono seduta in fondo. L'ho detto a Graham che è venuto con me, che tesoro. Non c'erano molte persone. Ho visto il vecchio signor Throgmorton (ancora vivo!). Vuole parlarmi dell'eredità di mio padre.

Una settimana dopo:

> Oggi devo andare a trovare il signor Throgmorton per il testamento di mio padre. Non riesce a capire che non sono interessata ai suoi beni, materiali o di altro tipo, che non voglio tornare a Bough Road. Ma lui ha insistito, sebbene in modo sempre molto gentile.

Qualche giorno dopo:

Throg mi ha chiamato di nuovo per la casa. Alla fine ci devo andare. Qualcosa che ha a che vedere con il "patrimonio". Throg è un tormento.

Londra, 10 maggio 1996
Sono stata nella casa in Bough Road. Naturalmente era tutto molto più vecchio, ma mio padre l'ha tenuta così com'era, quindi non è stato un gran problema. Incredibilmente, quando sono salita nella mia stanza ho scoperto che negli anni nessuno aveva scovato i miei nascondigli da quando me ne ero andata. Tutte quelle piccole cose che avevo nascosto, foto e lettere, persino un vecchio libro della biblioteca mai reso, era tutto ancora lì. E quando sono entrata in camera di mamma, ho visto che mio padre aveva conservato anche tutte le sue cose, non si era sbarazzato nemmeno dei suoi vestiti negli armadi o dei libri sugli scaffali o di nessuno dei suoi gingilli sulla toletta. Mi sono messa a piangere per la prima volta dopo molto tempo, perché era così triste vederli. Come può essere ancora così triste, dopo tutti questi anni, vedere il suo letto, la sua sedia rivolta verso il giardino?
È come se in quella casa il tempo si fosse fermato, come se mio padre non fosse mai più entrato nella mia stanza o nella sua dopo che ce n'eravamo andate e cercasse invece di preservare la sua morte, come se fosse deceduta solo l'anno scorso... prima che tutto andasse a rotoli.
Ho preso alcune cose. Non molto, qualche foto e qualche libro di mamma, lettere che le avevo scritto, le vecchie boccette di profumo dalla sua cassettiera, un suo piccolo ritratto quando era giovane. Ho adocchiato la vecchia radio perché pensavo che ci sarebbe stata bene nella nostra cucina a casa, ma quando l'ho sollevata è rimasta incollata sulla superficie della cassettiera e

la cassa di legno si è sgretolata ai margini, così l'ho lasciata lì. E ho preso la raccolta di poesie di Christina Rossetti, che era esattamente dove l'avevo lasciata, con la rosa ancora dentro, e che, dopo tutti questi anni, mi fa ancora venire le lacrime agli occhi. Forse, se fossi stata capace di piangerla come si deve, con l'amore e il supporto di una vera famiglia accanto, e senza l'orrore che seguì un anno dopo, mi sentirei più rappacificata con la sua morte. Ma ancora non lo sono, mi manca ancora molto, talvolta in modo insopportabile, e forse sarà sempre così.

Le sue parole si confondevano sotto i miei occhi ma continuavo a leggere, saltando tutto ciò che non aveva a che fare con la casa di Limpsfield.

Londra, 10 settembre 1996
Throg ha bisogno di altri documenti, dovrò cercare nei libri contabili di papà, sebbene non ne abbia alcuna voglia. Ho trovato il referto del medico della bambina morta. Mio padre l'aveva semplicemente archiviato come qualsiasi altro documento, e tutto è tornato a galla, tutto il mio disprezzo e odio verso di lui, che alla fine era stato così inutile. Quanto vorrei sapere dove è sepolta. E un'altra cosa molto strana: ha ritirato un sacco di soldi, appena prima del 14 febbraio: 300 sterline. L'equivalente di almeno seimilacinquecento sterline oggi. A cosa diavolo gli serviva tutto quel denaro? Ho trovato anche un'altra cosa che sembra strana: alcuni messaggi di Harriet che risalgono al 1960. Perché Harriet avrebbe dovuto scrivermi dopo tutto quello che le avevo fatto?

Londra, 30 novembre 1996
Ho affidato la casa a Throg, si occuperà lui di venderla.

Londra, 12 gennaio 1997

Non riesco a capire, ma c'è qualcosa che non mi convince riguardo ai messaggi e al denaro. Mio padre era sempre così esageratamente tirchio. Avrei preferito non essermi liberata così presto della casa di Bough Road. Ho fatto una piccola ricerca e né l'istituto per ragazze madri né l'ospedale avrebbero potuto costare neanche una minima parte di quella cifra. L'ospedale non deve essere costato affatto, in realtà, perché era a carico del Sistema Sanitario Nazionale. Magari ha dovuto pagare per la camera privata. Ma mai così tanto. Dov'è finito quel denaro? C'è forse qualcosa dietro a tutto questo? Ha forse fatto qualcosa di terribile e ha dovuto pagare per questo? Ma il referto della morte era lì in mezzo ai documenti, l'ho visto. Di sicuro non avrebbe detto che era morta se non lo era. Persino lui non avrebbe mai potuto farlo, persino lui non avrebbe mai potuto essere così crudele. Non posso crederci.

Londra, 14 gennaio 1997

Ho cercato di rintracciare Harriet ma non ho idea di dove sia. L'All Saints Hospital e la casa delle Sorelle della Speranza non esistono più. Mi sono quasi convinta che mio padre abbia fatto qualcosa di terribile. Magari è ancora viva? Sono giorni che non dormo. Graham continua a chiedermi se sono malata. Non voglio assolutamente dirglielo, non dopo tutti questi anni, non voglio riaprire tutte quelle vecchie e dolorose ferite.

Londra, 15 marzo 1997

Graham si è alzato alle cinque. Ho deciso di provare a cercare il dottor Miller e alcune delle infermiere.

Londra, 30 settembre 1997
Voglio ingaggiare un detective privato. Ci ho pensato su un po' ma non voglio disturbare Graham. Nel conto di mio padre ci sono abbastanza soldi, posso abbondantemente pagarci il detective. Faccio fatica a crederci io stessa, e se non è nulla, non sopporterei di dover condividere con lui la delusione, non quando ci siamo accordati tanto tempo fa di non rimuginare mai più sul passato. E a Addie non posso dirlo finché non ne sono sicura, senza ogni ombra di dubbio, che sua sorella è ancora viva. Se non lo è, allora nessun altro deve sapere. Se lo è, mi siederò con Addie e le spiegherò tutto dall'inizio alla fine, in una sola volta. È una storia che merita di essere raccontata per bene e se sua sorella è ancora viva, allora Addie ha il diritto di sapere. Ma se non lo è, lascerò le cose così. Non dirò nulla. Perché non tutti devono portare il fardello della Speranza...

Londra, 2 novembre 1997
Ho trovato qualcuno, un certo James Merck, che sembra un po' pedante ma almeno è un perfezionista. E a quanto pare molto bravo nel rintracciare le persone scomparse. Non oso ancora sperare che sia come sembra.

Sfogliai rapidamente il resto del diario. Prima di tutto James Merck era menzionato quasi ogni giorno e lei sembrava a tratti eccitata, nervosa e ansiosa, poi circa dodici mesi prima che morisse, i loro scambi avevano iniziato a diradarsi.

Londra, 28 maggio 1998
Le ricerche non portano da nessuna parte, è a dir poco frustrante e sono così contenta di averlo tenuto nascosto a Graham, perché magari posso tornare in silenzio a come erano le cose prima.

Più avanti:

> Londra, 15 novembre 1998
> La gentile infermiera che mi aiutò non è reperibile. Era così giovane, come può essere scomparsa? Se solo ricordassi più cose di quei giorni in ospedale, più nomi, ma è tutto così confuso. Perché i figli adottati, con tutte queste nuove leggi, possono cercare i loro genitori biologici ma non il contrario? A me sembra ingiusto, come se le madri non volessero rivedere i loro figli. Forse non tutte lo vogliono. Ma io sì, io sì! E non ci riesco.

L'anno successivo:

> Londra, 30 gennaio 1999
> Febbraio sta arrivando di nuovo e mi sto preparando alle sue notti cupe e a tutti gli indesiderati ricordi. Questo è il periodo dell'anno che amo meno e febbraio è il mese più duro, lo è sempre stato. Io e Merck siamo rimasti d'accordo che continuerà a cercare, ma gli ho chiesto di non rimettersi in contatto con me finché non avrà qualcosa di serio, perché aspettare e vivere in funzione delle sue lettere e di ogni buco nell'acqua è stato troppo doloroso per me. Non serbo molta speranza, tuttavia, perché nel profondo del mio cuore sento che lei è morta.

Ricominciai a girare le pagine, prima rapidamente, poi più lentamente, non soltanto perché avevo già sentito e visto così tanto nell'ultima ora, ma anche perché sapevo che, poco più avanti, il diario si sarebbe interrotto e sarebbero iniziati i fogli bianchi.

Ma allora, mentre giravo una delle ultime pagine, fui colta da una fitta al cuore alla vista di qualcos'altro. Infilato tra le due ultime pagine del diario, c'era un foglio A4 che aveva ripiegato per farlo entrare lì dentro il giorno prima della sua morte. Mi tremavano le dita mentre lo tiravo fuori, e lessi attentamente la pagina alla ricerca del nome in fondo.

Sarah Mason.

Arbroath, 1° maggio 1999

Cara signora Harington,
mi dispiace di averci messo così tanto a scriverle, ma la sua lettera mi è giunta per vie secondarie e solo da poco è arrivata ad Arbroath, dove vivo adesso. Ho abbandonato la professione di infermiera parecchio tempo fa (non ero affatto tagliata per questo lavoro, a dire il vero), ma sono molto felice che lei mi abbia contattato.
La settimana a cui fa riferimento, stavo per terminare il mio tirocinio presso il reparto di maternità dell'All Saints Hospital. Lei fu una delle ultime ragazze a provenire dall'istituto per ragazze madri nel periodo in cui ci fui io. Le trattavano sempre così male, le ragazze che venivano da lì. Credo che la colpa fosse della suora del reparto, una specie di cerbero, ti stava sempre addosso e col fiato sul collo, e la capoinfermiera non era molto meglio. Fare l'infermiera può essere fantastico, ma devi avere una tempra dura per fare la tirocinante in ospedale.
Ricordo il 14 febbraio 1960 abbastanza chiaramente, perché sebbene avessi visto molti parti assistiti dalle ostetriche, lei era solo il mio terzo cesareo, e mi sembra ancora una cosa così fantastica che una persona venga tagliata e ne esca fuori un

bambino o, nel suo caso, due. Le due piccole furono passate a me per essere pulite e avvolte nelle fasce e fu un bello spettacolo, quei due piccoli fagotti nei loro lettini. Ogni nascita era un miracolo per me, ma due bambine insieme era un duplice miracolo. Il medico ci mise un po' a ricucirla ma quando stavo per portare i bambini al nido, mi dissero di avvertire suo padre della nascita e di tornare alle mie mansioni in reparto. Suo padre stava aspettando sue notizie. Sembrava molto nervoso per quella situazione e rimase sbalordito quando gli dissi delle gemelle. A volte anche i più feroci padri si ricredono quando vedono i loro nipoti, ma non lui, voleva parlare col medico appena possibile. Non chiese neanche di vedere le bambine, non voleva avere niente a che fare con loro.

Più tardi la suora mi disse bruscamente che una delle bambine era nel nido, ma che la seconda non era sopravvissuta e che dovevo andare a pulire il locale disinfezione prima della fine del mio turno. Succedeva a volte, che qualche bambino non ce la facesse, e il corpo veniva rimosso velocemente senza preoccuparsi molto della madre. Così all'inizio non feci domande, solo che le neonate sembravano stare bene entrambe, piangevano e avevano un aspetto, be', sano. Ma allora ero molto giovane e inesperta e timorosa delle infermiere più anziane. E nessuna, neanche le infermiere più vecchie di cui avevo tanto paura, osavano contraddire un'ostetrica. Ci limitavamo a chinare la testa e a sbrigare qualsiasi cosa ci venisse richiesto.

Fu solo qualche giorno dopo che iniziai a rendermi conto che era successo qualcosa di strano con le sue bambine. Fu quando un'altra donna, che avevo accompagnato fuori poche ore prima di lei dopo aver partorito un feto morto, all'improvviso si ritrovò con una bambina in braccio. E mi rincresce dirle, e me ne vergogno in modo indicibile, che non feci niente. Sapevo già, vede, cosa succedeva ai bambini quando tornavate all'istituto, e allora mi sembrò soltanto che l'inevitabile fosse accaduto, prima di quanto sarebbe comunque successo. Solo poche mamme tenevano i bambini e li riportavano presso le loro famiglie. La maggior parte tornava al centro e aspettava lì le nuove famiglie dei bambini. Alcuni venivano adottati lì per lì in ospedale, ma non era la prassi corretta, perché le madri dovevano avere qualche settimana per poter riflettere sulla loro scelta. Il processo di adozione non era neanche lontanamente controllato come lo è oggi.

La sua lettera mi ha fatto riflettere di nuovo su tutto questo e, ripensandoci, non sono sicura che in questo caso ci sia stata neanche un'adozione, privata o di altro tipo. Credo che il dottor Miller abbia semplicemente scambiato sua figlia con il feto morto appena partorito quella notte. È l'unica spiegazione. L'altra mamma, il nome mi sfugge, era così distrutta e triste per aver perso il bambino quella stessa notte. Avrebbe fatto qualsiasi cosa per avere un figlio, ne sono sicura, e non posso biasimarla. Suo padre doveva essere ansioso di risolvere il problema il più velocemente e discretamente possibile. E allora i medici facevano cose che non avrebbero dovuto, soprattutto nel privato. Aborti per esempio, per arrotondare il salario. Vidi il dottor Miller farlo una volta, perché la madre lo voleva e pagò per questo. Allora era illegale, e non se ne parlava mai dopo. Non fatico a credere che in questo caso vide un'opportunità simile, strinse un accordo con suo padre in cambio di una "parcella" extra, e abbastanza consistente a giudicare dalla sua lettera.

Lo scambio poteva avvenire facilmente. Noi infermiere non contestavamo mai quello che faceva un medico allora, soprattutto se riguardava una ragazza madre. Non c'era ragione di

farlo, quelle mamme avrebbero dato via i loro bambini comunque e poi sarebbero tornate alle loro vite. E anche se qualcuno avesse voluto dire la propria quella notte, non c'erano tante persone che avrebbero potuto mettere insieme i pezzi.
Non so perché non la chiamarono un'adozione privata e non la finirono lì, perché a questo aggiunsero la sofferenza di dirle che la bambina era morta. Ma probabilmente temevano che lei creasse problemi e si agitasse, soprattutto se avesse saputo che la bambina era dall'altra parte del reparto, in braccio a un'altra donna.
In seguito, il medico deve essere stato contento di averlo fatto in questo modo, sottobanco, invece di concludere un'adozione privata, perché la polizia venne a cercarla quando non la videro arrivare all'istituto. Sarebbe finito sicuramente nei guai con un'adozione privata, però c'erano ancora due certificati di nascita e un certificato di feto nato morto. Solo i nomi erano cambiati. Ma alla polizia mancava quest'ultimo tassello, soprattutto perché l'altra donna era già andata via. Non rimase per i dieci giorni che le erano stati assegnati e io la aiutai a prepararsi con la bambina, che era dolcissima. Forse la conforterà sapere che la donna sembrava felicissima e molto gentile, anche il nuovo papà, che era un uomo molto timido e pacato. Sapevo che sarebbe stata una brava madre e le diedi il corredino con cui lei voleva che seppellissi la bambina. Pensai che le avrebbe fatto piacere che la accompagnasse nella sua nuova vita.
Purtroppo nessuno si preoccupò di lei in tutta questa storia, perché le ragazze madri non avevano voce in capitolo. Al contrario erano viste come un peso per l'ospedale e lo Stato e meritavano di essere trattate così in modo da assicurarsi, dicevano alcuni, che si comportassero meglio in futuro. Con le cose che ho sentito sull'argomento potrei riempire un'altra lettera, ma

mi sono già dilungata abbastanza. Mi sono tolta un peso dalla coscienza, sebbene spero di non aver reso le cose ancora più difficili per lei dicendole quello che sapevo. Forse sarebbe meglio parlarne di persona. Mi sono sforzata moltissimo di ricordare il nome dell'altra donna, ma per quanto ci provi non mi viene in mente dopo quarant'anni. Mi dispiace moltissimo. Potrebbe provare a cercare, nel registro delle nascite, i nomi delle donne che hanno partorito in ospedale quello stesso mese, e io potrei provare a vedere se qualcuno mi suona familiare. Mi piacerebbe davvero molto aiutarla. E se le andasse di venire a trovarmi nella bella Scozia, sarei molto felice di bere un tè in sua compagnia.

Le auguro ogni bene,

Sarah Harding, in precedenza Mason.

38

Mi tremavano leggermente le mani; ripiegai la lettera e stavo per riporla nel diario quando vidi l'ultimo appunto di mia madre, scritto una settimana prima che morisse. Battei le palpebre per scacciare le stupide lacrime che continuavano a scendere, e continuai a leggere.

Londra, 8 maggio 1999
Ho ancora le vertigini per la lettera di Sarah Mason. Ci ho pensato spesso negli ultimi giorni, a quello che era successo, a quello che non sapevo e che non avevo visto. Non sono ancora sicura del motivo per cui il medico abbia fatto quel che ha fatto, e perché mio padre gli abbia chiesto di fare quel che ha fatto. L'unica cosa che mi viene in mente è che fosse preoccupato per la visita di Harriet, che stesse cercando una rapida via di uscita e, avendone la possibilità, abbia dato via la bambina. Sicuramente non si aspettava che la sua figlia ribelle fuggisse. Cerco di ricordare a me stessa che è finita in una buona famiglia, che probabilmente ha avuto una bella vita, e questo almeno mi rende davvero felice e sollevata. Presto lo dirò a Graham. Finalmente ho qualcosa da dirgli, qualcosa di bello e di reale, e sarà un tale sollievo parlarne. So che non sarà amareggiato del fatto che, dopo tanti anni, io pensi ancora a lei, che io voglia ancora parlare di lei. Dopotutto non toglie niente a quello che

noi, io e lui, abbiamo costruito insieme. Sto pensando alla mia bambina, non a suo padre.
Leggere la lettera di Sarah Mason ha riportato tutto a galla, quel terribile momento in ospedale, mio padre, John e Harriet, la mia fuga. Dopo tutti questi anni trascorsi insieme a Graham, il periodo con John è quasi completamento svanito dalla memoria. Non è mai stato nulla di solido, di reale, niente paragonato a quarant'anni di matrimonio con un uomo adorabile, fantastico, gentile. Se avessi saputo allora quanto poteva essere diversa una relazione. Quanto poteva essere diversa da quella dei miei genitori, diversa da Hartland, mi sarei comportata in un altro modo, l'avrei considerata per quel che era. Un ridicolo flirt che non aveva alcuna possibilità di funzionare, ma che ha avuto conseguenze devastanti.
Aspetterò fino alla festa stasera. Stasera dobbiamo celebrare tanti anni di un matrimonio meraviglioso e non quello che è successo prima. Graham ha dovuto sopportare così tante cose da parte mia negli anni, povero tesoro, e ora ha il diritto di sapere, così come Addie, ma non prima della fine dei festeggiamenti.
Non sono neanche sicura se sua sorella avrà voglia di vedere me o lei, se la troveremo davvero, ma almeno Merck ha qualcosa su cui lavorare. Potrà controllare i registri e i documenti, contattare le donne che si trovavano nello stesso reparto. Gli ho detto di farsi vivo solo quando avrà un nome sicuro e qualcuno disposto a parlare, perché non credo che potrei sopportare altre delusioni. E appena saprò chi è e dove si trova, mi siederò accanto a Addie e le racconterò tutto. Non posso neanche immaginare come potrebbe essere un incontro tra loro due. La mia affidabile e cauta figlia e la sua misteriosa gemella. Continuo a cullarmi in questo pensiero e a sperare che questo accada

presto. Speranza, la mia fedele e mutevole amica, è tornata come sempre al mio fianco.

Ho chiuso il diario e l'ho posato in cima agli altri. Quindi mia madre alla fine lo aveva scoperto. Aveva scoperto la verità, si era infine liberata del senso di colpa, si era lasciata alle spalle il passato. George Holloway aveva pagato il medico 300 sterline per il suo aiuto, il suo silenzio e il falso certificato di morte della bambina. Avrebbe voluto dare via anche la seconda neonata, ma mia madre scomparve con me prima che potesse farlo. Lei aveva affrontato la sua vita difficile e faticosa e, considerate le circostanze, se l'era cavata bene. Era una sopravvissuta, la mia mamma, e io ero orgogliosa di lei, orgogliosa del suo modo di camminare a testa alta e con le spalle quadrate.

Avrei dovuto essere arrabbiata, triste o distrutta, lo so, ma provavo soprattutto un profondo senso di sollievo, perché non soltanto mia madre finalmente si era liberata del fantasma della bambina nata morta, ma aveva saputo, anche se solo per una settimana, che l'altra bambina era viva, che era stata affidata a una famiglia affettuosa e che molto probabilmente stava bene ed era felice, magari anche non molto distante. Sapeva che se entrambe fossimo state d'accordo, ci saremmo incontrare a tempo debito. E così abbiamo fatto.

C'erano ancora molte domande ma abbastanza risposte per il momento. Tirai su la pila di diari e me la infilai sotto il braccio. Dovevo trovare il mio cellulare e chiamare Phoebe. Scesi le scale in punta di piedi, sperando soprattutto di non imbattermi in Venetia prima di aver nascosto i diari, perché, sebbene fosse un moto egoista, non ero pronta a condividerli. La mia borsa era ancora dove l'avevo lasciata, sotto il tavolo all'ingresso. Dopo aver messo al sicuro i diari, trovai il cellulare.

«Phoebe,» dissi quando rispose al quarto squillo «sei tornata a casa?»

«Sono da mia mamma. Siamo sedute in giardino, aspetta, entro dentro.» Si sentì un leggero scompiglio. «Sì, mamma, torno subito. No, tutto bene, davvero. Solo un secondo.» Altri rumori, poi tornò in linea.

«Senti» dissi d'un fiato. «Ho trovato qualcosa.»

Lei ascoltò in silenzio, poi sospirò esitante. «Sembra fantastico... Mi sarebbe piaciuto...» Aveva la voce rotta dal pianto. «Mi piacerebbe essere lì con te.»

«Anche a me. Ma tua mamma» dissi «sta... voglio dire, sta bene? *Tu* stai bene?»

«Stiamo parlando da un secolo e mi ha detto qualche altra cosa su quella notte. Mi ha spiegato che il medico le disse di registrarmi sotto il suo nome, che era così che funzionava. Così quando arrivò l'addetto del registro lei diede solo il suo nome, quello di mio padre e il mio, e fine della storia. Non fu mai registrata alcuna adozione. Hanno davvero scambiato una neonata morta con una viva. Ecco perché non sono registrata.»

Fece una pausa e la sentii respirare a fatica.

«Il dottore le disse di andarsene prima, di non aspettare dieci giorni, di non trattenersi. Doveva essere un po' nervoso all'idea di avere entrambe nello stesso reparto. E anche lei era preoccupata, così se ne andò con me, e non ci ha mai ripensato finché non ha ricevuto la seconda lettera di Merck. Ha detto che non poteva mentire una seconda volta. Che voleva andare a trovare Elizabeth Holloway prima che Elizabeth mi trovasse da sola.»

Sospirò. «Credo che fosse comunque troppo tardi, era dopo l'incidente, quindi cercherò di non pensarci più.»

«Ti voleva bene» le ho detto subito. «Davvero. Proprio come mio padre amava la mamma quando la fece concentrare sul futuro chiudendo la porta al passato. La persona che ha sofferto di più è mamma. Non si è mai ripresa, per tutta la vita.»

«Sì» disse Phoebe. «E almeno ha saputo che ero viva e che ero stata accolta da una famiglia affettuosa. Che ne pensi, posso venire a casa tua e stare un po' con te, magari domani, quando uscirò da qui?»

«Mi farebbe piacere» risposi, con gli occhi di nuovo colmi di lacrime.

Quando riagganciai, rimasi un attimo vicino al tavolo dell'ingresso, ripensando a Phoebe. La immaginai infilare il cellulare nella sua borsa super organizzata e tornare in giardino dalla madre, e l'indomani uscire per prendere il treno fino a Londra. D'un tratto volevo solo che lei fosse qui. Mi mancava. Ma il resto della mia famiglia mi stava aspettando al piano di sotto e a un certo punto avrei dovuto unirmi alla festa che avevo organizzato. A quanto pare non avevo un buon rapporto con le riunioni familiari.

Stavo per rimettere a posto il mio cellulare quando si aprì la porta della cucina e comparve Andrew.

«Ehi.» Sorrise quando mi vide. «Si stanno ubriacando tutti di sotto. Non manchi a nessuno. Tutto bene? Ero venuto a cercarti.»

Aveva in mano un piatto pieno di torta al cocco della signora Baxter e due bicchieri. Una bottiglietta di champagne infilata sotto al braccio. Per un attimo si destreggiò con grazia prima di riuscire a chiudere la porta con il piede.

«Com'è che sai sempre quando portarmi da mangiare?» dissi, togliendogli il piatto dalle mani e posandolo sul tavolo all'ingresso.

«Mi piace nutrirti» rispose semplicemente. «Qualcuno deve pur farlo.»

Si tolse i capelli dal viso, affilando gli angoli degli occhi come sempre quando era fiero di sé. Mi sorrise, una bolla di felicità emerse dal fondo del mio stomaco e scoppiò con un delizioso botto.

«Venetia ha la schiuma alla bocca perché non sono ancora arrivata?» dissi per celare il mio smarrimento.

Andrew stava ancora sorridendo. «Sono tutti ubriachi, tranne tuo padre, ovvio, e Venetia è talmente impegnata a mangiare dolci da averti completamente dimenticata.»

Improbabile.

«E la tua torta alle mele è paradisiaca, Ads.»

«Per questo sei così gentile?» dissi guardandolo cautamente. «Stai cercando di farmi cambiare idea su Le Grand Bleu?»

«Dio, no.» Fece un cenno sprezzante, aprì con destrezza lo champagne e lo versò nei bicchieri. «In realtà, sono molto contento che ce lo siamo lasciati alle spalle.»

«Davvero?» Lo guardai con sospetto.

«Sì, contento» disse risoluto e mi porse un bicchiere. «Bevi.»

Sollevò il bicchiere e brindai con lui, continuando a guardarlo oltre il vetro mentre lo champagne imperlava la mia gola, magnificamente intenso e freddo. Lo bevvi tutto d'un sorso, avida della freschezza sul palato. Quasi istantaneamente l'alcol a stomaco vuoto mi diede alla testa e vacillai. Andrew allungò un braccio per reggermi e io mi resi conto che eravamo molto vicini e che l'ingresso era molto tranquillo e caloroso nel tardo pomeriggio.

«Quindi sei contento?» ripetei, più per rompere il silenzio che altro. Non osavo indietreggiare, e mi costrinsi ad abbassare lo sguardo sui suoi jeans sbiaditi.

«Sì» confermò, e vidi le sue ginocchia piegarsi mentre si chinava per guardarmi dritta in faccia. «Lo sono. E dovresti esserlo anche tu. Dopotutto due chef non dovrebbero mai lavorare insieme.»

«Quindi» borbottai «e che…»

Ma non sono del tutto sicura di cosa volessi dire perché all'improvviso, con uno strano e assolutamente imprevedibile colpo di scena, il viso di Andrew era così vicino al mio che riuscivo a vedere i suoi occhi azzurri e tutte le sottili linee intorno. Poi mi baciò, con molta passione e a lungo, e io chiusi gli occhi, riuscendo solo a pensare che non ero mai stata baciata così in vita mia, prima di cadere e cadere. Quando infine riemersi avevo dimenticato del tutto cosa volessi dire.

«Ma il proprietario di una caffetteria e uno chef, credo, andrebbe bene.» Sorrise.

«Io... sì» balbettai, respirando forte e adagiandomi tra le sue braccia perché non ero completamente sicura di riuscire a stare in piedi.

«Vuoi scendere e raggiungere gli altri?» Fece un cenno con la testa verso la porta della cucina. «No? Sei sicura?»

Sorrise e mi strinse forte, mi baciò di nuovo e io lo abbracciai stretto. Sentii il morbido cotone della sua camicia e annusai il suo profumo di bucato, desiderando di lasciarmi andare in caduta libera così per sempre, finché non spalancai gli occhi nel panico, perché non volevo neanche perdermi nulla. Mi accorsi che mi stava fissando, i suoi occhi talmente azzurri, talmente caldi, talmente felici che, per assurdo, avevo voglia di piangere.

Alla fine, con riluttanza, si scostò. Senza lasciarmi la mano, posò i bicchieri sul tavolo e si chinò a prendere la mia borsa.

«Andiamo, allora» disse, spingendomi verso la porta. «Andiamocene alla svelta prima che qualcuno se ne accorga. E prendiamo un po' di torta per il viaggio.»

Epilogo

«Eppure dev'essere da *qualche* parte! Credo che dobbiamo girare a sinistra qui...»

«Oh sì, guarda, ecco la stradina che diceva Harriet.»

Ero chinata in avanti sul mio sedile e indicavo la strada, dove si intravedeva un cartello appena visibile da un buco nei cespugli. Phoebe fece un urlo da far rizzare i capelli, poi avanzò a scatti sullo stretto sentiero che ci avrebbe condotto a Hartland.

Immaginai mia madre che procedeva su quella stessa strada a bordo della Morris Minor di suo padre tanti anni prima. Ma invece di una ragazzina che guardava fuori dal finestrino sentendosi vuota e triste, adesso eravamo noi due, che attraversavamo la soleggiata campagna inglese con la capote abbassata, musica alla radio e un enorme cestino da picnic sul sedile posteriore. Phoebe, che era venuta a prendermi un paio di ore prima con la sua piccola Porsche Boxster, sembrava elegante e abbronzata e assolutamente a suo agio alla guida, col leggero gonfiore del suo bambino concepito in provetta incuneato dietro al volante.

Con grandi occhiali da sole e il foulard più carino di mia madre per tenere indietro i capelli, ero seduta sul sedile accanto, distribuendo a raffica caramelle gommose e patatine al cocktail di gamberi, che, nonostante tutti i miei sforzi, costituivano la dieta di Phoebe incinta. Andrew aveva dato un'occhiata alla biposto, al pacco famiglia di patatine e a un'eccitata Phoebe con i pollici alzati dietro al volante, e aveva rapidamente rifiutato l'offerta di un passaggio. Aveva preso invece la sua macchina con papà a bordo, dando a Phoebe severe disposizioni perché non mi uccidesse lungo il tragitto. La mia gemella guidava veloce, più o meno come mi piaceva immaginarla al comando di un Boeing 747.

Ci mettemmo poco ma Harriet ci stava già aspettando al grande cancello lavorato alla fine del sentiero. Ci salutò e fece il giro per aprire la portiera di Phoebe e aiutarla a scendere mentre io uscivo più lentamente, con gli occhi fissi sul cancello e a quello che c'era dietro. Harriet iniziò ad aprire il lucchetto attaccato alla grossa catena arrugginita. Phoebe si avvicinò e mi prese a braccetto, e rimanemmo lì insieme, a osservare la casa e i giardini dove tutto era iniziato.

C'era un profluvio di verdi e marroni in tutte le sfumature possibili e immaginabili, alberi e cespugli cresciuti selvaggiamente, erbe selvatiche e piante rampicanti che spuntavano dai resti dei capanni e dei fabbricati laterali, fiori e arbusti fioriti, cespugli e rododendri selvatici che straripavano intorno agli alberi o erano avvinghiati alle crepe dei muri fatiscenti. E in mezzo ai giardini, che non erano più giardini ma un'esuberante e gioiosa landa selvaggia, si ergeva la casa, esattamente come mia madre l'aveva descritta nel diario: due piccole ali nascoste dietro all'edificio principale, l'ampio acciottolato che conduceva a dove un tempo era il portone. Ma la pietra color miele e i telai imbiancati delle finestre, i tetti plumbei con le colombe che tubavano quando mia madre si alzava la mattina presto per scrivere il suo diario, tutto questo non c'era più. Hartland ormai era uno scheletro, fatiscente e pericolante, le finestre squarci vuoti. Ciò che restava dei muri di pietra era annerito e grigio e l'intera ala sinistra, da dove si era propagato l'incendio, era quasi completamente disintegrata. Anche qui la vegetazione aveva preso il sopravvento, era avanzata dentro la casa, all'inizio con cautela, ne sono sicura, poi con più audacia finché le piante rampicanti e le liane non avevano iniziato a espandersi in ogni direzione. I semi, spazzati dalla brezza marina dentro i muri decrepiti, avevano attecchito e quello che sembrava un gheppio si era costruito il nido sul muro più alto ancora in piedi, sulla destra. Avrebbe dovuto essere uno spettacolo devastante e magari per Harriet, che si era avvicinata a noi e aveva posato una mano sulla spalla di Phoebe, lo era. Ma al tempo stesso c'era qualcosa di così vivo in quelle rovine, così verde e rigoglioso tra i resti nascosti della casa e sepolti sotto la vegetazione selvaggia che li circondava, che non potevi fare a meno di sorridere di fronte a quella assoluta abbondanza, che, in un certo senso, era una vaga eco dell'esuberanza che avevamo ritrovato nelle pagine del diario di mia madre sull'estate del 1958.

Ci fu uno stridio di ruote dietro di noi e un attimo dopo Andrew e mio padre ci raggiunsero dal cancello.

«Quindi eccola» disse Andrew, dopo un attimo di rispettoso silenzio. «Wow, guarda, Graham, tutta quella parte è crollata.»

«Dev'essere stato un incendio enorme» commentò mio padre. «E tutto questo appartiene ancora a lei, signora Sinclair?»

Le porse il braccio e, con un rapido e sorpreso sorriso, lei accettò.

«Oh, mi chiami pure Harriet, per favore. Dopotutto siamo quasi parenti, no? Sa, è stato un guasto elettrico, in realtà insignificante, ma solo Abel viveva qui allora e non fece in tempo a bloccare l'incendio. Noi non eravamo neanche qui, eravamo in America. Tornammo indietro per il funerale di Abel. Non vengo qui da anni» la sentimmo dire mentre i due proseguivano lentamente lungo il sentiero verso quello che rimaneva della casa. «La sto tenendo per Carrie, ma lei sta pensando di tornare in America, quindi chissà...» Le loro voci divennero indistinte mentre seguivano un sentiero erboso sulla destra. Mio papà teneva la testa china verso Harriet, la ascoltava e rideva, ed ero molto felice che avesse deciso di accompagnarci.

«Potresti prendere il cestino del picnic, Andrew?» chiese Phoebe. «Io posso prendere le coperte, ma il cesto è un po' troppo pesante.»

Andrew le rivolse un cenno galante. «Certo. Voi due andate pure. Porterò tutto lì a destra dove, immagino, c'era il giardino.»

Mi rivolse un rapido sorriso e fece l'occhiolino prima di tornare alla macchina, osservato con orgoglio quasi materno da Phoebe, che, prevedibilmente, era attratta da Andrew come una gazza ladra dall'argento.

«Oh, è così carino, sei proprio fortunata» disse con invidia, dandosi una rapida e distratta pacca sulla pancia, mentre ci dirigevamo adagio verso il vialetto di accesso. Nonostante tutti i suoi sforzi, la sua anima gemella si era dimostrata sfuggente e, dopo una serie di appuntamenti altamente improduttivi – che mostravano ancora una volta la completa e assoluta assenza di brav'uomini sulla terra –, aveva trovato un donatore di seme. Alla fine era spuntata alla mia porta con una bottiglia di champagne analcolico e una maglietta rossa e blu con su scritto "Super Zia". Nel suo tipico modo, aveva pianificato tutto perfettamente: aveva frugato in ogni libreria e biblioteca in cerca di libri sulla gravidanza, negoziato un complesso pacchetto maternità con la sua azienda e aveva già trasformato una stanza della casa nella cameretta del bebè, adesso impaziente di ospitare la piccola Charlotte.

«Sì, lo è» risposi felice, camminando accanto a lei. «E ti informo che la scorsa notte abbiamo deciso di andare a vivere insieme.»

«Wow» disse Phoebe. «Finalmente rinuncerai ai tuoi impasti per pasticcini ammuffiti. Te l'ho detto più e più volte, tieniti stretto quell'uomo.»

«È quello che sta facendo.» La voce di Andrew risuonò accanto a noi. «E ora che ha una caffetteria, ha acconsentito a tenere lontano dalla nostra cucina impasti stantii.»

Mi diede un rapido abbraccio e ci superò con il cesto del picnic e una pila di coperte, poi voltò a destra, tagliando la strada attraverso una giungla di vegetazione e felci verso il punto in cui Harriet e mio padre stavano gironzolando, ispezionando i muri in rovina da debita distanza.

«Da quella parte» suggerii, e indicai la direzione opposta. Senza parlare, facemmo il giro della casa passando da sinistra, osservando i buchi delle finestre e delle porte, gli interni neri e carbonizzati delle stanze. L'ala crollata aveva messo a nudo l'edificio principale, mostrando le stanze come se fossero una versione devastata e bruciata di una gigantesca casa delle bambole. Ogni cosa del piano terra era stata recuperata o rubata, ma l'accesso ai piani superiori era chiaramente pericoloso per chiunque e in lontananza erano visibili i resti carbonizzati dei mobili, dipinti mezzi bruciacchiati, una tenda lacerata che pendeva sbilenca dal binario.

«Guarda, credo che lì ci fosse la biblioteca» sussurrò Phoebe, indicando una grande stanza aperta con una struttura di acciaio attorno a una cupola di vetro. Il vetro era stato disintegrato e gli scaffali fino al soffitto erano gravemente danneggiati e mezzo bruciati. Ma si vedevano le file di scheletri di libri che si erano fusi insieme in casuali ammassi di copertine di pelle carbonizzate, i cui resti erano marciti negli ultimi decenni.

Pensai a mia madre che si intrufolava in quella che doveva essere una stanza bella e ariosa, a discutere di Ivy Compton-Burnett e Lady Dorothy Mills. Phoebe doveva aver provato lo stesso perché accelerò verso la terrazza davanti a noi. Si riusciva a distinguere ancora il lastricato e parte del muretto che la circondava, ma la malta era consumata dalle intemperie e la balaustra si era sgretolata ed era crollata in molti punti, permettendo all'edera rampicante e alle erbacce di crescere ovunque.

«Non dovremmo salire lì sopra» dissi dubbiosa. «Sono certa che non sia sicuro.»

«Solo su quegli scalini» indicò. «Credo lì si possa.»

La aiutai a salire sulle pietre dissestate, che erano consumate e ondeggiavano pericolosamente, e per un attimo rimanemmo lassù in cima, ad ammirare quello che restava dei giardini di Hartland.

«Oh» sospirai. «È ancora così… così bello.»

I prati da croquet erano coperti di vegetazione, i frutteti un groviglio di alberi nodosi e arbusti, ma l'elegante pendenza dei terrazzamenti erbosi era ancora visibile. Il cielo era di un azzurro incredibile, il sole splendeva caldo alle nostre spalle e un laghetto scintillava in fondo al giardino. Phoebe mi strinse il braccio e con il capo indicò alla destra del prato, dove Harriet e mio padre stavano stendendo diverse coperte all'ombra di un vecchio platano. Mio padre stava lottando con un'ostinata sedia pieghevole che aveva portato per Phoebe, e Harriet gli toccò il gomito, indicando verso di noi e salutandoci. Andrew stava allestendo il picnic, poi sollevò anche lui lo sguardo e ci salutò. Avevano trovato un punto ai margini di quello che doveva essere…

«Il roseto» dissi sorpresa. Anche lì la natura aveva risanato l'ordine artificiale in un allegro caos, ma dalla nostra posizione erano ancora visibili i contorni delle siepi e delle aiuole, gli alberi a spalliera alle pareti. E c'erano rose ovunque, che fiorivano e si arrampicavano sui graticci, fiori rossi, rosa e bianchi a profusione.

Phoebe mi abbracciò e io posai la testa sulla sua guancia, e restammo lì a guardare il roseto che aveva reso la vita di mia madre, anche se solo per qualche settimana, davvero felice.

Nota dell'autrice

Stretti tra la guerra da una parte e i ribelli anni Sessanta dall'altra, gli anni Cinquanta sono stati uno strano decennio. Molti li ricordano come un'era piacevole e innocente, dove i bambini giocavano in strada finché le mamme non li richiamavano per il tè, dove i poliziotti facevano la ronda e le infermiere passavano in bicicletta con la borsa appesa al manubrio, e potevi raggiungere in autostop l'isola di Wight senza pensarci due volte. Dopo le privazioni della guerra e l'austerità degli anni post-bellici, la gente aveva soldi da spendere e un mondo ben illuminato e colorato da esplorare, un mondo pieno di nuova musica e di comfort, di nuove auto e di televisori.

Sotto molti aspetti quegli anni erano sicuri, eccitanti e innocenti, ma avevano anche un lato oscuro. La barriera di rispettabilità delle tendine di pizzo e il senso del decoro dell'anteguerra avevano di nuovo relegato le donne – che durante il conflitto si erano affermate in una società dominata dagli uomini, perché avevano lavorato, giocato un ruolo fondamentale e sostenuto il loro paese – in casa, al focolare e dedite alla famiglia, sottoponendole all'ipocrisia e ai due pesi e alle due misure della moralità vittoriana che tollerava poco i comportamenti sbagliati.

L'educazione sessuale era praticamente inesistente e il sesso prematrimoniale veniva demonizzato e ignorato... finché non culminava in gravidanze illecite. Allora la sfortunata ragazza madre veniva punita duramente, con una severità sproporzionata in confronto al modo inadeguato in cui ragazze e donne venivano preparate al mondo reale. Rimanere incinta senza un marito, e questo includeva anche lo stupro e gli abusi sessuali da parte di un familiare, talvolta persino aspettare un figlio dal fidanzato con cui si era già fissato la data del matrimonio, era visto esclusivamente come una colpa della donna. Era un peccato, un segno di corruzione e debolezza morale – dopotutto, fino a poco prima, le ragazze madri potevano finire negli ospedali psichiatrici o negli ospizi.

Alcune famiglie potevano scegliere di accettare con discrezione il nuovo arrivato nel loro clan, crescendo il bambino come una "sorella" molto più giovane o un "cugino" alla lontana, ma per molte donne l'unica opzione era partorire di nascosto in uno dei tanti istituti per donne e bambini sparsi per il paese, dare il figlio in adozione e reintegrarsi nella società per un'altra – l'ultima – possibilità di tornare a una vita normale. Non importava come fossero finite in quella situazione, e nessuna donna tornava da questa esperienza indenne: tutte soffrivano a vari livelli per il trattamento subito negli istituti per ragazze madri, per il giudizio delle loro famiglie, il dolore e il trauma prima, durante e dopo il parto, sotto la supervisione di infermiere e medici profondamente critici e, infine, per il dramma straziante di dover cedere a degli estranei il proprio bambino. Dopodiché, tornavano nel mondo, portandosi dietro il ricordo dei loro figli persi, spesso in silenzio, per il resto delle loro vite.

Gli istituti per madri e bambini che si dedicavano a questo processo sono esistiti finché la domanda non si è ridotta alla fine degli anni Sessanta, quando un cambiamento dei valori morali iniziò ad alleviare il marchio delle ragazze madri, sebbene storie di maltrattamenti persisteranno fino agli anni Ottanta.

Con il Children Act del 1975, per la prima volta le persone adottate in Inghilterra e Galles ebbero la possibilità di vedere i loro certificati di nascita e di adozione, assistiti da un legale, ma fu solo a seguito dell'Adoption and Children Act del 2002 che le madri poterono cercare di rintracciare i bambini che erano state costrette a dare via. In molti casi, il legame tra le madri e i figli non risultava rintracciabile, soprattutto nel caso di adozioni private o per conto di terzi, perché non sempre correttamente legalizzate fino ai primi anni Ottanta, quando nuove leggi sull'adozione regolamentarono il processo – una piccola consolazione per figli e madri che si cercavano nella caotica giungla di scartoffie delle adozioni private.

Tra i vari libri che ho letto sulle donne negli anni Cinquanta, sull'illegittimità e le adozioni, molti sono davvero utili per chiunque voglia saperne di più su quello che adesso viene comunemente considerato uno degli aspetti più difficili e dolorosi di quel decennio. *In the Family Way* di Jane Robinson e *Love Child* di Sue Elliot, *The Unmarried Mother* di Sheila Tofield, *My Secret Sister* di Helen Edwards & Jenny Lee Smith, *Modern Motherhood* di Angela Davis e *British Society Since 1945* di Arthur Marwick, *A 1950's Childhood* di Paul Feeney e *Sixty Years Nurse* di Mary Hazard sono solo alcuni dei libri che mi hanno aiutato a ricostruire un quadro storico di quella che poteva essere stata l'educazione ricevuta da Elizabeth Holloway e i problemi che avrebbe dovuto affrontare. Mi sono presa qualche licenza poetica. Tutti i personaggi sono completamente inventati. Le Caritatevoli Sorelle della Speranza e l'All Saints Hospital, sebbene ispirati a molte istituzioni realmente esistenti, sono puramente frutto della mia immaginazione e, nonostante gran parte della geografia sia stata debitamente rispettata, Porthallow, Tideford Cross, Brimley e Hartland non esistono.

Sono sempre stata affascinata dalle storie familiari e dal modo in cui caratterizzano il ventunesimo secolo raccontato dai nostri libri di storia. Esaminare i segreti familiari e le difficili scelte, nel quadro di una vita quotidiana così diversa dalla nostra, ci fornisce una nuova prospettiva su tali segreti e scelte. E, stranamente, esse risultano anche senza tempo, dilemmi morali che tutti noi prima o poi ci ritroviamo ad affrontare nel corso delle nostre vite.

Ci sono innumerevoli storie personali nel mondo, sia pubblicate che raccontate nelle infinite comunità online, che riguardano spesso dolorosi percorsi di madri e figli che si cercano a vicenda, decenni di segreti, incertezze e desideri, seguiti spesso dalla difficoltà di conoscersi meglio – o dalla scelta di non voler percorrere affatto quella strada.

In questo romanzo, le vite immaginarie di Elizabeth, Addie e Phoebe sono cambiate per sempre dopo quello che è successo in una fatidica notte del 1960. Quello che hanno vissuto e che hanno imparato è diverso dalla vita reale, che è al tempo stesso straziante ed edificante, ma le tre donne mostrano, nel loro limitato mondo immaginario, quanto pesanti, complesse e devastanti fossero le conseguenze di queste separazioni forzate tra madri e figli.

Ringraziamenti

Se serve una comunità a crescere un bambino, ci vogliono almeno altrettante persone a diffondere un libro nel mondo, e sono infinitamente grata a tutte queste per il fantastico supporto che ho ricevuto.

Vorrei ringraziare in particolare la mia editor, Marion Donaldson, per essere sempre a portata di voce, per tutte le sue sagge parole e per avermi fatto realizzare il mio sogno. Il brillante team di Headline per avermi accolto nella loro "famiglia". La mia fantastica agente, Caroline Hardman, per tutto il suo aiuto.

Un grazie infinito a Jenny, che mi ha aiutato a far sopravvivere la storia, e a Frances per non avermi fatto desistere. A Teresa per la sua ispirazione creativa, a Rebecca e Hannah per i piacevoli pranzi e le parole gentili.

I miei più sentiti ringraziamenti vanno, come sempre, alla mia famiglia. Ai miei genitori, per aver creduto in me sin dall'inizio e per essere stati i miei più fedeli e fantastici lettori. La famiglia di mio marito per il sostegno dall'altra parte del mondo. I miei due fantastici bambini, che mi presentavano già, molto prima che questo libro prendesse forma, come "mia mamma, la scrittrice" e che in generale mi rendono infinitamente orgogliosa. E infine, mio marito Paul, senza il quale niente sarebbe possibile. Dedico soprattutto a lui questo libro con tutto il mio cuore.

Della stessa autrice

Brossura con bandelle - pp. 400 - euro 14,90

Nikola Scott

L’estate dei segreti

Madeleine ha 16 anni e vive a Summerhill. La sua tranquilla routine fatta di disegni e lunghe passeggiate nei boschi è sconvolta da un evento a dir poco eccezionale: un aereo che stava compiendo un’esercitazione si è schiantato non lontano da casa. Proprio lo stesso giorno in cui Georgiana, la sorella maggiore, che l’ha cresciuta come una madre quando sono rimaste orfane, è finalmente rientrata dal suo viaggio in Europa. E non è da sola: con lei ci sono Victor, il suo nuovo affascinante fidanzato dal passato misterioso e il suo gruppo di amici bohémien. Nell’estate in cui il mondo si sta preparando alla Seconda guerra mondiale, niente è più come prima...
Molti anni dopo, Chloe, una giovane fotografa che vive a Plymouth, viene incaricata di realizzare il ritratto di Madeleine Hamilton, la famosa e schiva illustratrice di libri per bambini, ormai anziana. Conoscere la sua autrice del cuore è un’occasione imperdibile, tanto che Chloe è pronta a disobbedire a Aidan, suo marito, che non vuole che lavori. Le due donne scoprono così di avere molte cose in comune e tra di loro nasce un’inaspettata quanto profonda amicizia, quel tipo di amicizia che ti porta a condividere segreti inconfessabili: Chloe è incinta, ma non ha il coraggio di dirlo a Aidan, sempre pieno di attenzioni e premure, forse troppe... ma l’amore può essere troppo?

FSC
www.fsc.org
MISTO
Carta da fonti gestite in maniera responsabile
FSC® C023419

Stampato presso Lego S.p.A.
Stabilimento di Lavis